MW01174810

COLECCIÓN BIOGRAFÍAS Y DOCUMENTOS

LAS AURORAS DE SANGRE

Fuertes athletas y varones claros
aquella gran bondad de dios ordena
que (del mal que solia fatigaros)
veamos quebrantada la cadena
y ansi conmilitones quiero daros
el parabien de vra dicha buena
pues aquestas regiones y templanças
an hecho ciertas nras esperanças

Bien veis la multitud de naturales
graciosas y apazibles apparencias
claras y euidentissimas señales
de ser tierra de nobles influencias
preñada y abundante de metales
con otras principales eminencias
que quanto mas con atencion las veo
tanto mas satisfazen mi desseo

Ya todo lo que veis es rasa sierra
escombrada de bosques y montañas
muestra de oro veis sobre la tierra
arreo destas barbaras compañas
y mucho mas sera lo que se encierra
en la capacidad de sus entrañas
ansi de los veneros encubiertos
como de los sepulchros de los muertos

FACSÍMIL DEL MANUSCRITO DE LAS
«ELEGÍAS DE VARONES ILUSTRESDE INDIAS»
DE JUAN DE CASTELLANOS

William Ospina

LAS AURORAS DE SANGRE

JUAN DE CASTELLANOS Y EL DESCUBRIMIENTO POÉTICO DE AMÉRICA

MINISTERIO DE CULTURA

GRUPO EDITORIAL NORMA
Barcelona Buenos Aires Caracas Guatemala
Lima México Panamá Quito San José San Juan
San Salvador Santa Fe de Bogotá Santiago

Primera edición: enero de 1999

Apartado 53550, Santa Fe de Bogotá, Colombia

Diseño: Camilo Umaña
Ilustración de cubierta: Fragmento de *Orlando Furioso*
Grabado de Gustave Doré

Impreso en Colombia - *Printed in Colombia*

Quebecor Impreandes

Este libro se compuso en caracteres Adobe Minion

CC 20561
ISBN 958-04-4863-9

Esta publicación forma parte del programa de coediciones del Ministerio de Cultura

A mis padres,
a mis hermanos,
a Andrea, mi hija.

CONTENIDO

…que se dolían de ver hazañas
esclarecidas quedarse para siempre
encarceladas en las escuridades del
olvido, sin haber persona que movida
deste justo celo procurase sacallas
a luz, para que con la libertad quellas
merecen corrieran por el mundo,
y fueran a dar noticia de sí a los deseosos
de saber hechos célebres y grandiosos.

JUAN DE CASTELLANOS

La resistencia de los cosmógrafos o de los filósofos a incorporar a su trabajo la nueva información que les proporcionaba el descubrimiento de América no es más que un ejemplo del amplio problema que origina la proyección del Nuevo Mundo sobre el Viejo. Ya se trate de una cuestión de geografía de América, de su flora y de su fauna, o de la naturaleza de sus habitantes, la actitud europea parece repetirse constantemente. Es como si al llegar a cierto punto la capacidad mental se hubiese cerrado; como si con tanto que ver, recoger y comprender de repente, el esfuerzo fuese excesivo para los europeos y se retirasen a la penumbra de su limitado mundo tradicional.

J. H. ELLIOT

(*El Viejo Mundo y el Nuevo*)

Las citas del poema

Todas las citas de la obra de Juan de Castellanos que aparecen en este libro son tomadas de:

Elegías de varones ilustres de Indias. Joan de Castellanos, cuatro volúmenes, de la Biblioteca de la Presidencia de Colombia. Editorial A.B.C., Bogotá, 1955.

El texto sigue fielmente al de dicha edición y la única alteración que se ha realizado sobre su ortografía es la adición y supresión de algunas tildes para facilitar la lectura.

ANTES DEL COMIENZO

El momento de la madurez clásica de la poesía en lengua castellana coincidió con el hecho central de la historia en los últimos siglos: el Descubrimiento y la Conquista del territorio americano. Pero no solemos asociar esas dos realidades, porque casi ninguno de los grandes poetas conocidos del Siglo de Oro español vivió plenamente aquel hecho que partía en dos la historia de Occidente y que modificaba el mundo.

Acompañando los avances de los conquistadores hubo una legión de cronistas que, a veces de un modo fragmentario y a veces en enormes frescos históricos, captaron y describieron esa realidad tumultuosa y desconocida. Con todo, aunque en sus páginas podemos percibir por momentos la extrañeza del Nuevo Mundo, su intención era informativa; la poesía, como fundación en el lenguaje de una realidad nueva, no entraba en los propósitos de Bernal Díaz del Castillo o de Gonzalo Fernández de Oviedo.

Mientras tanto, los altos poetas de España siguieron encerrados en el ámbito de la tradición europea: la poesía de América estaba lejos de su experiencia, y sólo Alonso de Ercilla, quien había vivido seis años en el nuevo continente, y de ellos uno y medio en guerras de conquista, ganó celebridad por un gran poema de corte clásico inspirado en la resistencia de los araucanos, asumiendo que estas tierras, que para muchos hombres de su tiempo eran sólo exotismo y peligro, podían tener algún interés literario. Aquel poema, sin embargo, se esforzaba por no ser americano: tenía que ser evidente que se trataba de un poema español, hecho para agradar a la sensibilidad de los lectores de la península, escasos y refinados, trasmitiéndoles de un modo fabuloso lo que querían pensar del remoto mundo americano, no lo que éste tenía de distinto y de perturbador. Sus héroes indígenas proceden más de Virgilio y de Lucano que de las selvas de América, su vegetación es la europea, y basta leerlo para comprender que el autor procuraba hacer sentir a los lectores en un universo familiar, ante el peligro de que la realidad americana, salvaje y primitiva para la sensibilidad de su tiempo, no fuera aceptada por ellos.

Ercilla, a su manera, tenía razón: quien se propusiera en la poesía atrapar a América en su turbulencia, su complejidad y su rotunda extrañeza, necesitaría un lenguaje nuevo, un tono muy alejado de las costumbres de su época, unas rudezas y unas audacias que lo harían irreconocible a los ojos de sus contemporáneos. La poesía del mundo recién descubierto requería una mirada capaz de apartar el velo que ponen siempre sobre nuestros ojos la tradición y los hábitos; requería proponer algo tan familiar que pudiera ser comprendido y tan nuevo que captara de verdad la realidad física y mental de un mundo distinto. Y para ello un poeta tendría que dejar de ser sólo español: tendría que hacerse también americano.

Las palabras *Nuevo Mundo* resumen la doble extrañeza temporal y espacial del Descubrimiento: ¿cómo abarcarlas poéticamente sin hacerse al mismo tiempo distante y desconocido? Es válido distinguir entre una poesía americana y una poesía española inspirada en América, escrita por hombres que no habían cruzado el mar, o que nunca se sintieron parte del mundo nuevo al que cantaban. Una poesía que procurara sólo ser grata a los lectores españoles y que se gobernara por el deber de inventar y hermosear, no podía asir la novedad y la rareza de América; sería por fuerza algo remoto y exterior. Ello puede decirse de las obras de Lope de Vega que tratan de Colón, del mismo Ercilla y sus guerras araucanas y del pirata Francis Drake o de la trilogía que Tirso de Molina escribió en Trujillo sobre los Pizarro, donde figura la obra *Amazonas en las Indias*, que proyecta sobre América las fantasías de Europa. En general la gran poesía española de su tiempo no pareció sentir la irrupción desmesurada de un mundo nuevo, y J. H. Elliot ha escrito que, "excepto aquellos que tenían un interés profesional por la empresa, los autores españoles eran extrañamente reticentes en lo que respectaba al Nuevo Mundo durante el siglo que siguió al Descubrimiento".[1]

Aquella conmoción histórica merecía, sin embargo, ser salvada por la poesía. Naciones enteras desaparecieron; otras perdieron allí sus reliquias, sus tesoros artísticos, sus lenguas, sus religiones, incluso sus fisonomías; numerosos pueblos mezclaron en ese tapiz sus culturas; indómitos guerreros americanos defendieron su mundo y su gente con extremos de valor y de abnegación; una legión de europeos temerarios protagonizó episodios dignos de los héroes clásicos de la leyenda y de la mitología, aventuras y desventuras para ser guardadas por las generaciones. Hay en esa historia demencial y descomunal hechos para inspirar copiosas novelas, tema para las más conmovedoras canciones, episodios para todas las narraciones cinematográficas imaginables. Pero, sobre todo, aquella Conquista merecía ser cantada, ingresar en la memoria del espíritu humano, ser un rumor y una música.

"Las más grandes hazañas pierden su lustre si no se las amoneda en firmes palabras", dice un rey nórdico en algún relato de Borges, y en *La Odisea* homérica leemos aquella célebre sentencia: "Los dioses labran desdichas para que a las generaciones humanas no les falte qué cantar". No hay episodio trascendental de la historia que no haya dejado un eco en la música verbal de su tiempo o de los tiempos ulteriores, y si bien los poemas homéricos suelen datarse en varios siglos después de la guerra de Troya, aún se polemiza si su autor fue uno solo, o si más bien alguien recogió finalmente las tradiciones y los inventos de una legión secular de creadores, pues no parece posible que un solo hombre haya creado todos los maduros recursos verbales que hoy llamamos homéricos.

Pero la irrupción de América no fue un episodio histórico cualquiera, no fue una guerra más: fue un hecho decisivo de la historia y cambió al mundo. Aunque no compartiéramos la idea de Borges de que las grandes hazañas deben perdurar en la poesía, o la de Homero de que el mundo quiere cantar sus desdichas, o la de Hölderlin de que, a pesar de los méritos abundantes del hombre, lo que perdura lo fundan los poetas, un fenómeno de esa magnitud, que supuso el trasplante de razas enteras y la mutación de costumbres y lenguas, y que inauguraba un mundo, tendría que haber dejado una vasta poesía. Yo me preguntaba en mi infancia por qué nosotros no habíamos recibido como legado siquiera unos versos que nos ayudaran a conservar un eco de esas jornadas terribles, unas páginas melodiosas y conmovidas que nos permitieran aprender algo valioso y perdurable de aquellas auroras de sangre.

Un día, no hace mucho tiempo, llegaron a mis manos algunos fragmentos de las *Elegías de varones ilustres de Indias*, poema escrito por Juan de Castellanos durante más de 30 años, a partir de 1568, y descubrí asombrado que en ninguna región del continente habían sido tan minuciosamente conservados por la poesía los episodios de la Conquista como en el territorio de la Nueva Granada. El hecho me impresionó. Yo había oído hablar de esas *Elegías*, conocía unas cuantas estrofas, y aceptaba como cierta la difundida idea de que eran una pesada crónica que nadie se animaría a leer porque, además de su masa oceánica y de su tosco lenguaje, estaba acuñada en ya impracticables octavas reales, y apenas merecía breves menciones en las historias de la poesía de mi país. 113.609 versos son una exageración. No sólo era el poema más largo de la lengua castellana; era uno de los más extensos del mundo, superado apenas por algunas epopeyas hindúes escritas, sin duda, por los dioses mismos. Pero ningún poema merece atención por el hecho estadístico de exceder en volumen a los otros, y siempre me pareció sabia la ingeniosa frase de Voltaire: "El arte de ser tedioso es decirlo todo". Estaba, pues, bien advertido contra un libro sobre el que además pesaban ilustres descalificaciones y censuras, como la del inevitable Marcelino Menéndez y Pelayo, quien no había apreciado casi nada de aquella montaña de versos, y había hecho lo posible por expulsarla del arduo paraíso de la poesía. Todo era riguroso y claro pero hubo un obstáculo: el libro me cautivó. Recorrí con deleite los fragmentos que tenía en las manos y me di a la tarea de buscar la edición completa.

Me sorprendió que cuatro siglos después el texto fuera tan legible, tan ameno, tan vivaz de aventuras, intrigas y peripecias. Estaba escrito con tanta destreza, con rimas tan ricas, con una nitidez del relato y con una precisión del dibujo que no parecía posible ni en su época ni en el conjunto de la tradición española, más inclinada por la abstracción, cuando no por la imprecisión, y muy poco dispuesta a considerar poéticas las comunes circunstancias del mundo. Me conmovió su paciente y austera belleza. No era un libro hiperbólico, ni meditadamente pintoresco ni truculentamente seductor; no estaba hecho para adular a España por su grandeza, para envanecerla de sus conquistas ni para Coronarla de gloria, pero tampoco para borrar sus méritos y sus heroísmos: quería ser un libro justo, en la medida de lo humana y de lo históricamente posible, pero también quería ser verdadero. Su esfuerzo de probidad era evidente: en muchos pasajes se rima con traviesas confesiones de ignorancia o de olvido para no adulterar hechos que puedan ser significativos en términos históricos, geográficos o simplemente humanos.

Más me sorprendió que en aquel tiempo hubiera un español interesado de ese modo, no en la Conquista ni en el oro, sino en América; que un pobre clérigo, un beneficiado de la catedral de Tunja, que había sido soldado de los ejércitos conquistadores, que había conocido a grandes personajes españoles y americanos, y que había presenciado hechos pasmosos, tuviera la cordura de saber que a la posteridad no le interesaría sólo la gran historia (que, como suelen decir ciertos historiadores, prescinde de "lo superfluo" para conservar "lo fundamental"), sino la relación minuciosa de aquellas jornadas, y que como buen poeta hubiera salvado tanto los acontecimientos resonantes como los hilos menudos de la tela, lo que nadie más mira sino la poesía y "el dios de Berkeley": cuántos caballos quedaron heridos, cómo eran los remiendos en la nariz de Pedro de Heredia, de qué manera se retira el tigre acosado, cómo se amortigua el llanto de los sepultados a medida que la tierra los va cubriendo, qué efecto producía el sonido de las campanillas de oro que llenaban ciertas ramas, qué significaban esos caballeros de paja y de algodón por las llanuras, cómo se llamaban los indios muertos.

Que una obra tan bella, tan elocuente, tan necesaria, hubiera sido desdeñada por muchos durante siglos, hacía más valiosa y más meritoria toda mención, y me pareció justo rastrear y honrar a algunos de los lectores que en estos siglos se han inclinado con amor y admiración sobre sus páginas. Porque muy pocos se animaron a hacer la valoración estética del poema o de alguno de sus fragmentos. Hubo valoraciones históricas: los historiadores, además de ser gente responsable, son a menudo pacientes. Hubo, incluso, valoraciones técnicas de arqueólogos, de filólogos, de antropólogos. Pero las *Elegías de varones ilustres de Indias* no pueden ser vistas como una crónica más: son un poema, y no las habremos apreciado a plenitud si no nos detenemos en los secretos de su ritmo, de su respiración, de su lenguaje; en el resonar de los endecasílabos castellanos que este poeta labró tarde a tarde durante la mitad de su larga vida, para que no se perdiera aquella historia que sólo él en su tiempo supo valorar hasta en sus más tenues minucias.

Borges nos aconseja sentirnos orgullosos de los libros que nos fue dado leer. Me alegra pensar que otros conocerán y admirarán la obra de Juan de Castellanos, porque a los hijos de la América Latina nos enseñaron que la verdad, la belleza, la armonía, la historia y la dignidad estaban siempre en otra parte, que el barro de nuestras patrias era apenas materia de horror y de olvido. Es bello descubrir que la poesía ha celebrado y ennoblecido desde el comienzo el mundo en que vivimos, que no sólo la sangre de esos innumerables antepasados de piel cobriza y de piel blanca, sino también el rumor de sus grandezas y de sus miserias, han llenado nuestra tierra de sentido y de melodiosas preguntas.

Hace poco un amigo me dijo que Juan de Castellanos no es un desconocido, que se ha escrito mucho sobre él y que todo el mundo lo conoce. Pero un autor no es conocido sólo porque se conozca su nombre y se lo mencione a veces en libros eruditos; una obra literaria no deja de ser desconocida cuando se la publica, ni cuando se la guarda en los estantes, sino cuando se la valora en su belleza y en su magnitud, cuando deja de ser letra muerta que muchos conocen de oídas pero que nadie lleva en su corazón. Recordar algo era, para los antiguos, volverlo a pasar por el corazón, y todavía hoy los franceses llaman al conocer de memoria, conocer *par coeur,* de corazón. Cada generación, como se ha dicho, debe volver a leer a sus clásicos, debe redescubrirlos, y esto es aún más significativo en el caso de Juan de Castellanos, fundador de la poesía de varios países de América en lengua castellana, quien ha sido hasta ahora tan parcial y tan escasamente descubierto.

He visto en sus páginas cómo vuelven a la vida las expediciones, los infinitos plumajes, los diálogos entre jefes de ejércitos; cómo se alzan ante nuestra mirada las selvas de América como fueron hace mucho, antes de que nuestra desdicha las arrasara; cómo arden las poblaciones, cómo cruzan el aire los dardos, cómo entra la punta envenenada en el pecho del guerrero, cómo azotan el agua las zarpas del tigre, cómo alza su cabeza espantada la anaconda con un venablo en el ojo inmenso, cómo queda impresa la dentellada del caimán en el flanco de la canoa, cómo cuelga de una horca un indio vestido con un talar de fraile, cómo se pierden por secas serranías las huellas de unos hombres famélicos agobiados de oro, y no me resigno a que esas cosas espléndidas sigan perdidas.

Este libro sobre Juan de Castellanos quiere ser un homenaje a los antiguos habitantes del territorio americano y también a los ejércitos invasores que aquí dejaron su sangre y su vida; a los que aquí vivieron algún momento de amor, o de horror, o de esperanza, y a los que por estos montes persiguieron el oro como se persigue un desesperado espejismo; a los que se fueron tratando de olvidar para siempre su infierno, y a los que se quedaron y convirtieron esta tierra en el suelo de sus días y en el cántaro de sus cenizas. Pero sobre todo quiere ser un homenaje a ese hombre misterioso, humilde y secreto; a ese muchacho de Alanís que pisó a los diecisiete años un continente que ya no abandonaría, a ese soldado que miraba y oía mientras los demás codiciaban y guerreaban, a ese valiente entre todos que más que el oro de los pectorales y de las diademas buscaba el oro de las firmes palabras; que lo miró todo, que lo admiró todo, que vivió los episodios y después volvió a vivirlos, una y otra vez, hasta asegurarse de que existieran para la posteridad; que se encorvó sobre las páginas y guardó en ellas cada minuto de su vida; a ese andaluz inmortal que no escribió, en realidad, para la España de su tiempo sino para los humanos del futuro; a ese hombre sutil que merecería el honor y el recuerdo aunque su poema hubiera sido borrado por el tiempo, porque supo ser fiel a su lengua y a su época, y sólo quiso vida para cantarlas.

W. O.

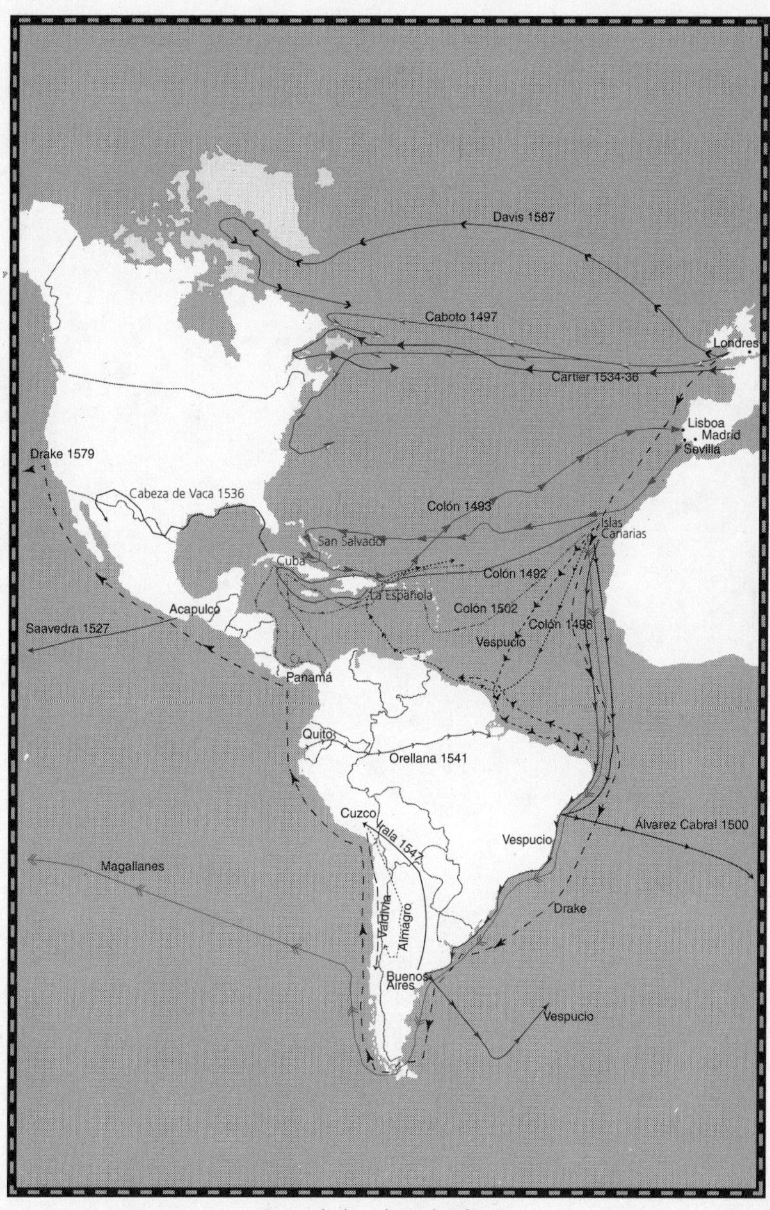

Ruta de los descubridores

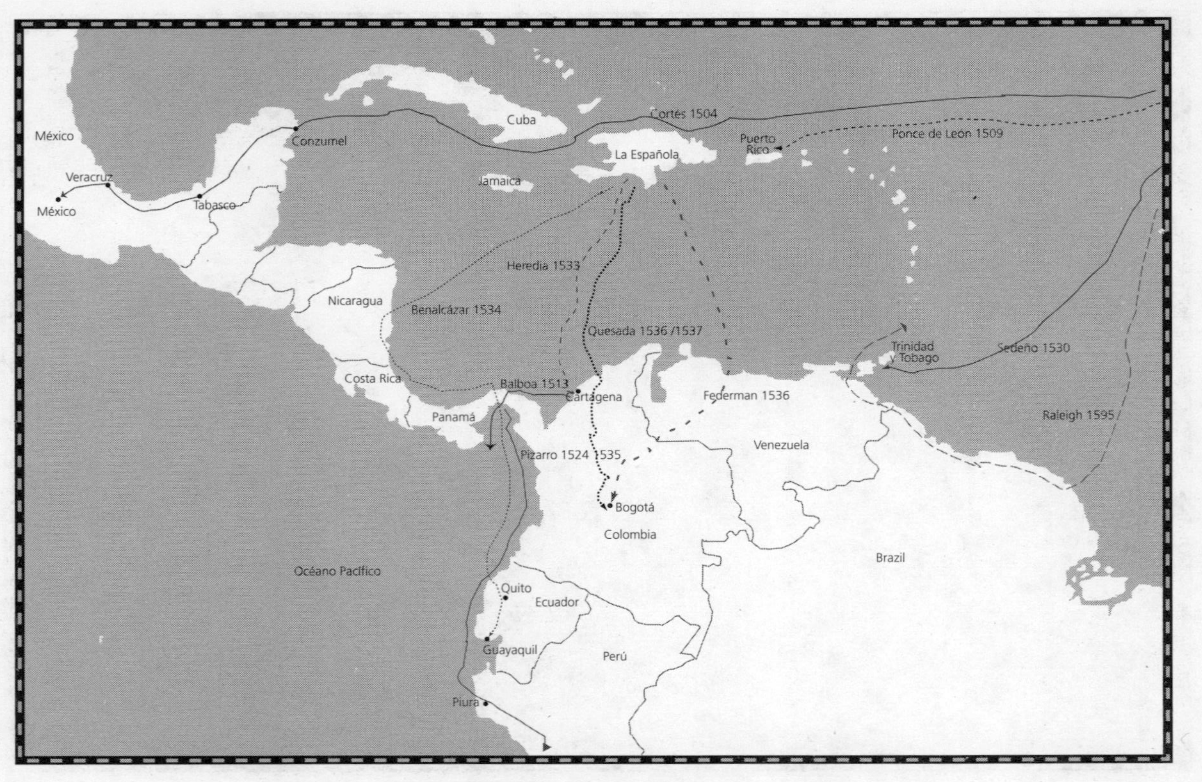

Ruta de los Conquistadores

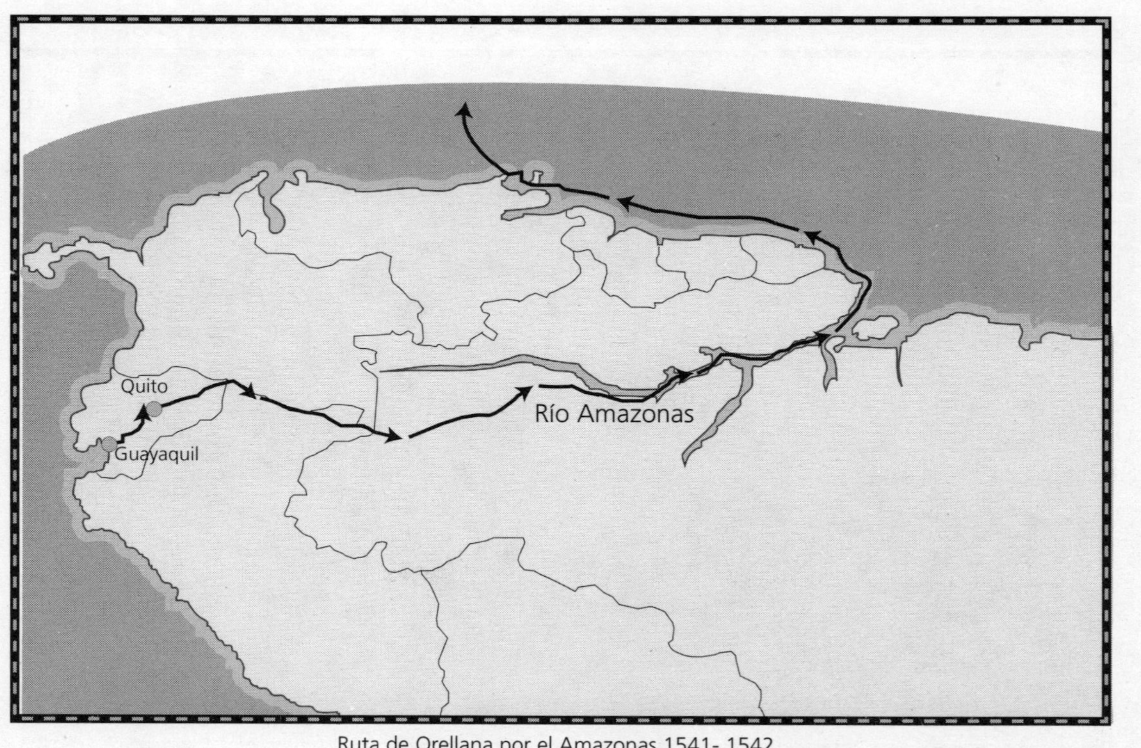

Ruta de Orellana por el Amazonas 1541- 1542

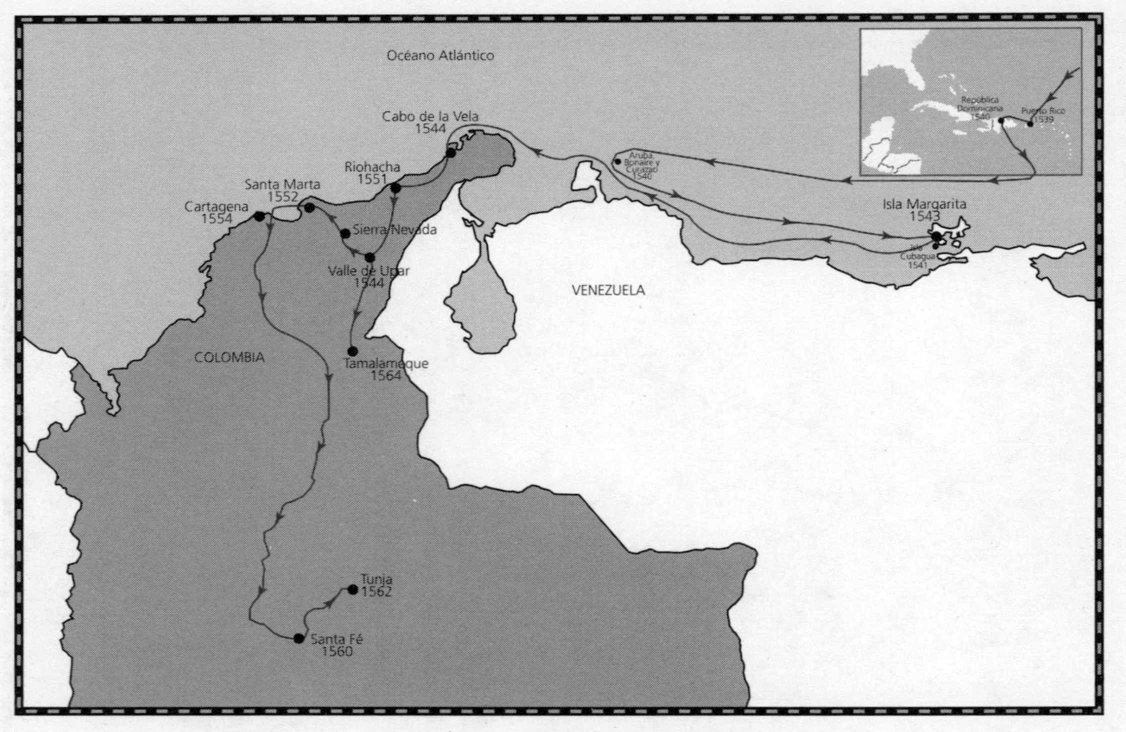

Ruta de Juan de Castellanos 1522-1607

LA ENFERMEDAD DE LA PERLA

Una tarde de 1543[2], los habitantes de la isla de Cubagua, frente a las costas de Cumaná, en Venezuela, vieron el cielo ennegrecerse ante el avance de una poderosa tempestad. Como si otro océano se desbordara sobre el Caribe, grandes torrentes inundaron la isla y el furor de los vientos arrasó sin remedio las casas, los palacios y las fortalezas de Nueva Cádiz, una de las primeras ciudades fundadas en América por los españoles. Entre las muchas gentes que corrían desconcertadas bajo los remolinos del agua y del viento, abrumadas por un estruendo desconocido que venía al mismo tiempo de la tierra y del mar, y que vieron desaparecer en una noche moradas y riquezas, estaba un joven de veinte años que entonces no era más que un aventurero arrojado por el azar a las islas de América, pero a quien le iba a ser concedido uno de los destinos más notables de su tiempo.

Había nacido en Alanís, pueblo andaluz que, fiel a su nombre, tiene dos alanos rampantes en su escudo de armas; se llamaba Juan de Castellanos y hacía unos tres años andaba de isla en isla[3], buscando fortuna, preguntándose si su destino sería el comercio o las expediciones guerreras, la riqueza ganada por las armas, la fama ganada por los hechos, o una gloria imprevisible como héroe o como mártir. Todo era posible en aquel tiempo, cuando España era dueña del mundo y un nuevo continente acababa de surgir de los mares como un sueño desmesurado e inexplorado, lleno de terrores y de promesas.

Mucho después contaría que aquella tempestad le hizo envidiar a los muertos, que en un momento sintió que hasta las casas parecían huir, que las calles se habían convertido en ríos, que todo lo que había sido morada era peligro, que el cielo de pronto pareció una ceiba gigantesca a la que están derribando con sus hachas los leñadores, que el aire huracanado parecía una batalla en la que se rompían juntas muchas lanzas, que estaban en guerra rigurosa todos los vientos y que el mar era mucho más alto que la tierra.

En cuanto cesó la furia del viento y el estruendo del mar, los pálidos y aterrorizados isleños decidieron huir hacia la vecina isla de Margarita, y los barcos de un capitán llamado Niebla y de Juan Cabello se llevaron para siempre a los pobladores. Pero con aquella retirada concluía uno de los episodios más dignos de memoria de la Conquista de América: el modo como en menos de cincuenta años una pequeña isla desierta se convirtió en una ciudad fabulosa que atraía comerciantes y aventureros de todas partes, y como, una vez llegada a su esplendor, una progresión de hechos de sangre y de conmociones naturales la convirtieron de nuevo en un islote despoblado y perdido.

A pocos años del Descubrimiento, el nombre de Cubagua ya frecuentaba los labios de los aristócratas de Europa, y era pronunciado con admiración y con codicia en las grandes ferias de Augsburgo y de

Brujas. La causa de aquello era a la vez sencilla y espléndida: de Cubagua salían sin cesar las más famosas perlas de Occidente.

En su tercer viaje, ya descubiertas las grandes islas, Colón y sus marinos habían desviado el rumbo hacia el sur y, en vez de adentrarse una vez más por los archipiélagos del Caribe, entraron en un golfo inesperado e inmenso y bebieron, creyendo que era el agua sagrada del Ganges, el agua dulce del Orinoco. Aquellas playas llenas de pájaros de muchos colores eran para sus ojos el Asia, y así, bordeando la isla de Trinidad, salieron del golfo de Paria y contemplaron en una asombrada navegación de cabotaje el mundo enorme que se abría ante ellos. Ante las costas de lo que sería Venezuela y junto a la paradisíaca isla de Margarita, estaba Cubagua.

Fue el propio Colón quien advirtió con extrañeza que junto a aquel islote reseco y deforme había nativos en agudas embarcaciones, que largo tiempo se sumergían en el mar y volvían trayendo en cestillos algo que descargaban en las canoas. La mirada que había explorado ansiosamente lo inmenso se detenía ahora en lo diminuto, llena de la misma curiosidad. Los indígenas, al advertir la nave, se replegaron asustados hacia la costa y allí prepararon con sobresalto sus arcos, pero desde los botes los hombres de Colón los halagaban hasta que les permitieron acercarse. Podemos imaginar por igual la escena y el asombro de los navegantes. Aquellos nativos desnudos de las costas del mundo nuevo estaban adornados de perlas. En los brazos, en las piernas, en los cuellos, mujeres y varones llevaban largas sartas de perlas, y era eso lo que extraían de las paredes sumergidas de la isla y de las praderas marinas.

Cambiadas por cuentas de vidrio y por cascabeles, cada una de las primeras perlas que adquirieron los marineros llevaba una noticia deslumbrante. De modo que, aunque Colón, que exultaba de dicha, quería mantener secreto su descubrimiento, la fama de los ostiales de Cubagua se extendió por los mares, y muy pronto aquel estéril peñasco sin ríos ni fuentes ni árboles fue asediado por navíos de todo tipo, y creció un campamento de toldos y de tiendas que enseguida se exaltó en ranchería y en pueblo y en ciudad. Desde 1498, año del primer hallazgo, la muchedumbre de aventureros y contratantes no dejó de crecer, y los pueblos nativos de las costas vecinas, que habían intimado por siglos con el mar y que habían hecho de aquellos ostiales un goce sencillo y un juego misterioso, vieron convertirse su templo marino en un inesperado horror. Ninguno de ellos se había establecido nunca en Cubagua porque, a pesar de su nombre, la isla de piedras y cardos y espinas no tenía agua que pudiera beberse. Pero fue tal la prosperidad, que uno de los negocios más rentables era el de los barcos que traían el agua desde Cumaná para abastecer a los pobladores de esa ciudad recién inventada en la que había ya palacios y fortalezas.

Y en las terrazas y en las calles y en la orilla había riqueza y abundancia, casas torreadas, altos y soberbios edificios, gentes prósperas y felices; las perlas de Cubagua iban de mano en mano por el mundo, y en Sevilla y en Toledo crecían las contrataciones. Pero tal demanda requería que los únicos seres capaces de extraer de las profundidades las ostras y las perlas, los indios de la costa cercana, trabajaran cada día más, y se sumergieran con mayor frecuencia, y más largas jornadas, y desde más jóvenes, y ojalá por más tiempo cada vez, en las aguas maravillosas de Cubagua. Y así la riqueza, como siempre ocurre, se convirtió para unos en maldición, y los pobres nativos de Cumaná vieron su paraíso transformado en infierno. Pasando el día entero en esas inmersiones inmisericordes, los jóvenes vivían poco tiempo, y un día sus pulmones reventaban por el esfuerzo. Entonces quisieron negarse a bucear, reconquistar la libertad que habían perdido. Pero el negocio llevaba un ritmo tal que esa negativa ya no era posible. Cuando los nativos se negaron, la violencia irrumpió desnudando el rostro verdadero de aquella conquista, y los indios fueron reducidos a la esclavitud para que, cargados de cadenas y en ásperas prisiones en la noche, y sumergidos en otra prisión de agua en el día, extrajeran sin fin el contento para distantes damas y nobles caballeros.

Como lo habría de decir nuestro joven, es imposible referir plenamente todas las maldades y las villanías que allí comenzaron. Hasta el emperador Carlos v, que acababa de convertirse en señor de tierras y mares, que había nacido en Gante, que gobernaba con su madre loca en Castilla, que tenía un palacio en Augsburgo y otro en Bruselas, una corte en Valladolid y otra en Milán, que tenía súbditos en las playas de Flandes y en las gargantas del Rhin, y que pronto los tendría en los valles del Anahuac y en la selva de las Amazonas, empezaron a llegar noticias de las iniquidades de sus hombres contra los nativos de ultramar, y el joven emperador agobiado de reinos hizo una pausa en sus guerras de Flandes, en sus aventuras navales contra los piratas moros y en sus consejos interminables donde se decidía sin tregua el destino de Europa, para recomendar a los traficantes un mejor trato con los hijos del Nuevo Mundo.

Pero las recomendaciones del emperador, que salían vigorosas y absolutas de sus labios, y se posaban con grave majestad en sus decretos, y avanzaban con grandeza y clarines por los reinos guerreros de Europa, eran menos fuertes ya cuando se embarcaban por el gran océano, y llegaban asordinadas a los puertos de América, de modo que los traficantes de perlas ni pensaban en ellas, porque sabían que era difícil que el remoto emperador pudiera vigilar el estado de los pescadores en las azules mazmorras del agua.

Vinieron entonces religiosos a humanizar aquel mundo y a fundar conventos en la costa, pero no gastaron su energía y sus plegarias tratando de corregir el rudo corazón de los mercaderes sino intentando cambiar las costumbres de los nativos, empeñándose en demostrarles que no había más que un Dios, y que esa solitaria divinidad llevaba quince siglos sangrando en un árbol por culpa de sus idolatrías y de sus pecados.

Un negociante más desaforado que los otros, que al parecer se llamaba Hojeda, salió un día de Cubagua hacia las costas vecinas a comprar provisiones a los indios, y al recibir la comida que le trajeron hasta el barco decidió quedarse también con los portadores y llevarlos esclavos. La operación fue tan exitosa que quiso repetirla enseguida. Pero la noticia del asalto había corrido más veloz por la tierra y cuando Hojeda recaló en las costas siguientes los nativos ya lo esperaban. Fingieron negociar con él, le pidieron cuatro días de plazo para traer los víveres, y Hojeda los esperó, manteniendo los prisioneros ocultos en el barco. Pero los indios ya habían tocado el extremo de la paciencia y estallaron en un motín de proporciones escandalosas. Decididos a exterminar a los invasores, se fueron por las costas matando españoles y despidieron para el cielo incluso a los frailes de los conventos recién fundados. En el poema donde tiempo después fueron inmortalizados estos hechos, el indio que convoca a los otros a la campaña de exterminio argumenta que los conquistadores y los frailes están aliados en una conspiración para arrebatarles a los americanos todo lo que había sido hasta entonces su vida, y dice con inmejorable elocuencia:

> "Bien veis que por palabras y en escritos
> Suelen abominar estos letrados
> Las viejas ceremonias y los ritos
> En que fuimos nacidos y criados:
> Aquestas son sus voces y sus gritos,
> Y en esto viven todos ocupados:
> Frailes quitan deleites y placeres,
> Y los otros los hijos y mujeres"
>
> T.1, PÁG. 567

Fue en el año de 1520 cuando la rebelión de los indios de Cumaná llevó espanto a las poblaciones españolas de la costa y conmovió por primera vez la prosperidad de Cubagua, que se anunciaba eterna. En menos de un cuarto de siglo, la riqueza de las perlas había hecho surgir de la nada un bazar insolente, y nadie parecía darse cuenta de que todo ese esplendor reposaba sobre la extenuación de los indios. Ahora estaban los curas degollados, destrozadas las efigies, ensangrentados los altares y los templos comidos por el fuego, y los indios dóciles que daban perlas a cambio de espejos y de cuentas de vidrio se habían cambiado en feroces vengadores. Una tropa armada de lanzas y de flechas envenenadas cargó contra Cubagua y la multitud de los mercaderes corrió hacia los barcos dejando todas sus riquezas y provisiones en la isla, que fue saqueada enseguida por los nativos.

Hojeda, por su parte, permaneció los cuatro días en aquella playa sin saber que esperaba la muerte, que llegó puntual. Y al año siguiente una tremenda expedición española bajo el mando de Gonzalo de Ocampo ancló en el puerto de Cumaná, se adentró por tierra firme, y llevó castigo a los pueblos indígenas de donde habían salido los amotinados. Las playas y los caminos se llenaron del horrible espectáculo de incontables indios clavados en estacas, y muchos otros fueron reducidos a la esclavitud y marcados con hierros candentes.

Avanzando por esas aldeas de nativos, los españoles encontraron a un indio con hábito de franciscano y reconocieron en él a uno de los asaltantes del convento. Por ello, entre las primeras y extrañas imágenes que nos ofrece el fresco descomunal de la conquista del territorio americano, está la de un indio vestido con el traje de Francisco de Asís que se mece ahorcado en lo alto de un peñasco.

Cada vez que se intentaba remediar la situación de los hombres de América, los hechos terminaban agravándola. El continente recién descubierto era apenas una fuente de recursos para las facciosas potestades europeas y casi nadie desde Europa podía ver toda la complejidad que había en él. "¡La parte más rica y más hermosa del mundo trastornada por el tráfico de perlas y pimienta! ¡Oh victorias mecánicas, oh baja conquista!", escribió por entonces Montaigne.[4] Pero esas palabras difícilmente podían ser comprendidas por monarcas como Carlos V, que necesitaba la riqueza de América para sostener su poderío, o por conquistadores que se enfrentaban casi solos a las adversidades e inclemencias de un mundo desconocido, o por los prelados y misioneros que se sentían obligados a extender el imperio de su fe sacrificando incluso sus vidas para ello. Los hechos son siempre anteriores a las razones; son muy pocos los seres humanos que comprenden su tiempo y abarcan todos los rostros contradictorios de la verdad.

Un hombre bondadoso, el padre Bartolomé de Las Casas, sintió desde el comienzo que el peor de los males estaba en la negación de la humanidad de los indígenas. Los veía como criaturas ingenuas y distintas, y entendía que su deber natural como cristiano era protegerlos de la codicia y la crueldad de los conquistadores. Ni un solo día de su vida descansó de esa tarea, y fue hasta el palacio del emperador y le reclamó leyes severas que salvaran a aquellos nuevos súbditos del exterminio que se cernía sobre ellos. Pero su desesperación hizo que los indios fueran reemplazados en los peores trabajos por esclavos traídos de África, y de un mal salieron dos.

Lleno de buenas intenciones, las Casas, como su contemporáneo Vasco de Quiroga, seguía afirmando que los nativos del Caribe eran criaturas mansas a las que se podría atraer a la religión cristiana por la vía del amor y del ejemplo; pero mientras él preparaba los cruzados del amor que colonizarían pacíficamente las tierras nuevas y sembrarían con dulzura la civilización, los conquistadores y los traficantes seguían sembrándola con espadas y cadenas y hierros candentes; el mismo emperador que firmaba las Nuevas Leyes de Indias necesitaba más riquezas de América para pagar su propia corona, para detener al moro, para controlar al Papa, para que sus cardenales mantuvieran su influencia en el decisivo Concilio de Trento, para gobernar a los alemanes, para intimidar a los franceses, para que sus navíos imperiales pudieran seguir navegando entre los cisnes del Rhin, para que las galeras del almirante Andrea Doria, su aliado, pudieran seguir reinando en el Mediterráneo, para que su hijo Felipe pudiera casarse con la reina María de Inglaterra, y para que los reinos que habían caído en sus manos fueran heredados por sus hijos y por sus hermanos, y el mayor imperio del mundo no se desintegrara al amanecer como el sueño del hechicero. Y para ello los colonos de América exigían derechos de señorío sobre los nativos, reforzaban su dominación y avanzaban arrasando culturas y rancheando el oro de los templos y de las tumbas, de modo que los valientes indios del Caribe ya no querían oír hablar de la bondad de Cristo.

Con los muchos indios esclavizados, Cubagua había reanudado su producción de perlas; la Nueva Cádiz seguía creciendo, y sobrevivió a un terremoto que hacia 1530 derribó parte de la fortaleza y modificó las sierras cercanas. Casi nada parecía quedar como recuerdo de la primitiva pobreza y aridez del islote. Había fiestas, torneos y ejercicios cortesanos; los edificios, ya lujosos, se engrandecían, y era casi natural que las hermosas perlas tuvieran como precio invisible la vida de aquellos indios famélicos con los pulmones llenos de agua y los ojos de luz submarina, que en la noche oían el rumor de la fiesta desde sus silenciosas prisiones.

Y, de pronto, desaparecieron los ostiales. A los pobres esclavos que saltaban de las canoas y se sumergían con instrumentos para arrancar las ostras de rocas y peñascos, para abrirlas y extraer el pequeño pero imprevisible número de perlas que contenían, les habrá costado convencer a sus amos de la extraña verdad: que prácticamente no quedaban ostras alrededor de la isla donde durante siglos habían abundado. Se intentaron todas las explicaciones: si cardúmenes de rayas habían arrasado los ostiales, o si éstos, por algún hábito migratorio, se habían desplazado hacia regiones más lejanas y más profundas, o si era la explotación desmedida y creciente lo que había agotado los recursos, al no darles el menor tiempo para reproducirse. Lo cierto es que las perlas escasearon hasta casi desaparecer, y con ellas se fue afantasmando la ciudad, de modo que cuando Juan de Castellanos llegó a Cubagua, más o menos por la época en que llegaron también las Nuevas Leyes firmadas por el emperador, ya el tráfico de perlas se había reducido y sólo quedaban como prueba de su antiguo esplendor los palacios y las fortalezas de la Nueva Cádiz, y gentes sedentarias viviendo de la riqueza que habían acumulado.

Entonces vino el golpe final. Aquella tempestad que parecía enviada para borrar la ciudadela española de la memoria de los hombres y para mostrar cómo es breve todo esplendor y frágil todo poderío. Dos siglos y medio después, todavía atraído por la leyenda de las perlas de Cubagua, el Barón Alejandro de Humboldt se acercó a la isla. La encontró desierta. "Hoy se alzan –escribió– sobre esta tierra inhabitada médanos de arena movediza y apenas se encuentra el nombre de Cubagua en nuestras cartas".[5] No pudo hallar restos de lo que había sido una lujosa ciudad del Renacimiento, sino el viento soplando sobre los eriales, cardos resecos, costas erosionadas y rocosas, y largas extensiones de salitre.

Pero todo esto lo sabemos porque alguien comprendió que lo que perdura está en el lenguaje y en el sentido. La música dura más que el hombre, y las palabras llevadas por el ritmo resisten más a los asaltos del tiempo que las fortalezas de piedra y las ciudades de codicia y de orgullo. Aquel muchacho que en 1543 escapaba a la destrucción de la ciudad en el barco del capitán Niebla iba a ser en los treinta años siguientes el atento testigo de la conquista de los nuevos reinos, y dedicaría el resto de su larga vida a cantar en un libro infinito la desesperada fundación de un continente.

EL VIENTO DE LA HISTORIA

En 1521 una fuerte sequía agobió la tierra andaluza. Entonces, como ahora, la falta de lluvias convertiría al sur de España en una especie de desierto blanco, una prolongación, como sugiere cierto poema de Auden, del inmenso desierto que se extiende al otro lado del Mediterráneo. Cuando nació Juan de Castellanos, en el hogar de Cristóbal Sánchez Castellanos y de Catalina Sánchez, la pobreza y el desamparo reinaban en las aldeas de la Sierra Morena; no así en la vecina ciudad de Sevilla, donde el comercio era la principal fuente de riqueza y hacia donde fluía el río de oro, de plata, de esmeraldas y de perlas que tenía su fuente en América.

Fue bautizado en Alanís el domingo 9 de marzo de 1522, y debía haber nacido muy poco antes. Los niños se bautizaban enseguida porque, según lo cuenta Henry Kamen en su biografía del rey Felipe, "la mortalidad infantil en esos tiempos era una amenaza permanente. En España se llevó a la mayoría de los niños de la realeza, y en el conjunto de la población eliminaba a uno de cada dos infantes".[6]

Castellanos repartió su infancia entre Alanís y la vecina villa de San Nicolás del Puerto, a la que llamó alguna vez "patria mía" y a la que consagró, acaso en un rapto de nostalgia senil, sus últimas preocupaciones literarias y económicas; pero debió pasar con sus padres y con sus abuelos de Serena y Santana muy pocos años en aquellas villas, porque Miguel de Heredia, párroco del lugar y amigo de la familia, no sólo afirma que Castellanos aprendió con él "gramática preceptiva, poesía y oratoria en la ciudad de Sevilla en donde tenía Estudio General y fue allí su repetidor saliendo de su poder hábil y suficiente para poder enseñar y leer gramática en todas e cualesquier partes donde él quisiese"[7], sino que declara también haberlo criado. Por lo menos diez años dedicaría Heredia a la educación de su pupilo, una educación refinada para su tiempo y a la que el alumno supo rendir honor más tarde, de modo que hacia 1530 ya debía estar Castellanos bajo la tutela y el magisterio del bachiller.

Un privilegio, sin duda. "El pueblo de España –escribe también Kamen– era ajeno a estas corrientes intelectuales. Aparte de una pequeña minoría de las clases superiores, pocos sabían leer o escribir y solamente en las ciudades principales podían encontrarse libros"[8]. Castellanos pertenecía a una vieja familia católica en tierras que fueron arrebatadas a los moros mucho antes que el resto del reino meridional, pero para alguien de origen modesto era una fortuna dar con un preceptor privado como sólo lo tenían por entonces los nobles. El propio Ercilla apenas podía ser instruido en el tiempo que le dejaba su labor como paje de Felipe II, y no disfrutaría de la curiosa libertad física e intelectual que tuvieron azarosos soldados del Imperio Español como Cervantes o Castellanos.

Sevilla por el año de 1530. Es difícil tratar de imaginar lo que sería aquello. Toda la rumorosa actividad de una colmena, las Casas de contratación, los navíos, los viajeros que llegaban de América con toda suerte de noticias asombrosas y aciagas, llenas las manos de oro y los cuerpos de heridas y los labios de historias increíbles. Aquel jovencito andaluz debió oír muchas cosas en esos años de formación, cosas que podían apartarse bastante de la rigurosa educación que el bachiller le impartía. Mucho más si pensamos que no sólo llegaban aventureros. En 1534, cuando Jerónimo de Ortal recogía marinos y soldados para su expedición al Caribe y para sus asedios a Trinidad, estuvo en Sevilla Gonzalo Fernández de Oviedo, quien era ya un importante escritor y bien podía conocer a Miguel de Heredia, el bachiller que gobernaba un Estudio General en la atareada ciudad de los mercaderes.

Fernández de Oviedo no era simplemente un escritor. Cuarenta años atrás estaba presente en la recepción que los Reyes Católicos le brindaron a Colón en Barcelona a su regreso del Descubrimiento, y antes de eso la historia lo muestra presenciando la caída de Granada en manos de los españoles y la retirada de los reyes moros. A los trece y a los catorce años, siendo paje del príncipe Juan de Castilla, había visto algunos de los hechos más importantes de su siglo, inesperados giros de la historia. Y después de aquello se había convertido en el primer gran cronista de las Indias occidentales; publicó en 1526 un *Sumario de la natural historia de las Indias*, seguido por uno de los libros más importantes de su época: la *Historia general y natural de las Indias*.

En un ensayo reposado y erudito sobre Castellanos, Miguel Antonio Caro, el gramático que a fines del siglo XIX gobernaba a Colombia mientras traducía a Virgilio, se pregunta si nuestro poeta y Oviedo se habrán conocido en Sevilla en aquel año.[9] Es verdad que los dos fueron amigos, pues en una de sus elegías sobre los hechos ocurridos en la Española, donde Oviedo fue regidor perpetuo de la capital y alcaide de la fortaleza, Castellanos escribe:

> ...el buen Oviedo
> Que es Gonzalo Fernández, coronista,
> Que yo conocí bien de trato y vista...
>
> T.I, PÁG. 207

pero Caro ignora que Oviedo era 44 años mayor que Castellanos[10] y que, si se vieron en Sevilla, éste apenas salía de la infancia y no era más que el repetidor y el asistente de un cura letrado. Caro supone también que don Juan viajó con la expedición de Ortal, pero el hallazgo posterior del acta de bautismo de Castellanos ha permitido calcular mejor la edad que tendría entonces. Hoy podemos pensar más bien en un muchacho fantasioso de 12 años que escucharía con asombro relatos de viajeros, y en cuya mente quedaron impresos extraños nombres: Borinquén, Cuba o Fernandina, Jamaica, Trinidad, Margarita, donde es grata la vida, Cubagua, donde las esbeltas canoas indianas se llenan de perlas, sin presentir de qué modo laborioso esos nombres terminarían unidos a su memoria y a su destino.

Algo que también debió afectar a Castellanos se cumplió en Sevilla en 1534, la publicación de un documento estremecedor: *La Conquista del Perú llamado la Nueva Castilla. La cual tierra fue conquistada por el capitán Francisco Pizarro y su hermano Hernando Pizarro*, escrito por un miembro de la expedición y publicado de manera anónima. Era el dramático relato del avance de ciento sesenta y ocho hombres valientes, irreflexivos e inflexibles, por un territorio misterioso donde pudieron obrar contra ellos los 80.000 guerreros de Atahualpa, y no lo hicieron. La relación verdadera y atroz del choque de dos mundos: cómo quemaron primero a un indio inocente para hacerlo confesar; cómo caía granizo cuando los conquistadores entraron a la región donde estaba Atahualpa; cómo se dio el primer encuentro entre ellos y el rey:

"Todo el campo donde el cacique estaba de una parte y de otra estaba cercado de escuadrones de gente –decía el texto– piqueros y alabarderos y flecheros: y otro escuadrón había de indios con tiraderas y hondas: y otros con porras y mazas. Los cristianos que iban pasaron por medio dellos sin que ninguno hiziese mudanza. Y llegaron donde estaba el cacique: y halláronlo que estaba assentado a la puerta de su casa: con muchas mugeres en derredor dél: que ningún indio osava estar cerca dél y llegó Hernando de Soto con el cavallo sobre él: y él se estuvo quedo sin hazer mudanza: y llegó tan cerca que una borla que el cacique tenía tocada puesta en la frente le aventava el cavallo con las narices: y el cacique nunca se mudó."[11] Allí se narraba el posterior secuestro del Inca, cuando asistió con su corte a una cena ofrecida por Pizarro, sus meses en prisión, el pago del enorme rescate, su asesinato, y la muerte en un día de más de seis mil personas desarmadas.

El aviso de las fabulosas riquezas y de las enormes civilizaciones americanas tuvo que abrumar a los jóvenes de entonces. El documento refería que la ciudad de Atahualpa era mayor que Roma; que, falto de hierro, Hernando Pizarro mandó hacer para los caballos de la expedición fugaces herraduras de oro con clavos de plata; que todo el cortejo del Inca iba diademado de oro y que había piezas tan grandes de ese metal que cada una debía ser llevada por doce hombres.

La creciente leyenda de los reinos americanos conquistó a nuestro joven letrado, y todo indica que a los 17 años Juan de Castellanos ya estaba en América. Parece una edad muy temprana, pero en aquellos tiempos ninguna infancia tenía derecho a prolongarse; las responsabilidades de la vida comenzaban muy pronto, y no sólo entre las gentes humildes. A los 19 años Carlos v ya se había echado sobre sus hombros el peso del mundo, y en cuanto su hijo Felipe cumplió los 16 el emperador dejó en sus manos la administración de la mitad del Imperio, incluidos el ducado de Milán, las tierras de España, y los crecientes reinos de América.

El 27 de septiembre de 1539 falleció en Puerto Rico el obispo Alonso Manso. El hecho casi no habría interesado a la historia posterior, si no fuera porque poco antes de morir el obispo brindó su hospitalidad a un joven viajero, y éste es el primer dato cierto que tenemos de la presencia de Castellanos en América:

Fue de menesterosos gran abrigo
Porque lo conocí sé lo que digo

T.1, PÁG. 232

escribió después. Y como además nos cuenta que aquel obispo era:

Varón de benditísimas costumbres,
En las divinas letras cabal hombre,

T.1, PÁG. 232

no debe extrañarnos que después de su viaje haya llegado justamente a la casa de un cura letrado quien viene de la casa de otro. De modo que en plena adolescencia ya había cruzado Castellanos el mar que nunca cruzaría en sentido contrario.

Sólo José María Vergara y Vergara supo descubrir en el siglo XIX su verdadero origen. Estaba declarado de un modo casual, sin intención autobiográfica, más bien como un dato secundario para aludir a uno de sus acompañantes, en una estrofa recóndita de sus obras. Pero la estrofa contenía claves de la vida del poeta: la declaración de que Alanís era su pueblo de origen, la única mención en ese vasto libro de la irrecuperable travesía, y la confirmación de que Puerto Rico fue su primer destino americano:

> Y un hombre de Alanís, natural mío,
> Del fuerte Boriquén pesada peste,
> Dicho Joan de Leon, con cuyo brío
> Aquí cobró valor cristiana hueste;
> Trájonos a las Indias un navío,
> A mí y a Baltasar, un hijo deste,
> Que hizo cosas dignas de memoria,
> Que el buen Oviedo pone por historia.
>
> T.1, PÁG. 247

Acompañado de un vecino de Alanís que buscaba a su padre, guerrero en la conquista de Borinquén, había llegado a Puerto Rico y así pudo hospedarse en casa del Obispo Manso, prelado de la isla. Es casual pero significativa la mención de Fernández de Oviedo. Ya se habían publicado por entonces los libros de aquel historiador y es probable que el joven los hubiera leído. Si en esta estrofa, la única en que alude a su viaje desde España, menciona a un guerrero de Borinquén cuyas hazañas han sido relatadas por Oviedo y menciona al cronista, podemos sentir cómo permanecían asociados en su mente el recuerdo de su llegada a América y el recuerdo del hombre que había relatado los primeros años de la Conquista.

Es conmovedor ver a Juan de Castellanos y a su amigo llegando a Puerto Rico en busca de un personaje de las crónicas de Oviedo. Hombres todavía vivos en las islas americanas eran ya historia en tierras españolas, y alguna importancia debió tener este pequeño roce de la vida y las letras en la posterior definición del destino del poeta.

Tal vez de los propios labios de Oviedo había escuchado las primeras historias de América; no podía imaginar que él sería más tarde uno de sus más laboriosos discípulos.

Una nueva tentación o un nuevo azar, tal vez la muerte del obispo Manso, lanzó a Juan de Castellanos a la aventura. El año siguiente lo pasaría en Santo Domingo y también en Aruba, Bonaire y Curazao, porque mucho después, cruzando en verso sobre aquellas regiones, se detiene para comentar:

> Haciendo yo por estas islas vía,
> Sería por el año de cuarenta…
>
> T.2, PÁG. 25

Y fue después de estas primeras aventuras cuando llegó a Cubagua, cuyo eclipse ya había comenzado. Tampoco allí encontró riqueza, sino una inesperada tempestad que deshizo en una noche la labor afiebrada de muchos años y de muchos hombres. Pero nadie sabe en realidad lo que anda buscando, y faltaban décadas para que Juan de Castellanos diera con su definitivo destino. Ahora iba en la proa de unos barcos riesgosos dando tumbos de isla en isla, reconociendo ese Caribe de las leyendas que hacía crecer huracanes a su alrededor y en el que todavía relampagueaban en la distancia las primeras locuras y los primeros espejismos de la Conquista.

LAS CIUDADES EFÍMERAS

No había sido el destino sólo de Nueva Cádiz ese vértigo de nacer, crecer y morir como en un conjuro. Aquélla, que fue la época de los aventureros afortunados, de espadas que mataban a miles de seres humanos en nombre de la religión del amor universal, de hombres desarrapados y hambrientos que avasallaban dilatadas provincias, de naves que iban inventando regiones y añadiéndolas a un mapa impredecible, de dioses vivos que caían y de dioses muertos que triunfaban, fue también la época de las ciudades fugaces.

Fuerte de Navidad, Isabela, Concepción de la Vega. Las primeras poblaciones de América duraban unos días, unas semanas, unos meses; después sus gentes se iban a poblar algún nuevo espejismo. De ellas nacerían más tarde Santo Domingo, La Concepción, Bonao, Santiago, fuertes y ciudades que no podían saber si durarían años o siglos. Así se alzó Caparra, en Puerto Rico, que fue refundada después, como Asunción en Cuba.

Cuando llegó Diego Colón a la Española, dueño de los derechos de su padre, que acababa de morir, ya había en esta isla quince villas. Después las fundaciones pasaron a tierra firme; y Nicuesa fundó en las costas ardientes de Panamá a Nombre de Dios, a la que más tarde sucedería Portobelo, y Alonso de Hojeda fundó a Santa Cruz en la Guajira venezolana y a San Sebastián en el Urabá colombiano. Más tarde, Fernández de Enciso, a instancias de Balboa, fundaría con los restos de San Sebastián otra ciudad de leyenda que fue borrada por el tiempo: Santa María la Antigua del Darién.

Muchas de aquellas primeras ciudades desaparecieron muy pronto, muchas en todo el continente fueron arrasadas o llevadas de un lugar a otro, como la Cali inicial de Yotoco, en las cabeceras del río Calima, fundada en 1537 por Miguel Muñoz, quien actuaba en nombre de Sebastián de Belalcázar, quien actuaba en nombre de Francisco Pizarro, y que fue trasladada más tarde por Lorenzo de Aldana a su lugar actual; como Santiago de Ecuador, trasladada a Guayaquil; como la efímera Tudela, que Ursúa fundó en el país de los muzos; como Santiago de los Caballeros de Guatemala, que aparecía y desaparecía, borrada por los ataques de los indios, por la erupción de un volcán, por un río de lodo que la cubrió por completo; como la Nueva Burgos, cuyos habitantes, dice un historiador, "la llevaban a cuestas, de una parte a otra, suspirando por un lugar donde los indios guerreros los dejaran sembrar y recoger sus cosechas de maíz".[12]

Salida de las ruinas de San Sebastián, Santa María la Antigua del Darién fue el lugar de los enfrentamientos entre Balboa y su suegro, Pedrarias Dávila, vio a Francisco Pizarro ordenar la prisión de su amigo Balboa, vio a Fernández de Oviedo escribir en una hermosa casa rodeada de naranjos y limoneros y a la orilla del río su novela de caballería *Claribalte*, y fue despoblada por la fundación de Panamá antes de que, como ha escrito García Márquez, "se la tragara la marabunta"; Panamá a su turno sería destruida por Morgan mucho tiempo después y fundada de nuevo en un sitio donde se la pudiera defender mejor; de Sangoyán, en el Perú, nacería después la Ciudad de los Reyes de Lima, donde fue cercado y acuchillado Francisco Pizarro; Santa Águeda del Gualí fue borrada por la rebelión de los indios de Yuldama; San Bartolomé de Cambis, en el valle de Neiva, fue fundada por Sebastián Quintero, asolada por el rebelde Álvaro de Oyón y vuelta a fundar el año siguiente con el nombre de San Sebastián de la Plata; la Ciudad del Barco fue de un sitio a otro hasta que se fijó definitivamente en Santiago del Estero; y Villarrica de la Veracruz se trasladó a lo que hoy es el ilustre puerto de Veracruz, sobre el Golfo de México. Había también fortalezas de frontera, como Valdivia en la costa chilena, y la Ciudad del nombre de Jesús y la Ciudad del rey don Felipe. El que buscaba una de aquellas fundaciones no sabía nunca si encontraría un campamento en cenizas o una ciudad abigarrada y próspera. El Nuevo Mundo era la región de lo inesperado, y así como los jóvenes aventureros siempre llevaban en sus alforjas novelas de caballería, también veían flotar en su mente mapas fabulosos donde las ciudades tenían muros de oro, torres de plata, reyes con collares de esmeraldas, canoas llenas de perlas, y hacia esos destinos marchaban decididos a todo.

El barco de Niebla dejó a Castellanos en Margarita. La isla le dio su dulzura y de ella haría mucho después un elogio magnífico, contrastando la paz inicial de ese sitio de ensueño con las comunes aflicciones de los españoles en otras regiones. Evoca como cosas paradisíacas que se pudiera ver llegar la noche sin temor a flechas súbitas, que les fuera posible dormir sin espuelas, que no llegaran los tigres a despertar a los durmientes:

Faltaban los barruntos y sospechas
De las adversidades de fortuna,
No se temían asechanzas hechas
Hambre ni sed a todos importuna:
Menos temían tiros de las flechas
Al tiempo que se pone ya la luna,
Sino que todos reposaban faltos
De pesadumbres y de sobresaltos.

Cualquiera de nosotros allí osa
Acostarse quitadas las espuelas,
Y sin temor de yerba ponzoñosa
Arrinconar escudos y rodelas:
No recelábamos fiera rabiosa
Que lleva los dormidos y las velas,
Mas cada cual dormía descuidado
De peligro y de riesgo tan pesado.

T.1, PÁG. 595

y está el recuerdo de un árbol inmenso y protector exaltado en símbolo de la benignidad de la naturaleza:

No hallaban lugar cosas molestas,
Ni do pesares hagan sus empleos,
Todo son regocijos, bailes, fiestas,
Costosos y riquísimos arreos:
Cuantas cosas desean están prestas
Para satisfacelles sus deseos,
Los amenos lugares frecuentando
E unos a los otros festejando.

Pasaban pues la vida dulcemente
Todos estos soldados y vecinos,
Donde la fresca sombra y dulce fuente
Al corriente licor abre caminos.
En el Val de San Joan principalmente
Eran los regocijos más continos,
Y a sombra de la ceiba deleitosa
Admirable de grande y de hermosa.

Con cierta cantidad no señalamos,
Por increíble cosa, tronco y cepa,
Pues toma tal espacio con sus ramos
Que dudo que mayor otro se sepa:
Tan bella, tan compuesta la pintamos,
Que hoja de otra hoja no discrepa;
Allí con el frescor del manso viento
Daba cien mil contentos un contento.

T.1, PÁGS. 595-596

Allí alcanzaron a los fugitivos de Cubagua noticias de nuevos ostiales, los del Cabo de la Vela, en la Guajira colombiana; y a los 22 años de su edad llegó Juan de Castellanos a la Nueva Granada para no salir de ella nunca más. Presenció en 1544 los trabajos de los pescadores de perlas de la Guajira, cuyos ostiales empezaron a competir en grandeza y horror con los de las islas:

Por la gente que en ella perecía,
Y ser vida de grandes aflicciones,
En agua sumergidos en el día,
Las noches en cadenas y prisiones...

T.2, PÁG. 269

Se hallaba en el Cabo de la Vela cuando ocurrió el naufragio del obispo Calatayud, en 1544; fue conquistador bajo el gobierno de Alonso Luis de Lugo; conoció las salinas de Tapé, donde los indios recogían peces arrojados vivos por las mareas en lechos de sal; encontró al poeta Lorenzo Martín y se fue con él a la fundación de Tamalameque; conoció a Cartagena en 1545; fue y regresó con sólo un compañero por tierras de indios bravos entre Santa Marta y el Cabo de la Vela; exploró la Sierra Nevada, y fue uno de los primeros españoles en ver, y acaso el primero en mencionar, las terrazas de piedra de la ciudad de los taironas, que después se escondería de los hombres por siglos, cerca de los más altos picos nevados de Colombia:

> Cuyas alturas son de tal manera
> Que se sube lo más por escalera.
>
> Escepto pasos, no tampoco llanos,
> Sino mesas que no son tan enhiestas;
> Mas escalones van hechos a manos
> (En las que son innumerables cuestas
> Que no pueden subir los pies humanos)
> De lajas grandes anchas bien compuestas,
> Y escalas hay que tienen reventones
> De más de novecientos escalones.
>
> Muchas en estas sierras son mayores;
> Y en parte prolijísimas calzadas,
> No faltas de grandezas y primores
> Y de hermosas lajas enlosadas,
> Que arguyen gran potencia de señores
> Que solían tener sierras nevadas,

Y en los remates dellas y recuestos
Hay poderosos mármores enhiestos.

T.2, PÁG. 286

Fue por años soldado de las expediciones de Conquista; participó en numerosos combates y de alguno salió malherido; sobrevivió a un naufragio, escapó de un tigre hambriento y estuvo a punto de ahogarse en un río; fue buscador de oro en la Sierra en 1550, mientras en Alanís su madre Catalina Sánchez, a quien nunca volvería a ver, llenaba solicitudes y acopiaba documentos para ayudarle a hacerse clérigo aprovechando su formación de letrado; vio las regiones equinocciales del Nuevo Mundo como nadie volverá a verlas nunca y como ningún otro occidental las supo ver entonces; vio las tres caras de la Sierra, la que mira al desierto extenuado por el viento, la que mira a la extensión inmóvil de las ciénagas y la que mira al Caribe agitado de arrecifes; abandonó las minas y se fue a Santa Marta en 1552 cuando empezó la guerra de Pedro de Ursúa contra los taironas; entró en las refriegas y volvió a Santa Marta en 1553; estuvo en Santafé, probablemente con Ursúa, cuando lo que hoy es una enloquecida ciudad de siete millones de habitantes era una aldea de quince años dormida en un valle de maizales, y conoció allí al tirano Álvaro de Oyón; hay quien afirma que acompañó a Ursúa en sus aventuras de Pamplona y en su probable fuga por el Magdalena, cuando ya lo perseguía para capturarlo el capitán Luis Lanchero; llegó a Cartagena de Indias para ordenarse como sacerdote y dijo allí su primera misa en 1554; fue por tres años cura en Cartagena y un año más canónigo tesorero de la iglesia de esa ciudad, hasta el 1 de abril de 1558; fue por dos años cura en Riohacha; volvió en 1561 a Tamalameque, el mismo lugar donde años atrás habían estado las ciudades efímeras de Sampallón y de Las Palmas, ofició allí por un año y enfrentó un proceso por infidencia y herejía, del cual salió bien librado[13], y en 1562 era cura en la ciudad de

Tunja, en las mesetas de los Andes. Se iba acercando sin saberlo a su vocación secreta y a su destino.

El siglo XVI era así. Podía un hombre haber sido asistente de un letrado y estudioso de preceptiva y oratoria en Sevilla, y después viajero por los océanos, marinero en las islas, pescador de perlas en Cubagua y aventurero en Curazao, comerciante en Margarita, soldado de conquista en los desiertos de la Guajira, buscador de oro en la Sierra Nevada de Santa Marta y cura de una plaza fuerte, y más tarde canónigo tesorero de una catedral indiana y párroco de una frontera de guerras y reo de un tribunal, y no haber llegado todavía a su verdadero e imborrable destino. Tenía cuarenta años, y aún lo esperaba la labor a la que dedicaría la mitad de su vida.

EL TESTIGO

El 23 de enero de 1564 murió en Tunja el bachiller Martín de Castro, después de ser beneficiado de la catedral durante seis años. Casi enseguida Juan de Castellanos presentó solicitud a la corona para obtener el beneficio, respaldada por testimonios de personas que lo conocían, y éste le fue concedido por cédula real cuatro años después, el 15 de julio de 1568.[14] Con paciencia, que no le faltaba, y con disciplina, habrá esperado esos cuatro años de morosas carabelas la decisión del rey o de su encargado.

Todavía por entonces para ser clérigo bastaba mostrar una buena formación en latín, probar que en la sangre no había huellas de rabinos o de adoradores de la media luna, conocer los oficios religiosos, saber los pecados capitales y las oraciones, cantar bien los artículos de la fe. Nada con lo que no estuviera familiarizado Castellanos desde esos jóvenes años llenos de Virgilio y de presentimientos. Apenas se estaban discutiendo en Trento los pasos de la formación eclesiástica y la institución de seminarios, y entre tanto en las Indias hacían falta prelados con urgencia. Don Juan leía en latín tan fluidamente como en castellano, había frecuentado a los autores clásicos y ahora empezaba a tener un designio en su mente. Nadie podrá saber cuándo comenzó a decirse que la tremenda realidad del mundo recién descubierto y aún en proceso de conquista estaba reclamando su Homero y su Plinio. Llevaba treinta años en América y ya lo había visto todo: mares impredecibles y bosques de árboles multiformes; la guerra desigual, sus flechas con veneno mortal y el hormigueo de sus ejércitos; los caminos borrados y las lluvias que nunca terminan; el diálogo de fogatas en la noche de las islas o el silencio donde acechan el hombre y las fieras; hambres de días sobre días; miedos cruzados por murciélagos, heridas cauterizadas con cuchillos ardientes y tesoros agravados de maldiciones. Había llegado joven a la guerra y al amor, y había vivido el hecho legendario de su tiempo: la travesía de un océano que medio siglo atrás era todavía un abismo de sirenas y serpientes marinas. Largas navegaciones habían hecho de él un marinero experto; conocía las crueldades de los traficantes de perlas, el sonido de los hierros candentes en la carne de los esclavos, el clamor de las tempestades antillanas, la fuga del venado por el monte, el viento incesante de los desiertos, la sensación de estar perdido donde no habrá socorro, y el modo como llegan a la playa los restos del naufragio. El peligro y la muerte lo habían mirado en las batallas, en las aguas traicioneras del río Palomino, llamado así en recuerdo de un capitán ahogado, en la soledad de un viaje a caballo por tierras de indios guerreros, en la nostalgia de aquel pueblo moro de su infancia, en el azar de los tribunales eclesiásticos. Conocía los árboles del mundo nuevo y procuraba aprender sus nombres; había visto los desconocidos animales de América; le eran familiares el desvelo, la zozobra, el silencio que precede a las grandes catástrofes. Crueldades, codicia, generosidad, brutalidades y locura, todo abundaba en aquellas campañas. Había contemplado la vida de los pueblos nativos, la enorme diversidad de sus rostros y de sus indumentarias, los ritos, los adornos, las tumbas. Había intentado imaginar a sus dioses, había admirado la energía y la agilidad de sus cuerpos, y no había logrado penetrar en sus almas indescifrables.

Había visto la única muerte, la de los otros, que llega enmascarada de palidez, de frío, de agua, de veneno o de hierro, y de algún modo sabía que en adelante la muerte sería su obsesión. Había visto las estrellas del nuevo hemisferio, y había divisado la sucesión de las islas, esa hermosa cadena de cumbres de montañas submarinas emergiendo de un mar de increíbles verdes y azules. Tal vez había recibido ya del Caribe lo que éste da a todos sus hijos y a algunos de sus visitantes, el don de lo que es a la vez profundo y diáfano, el don de una abismal transparencia. Conocía a Puerto Rico y a Santo Domingo, a Curazao, Bonaire y Aruba, a Trinidad y a Margarita; los fuertes inexpugnables y las ciudades pujantes, y después las fortalezas en ruinas y los puertos fantasmas. Conocía el precio sangriento del oro y de las perlas, conocía las empalizadas de Coro y las aldeas de Cumaná, las nieves de Santa Marta y los incendios de Cartagena, el viento blanco de los desiertos y el rostro violeta de los ahogados. Había oído la tos de los jóvenes indios que se sumergían día a día en el mar, había velado esperando al jaguar, había visto a la enorme boa imposible enroscándose en torno a la rama; y desde el comienzo había sentido una admiración invencible por ese mundo nuevo que lo ceñía.

Los otros soldados pasaban por los campos con la mirada fija en un invisible confín lleno de oro, y no veían casi nada de lo que había ante ellos porque iban deprisa. Las selvas eran obstáculos, los caminos eran extravío, los animales eran peligros, los insectos eran mortificaciones, los indios eran barbarie, las culturas eran superstición. América era para muchos, para casi todos ellos, una inmensa maldición que sólo se justificaba por esas múcuras de oro, por esos pájaros y ranas de metal que los nativos adoraban, por esos campos de cultivo donde uno podía recuperar las fuerzas después de días de marcha, para retomar la idea fija, la obsesión, la búsqueda del oro y la riqueza que lo compensara todo y que permitiera el regreso a la querida península donde estaba la vida verdadera.

Pero Castellanos no pensaba en volver; él veía la belleza, veía el esplendor, estaba asombrado. Acabaría escribiendo los versos que dieron expresión plena a la voluntad de muchos europeos de permanecer en América y amarla, de encontrar aquí no un botín ni un lugar de saqueo sino un hogar y una patria:

> Tierra de bendición clara y serena,
> Tierra que pone fin a nuestra pena.
>
> T.2, PÁG. 483

Para él América existía de un modo desconocido y casi mágico. Su espíritu curioso, su extraordinaria capacidad de observación lo ayudaron a ver lo que era distinto, a detenerse en las cosas precisas y minúsculas, y por fortuna para nosotros el destino le permitió construir con toda su sensibilidad y su memoria un monumento perdurable.

Lo único que pudo haber impedido el excesivo horror de la Conquista es que hubieran abundado hombres como Juan de Castellanos, llenos de atención, de preguntas, de lenguaje, de conmiseración, de un heroísmo que no se midiera por la capacidad de ultraje o de destrucción, sino que se arriesgara en exploraciones, se abrumara de perplejidades, se detuviera en matices. Pero, ay, Montaigne no vino a América, hombres como Castellanos no abundaron ni siquiera en su época, y ya es mucho que entre esos miles haya habido unos cuantos a los que no enceguecía la codicia ni el sentimiento continuo de superioridad ante todo lo que es distinto.

Había advertido la audacia en las palabras de Francisco de Orellana, la rudeza en el rostro cicatrizado de Pedro de Heredia, la austeridad casi monástica en el rostro de Jiménez de Quesada. Conocía a Jerónimo de Ortal, a Fernández de Oviedo, al enamorado Ursúa, al belicoso Sedeño, al culto y noble erasmista Lázaro Bejarano, y a los que fueron con Felipe de Hutten y volvieron sin él; a centenares de paladines nobles y también de villanos intratables; a muchos seres a quienes sinceramente admiraba por su valor o por su inteligencia, y a muchos que no podía olvidar, por su astucia, incluso por su malignidad.

Una empresa tan descomunal como la Conquista de América había requerido demasiado heroísmo, y si no abundó en nobleza, en lucidez ni en sutileza, al menos se sobró en valor y en temeridad. Esos cuatrocientos hombres que sojuzgaron el Imperio Azteca y esos menos de doscientos que avasallaron el Imperio Inca eran brutales y cometieron incontables atrocidades, pero no pueden ser medidos con el mismo patrón con que medimos a los trescientos mil soldados de Gengis Kahn arrasando el Asia o a los soldados del ejército de Darío o de Alejandro. Empujados por la necesidad y llevando cada uno a cuestas un pasado personal a menudo miserable, no conformaban ejércitos; eran pequeñas expediciones demenciales y casi suicidas enfrentadas a un mundo ignorado y (habría que vivirlo para saber qué se siente) cercadas de muchedumbres indescifrables. Sus atrocidades están a la vista, pero no se les hace justicia a los aventureros españoles si se los ve como meros monstruos de abominación, como no les han hecho justicia a los pueblos americanos los justificadores de oficio de la Conquista, al desconocer con torpeza las civilizaciones nativas, al negar la vasta desventura del genocidio y al no esforzarse por entender a unos pueblos cuyo cielo ya irrecuperable se desplomó en pedazos.

Yo diría que la Conquista de América, tan llena de horror, no puede ser vista como un crimen. Abundaron los crímenes en ella, hechos que repugnarán siempre a la condición humana, pero históricamente tiene que mirarse como una tragedia, en el sentido, si se quiere, hegeliano del término, es decir, como el choque de dos mundos y dos visiones que se validan cada una a sí misma, pero que no logran encontrar una síntesis.

La dinámica de la civilización europea no podía impedirse que tarde o temprano los presentimientos de Platón, las profecías de Séneca, o las palabras de Ulises en el *Infierno* de Dante,[15] se convirtieran en realidad, y alguien se lanzara por fin a la aventura oceánica. Europa, además de su insaciable sed de poder y de su codicia ilimitada, necesitaba salir de sí misma: estaba llena de fuerzas que, como el espíritu imperial de Roma y el espíritu del Cristianismo eran, por su propia naturaleza, expansivas.

Además los europeos, y en particular los españoles, estaban hechos a las conquistas. Ocupada la península sucesivamente por celtas y fenicios, por cartagineses y romanos, por visigodos y por moros, si algo no cabía en la cabeza de un español era la idea de la inviolabilidad de un territorio y de una cultura. El mundo parecía ser de quien se apoderara de él; esa lógica había imperado en Europa desde siempre; no parecía haber pueblo europeo que no hubiera padecido los cascos infamantes de alguna tropa de conquista, y los reinos que encontraron en América no parecían obrar de otra manera: allí estaba el imperio de los aztecas, a quienes los otros pueblos del Anahuac veían como invasores; allí estaba esa dura guerra entre los Incas hermanos, y estos españoles de la edad de Maquiavelo supieron aprovechar esos conflictos utilizando al indio contra el indio. Por otra parte, frente a la fría ferocidad del exterminio total de los nativos que se dio en la América del Norte, la conquista española estuvo llena de escrúpulos y de ambigüedades, y una parte de esa ambigüedad admite el nombre de humanismo del Renacimiento.

Pero dejemos estas consideraciones y veamos cómo Juan de Castellanos, símbolo de ese humanismo, abandonó la vida de soldado y, sin ser alguien especialmente ascético y piadoso, después de buscar retiro sosegado en un rincón del reino nuevo, sintió que él podía hacer algo con todo lo que había visto, amado y recordado, y decidió emprender el relato de los episodios que abarrotaban su memoria. Se dijo que todas aquellas cosas no merecían caer en el olvido, que el heroísmo debía ser eternizado por el lenguaje, que el mundo nuevo exigía ser nombrado y celebrado; advirtió que los pueblos nativos eran algo demasiado complejo e indescifrable para reducirlos a meros estereotipos griegos y latinos; comprendió que la lengua española estaba arraigando en el desconocido territorio al que había llegado, y, a lo mejor con otras palabras y sin recordar que lo había leído en Homero, sintió que "los dioses labran desdichas para que a las generaciones humanas no les falte qué cantar".

En 1569 Ercilla publicó la primera parte de *La Araucana*. Pero antes de eso, en 1561, de regreso a España, había hecho un alto en Cartagena de Indias, detenido por una "extraña enfermedad", cuando ya se proponía escribir un poema sobre el tema de los araucanos y cuando ya, sin duda, había escrito muchas octavas. No hay la menor evidencia de que los dos poetas se hayan conocido; en aquel año de 1561 Castellanos era sacerdote en Tamalameque. Pero la noticia de que Ercilla preparaba un poema en octavas reales sobre América bien pudo llegarle a don Juan mucho antes de que *La Araucana* fuera publicada. Fue la belleza de esa obra, y la insistencia de sus amigos, lo que decidió a Castellanos a darle a su memorial la forma de cantos escritos en octavas reales. Como quien emprende un camino sin preguntarse siquiera cuántos días le tomará, ni cuál es cabalmente la meta, sin soñar que ese propósito le consumiría el resto de su vida, inició la ardua, abnegada, amorosa redacción de un poema casi interminable.

EL LIBRO INFINITO

Lo llamó *Elegías de varones ilustres de Indias.* Canta y cuenta los viajes de Colón y la conquista de las islas del Caribe, de Venezuela y de la Nueva Granada hasta las primeras tierras del Inca, el reconocimiento de las regiones amazónicas y los primeros asaltos de los piratas franceses e ingleses. Es por su antigüedad la segunda gran crónica general de la Conquista después de la de Fernández de Oviedo, pero es además el primer poema verdaderamente americano de la historia escrito en lengua castellana, mucho más que una crónica en verso y mucho más que un relato histórico, un esfuerzo desmedido y afortunado por aprehender a América en el lenguaje y nombrarla por primera vez, no con el tono seco de un informe oficial, ni con el lenguaje fantasioso de un cazador de endriagos, ni con el tono probo pero incoloro de un acumulador de datos, sino con la voluntad de introducir todos esos hechos en el ritmo nuevo de la lengua, en la fluidez de una música, en un orden de belleza y de verdad.

Algunos lo leyeron buscando un poema heroico de corte clásico: procuraban ignorar que asistían a la irrupción de un mundo en el orden mental de Occidente, que la historia estaba empezando a obrar una descomunal mezcla de culturas y que a un hecho de esas dimensiones no se le dictan preceptos. Que precisamente no se lo puede atar con los lazos de una tradición que está siendo desbordada de un modo definitivo. Se dice que a Nietzsche lo rechazaban como poeta porque era un mero filósofo y lo rechazaban como filósofo porque no era más que un poeta. A Juan de Castellanos los poetas lo declararon historiador y los historiadores lo declararon poeta, para no tener que ocuparse de él. Si era poeta, ¿por qué no inventaba, por qué no adornaba, por qué esa obsesión por los hechos, ese culto obstinado de la verdad histórica? Y si era historiador, ¿por qué esas octavas reales, esa simetría, ese rigor de las rimas que sujeta al lector a un ritmo en el que la historia parece subordinada siempre a otra cosa, aunque no se nos diga nunca a qué?

Y los literatos decían que se había equivocado al sujetarse a la historia, ya que su tema perdía nobleza, armonía, altura de imaginación, fantasía y, en suma, libertad. Y los historiadores decían que se había equivocado al sujetarse a las formas poéticas, que había sido un pésimo consejo el de quienes le recomendaron que tallara sus temas en octavas reales al modo de Ercilla, y que más le habría valido hacer una buena crónica en prosa como la de Oviedo, la de Fray Pedro Simón o la de Aguado.

Y a todas estas, nadie parecía fijarse en lo que don Juan había hecho, por andar estableciendo lo que don Juan había debido hacer. Él quería erigir un monumento a los capitanes y adelantados españoles que dejaron su vida en tierras de América. Quería que las hazañas del Caribe, de las costas de Venezuela y de la Nueva Granada obtuvieran también, como lo habían obtenido las de Chile, el honor de ser cantadas en versos heroicos. Pero se propuso contar esa historia desde el comienzo, desde el Descubrimiento y los viajes de Colón, la fundación y sucesiva población de ciudades en islas del Caribe, la entrada en tierra firme y el establecimiento de las granjerías de perlas, las búsquedas del oro, las campañas de los alemanes, los extravíos, las batallas, los naufragios, los avances por el Orinoco y el Meta, por el Magdalena y el Amazonas, el enfrentamiento con la naturaleza, la riqueza, complejidad y energía de las culturas nativas que poblaban ese mundo admirable.

Todo eso tal vez se podía resumir en unos cuantos cantos; o se podía reinventar y hermosear para el gusto de la corte española; o se podía cantar como un avance patrocinado por las divinidades olímpicas. Se podía tejer con aquellas historias un tapiz de poemas renacentistas de gusto arcaizante, algo en lo que los europeos de entonces se reconocieran y se maravillaran, algo de lo que pudieran decir enseguida: "¡Qué rica y delicada poesía!" Pero Juan de Castellanos, para su bien y para el nuestro, no era un letrado de la corte ni un doctor emérito ni un erudito de esos que siempre oponen al libro posible el libro ideal, y la posteridad no le habría perdonado que barnizara con falsos colores y embriagara con perfumes todo el horror de aquel involuntario pero indudable *Inferno*. Era un joven humilde que había recibido una educación más refinada que el común de los conquistadores, tenía una sensibilidad típica del Renacimiento, y mostraba una delicadeza de la percepción que ya habrían querido en América buena parte de nuestros poetas posteriores. Afortunadamente no estaba en sus manos la posibilidad de escribir un poema formal, tiranizado por la costumbre y por la normatividad poética imperante. Lo que saliera de sus manos no podía ser correcto de una manera conocida. En torno, la Conquista de América era día a día invención, asombro, fusión, impiedad y violencia; todo tenía la extrañeza y la irrealidad de un comienzo. ¿Podía haber en España alguien esperando que de aquel caldero de heroísmo y asombro, de brutalidades y buenas intenciones, de incomprensión y de piedad maliciosa, de los más altos discursos encubriendo las más bajas acciones, de humareda y carnaza y destace, salieran y volaran a sus manos unos poemas líricos y heroicos muy artísticamente dispuestos, compuestos en un estilo sabido e intachable, alabanzas a la exquisitez de la civilización?

Nadie puede dictarle a una época así cómo ha de ser su libro. Lo más razonable sería abrir los ojos y esperar a ver qué brotaba de ese mundo como testimonio de una edad tremenda, como desenlace de los horrores de una época y como comienzo necesario de un tiempo nuevo. Quien crea en el sentido profundo del arte y de la literatura ha de saber que las obras no son contingentes, ni fruto del capricho de unos individuos, sino resultado necesario y significativo de los padecimientos y los hallazgos humanos. *La Ilíada* y *La Odisea* son tan honda expresión de una sociedad y una época, que es casi justo que no logremos asir a su autor, y hayamos asignado su nombre más bien a la legión de bardos desconocidos que salvaron un estilo, una mitología encarnada en la vida, un modo de cantar y contar.

Leer las *Elegías de varones ilustres de Indias* es ver cómo avanzó la lengua castellana nombrando los dispersos reinos del Caribe y de la América equinoccial; es ver, cosa que interesa por igual a seres humanos de todas las condiciones, cómo avanza una lengua tomando posesión de un territorio. Juan de Castellanos escribió durante más de treinta años sin la menor pretensión de estar haciendo una obra maestra, aunque sí de algún modo consciente de que se trataba de una obra inmortal. Muy a menudo nos declara, con sencillez, que no juzga su talento a la altura de la magnitud de su empresa, que su pluma está mal cortada, que otros habrían debido hacerlo y que el destino ha echado sobre sus hombros una tarea que lo excede. En su dedicatoria al rey Felipe empieza diciendo:

"Entre las cosas notables que autores antiguos nos dejaron escritas, hicieron memoria de aquella gran locura de Corebo, cuya cuenta, no entendiéndose a más número que hasta cinco, presumía contar las ondas del mar y las arenas de sus riberas; y desta misma podría yo ser ahora redargüido; pues, en confianza de tan pobre talento como es el de mi ingenio, propuse cantar en versos castellanos la variedad y muchedumbre de cosas acontecidas en las islas y costa de mar del norte destas Indias occidentales, donde yo he gastado lo más y mejor del discurso de mi vida".[16]

Hizo un libro que no podía ser apreciado por los hombres de su tiempo y que no podía ser valorado mientras persistieran los esquemas de una crítica normativa y dogmática. A medida que nuestra época hace menos rígidas las fronteras de los géneros literarios, podemos captar mejor la singularidad de una obra en la que participan por igual la poesía épica, la narración, el relato histórico, la crónica y la descripción de la naturaleza. La historia era desmesurada y el poema fue desmesurado; la historia era terrible y el poema supo reflejar esa cruenta intensidad; la historia estuvo llena de heroísmo, de belleza, de abnegación, de maldad y de contrición, de ofensa y de perdón, y leer el libro que fue saliendo día a día y año tras año de las manos de Juan de Castellanos es internarse por un universo verbal que hace palidecer las flores de la imaginación. Aquel manantial de palabras nunca terminaba de fluir. Después de escribir gruesos volúmenes, que prácticamente nadie leería por siglos, lo único que acertaba a decir al final era que ojalá se sirviera Dios en darle un poco más de vida para alcanzar a contar lo que aún se le quedaba en el tintero.

En los versos iniciales Juan de Castellanos declara que empieza a cantar en la ancianidad:

A cantos elegíacos levanto
Con débiles acentos voz anciana

T.1, PÁG. 59

Esto le hizo pensar a José María Vergara y Vergara que debía tener cerca de setenta años cuando inició su labor y que, por lo tanto, había nacido entre 1500 y 1510. La verdad es que empezó a cantar hacia los cincuenta años, por la misma edad en que Cervantes empezó a escribir *El Quijote*, pero se entiende que ya se considere un anciano, porque en aquel tiempo alguien de esa edad casi lo era. El emperador Carlos V, que había ascendido al trono de España a los dieciséis, murió gastado y envejecido, en un estado severo de postración y lleno de achaques, a la edad de cincuenta y ocho años. Y si era así en la propia corte, ¿qué esperar de la edad madura de hombres que enfrentaron desde la adolescencia climas desconocidos, los azares y las guerras de América, y que habían vivido por años en la zozobra? Castellanos no podía esperar que viviría ochenta y cinco; nunca estaba seguro de que tendría tiempo suficiente para contar nuevas cosas, y a menudo, confesando su extrañeza y su gratitud, retoma algún hecho ya narrado sobre el que siente que puede dar mayor información. Desde su tranquilo retiro miraba con simpatía su pasado de lances y riesgos, pero también celebraba haber escapado sin mal de tantos peligros:

Pues escapándonos de los rigores
Del Mavorte feroz, crüel, airado,
Hicimos lo que hacen malhechores,
Que recogerse suelen a sagrado;
Su gracia nos dé Dios y sus favores
Para llorar el tiempo malgastado,

Porque con la mudanza del oficio
Se gaste lo demás en su servicio.

T.2, PÁG. 57

Comenzó a cantar "con voz anciana" y después de haber ordenado en prosa toda la vasta información que había recogido. Sus cuadernos llenos de datos, fechas, nombres, de los que habla a menudo, debían de ser muchos, y aunque no siempre lo escribiera, el acopio de aquellos datos había tenido lugar durante las campañas mismas. A partir de cierto momento no sólo recogió personalmente todos los testimonios que pudo de los protagonistas que había conocido, pidió relatos escritos y mantuvo correspondencia con numerosos testigos, sino que tuvo que cotejarlos (a veces hasta diez versiones distintas) para llegar, como un buen historiador, a una versión justa. Si algo abunda en su libro son declaraciones como ésta:

Pero según las relaciones nuevas
Que de la villa de Mompox me envía
El antiguo soldado Juan de Cuevas,
No fue poco sangrienta la porfía...

T.3, PÁG. 47

Resulta difícil entender hoy que un hombre dedique casi toda su vida a un solo propósito. Ha de creer en la importancia y la verdad de lo que hace, tener un enorme sentido de responsabilidad, llevar un fuego inextinguible en la mente. Pero la única queja que oímos de Castellanos es la afable (y ritual) confesión de cansancio al final de cada canto, siempre atenuada por la promesa de que el siguiente comenzará con nuevo brío. Así, antes de contar la triste muerte de Felipe de Hutten, nos dice:

Y pues que van a paso presuroso,
Y ansimismo de ir en seguimiento
Un camino tan largo y trabajoso
Yo me hallo cansado y sin aliento,
Quiero tomar un poco de reposo
Para que pueda con recogimiento
Poner en orden el futuro canto,
Que ya no será canto, sino llanto.

T.2, PÁGS. 210-211

Y antes de su "Elegía a la muerte de George Espira":

Bien pudiera tocar mi baja lira
Otros muchos negocios sucedidos;
Mas por algún espacio se retira
A la reformación de sus sentidos,
Hasta que Fedrimán y George Espira
A la gobernación sean venidos;
Y pues he de tocar cosas de espanto,
Quiero templar sus cuerdas entre tanto.

T.2, PÁG. 123

Borges habla de un fantástico libro infinito en el cual discurre de un modo caleidoscópico el universo, una enciclopedia tan detallada del mundo que lo refleja puntualmente en palabras, como un espejo inquietante que lo reprodujera sin fin. Hay algo de esa abundancia en el libro de Castellanos, y si bien el adjetivo "infinito" no es más que una hipérbole con respecto a él, uno tiene frente a sus páginas la repetida sensación que tiene Borges ante su delirado "libro de arena": que cada episodio preciso, una vez leído y admirado, va a perderse para siempre cuando el libro se cierre, y que nuevos episodios, paisajes y personajes van a ocupar su lugar. A ello contribuyen la regularidad de las estrofas y el tono reposado y sostenido de los versos, que nos dan la ilusión de un edificio hecho de cristales regulares e idénticos. Pero basta internarse en esas galerías cambiantes para descubrir que cada cosa está allí para siempre, que la riqueza de las rimas es abrumadora, que los episodios son siempre nuevos. Y esa doble virtud de vastedad y minuciosidad tal vez sólo puede ser descrita con una frase de *El Aleph*: "vi convexos desiertos ecuatoriales, y cada uno de sus granos de arena".

EL LIBRO Y LA MEMORIA

El planeta, tal como hoy lo concebimos, nació con el Descubrimiento de América. La irrupción del nuevo continente en la historia europea cambió de muchas maneras la noción que el Viejo Mundo tenía de sí mismo: forzó a los hombres a una nueva concepción del espacio planetario; abrió una vertiginosa época de exploraciones y conquistas y renovó las inquietudes espirituales de la civilización; mostró cuán incomprensiva y cuán bárbara podía ser una cultura varias veces milenaria, sacando a la luz su fondo de superstición, de repulsión y de intolerancia; mareó de aventura y de codicia a muchas generaciones; puso en marcha un proceso de explotación de riquezas incalculables; aniquiló valerosas poblaciones y exquisitas culturas; sembró la religión y las lenguas de Europa sobre la ceniza todavía susurrante de los dioses nativos; soltó sobre los mares un pueblo de naves de rapiña; llenó de temas nuevos la imaginación de los hombres; puso la palabra Calibán en labios de Shakespeare; inspiró una *Utopía* en las páginas de Tomás Moro y otra en las prédicas de Erasmo de Rotterdam; encendió un sueño de ríos de oro en la imaginación de Luis XIV y puso a brillar los fantasmas de Eldorado en las páginas de Voltaire; estimuló la idea del "buen salvaje" en Rousseau, e inspiró los temas y los paisajes del Romanticismo. Como protagonista de ese Descubrimiento y de esa Conquista, España se vio lanzada a un papel de hegemonía mundial que la convirtió en el siglo XVI en el cruce de todos los caminos y en la encrucijada de todas las fuerzas históricas.

La condición de heredero de los reinos de Flandes, de España y de Alemania, la posición de dominio sobre Italia y el Mediterráneo, y el poder sobre las crecientes comarcas de ultramar, unido todo a las descomunales riquezas procedentes del suelo americano, hicieron de Carlos V el primer rey del mundo y de España el escudo del catolicismo contra todo lo distinto y contra todo lo nuevo. En esa cruzada implacable y múltiple que habían comenzado sus abuelos, los reyes de Aragón y de Castilla, contra la civilización mora, contra la cultura judía y contra las culturas naturales de América, y en su conflicto y ambivalencia frente a la Reforma protestante, se definió en el siglo XVI el futuro de España y en gran medida el futuro del mundo.

Al tiempo que cambiaba al planeta, España vivía su propia agonía. Es difícil entenderlo pero, precisamente por ser el nudo de todas las fuerzas históricas, aquel país arrebatado de pronto a su sueño de aldea para ser el fundador de los tiempos modernos se desgarraba en contradicciones. Invocaba los derechos soberanos de la nación para expulsar a moros y judíos, pero al mismo tiempo legitimaba su propia invasión de reinos lejanos en nombre de la cristiandad. Llevaba el catolicismo a América pero para ello tenía que aceptar las evidencias de la ciencia, que contrariaban verdades milenarias de esa religión. Era la punta de lanza de la modernidad pero lo era en nombre de oscuros dogmatismos. Inauguraba la edad de los grandes mestizajes étnicos y culturales pero pretendía extender la hegemonía monolítica de una cultura. Tenía la cabeza llena de sueños mágicos y se estrellaba contra la tozudez y la rudeza de la realidad. Hallaba en su camino un mundo asombroso pero procuraba cerrar los ojos ante él para que ninguna evidencia inquietante alterara sus convicciones. Siendo el país que inauguraba la Edad Moderna y uno de los núcleos del Renacimiento, trajo al final a América lo que los filósofos califican como una suerte de Edad Media tardía, y después de las mayores audacias se refugió ella misma por siglos tras una incomprensible muralla de conventos y de cuarteles.

El siglo XVI vio coexistir en el cuerpo del Imperio Español todos los ensueños del pasado con todos los desengaños del presente, la crueldad armada de garfios de los inquisidores con el éxtasis solitario de los místicos, la finura de la corte renacentista de Felipe II con las astucias y malicias de la picaresca, el arte exquisito de los poetas del Siglo de Oro con la ferocidad de los conquistadores; guerras en Flandes, intrigas en Alemania, torneos en la corte francesa, conciliábulos en el Vaticano, ejércitos flotantes en el Mediterráneo, grandes batallas navales, pestes y hambrunas, monjas endemoniadas levitando y brujas angélicas ardiendo.

La Conquista de América, la cruzada contra los moros, la expulsión de los judíos, el oro de Eldorado, la plata del Potosí, las perlas y las esmeraldas, el Concilio de Trento, la batalla de Lepanto, la Contrarreforma, la catástrofe de la Armada Invencible, todo aquello le decía adiós a un mundo y anunciaba el advenimiento de edades distintas. Si podemos decir que el XIX fue un siglo inglés y que el XVIII fue un siglo francés, no hay duda de que el XVI fue sobre todo un siglo ibérico y en particular español. Y no es de extrañar que esa edad haya señalado también el comienzo del Siglo de Oro de las letras españolas, el momento de la madurez clásica de la lengua literaria.

Todos aquellos hechos extremaron la grandeza de España pero al mismo tiempo apresuraron su colapso, y con el naufragio de la gran armada de Felipe II comenzó el lento naufragio de todo el Imperio. Pocas historias más vigorosas y a la vez más trágicas. Cuando después de la batalla de Rocroi en 1643, España se repliega del escenario de la historia hacia su segunda Edad Media, había trazado ya el camino de la modernidad, había sido el gabinete donde hirvieron y proliferaron las más extrañas y abigarradas formas de la realidad y de la imaginación: los inquisidores implacables y los apóstoles del derecho humanitario, poetas guerreros y aventureros ilustrados, el verso estóico y la daga asesina, el ascetismo y el desenfreno, los místicos y los pícaros, los paladines y los genocidas.

El más importante de aquellos hechos fue la Conquista de América. Inauguraba la historia mundial, con su definitiva confluencia de culturas, su acumulación de riquezas, su planetización de la vida y su relativización de las verdades seculares de todos los pueblos. Por su abundancia de acontecimientos, su temeridad y su brutalidad sería tema de inquietantes debates filosóficos y teológicos, y sigue siendo un desafío para la sensibilidad y un desafío para la imaginación.

En Europa aquella época se llamó el Renacimiento, pero en Europa y en América fue de maneras distintas un verdadero nacimiento. Sin esos rostros complementarios del siglo XVI no podríamos comprender lo que somos desde entonces a ambos lados del Atlántico. Pero entender el origen de América no es fácil: toda exploración choca con una muralla de espejos enfrentados en la cual se extravía el pensamiento. Poner a Hernán Cortés frente a Moctezuma y a Pizarro frente a Atahualpa es más disonante que conjugar de pronto en una ficción de la historia el mundo de César Borgia con el mundo de los faraones del Alto Egipto. Parece imposible la convergencia en un momento histórico de dos edades tan distantes, de dos universos mentales tan incompatibles. La guerra entre conquistadores y nativos no era comparable tal vez a ninguna de las guerras antiguas. Los ejércitos que se enfrentan en *La Ilíada* son tan hermanos uno de otro como Afrodita y Palas Atenea: los mismos dioses, los mismos rituales, el mismo lenguaje; idénticos bajo sus pies y sobre sus cabezas la tierra y el cielo. Los ejércitos que se enfrentan en las guerras de Alejandro Magno pertenecen a distintas culturas, no a universos distintos, y bien sabemos que Alejandro al final de su vida se iba haciendo persa, quería encarnar a Mitra y al globo solar, había entrado en diálogo con las mitologías de Oriente. El choque entre romanos y egipcios incluso permitió que Cleopatra construyera en Roma templos a las diosas del Nilo.

Pero América supuso el enfrentamiento entre dos mundos y el momento más conmovedor de ese dilatado choque continental fue aquel en que el sacerdote católico Vicente de Valverde, que iba con la compañía de Pizarro, entregó a Atahualpa un objeto macizo de numerosos planos superpuestos, hecho de una materia amarillenta casi vegetal exornada de figuras, y le ordenó besarlo e inclinarse ante él. El Inca indignado arrojó el objeto por tierra, y eso bastó para que el capellán de aquellas compañías estallara en gritos autorizando a los soldados del Imperio a romper fuego contra aquellos salvajes idólatras que no reconocían ni reverenciaban la palabra de Dios y arrojaban por tierra la sagrada escritura. Que no se arrodillara ante los libros alguien que nunca había visto uno, fue incomprensible para los lastimosos enviados de Europa. Era, entre tantas cosas, el choque entre una cultura de la lengua oral y una cultura de la lengua escrita, entre la memoria y el libro.

No hace mucho tiempo un joven indígena sikwani de la región del Vichada, a orillas del Orinoco, se propuso la tarea de recoger por escrito las normas que rigen la vida social de la comunidad y elaborar una suerte de código a partir de esas costumbres respetadas por ellos durante siglos. Cuando ya tenía redactada su recopilación, reunió a los ancianos sikwani y leyó ante ellos el trabajo del que se sentía justamente orgulloso. Uno tras otro los ancianos lo felicitaron por la claridad y la fidelidad con que había recogido esas normas y las había ordenado en la escritura, pero viendo que uno de ellos, muy respetado, guardaba silencio, el joven lo interrogó. El anciano le dijo con cordialidad que era muy valioso lo que había hecho, pero que esas normas no podían estar en un papel sino que deberían estar en el pecho. Ocurrió ahora, a finales del siglo XX, en una región de Colombia, pero en el *Fedro* de Platón se discute si la extensión de la escritura será un triunfo de la memoria o si será el comienzo de su muerte, porque el pasado, la tradición y las costumbres ya no estarán en los corazones sino en unos objetos exteriores: "Aquellos que la conozcan dejarán de ejercitar su memoria y serán olvidadizos; se confiarán a la escritura para traer los recuerdos a su memoria mediante signos externos en vez de fiarse en sus propios recursos internos". No es distinta la anécdota de Antístenes, maestro de Diógenes de Sínope, quien al ver que un joven deploraba haber perdido los manuscritos de unos *Comentarios morales* le respondió: "Más te valdría haberlos escrito en el alma y no en el papel".

Desde el siglo XVI nació también en América la cultura del libro. El que escribió Juan de Castellanos no sólo fue uno de los primeros nacidos del territorio, y no sólo es todavía el poema más extenso de la lengua, sino que aún está buscando sus lectores. Siempre nos fue más fácil recibir de los libros los mundos distantes que traían, más difícil reconocer en nuestros libros un reflejo de América. Los libros mulatos, los libros mestizos, los libros por los que fluye la savia del continente requerían un esfuerzo mayor, tanto de los autores como de los propios lectores. Si este libro no se leyó en su tiempo, ni en los tiempos que siguieron, a pesar de su amenidad, de su evidente importancia y de su evidente necesidad, si pareció monstruoso a algunos, es porque estaba en sus páginas algo nuevo, algo perturbador, algo que había que aprender a ver y a sentir. Podemos decir, como Borges de Kafka, que cada época crea sus precursores. A la hora del atardecer, basta percibir la primera estrella para que se hagan visibles enseguida todas las otras. Y gracias al esfuerzo de muchas generaciones, gracias a los grandes escritores latinoamericanos del siglo, la literatura contemporánea de nuestra América ha llegado a estar en condiciones de mirar su propio mundo, de reconocer y de entender mejor su propio pasado.

Hay quien afirma que la labor más importante que realizó España en América fue educativa y evangelizadora. Pero los europeos que incorporaron a América a la civilización occidental no son los que vinieron a enseñar, tan ciegos a menudo a todo lo nuevo y a todo lo distinto, sino los que llegaron a aprender; hombres como Juan de Castellanos, como José Celestino Mutis, como Alejandro de Humboldt. Porque toda enseñanza verdadera es un intercambio y nunca podrá dar quien no está dispuesto a recibir, ni podrá enseñar quien no está dispuesto a aprender.

La lengua castellana había llegado a su madurez y, sin embargo, hubo un momento en la historia inicial de nuestro continente en que, como ha escrito Gabriel García Márquez, "muchas cosas carecían de nombre y para mencionarlas había que señalarlas con el dedo". La lengua venida de Europa no tenía palabras ni giros para nombrar todo lo que era específicamente americano. Siendo, pues, una lengua madura, tenía que aprender a nombrar a América o corría el riesgo de flotar para siempre sobre la realidad sin fundirse nunca con ella. El uso de palabras de las lenguas indígenas era un deber de los viajeros, y también era preciso vivir los fenómenos para nombrarlos, así fuera con las palabras de España, pero no parecía bien que la cultura superior se inclinara ante las lenguas de "los bárbaros" y bebiera del rumor de unos pueblos indescifrables.

No se traslada mecánicamente una cultura de un territorio a otro, de un pueblo a otro. Ni siquiera una religión, con todo su posible poder de intimidación y violencia sobre los espíritus, se puede trasladar así. El modo como la América Latina recibió el catolicismo es buena prueba de cuán distintos son nuestros continentes bajo una aparente proximidad y asimilación. No sólo en Cuba las figuras del santoral pasaron a revestir con el tiempo y los sincretismos a poderosas divinidades de las religiones de África; por todas partes en el continente sobrevivieron formas de los cultos nativos bajo una apariencia cristiana y ortodoxa. El cristianismo, una religión de origen judío, griego y romano, tuvo que adaptarse en la propia Europa a las condiciones de cada nación: más difícil era establecer su imperio sobre culturas tan distintas, sobre una humanidad menospreciada por prejuicios étnicos y culturales de todo tipo. El cristianismo no venía a dialogar con los pueblos indígenas: venía a imponerles una verdad harto alejada de sus tradiciones, de sus lenguajes, de su orden mental.

No es de extrañar que, en realidad, esa religión aparentemente asimilada no haya producido en nuestros pueblos un florecimiento de la ética. Viajando por América a comienzos del siglo XIX, Alejandro de Humboldt escribió que los nativos "no conocen de la religión más que las formas exteriores de culto". ¿Qué se puede esperar de pueblos a los que se les arrebata por la fuerza y por la violencia todo su orden ético y mental, y en cambio se les imponen sin ningún proceso serio de asimilación y dignificación una serie de rezos y ceremonias? Esa violencia espiritual se legitimaba con el discurso de todos los dogmas: siendo la única verdad verdadera, no se podía cometer el pecado de dejar a aquellos pueblos viviendo en la idolatría. Pero tal vez por eso puede advertirse que el catolicismo siempre imperó entre los latinoamericanos no por la convicción sino por el miedo, que hizo de las vidas meros desiertos de culpa y de contrición, privó a los pueblos, intimidados por una fuerza irresistible, de la alegría que siempre tuvieron naciones católicas como España o Italia, y ha terminado produciendo en muchos de nuestros países fenómenos inexplicables de crueldad y de violencia unidos a la más rezadora de las devociones.

También Guillermo de Humboldt, el hermano del naturalista, en su *Ensayo sobre las lenguas del nuevo continente* ha escrito que "la religión no puede ser trasplantada a los espíritus y a los corazones si no es empezando por seguir los principios generales de la enseñanza y de la educación". Habla de que ciertas conversiones pueden ser puramente ilusorias, y dice que cuando se hace pasar al espíritu sin los intermedios necesarios de un extremo al otro, se detiene el desarrollo de las facultades morales y se destruye el carácter individual de las naciones. Incluso ese sabio lingüista, quien pese a todo no lograba dejar de ver a los nativos de América como salvajes, propone que "la marcha natural sería pues el purificar poco a poco la religión de los salvajes, sin obligarles, sea por la fuerza o por la persuasión, a tornarse bruscamente infieles e ingratos para con las creencias de sus padres, hacia las cuales, así como a sus más nobles sentimientos y sus más tiernos afectos deben referirse".[17]

Una ocupación militar no supone la implantación de una cultura. La invasión de Alejandro no helenizó a Persia; los egipcios no terminaron hablando latín; después de siete siglos, el árabe no se convirtió en la lengua española. Lo más importante que debemos responder es por qué esa lengua que España nos trajo no sólo se quedó con nosotros sino que se convirtió en una lengua americana. Varias comunidades españolas se reconocen menos en ella que en sus lenguas regionales, mientras que en América, sin dialectos, la sienten propia más de 200 millones de seres humanos, y ha producido en el último siglo una de las literaturas más influyentes del mundo. Una lengua que con Rubén Darío renovó la poesía de la propia España, que gracias a Alfonso Reyes se reconcilió con sus fuentes clásicas, que con Pablo Neruda alzó un poderoso salmo planetario, que con Juan Rulfo sacó a la luz la poesía de un mundo aborigen en apariencia abolido, que con Gabriel García Márquez fusionó la riqueza verbal del mundo hispánico con el universo mágico de los pueblos indígenas y con la festiva sensualidad de los africanos del Caribe, que mediante el cosmopolitismo de Jorge Luis Borges ajustó cuentas con la tradición occidental y ha abierto las puertas a las literaturas del siglo XXI.

En el mosaico de la historia de nuestro continente, una de las zonas más borrosas es la que tiene que ver con la implantación de la lengua. Cuando miramos en perspectiva nos parece ver en los orígenes un silencio desmesurado y clamoroso. La idea de que el indio no cantaba puede ser reemplazada por la evidencia de que el indio por mucho tiempo no quiso cantar en la lengua del conquistador. Y ya sabemos que en América los pueblos humillados, cuando comenzaron a cantar, lo hicieron con una tristeza infinita. La melancolía de la música negra norteamericana tiene su equivalente en las melancolías de la música andina, desde las zambas argentinas hasta los pasillos ecuatorianos, el clima solitario de las flautas y de las quenas y la tristeza de las guitarras criollas. La lengua española pudo haberse ido con los españoles pero dos cosas no lo permitieron: una parte de España arraigó en América y se quedó en ella, una parte de América arraigó en la lengua, y se quedó en ella.

En Juan de Castellanos son visibles ambos momentos: él es ese español que ha venido a América para quedarse, que ha encontrado en América una:

Tierra de oro, tierra bastecida,
Tierra para hacer perpetua casa…

T.2, PÁG. 483

y es el ejemplo también de esa parte de la cultura española que fue desde el comienzo hospitalaria con América.

En la corte podía ser o no de buen gusto usar palabras de las lenguas indígenas: en el Nuevo Mundo era un asunto vital. Con todo, los conquistadores podían usar las palabras americanas, los giros americanos, sin que eso significara la entrega a una realidad distinta, sólo por pragmatismo y por instinto de supervivencia. Juan de Castellanos decide cantar, e incluir los aportes de América en su canto, y esto ya define otra aventura. Hay una diferencia radical entre escribir una lenta y morosa crónica para hacer recuentos de episodios, de circunstancias, de personas, y emprender en cambio la redacción de un poema, en el cual la nítida y turbulenta realidad ingrese en el ritmo de la lengua, dance en su métrica, entre en el juego a la vez inofensivo y peligroso de las rimas, donde se afirma la compatibilidad de los mundos, donde la fusión de realidades y emociones y registros sonoros ya establece una alianza posible:

Hay Caribes, cachamas, palometas,
Guabinas, armadillos, peje sano:
Si se secan algunas cenaguetas
Con los calores grandes del verano,
Acontece sacar entre las grietas
El indio cuanto quiere y el cristiano,
Hacen harina dél cuando se seca,
Sacan mil calabazas de manteca.

Hay también por aquestos despoblados
Y campos tan inmensos y vacíos
Cantidad infinita de venados,
Los cuales son de dos o tres natíos:
Dantas y puercos tan multiplicados,
Que cubren las riberas de los ríos;
Hay tigres, osos, onzas y leones,
Cebados en aquestas ocasiones.

Nutrias anchas que tienen sus estilos
Y de puerco la forma y ademanes:
Inmensa cantidad de cocodrilos,
A quien todos acá llaman caimanes:
Cuya ferocidad y bravos filos
Son causa de grandísimos desmanes,
Pues suelen devorar estas serpientes
Crecidísimo número de gentes.

T.1, PÁG. 352

Dos siglos y medio después, Walt Whitman, un cosmos, hijo de Manhattan, sintió también que América necesitaba su propia poesía, que las naciones prometidas al porvenir debían alzar el canto nuevo de las tierras nuevas, y concibió el mágico poema de un hombre que es todos los hombres, la mística celebración de América y la apasionada enumeración de las infinitas cosas de su mundo. Es curioso que también ese hijo de la otra mitad del continente haya sentido indispensable nombrarlo todo, no dejar una sola cosa sin el saludo de ese canto que buscaba reencantar el mundo y celebrar una nueva alianza con él. No parece posible comparar a Juan de Castellanos con aquel viejo titánico que es uno de los mitos de América, pero a pesar de sus circunstancias históricas y desde un horizonte cultural muy distinto, la verdad es que Castellanos fue su precursor en la América del Sur, al menos como primer gran saludador de la naturaleza, aunque en su relato hay una intención muy diferente al divino catálogo apasionado. Se diría que Whitman es un poeta muy posterior, pero el siglo XIX es en los Estados Unidos el verdadero siglo de la Conquista (y, ay, del exterminio), así que la labor de ambos poetas es de algún modo contemporánea. Whitman también sintió que Europa y sus epopeyas clásicas se hacían pequeñas y relativas al lado de nuestro desmedido mundo nuevo; sintió que todo, palabras y sentidos, paisajes y episodios, bestias y plantas, seres y fenómenos, todo debía ser nombrado, todo debía ser tocado por el lenguaje y por el canto, pues su voz estaba intentando la alianza entre mundos a los que la historia oponía, a los que al final el idioma debía hacer hermanos. La de estos hombres era más que una mera tarea literaria: era, si se quiere, una labor sagrada, el saludo que el espíritu profundo de una lengua le hacía al mundo donde ella finalmente arraigaría, la búsqueda de una música en la cual esos mundos diversos dejaran de ser incompatibles. Era una labor audaz y clarividente, y no debería extrañarnos que haya sido incomprendida e incluso calumniada. En el corazón de esos hombres, perdidos en dédalos de insensibilidad y de ambición, cosa increíble, no había odio; por eso procuraban nombrarlo todo con amor; por eso, infatigablemente, podían cantar.

LA EXTRAÑEZA DE AMÉRICA

Parece extraño que un hombre surgido de una pequeña aldea andaluza en el siglo XVI, cuando su país apenas salía de los encierros de la Edad Media, tuviera el sentido de la historia, la amplitud de mirada y la comprensión de los hechos que muestra Juan de Castellanos. No era un hombre de la corte, ni estuvo privilegiado por ningún tipo de proximidad con ella. ¿De dónde sacó su sabiduría, su talento narrativo, su arte literario, su estilo, su lenguaje? De esa vida sorprendente y esa obra inabarcable no parece haber explicaciones satisfactorias.

Ni Carlos V ni Felipe II tuvieron idea de la importancia de América para el futuro de la humanidad, ni comprendieron las implicaciones históricas del Descubrimiento y de la Conquista. Tuvieron sin duda una idea de su dimensión económica, porque esas masivas importaciones de oro y de plata y esa extensión súbita del espacio disponible cambiaron el rostro de Europa, y para bien y para mal el destino de España. Pero ante la profusión de riquezas y de novedades que llegaban sin tregua del mundo nuevo, las preocupaciones de los monarcas siguieron siendo exactamente las mismas de antes: cómo controlar al Papa, cómo neutralizar a Francia, cómo dominar a Inglaterra, cómo conservar el ducado de Milán, cómo mantener el poder sobre Flandes, cómo agradar a los alemanes, como confinar a los moros, cómo detener a los cismáticos, cómo perpetuar el poder de la Iglesia. Todo ello les era necesario; pero una mitad del mundo acababa de emerger de las olas, como si de pronto ante el imperio de Alejandro Magno hubiera surgido una Persia de dimensiones continentales o como si ante el imperio de César se alzara un desconocido Egipto del tamaño de África. Y aquellos reyes, que no ignoraban los hechos (porque continuos documentos daban cuenta de todo: las cartas de Hernán Cortés, las crónicas de Oviedo, los relatos de Bernal Díaz, los informes de los gobernadores y los adelantados, los relatos de los miembros de la expedición de Pizarro, las exahustivas alarmas de Bartolomé de las Casas, las sucesivas crónicas, y los infinitos endecasílabos de Juan de Castellanos) dejaban aquel inmenso mundo lleno de tesoros y de culturas en manos de aventureros y de traficantes, o de héroes acorralados por el destino, y no siempre prestaban atención a esos incesantes papeles que les llevaban el clamor de la historia.

No fue sólo la obra de Castellanos lo que llegó por entonces a oídos sordos. La obra de Ercilla, menos llena de revelaciones pues estaba escrita más bien para deleitar a la corte con historias clásicas ambientadas en un episodio guerrero americano, pero que era vigorosa, original y audaz en su concepción, no logró siquiera favorecer a su autor, acompañante personal de Felipe II desde la adolescencia. Ercilla cayó en desgracia por no haber cumplido bien una misión diplomática secundaria y ello bastó para borrar a los ojos del rey los méritos de un poema heroico que merecería más tarde los comentarios de Voltaire[18] y de los hermanos Schlegel.[19]

Pero si el eurocentrismo dominaba las ideas y los actos de los vagabundos y aventureros que avanzaron a hierro y sangre por América, hombres crecidos a menudo en la pobreza y en el desamparo, hombres que nunca se vieron cubiertos por el manto de la exquisita cultura de Europa, ¿cómo impedir que dominara los actos y los pensamientos de esas belicosas majestades que eran no sólo los representantes de Europa sino físicamente sus dueños? Ello no significa que España fuera incapaz de comprender lo que estaba ocurriendo. El espíritu del Renacimiento había llegado de verdad a tierras españolas; la península estaba por entonces a la cabeza del mundo y unía en torno suyo las tradiciones y los reinos; la música del italiano empezaba a dar nuevo vuelo a la lengua en labios de Boscán y de Garcilaso; los nobles leían a Erasmo y a Ariosto; el choque entre el espíritu ideal y fantástico de los relatos de caballería que leían febrilmente por igual Teresa de Jesús y Felipe II, Jiménez de Quesada e Ignacio de Loyola, y la cruda realidad de un mundo donde los ideales sucumbían ante el poder de los mercaderes y los traficantes, estaba gestando en la sensibilidad española un arte literario completamente nuevo, la novela, que con los siglos llenaría el planeta. Y Juan de Castellanos es una prueba de que España supo ver con nitidez la historia de entonces en sus múltiples implicaciones, como si un tropel de siglos desfilara ante ella, al modo de esas visiones descomunales que se encuentran en las páginas de Víctor Hugo.

Ya desde los primeros versos de las *Elegías* don Juan nos muestra su entusiasmo y la claridad de su visión. No ha pasado mucho tiempo desde el Descubrimiento, ni tal vez medio siglo desde que fuera evidente el hallazgo de un continente, y ya él siente lo que después afirma en sus versos:

Suceden entre tanto que vivimos
Casos que razón pide que notemos;
Los cuales si pesamos y medimos
A gran admiración nos moveremos:
Y más si grandes cosas que no vimos
Presentes y palpables las tenemos,
Como fue descubrir un Nuevo Mundo,
Que yo tengo por hecho sin segundo.

T.1, PÁG. 61

En labios de Colón, en el discurso que pronuncia ante los marinos amotinados, Castellanos pone algo que no podría haber sido dicho por el Almirante, quien ignoró hasta el final el sentido de su descubrimiento, pero que sí expresa una firme convicción del poeta: que la aparición de América es el hecho más importante de la era cristiana, después del propio nacimiento de Cristo.

Quiero decir un encarecimiento
Que con dificultad será creído:
Y es que fuera del santo nacimiento,
Y Dios de humanidad andar vestido,
Es este caso de mayor momento
Desde la creación acontecido,
Extraña cosa de las más extrañas,
Suma de humanos hechos y hazañas.

T.1, PÁG. 76

También López de Gomara había escrito al emperador: "La mayor cosa después de la creación del mundo, sacando la encarnación y muerte del que lo crió, es el descubrimiento de las Indias". No podía pensar de otra manera alguien que, como Castellanos, decidió dedicar su vida y sus sueños al continente que nacía.

Pero si es difícil que muchos acepten esa tesis en la Europa de nuestro tiempo, después de las barcas de Moctezuma y de las terrazas de Atahualpa, después de las miles de toneladas de oro y de plata y de las 25 toneladas de perlas, después de los éxtasis del chocolate y de las humaredas del tabaco, después del vodka y de la cocaína, después del barón de Humboldt y de la Piedra del Sol, después del barco de Byron y del rostro de piedra de Jefferson, después de las bombillas eléctricas y de los sueños de Edgar Allan Poe, después de Walt Whitman y de las autorrutas, después de los muros clamorosos de México y de las melancolías del Jazz, después de Rubén Darío y de las piezas de Villalobos para 14 violonchelos, después de la democracia y de las Palmeras Salvajes, después de Darwin y de Lincoln, después de Tomás Moro y de Rousseau, después de Lévi-Strauss y de Reichel Dolmatoff, después de las legiones de Antonio Colsenheiro y de los mitos policromados de Hollywood, después de la conquista del oeste y de la cruzada del general Eisenhower por el Rhin, después de Emily Dickinson y del *Canto general*, después de los sones cubanos y de las guerras del coronel Aureliano Buendía, después de las metralletas de Chicago y de los espejos infinitos de Borges, después de los carnavales de Río y de las cruces quemadas del Ku Klux Klan, después de la huella de Neil Armstrong en el polvo lunar y de las pesadillas de Philip K. Dick, después de los 100 millones de inmigrantes, después de que América se convirtió en la prolongación delirante de la civilización europea, e incluso, como lo ha dicho algún francés, en el reino donde van finalmente a morir los sueños y las locuras de Europa ¿por qué extrañarnos de que no la compartieran los encerrados europeos del siglo XVI?

Juan de Castellanos empieza afirmando la fascinación que lo ha hecho viajar a América; esa conciencia de la historia que, sumada a la atracción de lo maravilloso, lo ha llevado a correr de isla en isla, a internarse por territorios inimaginados, a enfrentar los peligros de la guerra, las bestias y la furia de los elementos; que lo ha hecho tomar la decisión de quedarse para siempre en un mundo que le parece prometido al futuro, y que lo ha movido a relatar por décadas los minuciosos episodios de la aurora de América, no para los hombres de su tiempo, pues él sabe que no lo leerán, (que no lo leerán siquiera, esas inescrutables potestades a las que sin mucha esperanza ha dedicado su obra), sino para la posteridad, como con plena conciencia lo dice en la dedicatoria a sus lectores al comienzo de la cuarta parte de las *Elegías*:

"De creer es que quien más desea acertar en la obra es el artífice della; pero como no todos dan a lo que guisan para muchos aquella sal que el gusto de cada uno pide, imprudencia grande sería la mía, si pensase haber aderezado estos anales con tan entero sabor, que lo pueda dar a tanta diversidad de paladares; pero a lo menos estará cierta la posteridad (para quien esto principalmente se escribe), que aquí no falta el principal condimento que historia requiere, que es verdad. Ésta se lea, y mi buena voluntad se reciba, pues sin esperanzas de remuneración he gastado tiempo, papel y dineros por servilles".[20]

Empieza a argumentar a favor de sus convicciones, mostrando el mundo que se abre ante el viajero y ante el cronista:

Hay infinitas islas y abundancia
De lagos dulces, campos espaciosos,
Sierras de prolijísima distancia,
Montes escelsos, bosques tenebrosos,
Tierras para labrar de gran sustancia,
Verdes florestas, prados deleitosos,

De cristalinas aguas dulces fuentes,
Diversidad de frutos escelentes.

Ríos que cuando llegan a lo llano
Llevan sus aguas tan potente hilo,
Que son pequeños Ganjes y Eridano
Y en su comparación el turbio Nilo;
Son arroyos Idaspes y el Rodano,
Ybragada que va siempre tranquilo,
Menos tienen que ver Cidnus y Reno
Éufrates, Danubio y Amaceno.

En riquezas se ven gentes pujantes,
Grandes reinos, provincias generosas,
Auríferos veneros, y abundantes
Metales de virtud, piedras preciosas,
Margaritas y lúcidos pinjantes
Que sacan de las aguas espumosas;
Templanza tan a gusto y a medida
Que da más largos años a la vida.

T.1, PÁG. 62

Es que a diferencia de los reyes y de los otros poetas del Siglo de Oro, él había visto y había vivido a América, y no la había visto sólo desde sus ojos sino desde la profunda tradición cultural en la que fue formado por un azar venturoso. Veía a América como sin duda la habrían visto los narradores bíblicos o los cronistas de Alejandro Magno, como la pudo haber visto Ariosto si el destino le hubiera deparado estas aventuras, como intentó verla Montaigne a través de las nieblas de la distancia.

Pero no sólo ve las tierras y sus riquezas, los paisajes y los climas, sino algo que lo conmueve todavía más: la manera esforzada y compleja, a veces abnegada y a veces brutal, como los seres humanos vivieron el choque de los mundos. Aquello que lo mueve a darle a su poema la forma de una deploración de muertos ilustres: la admiración que siente por las hazañas, el asombro ante las atrocidades, la necesidad de salvar esos seres y esos hechos de las furias del tiempo, que devora a sus hijos.

Mas aunque con palabras apacibles,
Razones sincerísimas y llanas,
Aquí se contarán casos terribles,
Recuentros y proezas soberanas:
Muertes, riesgos, trabajos invencibles,
Más que pueden llevar fuerzas humanas,
Rabiosa sed y hambre perusina
Más grave, más pesada, más contina.

Veréis romper caminos no sabidos,
Montañas bravas y nublosas cumbres.
Veréis pocos e ya cuasi perdidos
Sujetar increíbles muchedumbres
De bárbaros crüeles y atrevidos,
Forzados a tomar nuevas costumbres,
Do flaqueza, temor, desconfianza
Afilaban los filos de la lanza.

Veréis ganarse grandes potentados
Inespugnables peñas, altos riscos,
No con cañones gruesos reforzados

Ni balas de fumosos basiliscos;
Mas de solos escudos ayudados
Y puntas de acerados obeliscos;
Siendo sólo los brazos instrumentos
Para tan admirables vencimientos.

Veréis muchos varones ir en una
Prosperidad que no temió caída,
Y en éstos esta misma ser ninguna,
De su primero ser desvanecida
Usando de sus mañas la fortuna
En los inciertos cambios desta vida;
Otros venir a tanta desventura
Que el suelo les negaba sepultura.

T.1, PÁG. 60

Quienes lo conocieron y leyeron su obra compartían con él la admiración por el mundo nuevo y la valoración del hecho histórico que estaban viviendo. En las primeras páginas, donde aparecen los usuales elogios de la obra por varios ingenios, hay un poema de Alberto Pedrero escrito en hexámetros latinos y seguido de una versión en castellano, que pondera la trascendencia del tema:

"...Trabajos increíbles y sucesos
Que sobrepujan cuantos pinta Homero,
Y esceden los naufragios del Troyano.
Porque no canta los angostos mares
Del que huyó de Troya, ni de Ulises,
Ni pinta a Gerión con tres cabezas,
Ni la serpiente Hidra con sus ciento,
Ni el dragón que guardaba las manzanas;

Ni aquel de quien Jasón sembró los dientes;
Mas canta el gran dragón del Océano,
Que ciñe con sus roscas todo el orbe,
A quien el español tiene sujeto,
Hollando sus riberas y sus playas,
Sus amplísimos reinos..."

T.1, PÁG. 54

Hombres nacidos en España ya eran capaces de relativizar la grandeza física de Europa y entender, en comparación con el vasto Océano y el vasto mundo recién descubierto, la dimensión verdadera del continente. Ya hablaban, como hablarían más tarde Whitman, Auden y Valéry, del carácter de preciosa miniatura que tiene la historia de Europa, "los angostos mares" y los pequeños reinos de ese continente excesivo.

En la propia vecindad del trono hubo quien valorara estos trabajos. Resulta admirable el *Comentario* de las *Elegías* que hizo el censor Agustín de Zárate ante el Consejo Real. Declara que ha "leído y pasado todo el dicho libro" (se refiere a la primera parte, harto voluminosa), enuncia con serenidad y admiración los hechos que la obra celebra, y añade, aludiendo a Colón y a las circunstancias de los demás descubridores con que don Juan comienza su epopeya:

"Pero las particularidades y sucesos tan varios y notables como para conseguir su pretensión pasaron, y las hazañas que hicieron, y las victorias que consiguieron, que parecen casi increíbles, estaban sepultadas en las tinieblas del olvido, y defraudadas del loor y gloria que merecen los insignes varones que las alcanzaron, sin que sus hijos y descendientes tuviesen dellas noticia, ni con sabellas se encendiesen sus ánimos a imitallas". T.1, PÁG. 50

Y concluye con una recomendación, que nadie escuchó, proponiendo que no sólo se autorice la publicación del libro, sino que la corona asuma la protección del poeta que de tal manera y por su propia iniciativa y esfuerzo ha prestado tales servicios al reino:

"...parece que vuestra Alteza (siendo dello servido), no solamente podría mandar dar licencia al dicho Juan Castellanos para imprimir y publicar esta obra, pero teniéndole en servicio el trabajo que en componer tan largo libro ha gastado, por sólo servir a su república, sin otro interese alguno; pues sin los principios de los descubrimientos que aquí trata, los demás libros que se han compuesto de todas las provincias y regiones de las Indias quedan escuros y defetuosos, como obras que carecen de los principios de donde dependen".

T.1, PÁG. 51

Todavía estamos en el deber de interrogar a don Juan, de averiguar qué circunstancias le permitieron ser uno de los más perspicaces testigos de una edad imborrable, y el primer poeta verdaderamente americano que tuvo la lengua castellana. En el siguiente capítulo veremos cómo Alanís no era una aldea perdida en la España negra y profunda, sino una extraña encrucijada en la que siempre soplaron los vientos de la historia.

LAS NAVES DE TARSIS

Hace miles de años el país se llamaba Tartessos. Era la misma Tarsis de que hablan los antiguos y que la Biblia con frecuencia menciona. "A Tarsis van las naves en busca de metales" se lee en el *Libro de los Reyes*, y también que Salomón de Jerusalén y su suegro y aliado Hiram de Tiro tenían en el mar naves de Tarsis que iban a Occidente a buscar oro, plata, marfil, monos y pavos reales.

Naves que buscan en tierras lejanas metales preciosos y animales exóticos son una imagen que fatiga la historia. Había en Tartessos minas de plata, de cobre y de galena argentífera, socavadas desde la antigüedad por hordas sucesivas, huéspedes de una península en diáspora perpetua, y el nombre de Tarsis vuelve en los *Paralipomenos*, en el *Salmo 71* de David, en el libro de *Ezequiel*, y en las desolaciones de *Jeremías*.

Homero no ignoraba la existencia de aquellos confines occidentales, las tierras de Atlas, donde estaba tal vez el jardín de las Hespérides y donde Crisaor y Caliroe, la hija del Océano, habían sido padres del rey Tartesio Gerión, a quien acabamos de ver con tres cabezas en un hexámetro de Alberto Pedrero.

En esas apacibles colinas, en la vecindad del valle medio y bajo del Guadalquivir, y en las últimas estribaciones de la Sierra Morena, había una aldea celta llamada Iporci mucho antes de que Cartago avanzara con lanzas por los mares y mucho antes de que Roma se atravesara con lanzas en su camino. Había sido fundada por Túrdulos de la Bética Occidental, que abarcaba lo que después fueron las provincias de Sevilla y de Córdoba. Y fueron esos turdetanos quienes resistieron a la invasión de Amílcar Barca, que venía de las costas de África. Dos caudillos, Indortes e Istolacio, encabezaron la defensa, y tiempo después otros dos caudillos, Indivil y Mandonio, le opusieron el pecho al avance de las legiones romanas.

Pero Roma se abrió camino. Hace un poco más de dos mil años las ciudades de la región recibieron solemnes nombres imperiales: Constantia Lullia, Regina, Emérita Augusta. Todavía hoy sus nombres evocan aquellos sonoros nombres latinos: Constantina, Casas de Reina, Mérida. Fue entonces cuando el nombre celta de Iporci fue cambiado por el más altivo de Ordum Iporcesium y en las colinas de la aldea se construyeron las primeras fortificaciones romanas.

Todavía se llama "La ruta de la plata" a la vía que lleva desde Sevilla y la vieja región de las minas hasta el puerto de Lisboa. También la vía romana que iba de Mérida a Itálica, la famosa ciudad de Trajano y Adriano, pasaba por el centro de esta villa, que ya debía de estar por entonces sombreada de álamos negros y granados, de chaparros, olmos y alcornoques, y tener en sus laderas chopos, castaños, guindos y olivos. Tierras de la cigüeña negra y de la lechuza, de golondrinas dáuricas y de águilas reales, de azores, buitres y águilas culebreras, en cuyos campos había, antes de que proliferaran los cazadores, ciervos gigantes, zorros y jabalíes de feroces hocicos armados de colmillos como cuernos.

Iporci era extraña. Conservó su raíz celta en el nombre que le dieron los romanos, pero cuando en tiempos de los visigodos pasaron por allí los alanos, un pueblo nómada iranio que venía del Caspio, que había cruzado toda Europa hasta Francia y España y que se dispersó más tarde en África, la villa conservó, por alguna razón misteriosa, la huella de su paso y se llamó Alanís.

Unos siglos después llegaron los árabes. Durante casi quinientos años la aldea fue parte de ilustres reinos moros. Su nombre parecía preparado para esta nueva contingencia: se convirtió en Al-haniz, expresión que significa El Afable, perteneció al Ferris, y fue poblada por los Qaysies hasta 1249 cuando la conquistaron los cristianos bajo las órdenes de Fernando III.

Han pasado siete siglos y medio desde entonces; y bajo el intenso olor de olivas que flota en la atmósfera, el sabor árabe persiste en la arquitectura, en los azulejos de las casas, en los adornos, en los nombres de las fincas que rodean la villa y en las ruinas del castillo que los moros construyeron sobre las ruinas de las atalayas romanas. Dos veces fue reconstruido el castillo, en 1376 y 1474. Ahora sólo quedan las paredes de abigarrada piedra oscura y las almenas que a la distancia producen todavía la sensación de una fortaleza inexpugnable, pero en el interior nacen y mueren al ritmo de los gobiernos municipales frágiles construcciones modernas.

En 1300 fue levantada la iglesia, en primitivo estilo gótico, que ahora muestra las huellas de distintas reconstrucciones. En su interior hay un retablo del primer tercio del siglo XVI, cuya parte superior fue restaurada después de que la mordieron las llamas de la guerra civil. En una pared exterior hay una imagen en azulejos de la Virgen de las Angustias, a la que fue consagrado el templo, debido a que hace siglos esta Virgen oportuna, apenas invocada, salvó a un capitán cristiano que luchaba contra los moros. Alanís, convertida en ciudad cristiana, asistió de muy cerca al esplendor de Sevilla y de Córdoba, que fueron los faros del espíritu universal y las grandes metrópolis de su tiempo.

Y todo esto había ocurrido ya cuando, en 1522, Juan de Castellanos nació, en esa vieja Villa de Alanís de la Sierra, a la sombra del castillo tres veces erigido y vencido, y fue bautizado tal vez ante el retablo donde Francisco de Villegas y sus discípulos acababan de pintar en granas y en dorados y en estilo mudéjar *La vida de Jesús* y otros episodios de santos. Entonces Alanís era un pueblo de 1.200 habitantes, al que gobernaban dos alcaldes, uno para asuntos civiles y otro para asuntos criminales, una villa en la que había "un albañil, un barbero, dos carpinteros, un tinajero, un cerrajero, un herrador, un herrero, cuatro zapateros, cuatro alfayates (es decir, cuatro sastres, con nombre heredado de los idos moros), cuatro tejedores y un tundidor", según nos dice una noticia de la época, que no olvida mencionar a otro personaje de típica procedencia mora, el almotacén, que "era el vigilante de los pesos y medidas, de la limpieza de las calles, fuentes y pilares, y del buen uso de las mismas". Normas especiales regulaban la limpieza del arroyo de la Fuente de Santamaría, al que nuestra edad de progreso contaminó y que ahora está cubierto. Por aquel tiempo fue encontrada en la villa un ara romana con una inscripción:

CORNELIAE CLEMENTIS. F.
TUSCAE. SACERDOTISSAE PERPETUAM
ORDO IPORCENSIUM OB.
MUNIFICENTIAM STATUAM ET CENIS PUBLICIS POSUIT
ITEM SEVIRI CENAS PEMISERUNT.

(DE CORNELIA. CLEMENTÍSIMA DAMA.
NATURAL DE TUSCUS. SACERDOTISA PERPETUA.
EN LA VILLA DE ORDO IPORCENSIUM FALLECIDA.
LE ERIGE ESTATUA Y CENOTAFIO LA PRODIGALIDAD PÚBLICA,
Y REMITE A SU TIERRA NATAL SUS CENIZAS.)

Algo de ese espíritu perduraba en el Alanís del siglo XVI, y es curioso ver a Juan de Castellanos esforzándose por dejar testimonio de las inscripciones que en piedras y árboles y losas de las selvas y playas de América cubrían con un pequeño musgo de caracteres latinos las tumbas de todos aquellos varones ilustres que dejaron sus huesos tan lejos de la tierra natal.

Allí pasó su infancia, viendo junto al castillo árabe la ermita de San Juan Bautista, un monumento medieval con dos portadas góticas y arcos románicos, erigido en el primer tercio del siglo XIV para conmemorar tal vez la reciente reincorporación del poblado al mundo de los bautizados y su evasión al cerco de la medialuna; viendo la ermita de la Virgen de las Angustias, blanca en la distancia; oyendo hablar de la Ruta de la plata y de la Vía imperial; oyendo hablar de los potentes reinos de los moros empujados por el viento de la historia, y oyendo hablar de un espejismo aún más increíble, el de un continente entero que acababa de surgir entre las olas, y al que se dirigían ahora las naves y las esperanzas de los hombres.

Porque todo vuelve a empezar. Como en tiempos del rey Salomón, de los fenicios, de los cartagineses y de Roma, como en tiempos de los moros, el Occidente renovaba sus promesas.

> Al occidente van encaminadas
> Las naves inventoras de regiones,
>
> T.1, PÁG. 71

escribiría Juan de Castellanos mucho tiempo después. Muy temprano, sin duda, empezó a soñar con aquel mundo que revivía la esperanza de edades doradas y tiempos heroicos. No podía saber que él mismo sería testigo privilegiado de esas aventuras,

> Del largo caminar los marineros
> Y cada día ver mares mayores,
>
> T.1, PÁG. 72

que su pluma cantaría antes que ninguna otra todo lo que guardaba la cara oculta de la tierra, y que a él le correspondería anunciar la irrupción en el espíritu de Occidente de un mundo nuevo, en versos que siguen llenos del asombro con que las pupilas de los viajeros vieron girar y cambiar en la altura las antiquísimas formas del cielo:

> Otras estrellas ve nuestro estandarte
> Y nuevo cielo ve nuestra bandera.
>
> T.1, PÁG. 72

LA POESÍA HEROICA DEL SIGLO XVI

Las octavas reales fueron la forma heroica clásica de la poesía italiana. En ellas había escrito Ludovico Ariosto su gran poema fantástico caballeresco *Orlando Furioso*, cuya primera edición incompleta apareció seis años antes de que Juan de Castellanos naciera.

Poco después, en España, el talentoso poeta Juan Boscán fue instado por el embajador veneciano Andrés Navagiero para que trasladase a la lengua castellana "el modo itálico", es decir, el verso endecasílabo, propio de la poesía italiana, y las formas poéticas, como el soneto y la octava real, escritas en ese metro. Boscán emprendió la elaboración de sonetos a la manera italiana, alentado por su aún más joven amigo, el talentoso y valiente Garcilaso de la Vega, quien también se aplicó a explorar en el verso español esas nuevas posibilidades. Muertos ambos muy jóvenes, sus obras fueron publicadas en 1543, el año de aquella tempestad sobre la isla de las perlas, y con esa publicación no sólo ingresó la musicalidad Itálica a la lengua castellana, sino que comenzó el siglo de la plenitud clásica de la literatura española, que se extendería, para aventurar fechas, hasta la muerte de Francisco de Quevedo y Villegas, en 1645, o, si lo prefiere el lector, hasta cuando despertó del sueño de la vida don Pedro Calderón de la Barca.

En 1532 apareció en italiano la edición definitiva del *Orlando Furioso*. Varios poetas se aplicarían en otras lenguas romances a prolongar por distintos caminos el trabajo de Ariosto. Luis de Camoes, nacido en Lisboa, cantó las guerras y las navegaciones de los lusitanos por los mares de África y de Asia; Alonso de Ercilla, nacido en Madrid, en el mismo estilo de estrofas heroicas cantó las proezas de los españoles que sometieron la Araucania chilena; Juan de Castellanos, nacido en Alanís, además de cantar hazañas y conquistas parciales nos ha dejado un testimonio descomunal de cómo avanzó la lengua castellana nombrando el territorio de América. Los tres venían de Ariosto y, sin embargo, pertenecían ya a un mundo distinto, a otra época de la humanidad.

Ariosto era hijo de la turbulenta imaginación medieval: convergían en él los mitos clásicos, las imaginaciones árabes y las maravillas del Ciclo de Bretaña. La substancia de su obra está tejida de inolvidables sueños humanos, tiene la levedad, la fluidez y el encanto de la fantasía y de la música. Logra producir la sensación de que una inteligencia infinita mueve los destinos de sus personajes y los arrastra más allá de sus voluntades individuales para tejer un tapiz altamente seductor y significativo; su propósito es sugerir una armonía superior, un consuelo que se resuelve en milagro y en música. Todo en él pertenece a una edad en la que el espíritu quiere triunfar por la imaginación sobre las crueldades y los desvaríos de la realidad.

Sus discípulos, pocos años después, han sido arrebatados por las nuevas fuerzas históricas y parecen estar muy lejos de él, como si una conmoción gigantesca hubiera abierto una grieta profunda entre el mundo de Ariosto y su mundo. Esa conmoción gigantesca tiene un nombre: la edad de los descubrimientos. La circunnavegación de África y la irrupción de América en la historia europea iban a cambiar los parámetros en torno a los cuales giraba la mente del Renacimiento. Estos poetas ya no están encerrados en la tradición europea, así Camoes siga haciendo presidir el relato de las aventuras de Vasco de Gama y de sus portugueses por la asamblea de las divinidades latinas, así Ercilla utilice a América ante todo como un tapiz de fondo para tejer una epopeya clásica por su lenguaje y sus maneras, una obra heroica que satisfaga las expectativas de esas cortes en las que se movió desde niño.

Una urgencia por narrar, por contar vastas historias y pintar cuadros de dimensión cósmica, se estaba apoderando de Occidente; la vemos por igual en los frescos de los monasterios moldavos, en las pinturas de la Capilla Sixtina, en la proliferación de los relatos de viajeros, en la abigarrada y a veces fantástica profusión de los cronistas de Indias, en la saga shakespereana y, finalmente, en la irrupción del género literario en que muchas de estas aventuras desembocarían: la novela. Sus elementos centrales son, tal vez, la consolidación de la idea de individuo y la pérdida creciente de todo amparo trascendental. Está muriendo la fe en el origen divino de la monarquía y con ello no sólo se avecina la tragedia de Ricardo III, sino que se anuncia en el horizonte la edad de las revoluciones. Ha muerto la idea del amor como intervención de una potencia superior, y los enamorados quedan en manos de sus solas pasiones: la impaciencia de Romeo, la perfidia de lady Macbeth, los caprichos de Cleopatra. Ha muerto la edad caballeresca, con sus ideales de justicia, de desprendimiento y de nobleza humana, y ya se escucha por los caminos el rumor de los cascos de Rocinante.

A medida que se pierde la tutela trascendental del Dios y de los dioses, a medida que la cultura europea se mira a sí misma en el espejo de otras culturas se mira también en el espejo de sus propias obras. Y el reflejo que observa tiene algo monstruoso. Sueña ser Ariel, pero es también Calibán, y nunca lo ha ignorado. América asombra e inquieta, pero para encontrar ferocidades humanas Europa sabe que no era necesario viajar a América; bastaba evocar a Tiberio o a Calígula, las tardes paganas del Coliseo, más injustificadas y crueles que las ceremonias de los altares aztecas, o el rigor de las tenazas cristianas en los sótanos de la Inquisición. Pero Europa ignora que no ha venido a América para encontrarse con la barbarie americana sino para asombrarse de su propia barbarie.[21]

El mismo Juan de Castellanos –y esta puede ser una de las muchas razones por las cuales su libro admirable no se abrió camino en la España de su tiempo– a pesar de formar parte del ejército conquistador no puede dejar de reaccionar cada cierto tiempo ante el tremendo cuadro de las cosas que ha visto. Así, al comienzo mismo de la obra, cuando una mujer nativa, que ha sido halagada y cautivada por los conquistadores, trata de convencer a su pueblo de que reciba con tranquilidad a los recién llegados, es el propio poeta quien rompe en exclamaciones de advertencia, como si perteneciera más bien al bando de los nativos:

> ¿Qué vas, mujer liviana, pregonando,
> Juzgando solamente lo presente?
> Mira que con las nuevas dese bando
> Engañas a los tuyos malamente;
> El dicho vas agora publicando
> Mas tú verás el hecho diferente,
> Verás gran sinrazón y desafuero,
> Y el sueño de tu rey ser verdadero.

Verás incendios grandes de ciudades
En las partes que menos convenía:
Verás abuso grande de crueldades
En el que mal ninguno merecía;
Verás talar labranzas y heredades
Quel bárbaro sincero poseía,
Y en su reinado y propio señorío
Guardarse de decir es esto mío.

Y ansí fue que los hombres que vinieron
En los primeros años fueron tales,
Que sin refrenamiento consumieron
Innumerables indios naturales:
Tan grande fue la prisa que les dieron
En uso de labranzas y metales,
Y eran tan escesivos los tormentos
Que se mataban ellos por momentos.

Lamentan los más duros corazones,
En islas tan *ad plenum* abastadas,
De ver que de millones de millones
Ya no se hallan rastros ni pisadas;
Y que tan conocidas poblaciones
Estén todas barridas y asoladas,
Y destos no quedar hombre viviente
Que como cosa propia lo lamente.

Los pocos baquianos que vivimos
Todas aquestas cosas contemplamos,
Y recordándonos de lo que vimos,
Y cómo nada queda que veamos,

Con gran dolor lloramos y gemimos
Con gran dolor gemimos y lloramos;
Miramos la maldad entonces hecha
Cuando mirar en ella no aprovecha.

Pudiera de lo visto y entendido
Entrar en laberinto de maldades,
Indinos del varón bien instruido
En nuestras evangélicas verdades;
Mas no serán razón ir divertido
Contando semejantes crüeldades:
Volvamos prosiguiendo la carrera
Desde donde dejé la mensajera.

T.1, PÁG. 100

Ya no estamos en el reino puro de la ficción; una avidez por contar hechos reales, como los vivieron los navegantes y los aventureros, una necesidad imperiosa de incorporar a la tradición literaria esos vastos mundos desconocidos irrumpe aquí con inusitadas fuerza y precisión. Dante había pintado un infierno minucioso y fantástico que era preciso cruzar para llegar al paraíso: Juan de Castellanos va a pintarnos un infierno real brotando incontenible en los surtidores de un mundo casi paradisíaco.

Cuando este poeta ingresó casi niño, hacia 1530, en el estudio de Miguel de Heredia, a estudiar preceptiva y oratoria, aún no se hacían públicas las obras de Boscán y Garcilaso. Y cuando aquellos versos renovadores fueron dados a la luz Castellanos ya estaba en América, soldado de los ejércitos de conquista. También nos preguntamos cómo habrá llegado el modo itálico, la gran innovación de la poesía española de su tiempo, el germen de un rico futuro, a este muchacho perdido entre naufragios y selvas y tigres y ciudades de un día.

Veinte años después de la publicación definitiva del *Orlando Furioso*, Luis de Camoes emprende la redacción en octavas reales portuguesas de *Os Lusiadas*, "la *Eneida* lusitana" que se publicó en 1572. En 1559 el madrileño Alonso de Ercilla empieza a escribir en los fuertes de Chile, alternando la espada con la pluma, su poema sobre la resistencia de los araucanos, y publicará el libro diez años después, ya a salvo y ya rico, en la primavera de las cortes de Europa. Juan de Castellanos comenzará hacia 1568 su minucioso fresco histórico y después, inspirado en el ejemplo de Ercilla, lo hará también en octavas reales, para cantar el Descubrimiento, la conquista de las islas del Caribe, la conquista de Venezuela y la del Nuevo Reino de Granada.

Cuando Ercilla y Castellanos comienzan a escribir ya habían muerto los innovadores Boscán y Garcilaso; de los grandes poetas de la lengua vivían los tres místicos Teresa de Jesús, fray Luis de León y san Juan de la Cruz, aún no escribían Cervantes y Lope, y apenas sí nacían Góngora y Quevedo.

La poesía heroica en lengua castellana del siglo XVI giraba sobre temas del mundo europeo. Había alboreado con la *Historia Partenopea* de Alonso Hernández, que narra la conquista de Nápoles, uno de los episodios de las guerras interminables de Carlos V; siguió con *El verdadero suceso de la batalla de Roncesvalles* de Francisco Garrido de Villena y otras obras en honor a Carlos V, *Carolea* de Hierónimo Sempere y *Carlo Famoso* de Luis Zapata, y había tenido un precedente anónimo americano que no pudo influir en Ercilla ni en Castellanos: un poema de metros cambiantes incluido en sus memorias por don Alonso Enríquez de Guzmán, "caballero noble desbaratado", como un alegato contra Hernando Pizarro, y que tiene este título: *Obra en metro sobre la muerte que fue dada al ilustre D. Diego de Almagro, la qual dicha obra se dirige a S. M. con cierto rromance lame(n)tando la dicha muerte y no la hizo el auctor del libro por ques parte y no sabe trovar*, cuyo mérito es ser tal vez el primer poema escrito en español en América, aunque con menos sentido poético que propósitos políticos y de tribunales, y que bien podía ser del "auctor", quien solía trovar, a juzgar por algunas décimas que incluye como propias en su libro. Es preciso apreciar en toda su importancia, desde una perspectiva menos rígida y menos convencional que la que imperó hasta hace poco en el mundo hispánico, el valor de las otras obras heroicas de la época: el *Cortés valeroso*, *Armas antárticas*, *El peregrino indiano* e, incluso, la *Relación de la conquista y del descubrimiento que hizo el marqués don Francisco Pizarro en demanda de las Provincias y Reinos que ahora llamamos Nueva Castilla*. Otros dos memorables poemas de tema americano surgieron por entonces: el *Arauco Domado*, de Pedro de Oña, y el hermoso y preciso *Grandeza Mexicana* de Bernardo de Balbuena.

Camoes tardó 19 años escribiendo *Os Lusiadas*, Ercilla 20 escribiendo *La Araucana*, y Juan de Castellanos más de 30 escribiendo las *Elegías de varones ilustres de Indias*. No alcanzaron a ser tocados por el culteranismo, ni influenciados por la obra multiforme de Francisco de Quevedo y Villegas. Camoes y Ercilla volvieron a Europa, tuvieron influencia en sus cortes y pudieron contribuir a la difusión y a la valoración de sus obras en las metrópolis; Juan de Castellanos permaneció en América, versificando contra el olvido hasta su muerte, y aunque la primera parte de sus *Elegías* fue publicada en Madrid en 1589,[22] un gran manto de silencio se tendió sobre ella durante siglos.

UN HOMBRE DEL RENACIMIENTO

La sombra de las selvas americanas, el fulgor agitado de las fogatas, los azarosos campamentos nocturnos o las amenas tertulias de las islas eran los escenarios donde muchos de aquellos conquistadores, arrebatados a su suelo natal para buscar riqueza en lo desconocido, sostenían en su lengua toda la complejidad de la época, el abigarrado mundo europeo que habían dejado atrás y que al mismo tiempo los seguía como su propia memoria. Alrededor estaban los ríos, las flechas, los jaguares, dioses de piedra vivos todavía en el clamor de los tambores y en el rumor de los conjuros, más poderosos que el hierro y que el veneno. Ese mundo nuevo estaba presente en todo, en el calor y en los mosquitos, en el miedo y en la alegría, en las iguanas y en las tortugas, en cada árbol desconocido de hojas inmensas y en cada pez sin nombre que los garfios y las redes arrancaban a los ríos transparentes, pero los diálogos de estos hombres desarraigados y a menudo hambrientos reanudaban las polémicas que estaban cambiando el espíritu de Europa.

El modo como España osciló en el siglo XVI entre la fidelidad al pasado y la tentación del futuro puede ser rastreado por igual en la península y en las tierras que entonces conquistaba. El tradicionalismo enfrentado a la innovación, el universalismo a la estrechez de la aldea, la ortodoxia católica a la amplitud del espíritu del Renacimiento. El hallazgo de América había sido fruto de esas fuerzas en pugna, así que no podían dejar de prolongarse en las nuevas tierras los pensamientos y debates que llenaban el aire de la época.

En la Nueva Granada uno de los rostros de la polémica es el del severo y piadoso Gonzalo Jiménez de Quesada, letrado y erudito, guerrero y hombre de confianza en sus días del emperador Carlos V; el otro, el rostro afable de Juan de Castellanos, apenas entrevisto a través de parcos testimonios y de un tosco grabado de la época. Después de las grandes conquistas de Cortés y Pizarro, Jiménez de Quesada había sometido un tercer reino de América, el de los chibchas, en el altiplano de Bogotá, pero antes formó parte de las campañas europeas donde brillaron las crueldades y rapiñas de los hombres del emperador: el saqueo de las ciudades de Italia en la tercera década del siglo. Probó su espíritu guerrero como conquistador de Eldorado en las sabanas andinas y más tarde dedicó sus horas ociosas a escribir un libro singular, *El Antijovio*, un voluminoso recuento de las guerras de Carlos V en Europa, hecho para polemizar con Paulo Jovio, obispo de Nocera, cuyas obras son citadas a menudo por Burckhardt en *La cultura del Renacimiento en Italia*. Jovio abundaba en alarmados volúmenes sobre la historia de entonces reprobando las campañas imperiales, y Jiménez de Quesada escribía para devolver a su patria el honor que le negaban los escritos del obispo italiano.

En todas las cosas, Jiménez encarna la ortodoxia; Castellanos suele optar por la innovación. Rodeados por soldados que no sabrían distinguir las octavas reales de las redondillas, debió ser un alivio para los dos hombres encontrarse en medio de los desórdenes de la Conquista, y brindarse ese singular apoyo que es la contradicción apasionada y argumentada. Para Jiménez, que anhelaba ser poeta, y que tenía su cultura literaria, el solo verso legítimo de la poesía española era el octosílabo del romancero. Castellanos, quien ya estaba en playas de América cuando se publicaron los versos renovadores de Boscán y Garcilaso, defendía el uso de los endecasílabos itálicos, porque también en esto percibía muy bien el rostro del futuro.[23] Largas noches debieron pasar agotando argumentos, uno en defensa de la costumbre y el otro de la renovación. Pero había más en juego: Jiménez defendía lo español, Castellanos más bien las fusiones culturales que estaba propiciando el Imperio. Este hombre que aceptaba entusiasta la asimilación de la musicalidad italiana, es el mismo que incorporaría a su poema todos los vocablos indígenas que le parecieron necesarios, casi dos centenares de sustantivos, adjetivos y verbos, y otros centenares de nombres propios y de gentilicios. Así menciona Castellanos sus debates con Jiménez, en su *Historia de la Nueva Granada*, la parte de las *Elegías* que escribió en verso blanco, y en la que por ello es menos sugestiva la música de los versos:

Y él porfió conmigo muchas veces
Ser los metros antiguos castellanos
Los propios y adaptados a su lengua,
Por ser hijos nacidos de su vientre,
Y éstos, advenedizos, adoptivos,
De diferente madre, y extranjeros.

T.3, PÁG. 351

Era un debate central de la cultura española. A fines del siglo XV, la unión de las coronas de Castilla y Aragón había fortalecido el sueño de la unidad nacional; en búsqueda de ésta se había emprendido la guerra final contra los moros de Granada y se había firmado el edicto de proscripción de los judíos. La península sería una nación, sería España... pero entonces sobrevino el descubrimiento de América, y la idea de la patria española sufrió una ampliación inquietante: contra los sueños más conservadores, el Imperio se abría camino. Aquellos territorios y sus riquezas no podían ser desdeñados, aunque tal vez ese anhelo nacional explique por qué fue tan tibio el entusiasmo de los reyes con la aventura de Colón: el descubrimiento era deseable, sus riquezas serían bienvenidas, pero no había conscientemente en los Reyes Católicos una voluntad imperial; y si la había, iba más en la dirección de Europa que de unas remotas comarcas occidentales. Germán Arciniegas lo ha expresado con claridad: "Para descubrir a América la reina logra armar, a medias, tres flacas embarcaciones: para llevar a la princesa Juana hasta la corte de Maximiliano, a tiempo de sus bodas, dispone una flota de ciento treinta naves que tripula un ejército armado hasta los dientes. La conquista de Felipe el Hermoso, pues, tiene una importancia cuarenta y tres veces mayor que la del Nuevo Mundo, a la fecha del Descubrimiento".[24]

Pero nadie conoce el rostro del futuro. La muerte de la reina Isabel y, después, la muerte de Fernando de Aragón, dejaban el destino de España en manos de un jovencito nacido en Gante en el que difícilmente podría prosperar el sueño de una España nacional, tradicionalista y católica. No habían pasado dos años desde cuando Carlos, el nieto de los Reyes Católicos, se convirtiera en Carlos I de España, cuando se vio obligado a recordar que también era nieto del emperador Maximiliano de Alemania, quien acababa de morir, y que nadie tenía mejores títulos que él para entrar en la subasta de la corona imperial. En vano intentaron los españoles impedir que Carlos fuera por su corona. Toda una revolución intentó evitar que la España todavía medieval se convirtiera en la cabeza del mayor imperio del mundo, en el caldero de la modernidad. Carlos I de España y V de Alemania representaba en sí mismo la lucha entre el espíritu nacional español y el ineluctable destino imperial. Pero en el seno del Imperio la lucha no cedió: se dilató en las polémicas entre los defensores de la tradición española y los innovadores, entre los católicos ortodoxos y los lectores de Erasmo, entre los partidarios de la convivencia con la Reforma protestante y los dogmáticos de la Inquisición, entre los fanáticos de la tradición poética española y el modo itálico de Boscán y Garcilaso, entre el espíritu del catolicismo medieval sujeto a ciegas al papado y a la autoridad eclesiástica y la flexibilidad del espíritu del Renacimiento, entre los que saqueaban a América y los que interrogaban a América.

Allí volvemos a encontrarnos con nuestros polemistas. Jiménez de Quesada, gran guerrero, considera su principal deber intelectual justificar los grandes hechos de armas de su nación. España ha conquistado el mundo: ha desterrado a los judíos, ha expulsado a los moros, ha vencido a los italianos, ha amilanado a los franceses, ha puesto límites a los portugueses, ha refrenado a Solimán en Hungría, ha sometido a los aztecas, ha avasallado a los incas, ha dominado a los chibchas; España es superior a todos los pueblos. Triunfó, por lo tanto, merece reinar. ¿Por qué, entonces, –se dice Jiménez– esta incomprensión, este rechazo, esta animadversión contra los españoles? Los franceses reciben con frialdad sus hazañas y no las celebran; los húngaros y los polacos las tratan con aspereza; los turcos las abominan; los hombres de las Indias orientales las menosprecian; los moros no las estiman; los alemanes, o las niegan, o las reclaman para sí; los italianos consideran infortunio oír contar esas hazañas; y hasta los "bárbaros" de estas Indias occidentales quieren "disminuir la grandeza de aquellos que los conquistaron, poniendo excusas a su sujeción". Jiménez de Quesada parece reclamar que cuando España triunfe sobre los italianos, éstos lo celebren; y que a su turno muestren su admiración y su aplauso los moros, los aztecas, los turcos, los chibchas, los filipinos, los incas. Lo enfurece que las víctimas se quejen, incluso que se incomoden con su dominación, y en esto se parece a esos sargentos que después de ejecutar al condenado le envían a la familia la cuenta de cobro por la bala que fue necesario utilizar.

Aquellos soldados, de los que Burckhardt nos ha hablado con terror, dominaron el mundo. A las cruzadas que ya habían emprendido contra moros, judíos y reformistas añadieron la ocupación de las mayores ciudades de entonces: sometieron a Tenochtitlán en 1521, saquearon a Roma en 1527, arrasaron al Cuzco en 1532. No sólo América miraba sus hazañas con un pasmo de incredulidad: también Europa sentía un espanto singular hacia ellos.

Paulo Jovio escribe un relato alarmado por los abusos de las tropas del emperador, quejándose de lo que le duele, y Jiménez se indigna de que alguien no sea capaz de entender que la guerra es así: el que dispara es un héroe y el que recibe el balazo es un quejumbroso y, en suma, un ingrato. No agradecen ser derrotados por tan grandes paladines. Ahora bien: ¿atrocidades? Raro sería que en la guerra no las hubiera, etc.

Más allá de su tono polémico y vindicativo, el libro de Jiménez de Quesada[25] abunda en datos testimoniales de gran interés, y será valioso para reconstruir aquellas campañas: son admirables su memoria y el hecho de que haya escrito desde América, en su vejez, un recuento tan copioso de las luchas del Renacimiento en Italia, porque muestra un buen conocimiento del Imperio, una excepcional información, un aguerrido amor por su patria. Pero también nos revela dos cosas: la primera, cómo era el carácter de este obstinado guerrero que sometió a los chibchas y que atribuye cualquier torpeza que pueda cometer al hecho de que está en América y "pues que se trata acá con estos bárbaros, de necesidad se nos ha de pegar algo de ellos";[26] y la segunda, cuánta nostalgia siente de su mundo europeo, si viviendo en esta realidad que deslumbraba a Castellanos y le inspiraba un poema infinito, él dedica todos sus esfuerzos a redactar indignadas notas al margen de hechos ocurridos en Italia y en Francia y en Flandes en su remota juventud. Algo en él, como en tantos conquistadores, definitivamente no estaba en América.

Castellanos no conoce menos la complejidad del Imperio, pero está mucho más situado con respecto al mundo que habita. Podemos recordar un verso muy suyo y muy singular, donde el sentimiento de asedio que muestra Jiménez de Quesada frente a los enemigos asume una forma más divertida. Habla de cómo en América también fueron enemigos feroces de los conquistadores los piratas franceses, y deja percibir una ironía, ya que España está separada de América por el mar y de Francia, si se quiere, por la tierra. Es pues paradójico que escriba:

> Pues muchas veces nos hacían guerra
> Franceses por la mar, indios por tierra.
>
> T.2, PÁG. 516

En su amplitud hacia las cosas del mundo, Castellanos representa otra España: la de Garcilaso y Boscán, la de Ercilla, y más aún, esa España del Renacimiento que leía a Erasmo, esa España del Siglo de Oro que entendió el significado del Descubrimiento de América, que estaba dispuesta a sorprenderse, que fue capaz de ver el Nuevo Mundo, de amarlo y de arraigar en él, la España tolerante y llena de idealidad de Francisco de Victoria y de Miguel de Cervantes. Frente a la impasibilidad de guerreros meramente brutales, de funcionarios que veían las tierras a su mando como bárbaros confines indeseables, de inquisidores y encomenderos, de traficantes y evangelizadores, también existió ante América esa España compleja y lúcida de Las Casas y Vasco de Quiroga, de Bejarano y Ercilla, de los humanistas y los defensores del derecho humanitario, que admira y se conmueve y puede decir como Castellanos ante el valle del Magdalena:

> Vistiéndose de mantas coloradas,
> Cubiertas las cabezas con plumajes:
> Con voces altas y regocijadas
> Hacen ostentación de nuevos trajes
> Diciendo: "¡Tierra buena! ¡Tierra buena!
> ¡Tierra que pone fin a nuestra pena!"
>
> "¡Tierra de oro, tierra bastecida,
> Tierra para hacer perpetua casa,
> Tierra con abundancia de comida,
> Tierra de grandes pueblos, tierra rasa,
> Tierra donde se ve gente vestida,
> Y a sus tiempos no sabe mal la brasa;
> Tierra de bendición clara y serena,
> ¡Tierra que pone fin a nuestra pena!
>
> T.2, PÁG. 483

Durante mucho tiempo esa España fue acallada y derrotada, y sólo en nuestra época se ha abierto camino, después de padecer largas edades de oscuridad y de dogmatismo, para convertirse en uno de los pueblos más singulares y felices de Europa. De esa España abierta al diálogo de las culturas y afirmada en su espíritu, en sus pasiones, en su lenguaje, nacieron los verdaderos fundadores de América, y tal vez por eso nuestro continente fue siempre un refugio seguro para el espíritu español, para sus escritores, sus artistas y sus filósofos, cuando las viejas fuerzas oscuras ahogaban sus sueños de libertad.

Alguien ha sostenido, contra toda evidencia, que la labor de Castellanos fue medieval y no renacentista; sin embargo, no parece necesario demostrar que don Juan es un hombre del Renacimiento. Desde la exaltación de la individualidad que está declarada en sus *Elegías de varones ilustres de Indias*, título que alude a los *Viri illustri* de Paulo Jovio y a la profusión de vidas de ilustres varones que cundía por entonces, casi todo en su vida y su obra es fruto típico de su época.

El Renacimiento vio triunfar dos fenómenos estéticos análogos: el arte del retrato en la pintura y la novela en la literatura. La búsqueda a la vez de plenitud y de singularidad de lo humano aparece en ellos con fuerza y nitidez. Mucho del arte del retrato y mucho de peripecia novelística hay en el libro múltiple de Castellanos.[27] Descripciones como ésta, de Álvaro de Oyón, abundan en sus cantos:

> Y entonces a la puerta de un platero,
> Jorge de Quintanilla que lo vía
> Con paño de cabeza y un sombrero
> (Presente yo) le dijo, ¿qué tenía?
> Y respondió: "Señor, aquí me muero
> De dolor de cabeza cada día."
> Y no pudo hablar mejor sentencia,
> Pues ésta fue su principal dolencia.
>
> Hombre más que mediano, bien fornido,
> Y no de entendimiento delicado,
> Pues aunque hijodalgo conocido,
> Bronco me pareció y avillanado;
> Andaba del demonio revestido,

El rostro torvo, melancolizado,
Como quien se quemaba con el fuego
De la fea maldad que diré luego.

T.3, PÁGS. 488-489

Igualmente son expresión del Renacimiento la capacidad de arraigar en tierras lejanas y no sentirse extraño en ellas, el conocimiento de las ciencias naturales, la tendencia a buscar explicaciones razonables de los fenómenos. Al comienzo de las *Elegías* nos ha hablado de ciertas lumbres a las que los navegantes llamaban fuegos de San Telmo y Santa Clara, y también Cástor y Pólux en recuerdo de los hermanos de Helena:

Pues tales apariencias de candela
O representación de resplandores,
En las escuras noches se congela
De las exhalaciones y vapores;
El cómo, la natura nos lo cela,
Y no dan razón cierta los dotores,
Porque también se ven las lumbres tales
En los guerreros campos y reales.

T.1, PÁGS. 83-84

Pero su actitud es de curiosidad y de escepticismo:

El marinero pues más avisado
Aquestas devociones más encumbra,
Y en las noches que el mar anda turbado
Mirar por él más veces acostumbra;
Y ser el santo bienaventurado

Juzga cualquier cosilla que relumbra,
Entonces acontecen a la gente
Cosas que después ríen grandemente.

T.1, PÁG. 84

Él mismo en cierta ocasión descubrió que un objeto que resplandecía en el barco estaba en realidad cubierto de agua fosforescente, y se lo demostró a los marineros:

Pues yo vi cierta noche de aguaceros
Llena la mar de alta destemplanza,
Hincarse de rodillas marineros
A San Telmo según común usanza;
Y vimos claramente compañeros
Reverenciar el hierro de una lanza,
Que en popa del navío se traía,
Y con la escuridad resplandecía.

Otra noche decían ser venido
Cuerpo santo, y así lo saludaban,
Mas bien puede juraros quien lo vido,
Ser gotas de la mar que relumbraban;
Encima de un estrenque recogido
Acia la proa donde señalaban,
Y conocieron ser juicio vano
Por los desengañar mi propia mano.

T.1, PÁG. 85

A ese afán de comprender corresponden sus preguntas acerca de la población original del territorio y las hipótesis que considera. Pero se diría que no hay tema de su época que no lo mueva a reflexión: desde la designación misma de Nuevo Mundo, que le ha dado al continente Américo Vespucio, como si de verdad hubiera varios:

No porque sean dos; pues sólo una
Máquina se rodea de elementos,
Un solo sol y una sola luna,
Unos mismos etéreos movimientos,
Sin tener más o menos cosa alguna
Sus cursos naturales o violentos,
Una fábrica es, y un mundo sólo,
Cuanto ciñen el uno y otro polo.

Mas la tierra, morada proveída
A los hombres y brutos animales,
Quedó desde el diluvio dividida
En dos partes que cuasi son iguales:
La una nunca vista ni sabida
Sino fue de sus mismos naturales;
Y aquesta tiene tan capaces senos
Como la otra o harto poco menos.

T.1, PÁG. 62

Es grato volver en sus versos a la minuciosidad de la observación, a su capacidad de describir paisajes y atmósferas, ese sentido de la naturaleza que sólo alcanzaría su plenitud con el romanticismo. Castellanos no se siente cautivo del pasado europeo; poetiza su tiempo y el mundo que lo ciñe con un realismo desconocido y una riqueza de detalles que no cuadra en ningún esquema medieval; no tiende a la abstracción, a la vaguedad o la generalización, sino a lo concreto, a lo preciso y a lo particular; se entrega a una fusión cultural que deja atrás las supersticiones de pureza típicas de la Edad Media, y se empeña en conceder sentido poético, condición de belleza y de verdad a lo que nunca había sido nombrado.

Pero fue tal la resistencia inexplicable que despertó en cierta crítica escrupulosamente académica, que ni siquiera han querido admitir algunos como prueba de su contemporaneidad el hecho de que escribiera (a pesar de las dificultades que su situación le imponía) en endecasílabos itálicos. Un crítico hasta se anima a decir que los endecasílabos eran innovadores en 1543 (cuando se publicaron las obras de Boscán y Garcilaso) pero que ya eran anacrónicos 27 años después, cuando don Juan comienza su labor poética, simultánea con buena parte de la obra de Ercilla. Lo cual anacroniza por igual a Lope, Góngora y Quevedo, que escribieron mucho después de aquello los mejores endecasílabos líricos de la lengua.

El tema no merece más precisiones. Jiménez de Quesada, devoto de la tradición y erudito capitán de conquista, fue el necesario interlocutor y contradictor de Juan de Castellanos. De sus reacciones ortodoxas y de sus alarmas convencionales sin duda recibió el poeta parte de la energía y de la convicción que necesitaba para emprender una de las más audaces aventuras literarias de su tiempo.

EN BUSCA DEL POETA PERDIDO

Hasta 1847, año de la publicación de la *Biblioteca de Autores Españoles* de Rivadeneyra, Juan de Castellanos era casi totalmente desconocido. Es verdad que los historiadores y los eruditos de la literatura a veces mencionaban su obra; que en Tunja se conservaban su casa y su catedral; que en viejas bibliotecas de España se guardaban, empastados en cuero rojo, sus manuscritos,[28] y que en algunas bibliotecas se conservaban ejemplares de la pequeña y decorosa edición de la primera parte de las *Elegías*, hecha en la casa de la viuda del impresor real en 1589, y la que, al parecer, ni siquiera Cervantes leyó. Pero Castellanos era desde su muerte más invisible que Shakespeare, pues las *Elegías* habían pasado inadvertidas en su tiempo y no parecía posible rescatar los episodios de su vida, que eran pasto del olvido en muchas provincias distintas. En siglo y medio, sin embargo, hemos llegado a saber muchas cosas.

Los guías principales fueron sus cantos. Dispersas en ellos, aquí y allá, estaban numerosas precisiones que fueron formando para los lectores el mosaico rico y novelesco de esa vida tan arraigada en su edad de aventuras y temeridades, tan parecida a su época. Cuando se publicó la Biblioteca de Rivadeneyra todavía se pensaba que había nacido en Tunja, lo cual hacía aun más anómala su inclusión como autor español, y hasta justificaba las reacciones adversas.

En 1867, José María Vergara y Vergara, en su *Historia de la literatura de la Nueva Granada*, descubrió por fin su origen andaluz, al encontrar el nombre de Alanís en aquella estrofa perdida. Este hallazgo hizo que José Fernández Espino emprendiera un viaje a las estribaciones de la Sierra Morena y encontrara en los archivos de la iglesia de Nuestra Señora de las Nieves de la Villa de Alanís la inesperada partida de bautismo del poeta, de la que sacó copia en 1870. Por ella se supo la fecha aproximada de su nacimiento y el nombre de sus padres. Años después, en 1879, Miguel Antonio Caro resumió algunos de los datos conocidos hasta entonces pero, ignorando el hallazgo del registro de bautismo, llegó a pensar que Castellanos había viajado con Jerónimo de Ortal en 1534, cuando el pupilo del letrado Heredia apenas estudiaba gramática en Sevilla y tenía doce años.

En 1920 fray Andrés Mesanza puso en duda la validez del documento parroquial. Engañado por el amor con que el anciano poeta habla de la otra villa de su infancia, sostuvo que don Juan había nacido en San Nicolás del Puerto y lo hizo abrir los ojos en 1512, para que pudiera venir a América con Gonzalo Jiménez de Quesada. No era una hipótesis del todo caprichosa: en la lista de los soldados que asistieron a la fundación de Santafé había aparecido Juan de Castellanos como miembro de la expedición de Jiménez de Quesada, y esto de nuevo enredaba las fechas. Ahora había casi pruebas de que Castellanos estaba en América como soldado y guerrero desde 1536, cuando salió de Santa Marta aquella expedición, y en consecuencia no podía aceptarse que tuviera por entonces catorce años sino siquiera unos diez más.

Vino después Enrique Otero D'Costa, quien en 1933 volvió a recopilar toda la información habida hasta la fecha y además recorrió las *Elegías* encontrando nuevos datos valiosos, pero se empeñó también en oponer algunas menciones de la obra a los documentos establecidos. Hizo que Castellanos viajara a América con Sedeño, aunque para eso el poeta tuviera que subir al barco de los conquistadores a la edad de 10 años, lo obligó a participar en la jornada del Meta, y cometió alguna otra violencia sobre la cronología, pero al menos hizo un esfuerzo por valorar en términos literarios la obra, aunque plegándose a la tradición de subvalorar su importancia histórica. Su búsqueda de Castellanos es memorable; le dedicó 150 páginas de ambigua devoción, en la cual se proponía demostrar que el poeta no era un historiador confiable, por el hecho de errar algunas fechas y sobre todo por haber escrito que la fundación de Cartagena fue en enero y no en junio de 1533, pecado imperdonable. Sin embargo en las páginas de Otero, obsesionado con las fechas hasta el punto de que poco más le interesa realmente, aprendemos mucho menos de la fundación de Cartagena que en el relato colorido, minucioso, azaroso y sangriento de Castellanos, quien tiene ojos y oídos para todo, y no nos da los datos abstractos sino los hechos vivos, con toda su extrañeza, su crueldad y su asombro.

El siguiente biógrafo fue Ulises Rojas, hijo de Tibasosa y paleógrafo de la Universidad de Sevilla, quien se sumergió en el Archivo de Indias en busca de los más tenues rastros de la vida de Castellanos, y regresó con algunos datos esenciales. En 1958 publicó su ensayo biográfico *El beneficiado Juan de Castellanos, cronista de Colombia y*

Venezuela. Allí se publicaron por primera vez varios documentos: las solicitudes que éste había presentado a la Corona para obtener distintos cargos y las declaraciones que recogió en Alanís la madre del poeta, Catalina Sánchez, para ayudarle a ordenarse sacerdote. Estas declaraciones de personas que lo conocieron eran cálidos documentos humanos contrariados apenas por el lenguaje oficioso propio de los papeles públicos. Hombres como Mateo del Álamo y Cristóbal Rico de Rojas declaraban haberlo conocido desde su nacimiento, haber conocido a sus padres desde que eran mozos e, incluso, haber tenido relación con sus abuelos.

Entre los documentos recogidos por la madre y enviados a Castellanos a Riohacha en 1550 figura el más importante y el que más luz arrojó sobre la temprana infancia del poeta y sobre su formación, la declaración personal de Miguel de Heredia, el cura letrado que lo tuvo bajo su protección desde la infancia, lo llevó a su estudio general en Sevilla, le enseñó gramática, preceptiva y oratoria, y le hizo posible por ello llegar a ser cura y cronista y poeta.

De aquella estancia en Sevilla, que sin duda ocupó los últimos años de Castellanos en España, no tenemos otra documentación que el testimonio del bachiller. Pero hay un momento en el canto sexto de la Primera Elegía, dedicado al regreso de Colón del Descubrimiento y al modo como fue recibido por los reyes, en que el poeta se rinde a la nostalgia y nos da un testimonio indudable de su ya lejana pubertad, del efecto que obró sobre ella la gran ciudad. Curiosamente compara la fascinación que despertaba en las gentes el cortejo de Colón lleno de cosas sorprendentes, pájaros de colores, granos de oro e indios del Caribe, con la fascinación que podía obrar Sevilla sobre un jovencito de provincia:

> Como mozuelos rústicos nacidos
> En el cortijo vil o pobre villa,

Que en su rusticidad fuesen traídos
A ver las escelencias de Sevilla;
Y de tan grandes cosas conmovidos
Juzgasen ser extraña maravilla,
Y estuviesen de tratos tan inmensos
Atónitos, pasmados y suspensos…

T.1, PÁG. 121

Ulises Rojas resolvió, además, las dudas que se habían creado sobre la llegada del poeta a América, pues descubrió que el Juan de Castellanos de la expedición de Jiménez de Quesada era un homónimo, un fugaz soldado de conquista que ni siquiera presenció la fundación de Santafé, ya que estaba cuidando enfermos en los barcos que había dejado la expedición en el río Magdalena, en aquel sitio llamado los Cuatro Brazos o La Tora que después mereció el vistoso nombre de Barranca Bermeja. La existencia de ese extraño homónimo tiene su encanto literario, porque pareció prefigurar la presencia de Castellanos en estos territorios, y porque después de la expedición volvió a España para envejecer litigando por los 300 ducados que le correspondían del rancheo del oro de la sabana y que se le negaron con insistencia. Para que la simetría fuera perfecta, en 1539, año en que nuestro Juan de Castellanos salió de Sevilla rumbo a Puerto Rico, el otro Juan de Castellanos llegaba a Sevilla para comenzar el litigio que ocuparía el resto de su vida. Y en 1558, cuando el poeta era cura en Riohacha, la casa de Contratación de Sevilla dictó sentencia concediendo al otro Juan de Castellanos 100 ducados, mucho menos de lo que había gastado en su largo litigio; pero por entonces aquel antiguo soldado de conquista ya había abandonado este mundo de capitanes ingratos, de alegatos exasperantes y de lentísimos tribunales.[29]

Incluyó también Ulises Rojas en su libro las declaraciones que se prestaron en Tunja en 1567, por parte de conocidos de don Juan, para apoyar su solicitud del beneficio de la catedral; la concesión de ese beneficio hecha por Felipe II; la solicitud elevada por Alonso González Castellanos y Francisco González Castellanos, hermanos de don Juan, de una licencia que les permitiera pasar a las Indias con sus mujeres e hijos, para vivir en la ciudad de Tunja; los documentos correspondientes a las atribuciones del beneficiado de Tunja para organizar las procesiones del Corpus Christi en 1571; la adjudicación a Juan de Castellanos de una cuadra en 1579, y el testamento del beneficiado dado el cinco de junio de 1606, un año antes de su muerte. Esclavos, propiedades, ganado, muebles, joyas, libros y objetos que poseía profusamente fueron allí destinados a sus seres más cercanos, en su mayoría a su sobrino Alonso de Castellanos y a su posible nieto Gabriel de Rivera. Además de disponer el sitio donde quería su tumba, en la iglesia parroquial de Tunja "a espaldas del coro junto a la peana del altar que allí está", el anciano poeta ordena unas ciento cincuenta misas por su alma, las de su familia y las de los negros e indios muertos en su casa.

El más reciente de los libros biográficos sobre Castellanos es el de Mario Germán Romero, *Joan de Castellanos. Un examen de su vida y de su obra*, publicado en 1964 por la Biblioteca Luis-Ángel Arango. En él Romero compara los datos de los biógrafos previos, llega a la mayoría de las conclusiones que se consideran en el presente libro, y añade como un anexo el proceso seguido a Juan de Castellanos en 1562, documento inédito del Archivo General de Indias.

En todos estos documentos quedaba de nuevo confirmado su origen y se abría además la sospecha de que esa muchacha Jerónima, que un día le envió a Tunja desde el Cabo de la Vela el capitán Luis de Villanueva, su gran amigo, fuera en realidad una hija de su juventud, acaso procedente de Margarita, y fruto de aquella vida deleitable que describió en el elogio de la isla. El hecho de que don Juan la hubiera guardado consigo, la hubiera casado entregándole buena dote e insistiera en su testamento en organizar los muchos negocios inconclusos que tenía con el marido de Jerónima, Pedro de Rivera, lo mismo que en asegurar buenas rentas al hijo de ambos, Gabriel de Rivera, parece darle un sentido adicional a aquellos versos que Castellanos escribió sobre la isla Margarita en el primer tomo de las *Elegías*:

> Que cierto quiero bien aquella tierra,
> Pues por allí gasté mi primavera,
> Y allí tengo también quien bien me quiera.
>
> T.1, PÁG. 662

LA RUTA DE LOS EXPLORADORES

Mientras los otros pasan arrasando y borrando las culturas que encuentran, este soldado lo observa todo con atención y con asombro; considera importante cada detalle, se detiene en aquello que ni siquiera los historiadores pueden mirar por excesivamente minucioso, conserva el sabor de las campañas, la comprensión de aquel mundo, una extrañeza que pocos parecen haber sentido bajo ese cielo de estrellas desconocidas.

Los conquistadores debían sentirse en el deber de no mirar mucho y de no asombrarse demasiado. Estaban arriesgando el cuerpo en una aventura demencial y les parecería temerario arriesgar también el alma dejándose atrapar por las trampas de la perplejidad y de la imaginación. En eso don Juan es un hombre muy singular entre los que llegaron por entonces a estas tierras. Ser Cortés o Almagro o

Pizarro puede ser una mera fatalidad: en sus circunstancias era difícil ser otra cosa; incluso, la locura de Lope de Aguirre, de la que el poeta nos dejó tan excelentes páginas, no pasa de ser el delirio de un guerrero obsesionado por el poder. Pero Castellanos no tiene nada que ver con el poder, no parece obsesionarlo la riqueza, no está luchando por su prestigio personal, no está luchando por la gloria de España, no está tratando de consolidar la autoridad de Carlos v sobre los nuevos reinos; está tratando de salvar la memoria de unos hechos que sabe extraordinarios, tratando de redimirlos (como él mismo lo dijo) "de la tiranía del olvido" y de convertir a su idioma en el guardián de ese tesoro. Es digno de atención que a pesar de la extensión de su obra hable tan poco de sí mismo, y casi siempre de un modo lateral o marginal; no está empeñado, como Ercilla, en ser el héroe de su poema, en reclamar el papel de protagonista.

A pesar de haber optado por una función clerical, tampoco parece importarle mucho el otro mundo; está pasmado con éste. A los palacios de cristal de los místicos, a sus ciudades de piedras preciosas, al resonar de las pezuñas del diablo sobre las losas relucientes y simétricas de esas silenciosas urbes fantásticas, él puede oponer, con no menos minucia que Dante o que Browning, la realidad de un mundo asombroso: las tierras americanas pobladas por hombres que son parientes de jaguares, caimanes y guacamayas; ejércitos tan abigarrados que él se anima a compararlos con campos de hierba, ejércitos que parecen selvas de plumajes; tierras de leyendas desconocidas, pueblos que ostentan sus costumbres y sus adornos inspirados en la selva y sus criaturas; el esplendor de "las edades desnudas", el oro derrochado en belleza y plegaria.

Alguna vez Simón Bolívar afirmó que el viaje del Barón Alejandro de Humboldt a comienzos del siglo xix había hecho más por América que toda la conquista española. Ello es lo que podemos llamar una exageración necesaria, ya que un libertador no puede andar por ahí elogiando los logros de sus enemigos. Es verdad que el viaje de Humboldt configuró un nuevo descubrimiento, desde la perspectiva de esa mezcla de razón y pasión, de saber e imaginación, de lucidez y aventura que fue el romanticismo. En Humboldt parecían convivir los contrarios; en él estaban Hegel y Hölderlin, la fe en la historia y el amor por la naturaleza, y en todos los sitios que recorrió nos sorprende encontrar las huellas de esa lucidez febril. Visita la cueva de los guácharos, conoce la vida de los llanos, explora el Orinoco; forzado a navegar por el Magdalena, al final de la travesía ya ha hecho todas las mediciones y los cálculos necesarios para dejar el río reconocido por la ciencia; encuentra en Boyacá los primeros fósiles y las evidencias de un antiguo mar; puede comparar los herbarios de Mutis con los de su amigo Linneo, y valorar el trabajo científico y artístico de los hombres de la Expedición Botánica; le basta mirar el mar del Perú, medir la temperatura del agua en la orilla y después unas leguas adentro, para descubrir la corriente oceánica que hoy lleva su nombre; en México, donde se aplica a hacer un reconocimiento minucioso del país y de sus peculiaridades, ayuda a salvar la hermosa criptografía de una cultura, al evitar que quienes la han removido destruyan una pesada roca circular con la que nadie sabía qué hacer: la Piedra del Sol.

Pero España realizó en América esfuerzos de verdadero descubrimiento; uno de ellos fue nuestra Expedición Botánica que formó a una generación de patriotas, los hizo identificarse con la naturaleza que estaban estudiando, y avivó su afán de Independencia. Y mucho antes de ello, cuando una expedición de reconocimiento de lo distinto parecía imposible, los cronistas observaron y narraron con persistencia y con abnegación; y Juan de Castellanos emprendió a solas la lúcida aventura de nombrar y cantar el territorio, de reconocer a los pueblos que lo habitaban, sus costumbres, sus oficios y sus artes, de describir su naturaleza, e iniciar el proceso de mestizaje de la lengua.

Ya vimos que la explicación más válida de la aventura de Juan de Castellanos es la amplitud de la mente del Renacimiento. Su mirada sobre la naturaleza había roto con la tradición medieval. Don Juan, como Dante (yo sé que hay quien rechaza con alarma que un mero señor de Tunja pueda ser nombrado al lado de todo un viajero celeste, que además era prior de Florencia, pero hay que huir de esos temores reverenciales; es la historia la que termina acercando a estos seres y sus aventuras... además, ser prior de Florencia y ser beneficiado de la catedral de Tunja son hechos igualmente misteriosos, tan extraños como la afición por escribir largos poemas y por contarlo todo) siente ya esa fascinación estética ante la naturaleza que de nuevo se impondría en el mundo con el triunfo del Romanticismo. Había abandonado el prejuicio agustiniano de considerar al mundo como una mansión de pecado, como algo indigno de ser mirado y celebrado. El Renacimiento conquistó en todas las artes una dignidad nueva para las cosas, tan calumniadas por el espiritualismo medieval, tan relegadas a la condición de realidad subalterna y deleznable.

Don Juan es un pintor de retratos renacentistas, pero en sus cuadros, casi al modo oriental, aunque él no lo supiera, el personaje no ocupa todo el espacio ni condena al paisaje y a las cosas a un lugar humilde en el último plano; le gusta hacer vivir a la gente en el mundo, detenerse en cada circunstancia, y por ello su propósito inicial de pintar retratos de varones ilustres termina siendo desplazado por la fuerza de la naturaleza y por el poder de los elementos.

Es significativo que haya sido desdeñado durante cuatrocientos años. En él estaba una mirada sobre el mundo que se reñía con los esquemas medievales, con las simplificaciones propias de la arrogancia colonial y con las convenciones poéticas de su tiempo, pero es justo declarar que ante las *Elegías de varones ilustres de Indias* España vivió siempre un secreto conflicto. Aunque se pensaba que el autor había nacido en Tunja, la primera parte fue publicada en Madrid, con licencia real y comentario generoso y lúcido de Agustín de Zárate en 1589, en la casa de la viuda de Gómez, antiguo impresor del rey.

Estaba dedicada a Felipe II, pero es difícil que el rey le haya podido prestar alguna atención, no sólo por su extensión, sus palabras americanas, sus nombres de indios y su minuciosa extrañeza, sino porque por los días en que el libro salió a la luz la Armada Invencible se hundía en la sombra y el rey vivía, con razón, aquel naufragio como una catástrofe vital de graves proporciones. En la galería de sus retratos, entre los que se encuentran penetrantes estudios de Moro y de Tiziano, los que corresponden a esta época muestran un severo proceso de envejecimiento y una tensión espiritual extrema.

Fuera del juicio de los censores Agustín de Zárate y Alonso de Ercilla, no sabemos de ningún otro comentario sobre el libro en su época. El autor ni siquiera aparece mencionado por Cervantes en el *Viaje al Parnaso*, lo cual equivale al total anonimato pues Cervantes, como él mismo lo ha confesado, leía hasta los papeles que encontraba en las calles, y exaltó al Parnaso tal cantidad de artífices que poco faltó para que todos los versificadores de su tiempo figuraran allí. Con todo, Castellanos fue desagraviado en la península al ser incluido en la Biblioteca de Rivadeneyra, antes de que fuera publicado en ningún país de América Latina. Hubo quién protestara, y acaso la creencia de que don Juan había nacido en Tunja pudo ser la causa, aunque en los argumentos lo que se siente más bien es la inconformidad de que grandes e indudables clásicos de la lengua hubieran sido excluidos y este poeta de oscuro origen recibiera el honor que se le negaba al Marqués de Santillana y a Juan Boscán. Pero era injusto culpar a Castellanos por ello.

A finales del siglo XIX se descubrió su origen andaluz, y desde entonces varios estudiosos se han aplicado a examinar aspectos parciales de una obra que siempre será difícil abarcar en su plenitud y en la pluralidad de sus repercusiones. A pesar de su extensión, las *Elegías* no son tan irregulares como sostiene algún crítico adverso. Es verdad que ni Keats, ni Víctor Hugo, ni Neruda logran sostenerse en las alturas que a veces alcanzan, y un poema suele justificarse por un fragmento inspirado y sorprendente, pero el lenguaje de las *Elegías* que es siempre sencillo y natural, que es el lenguaje del habla de su tiempo, prescinde de ornamentos, narra reposada y eficientemente, dibuja con nitidez, ilumina con intensidad, desplaza las figuras con gracia y destreza. Quien esté habituado a leer octavas reales sabrá advertir que hay en Juan de Castellanos una fluidez y un rigor que asombran para su tiempo. Castellanos escribe antes que Góngora y Quevedo, y los endecasílabos de aquéllos, siempre llenos de inteligencia, de simetrías magníficas y de arte literario, no nos producen una sensación tan inmediata de vida torrencial y de realidad sorprendente. Lope es tan fluido en la exposición, aunque es, por supuesto, mucho más suave y delicado en sus temas y su lenguaje, y hace desde la distancia esfuerzos admirables, aunque forzosamente infructuosos, por captar la realidad americana.

Castellanos rompió con muchas tradiciones. Bien ha dicho Ezra Pound en su polémico ensayo sobre Quevedo,[30] que una de las características de la literatura española fue "el uso de la expresión 'indirecta' producido por una desconfianza hacia el interés del propio contenido" y por "el miedo a la autoridad". Es asombroso que sobre un tema tan actual haya tomado partido Castellanos hace más de cuatro siglos, al decir que no quiere fantasear ni adornar:

> Como los que con grandes artificios
> Van supliendo las faltas del sujeto;
> Porque las grandes cosas que yo digo
> Su punto y su valor tienen consigo.
>
> T.1, PÁG. 60

A favor de Castellanos también está otra afirmación de Pound: "La literatura perdurable es, quizá, aquella que intenta siempre construir la imagen de lo que trata de un modo sencillo e inequívoco". Ello fue logrado más tarde por la poesía española, pero en aquellos tiempos el afán de "embellecer", y el predominio de lo indirecto y de lo ornamental, cosas tan lícitas como opción y tan ilícitas como dogma, eran la obligación de los poetas. Por otra parte, una comparación de la poesía de Castellanos con la prosa de muchos cronistas de Indias demuestra otra de las afirmaciones de Pound: "la buena poesía es más concisa que la prosa".

Ya hemos dicho que Castellanos responde a unos desafíos que ninguno de los poetas españoles del Siglo de Oro debió afrontar. El mundo del que hablan ellos estaba totalmente establecido, no había que arrebatárselo a la naturaleza ni a las selvas del mito. Introducir a América, su enormidad y su turbulencia, su exuberancia y su candor, sus ríos de sangre y sus noches embrujadas, en la sensibilidad y en el orden mental de Occidente exigía una perspicacia y una inspiración que no comprenden quienes piensan que la realidad es verbal y que hablar de ella no supone una labor creadora. Era difícil entender qué estaba logrando Juan de Castellanos pero, por supuesto, también hubo entre sus lectores mucho de insensibilidad. Si otras lenguas hubieran recibido un tesoro poético de esa magnitud habrían sabido honrarlo con mayor lucidez y convicción. Basta imaginar lo que habrían podido hacer Montaigne, lector de bibliotecas enteras, o Shakespeare, voraz lector de la *Gesta Danorum* y de las crónicas de Holinshed, o Robert Browning, rastreador de curiosidades y lector de infolios carcomidos, con esta crónica desbordante y colorida, con esta galería de personajes memorables, esas viñetas de la naturaleza, esas estampas de la vida europea trasladada a paisajes que prefiguran el Romanticismo; con esa rapiña demencial de riquezas; con las selvas nunca holladas y las bestias nunca descritas; con las tormentas desconocidas y los naufragios invadiendo de escombros las playas; con la imagen de esos pueblos silenciosos de la noche que al salir el sol eran bulliciosas escuadras con las sienes ceñidas de oro; con esas lluvias de flechas que traen veneno vegetal en la punta.

Es curioso pensar que la mención festiva de "mantequillas y pan tierno" pudo fascinar cierta imaginación poética española durante siglos, pero la salvaje conquista de un mundo remoto, el avance de las compañías, el lento surgir de unas selvas fantásticas, las razas, las leyendas, las mitologías, los sueños y los dioses naufragados en la sangre de Cristo no lograron conmover en su tiempo el corazón del Imperio. Ese mundo nuevo no tenía los papeles en regla; asomaba a la historia en condición de provincia sujeta a vasallaje, no parecía inquietar intelectualmente a nadie; es evidente que la crítica imperante en aquellos tiempos prefería borrar un mundo antes que cambiar una doctrina.

Todavía en el siglo XIX, Jorge Guillermo Federico Hegel sostuvo, de acuerdo con su simétrica novela protagonizada por el Espíritu, que América no pertenecía a la historia universal; y lo dijo cuando ya la irrupción dorada y ensangrentada de América había cambiado al mundo. Cuando bien entrado nuestro siglo, algún filósofo repitió la lección declarando de un modo solemne que América aún no ingresaba en la historia universal, Borges recordó una broma de Bernard Shaw y exclamó: "Historia universal… de la infamia tal vez", lo que se convertiría en el título de uno de sus libros.

Con todo, es comprensible la distancia mental que la poesía española del Siglo de Oro tuvo frente al tema: la poesía de la Conquista tenía que nacer en América, y tendría que ser valorada aquí. Una de las pocas alusiones que hizo Quevedo está en su libro de los diablos y es muy divertida: dice que América tomó suficiente venganza de las atrocidades cometidas por los Almagros y los Pizarros, enviando a Europa los diablos del chocolate y del tabaco, pues es más piadoso matar a la gente a limpios lanzazos que martirizar a pueblos enteros con pujos y ahogos y toses y congestiones. Incluso para Quevedo la magnitud de la Conquista podía resolverse en una humorada; era inevitable, a no ser que el destino le hubiera ofrecido la oportunidad de viajar al Nuevo Mundo, que dejara intocado por su talento y por su inteligencia el tema central del encuentro con otras culturas, otras lenguas, otros dioses y una naturaleza desaforada; que no se le impusiera la nueva imagen del planeta como morada de lo humano.

Alguien hablará de la falta de una filosofía en España. Francia nos ha dejado en los *Ensayos* de Montaigne el testimonio de una inteligencia que no se dejó engañar por las inercias de la historia ni por las brutalidades de la realidad; que fue capaz de mirar con lúcida generosidad aquel drama histórico y el conjunto de su época. Pero la lengua castellana, que no produjo una gran filosofía, tenía una conciencia estética vigorosa, y lo que no hizo en el campo de la reflexión pura, lo hizo poderosamente en el campo del arte. Con la obra de Juan de Castellanos exploró el universo americano y lo introdujo en el orden mental de Occidente. Y por aquellos mismos años otro soldado solitario de Felipe II, que había participado en una batalla memorable, que había sido viajero, vagabundo y esclavo, que había buscado fortuna en las letras y en las armas, que había intentado en vano viajar a América, y que después se había abandonado por años a un pequeño empleo sórdido y errante, descubrió de golpe en las frases de algún trastornado el drama secreto de su patria y de su época, comprendió toda la angustia de un imperio desgarrado entre la sed de hazañas y una realidad cruel y polvorienta, y en la figura de un viejo caballero lunático que acomete a unos molinos de viento confundiéndolos con las formas de su fantasía, el espíritu español encontró su rostro imborrable, condensó la experiencia de su atormentado siglo XVI, eternizó la magnitud de su tragedia y de su locura, e inauguró la era mundial de la prosa, la edad del insaciable realismo, la soledad del individuo frente al mundo.

EL LLAMADO DE LAS INDIAS

En la segunda mitad del siglo xix, el profesor español Marcelino Menéndez y Pelayo emprendió su *Historia de la poesía en Colombia*[31] con un juicio implacable sobre las *Elegías de varones ilustres de Indias*. Es "el poema más largo que existe en lengua castellana (...) y quizá la obra de más monstruosas proporciones que en su género posee cualquier literatura".[32] Al principio considera el poema con curiosidad y aun con admiración: "Sólo alguna crónica rimada, francesa o alemana de los tiempos medios –añade– puede irle a los alcances en esto de la extensión, con la diferencia de ser ellas, por lo común, mera compilación de textos anteriores en prosa o en verso, al paso que la obra de Castellanos es de todo punto original, y en partes se refiere a hechos que el mismo autor presenció o que oyó contar a testigos fidedignos".[33] Pero después censura que el poema haya sido incluido en la

Biblioteca de autores españoles de Rivadeneyra, "donde no pudieron meter la cabeza ni don Alonso el Sabio, ni el Marqués de Santillana, ni Juan de Mena, ni Boscán, ni Juan de Valdés, ni fray Jerónimo de Sigüenza, ni el bachiller Francisco de la Torre, ni otros innumerables próceres y maestros de la poesía y de la prosa, que en ninguna colección clásica podían ni debían faltar".[34]

El dictamen se va enredando en tormentas y prejuicios y acaba formulando con claridad lo que había sido por siglos el verdadero problema de muchos frente al libro: que siendo una relación de hechos históricos estuviera escrito con rigor en endecasílabos, lo agobiante de su extensión, la extrañeza de su lenguaje, la llaneza de su estilo, y su extraordinaria minuciosidad. Así nos ayudó a entender don Marcelino, sin proponérselo, el singular destino de las *Elegías* ante buena parte de los lectores de los siglos previos: "La gran desdicha de este libro –dice– es estar en verso. Y no porque, mirado a trozos, no los tenga felices, y episodios y descripciones variados y deleitables, y gran número de octavas bien hechas, que pueden entresacarse y lucir solas; sino por la exorbitante cantidad de ellas, por las innumerables que hay desmarañadas, rastreras y prosaicas, por la dureza inarmónica que comunican al metro tantos nombres bárbaros y exóticos, y por la oscuridad que muchas veces resulta del empeño desacordado en que el autor se puso a versificar todo, hasta las fechas, valiéndose para ello de los rodeos más extravagantes".[35] De modo que pareciéndole un libro lleno de episodios "felices, variados y deleitables", bien narrado y bien rimado ("extraordinaria era, sin duda, –dice Menéndez y Pelayo en otra parte– la facilidad de Castellanos para versificar"), lo más generoso que se anima a decir el polígrafo como juicio de conjunto es que "a este versificador irrestañable" no se le pueden negar "algunas dotes de poeta".

Vale la pena considerar las objeciones. Invalidar una obra por su extensión, además de ser una insensatez y una mera confesión de frivolidad, es en el caso de don Marcelino un acto suicida. Las otras razones son más interesantes. Juan de Castellanos había compuesto su poema histórico con tal profusión de términos desconocidos para los peninsulares, había tomado prestadas tantas palabras de las lenguas indígenas del Caribe y de los Andes, había incluido en sus octavas reales tantos nombres indígenas de personas y de lugares, había considerado tan importante contar aquellos hechos con una casi divina minuciosidad, había optado (ante la extraordinaria exuberancia de hechos y de atmósferas que su historia suponía, y ante el horror descomunal de su *Inferno*) por una tal sencillez del relato, que para el gusto de algunos letrados había perpetrado un engendro monstruoso. A pesar de sus virtudes evidentes, y de muchas otras más sutiles y más secretas, el poema les pareció impracticable y, por supuesto, casi nulo en términos poéticos. Es bueno recordar ese juicio, no por infamar en vano la memoria de aquel laborioso polígrafo sino porque ilustra muy bien el espíritu de cierta crítica todavía activa en nuestra lengua. Aquel profesor llamaba barbarismos y salvajismos a esas raras palabras: huracán, manglar, canoa, iguana, ceiba, múcura, chaguala, jaguar, caimán, ají, poporo, guanábana, caimito, tiburón, barbacoa, bohío, hamaca, guacamaya, caney, batey, yarumo, auyama, y sobre todo rechazaba el mal hábito de llamar a los indios americanos por su nombre propio.

Todos hemos sido testigos en nuestra América de un hecho tremendo: después de la Conquista el *indio* se convirtió en un genérico y no volvió a admitir individuación. Curixir, Betanzos, Origua, Macopira, Carex, Macorpes, Toronomala, Doromira, Irotama, Marocando, Zaca, Tairona, Bongay, Chairama, Dorsino, Uxmatex, Cayacoa, Yuldama, Anacaona, los muchos nombres que respetuosamente incluye Juan de Castellanos en sus *Elegías*, los nombres propios de los nativos de América que dejaron su sangre en las lanzas de los conquistadores, todavía a fines del siglo XIX son considerados por el más influyente letrado español como palabras salvajes que afean la sonoridad clásica de la lengua y que no deben ser mencionados en un poema sobre la Conquista.

El juicio de Menéndez y Pelayo, con todo y su conclusión imperdonable, onerosa para el prestigio del propio crítico, abunda en argumentos que intentan ser valoraciones y que naufragan en ambigüedades. "Un espíritu curioso, –dice– y no excesivamente rígido, puede encontrar cierto placer en leer a saltos las *Elegías de varones ilustres de Indias*, aun prescindiendo del grande interés histórico, y a veces novelesco, de su contenido. Encontrará en Castellanos no sólo viveza de fantasía pintoresca, que es sin duda la cualidad que en él más resplandece, sino arte progresivo en ciertas narraciones; mucha franqueza realista en la ejecución, cuando este realismo no degenera en chocarrería trivial y soldadesca, más propia de un mariscador de la playa de Huelva que de un clérigo anciano y constituido en dignidad; sabrosa llaneza y castizo donaire, cierto decir candoroso y verídico, que hacen simpatizar con el poeta que era un espíritu vulgar sin duda, de conciencia un tanto laxa y acomodaticia con las bizarrías y desmanes de los conquistadores, pero muy despierto y muy aleccionado por la vida, curioso de muchas cosas, sin excluir la historia natural ni las costumbres de los indios; menos crédulo y más socarrón de lo que a primera vista parece; dado a cuentos y chismes de ranchería más de lo que a la gravedad de la historia conviene, pero por eso mismo más interesante y divertido para nosotros…".[36]

En general me parece que Menéndez y Pelayo está empeñado en contrariar de un modo misterioso en cada frase los entusiasmos de la anterior, como si algo luchara en su mente con ese deleite poco académico por la franqueza, la llaneza, el candor, la laxitud, la curiosidad, lo interesante y lo divertido que encuentra el poema. Ese juicio, que repetía tal vez juicios previos, prefiguraba otros posteriores e influyó de un modo decisivo en la opinión de varios americanos.

Nuestra realidad era así: bastaba que un crítico español hiciera uso de su sagrado derecho a equivocarse, para que los críticos americanos se esmeraran en superarlo repitiendo sin fin esos errores. Ya veremos que hubo quien valorara con entusiasmo la obra de Castellanos, pero muchos se plegaron al juicio de la autoridad. Hasta Rafael Maya, un hombre lúcido y sensitivo, a quien le ardía la lengua por decir que el poema era extraordinario; a quien, además, unas consideraciones sobre Ercilla y Castellanos lo habían llevado a valiosas reflexiones sobre el papel de la naturaleza en el arte, se vio abrumado por el temor reverencial y terminó citando las frases más agrias de Menéndez y Pelayo, para ponerse a salvo de cualquier riesgo. Asombrosamente él, un americano, termina diciendo que las *Elegías* son una obra de muy difícil lectura "a causa de haber injerido en ella el autor, sin discriminación ninguna, expresiones americanas típicas con vocablos de estirpe clásica, y de haber revuelto lo popular y lo noble, lo levantado y lo vulgar, lo procaz y lo sublime...".[37] No advierte el crítico que en esa frase que él juzga descalificadora, parece estar describiendo todo el arte moderno.

El único riesgo verdadero, sin embargo, lo había asumido con fortuna Juan de Castellanos en la segunda mitad del siglo XVI, al tomar las más difíciles decisiones que poeta alguno de nuestra lengua haya tomado en su tiempo. Comprendió que la lengua castellana de entonces era insuficiente para nombrar el mundo americano porque, a pesar de su madurez expresiva, no tenía palabras para los árboles, los pájaros, los climas, los frutos, los utensilios, las indumentarias, las culturas nativas. Lo que le costaba el orgullo a un erudito de hace un siglo le había resultado legítimo y sencillo a aquel soldado del Renacimiento.

¿Cómo nombrar a América si no se puede decir ceiba y hamaca, poporo y coca, huracán, tiburón y manglar, guanábana y canoa? Es más, ¿cómo nombrarla si no se puede decir Anacaona, Carex, Betanzos, Sugamuxi? Las palabras de las lenguas indígenas americanas podían hacer fracasar un libro ante los lectores españoles de entonces. Hasta Alonso de Ercilla se cuidó muy bien de mancillar la pureza clásica de su poema con indigenismos; uno de sus prologuistas, Marcos A. Morínigo, ha escrito que Ercilla no los cree necesarios: "Que los historiadores, etnógrafos, naturalistas, funcionarios, misioneros y aun poetas de América los usen no es asunto suyo. Él es poeta, poeta culto y cortesano, tocado de humanismo, que se dirige a un público selecto, de educación similar a la suya, encabezado por su propio rey".[38] Lo mismo dirá Manuel Alvar de la *Dragontea* de Lope: que en un poema hecho en España y, sobre todo, sentido desde España "todo queda lejos de la verdad del Nuevo Mundo. Estamos ante un poema culto, creación desarraigada del conocimiento de la tierra".[39] Nadie estaba interesado en relatos de cosas extrañas e irreconocibles. Pero lo que se decidía allí era si el autor estaba escribiendo para halagar a los hombres de su tiempo –menos aún: a los nobles de su corte– o para trasmitir una verdad terrible y una realidad nueva a la posteridad.

Quien está decidido a triunfar tiene que hacer concesiones, pero quien tiene la verdad del dolor y la grandeza de los esfuerzos humanos en más alta estima no vacilará en subordinar el éxito al cumplimiento de su propósito más hondo. Y en esto Juan de Castellanos no se engañó jamás. No utilizaba las palabras indígenas porque se sintiera obligado; las utilizaba porque eran los únicos nombres posibles de una parte considerable de la realidad y también porque eran su deleite; las incorporaba en la música de los endecasílabos itálicos porque sabía que esas palabras, y las cosas que nombraban, eran dignas de resonar en los versos, dignas de la memoria y de la música. Nosotros tuvimos que esperar hasta comienzos del siglo xx para que Barba Jacob descubriera que se podía decir con belleza en un poema:

La piña y la guanábana aroman el camino
Y un vino de palmeras aduerme el corazón

Pero Juan de Castellanos había descubierto esos valores poéticos cuatro siglos atrás. Y a quien sostenga que le falta poder de creación porque no fabula, porque no fantasea, hay que recordarle aquella afirmación iluminadora de Borges: "Nombrar, en los comienzos de una literatura, equivale a crear".[40]

Hay caimitos, guanábanas, anones
En árbores mayores que manzanos;
Hay olorosos hobos que en faiciones
Y pareceres son mirabolanos;
Hay guayabas, papayas y mamones,
Piñas que hinchen bien entrambas manos,
Con olor más suave que de nardos,
Y el nacimiento dellas es en cardos.

T.3, PÁG. 22

Le parece importante nombrar las piñas, decir que su aroma es más suave que el de una flor, y describir el modo como frutas tan enormes y jugosas nacen bajo la forma menos prometedora de fruta: la de un cardo. En cuanto a los nombres propios, no se intimidó ante las dificultades fonéticas de los nombres indígenas:

Salió de paz ansimismo Tocana,
Señor de Mazaguapo, con Guaspates
Y los de la ciudad de Turipana,
Y Cambayo, cacique de Mahates,

A los cuales la gente castellana
Dio bonetes, camisas y rescates…

T.3, PÁG. 47

Y en otra parte,

Salieron pues, y el amistad antigua
Sustenta Mamatoco, que los ama;
Pasando van por Zaca y por Origua,
Bien recibidos son en Irotama;
Saliéronles en paz los de Bondigua,
Y lo mismo hicieron en Chairama:
Todos ellos traían manos llenas
De los dones que dan doradas venas.

T.2, PÁG. 357-358

Y más adelante:

Hay Chacopate, hay Cumanagoto,
Piritú, las riberas del Unare,
Pues la fertilidad de Paragoto
Fáltame copia con que la declare:
Potente población de Cherigoto,
Con todo lo que dicen Mompiare;
Sus pueblos, sus culturas, sus labores,
Y aquella gran potencia de señores.

El feroz y terrible Turperamo,
Y el invencible siempre Barutaima:

El gran Guaramental, el Guayacamo,
Canima, Guaigoto, con Pariaima:
Gotoguaney, Perina, Periamo,
Querequerepe, Canaruma, Guaima,
Sin otros muchos desta circunstancia
Con cercas de grandísima distancia.

T.1, PÁGS. 355-356

Como tampoco lo acobardaban los nombres de los españoles. Se siente el placer con que eslabona en los versos toda esa materia particularmente difícil:

Y fueron los más dignos de memoria
Diestros en semejantes menesteres
Un Gonzalo Cerón, Juan de Villoria,
Martiniáñez Tafur, Sebastián Pérez,
El bachiller o licenciado Soria,
Montemayor, que fue después alférez,
Pinos, Alonso López el de Ayala,
Y Bautista Cimbrón, que les iguala.

Bartolomé de Porras, Villafaña,
Rivadeneira, Diego Maldonado,
Fue Francisco Cortés desta campaña,
Julián de Villegas, Alvarado,
Y Juan de Peñalver, que tuvo maña
Con ánimo y valor de buen soldado,
El capitán Hurones, Juan de Urista,
Con otros que no van en esta lista.

T.3, PÁG. 20

Pero la extrañeza de la Conquista de América no se agotaba en la sonoridad y dificultad de sus nombres. Entender las imposibilidades que tuvo la España de su tiempo para recibir y apreciar con justicia un poema como éste, exige comprender por qué lo que Juan de Castellanos se proponía estaba tan lejos de las expectativas de sus contemporáneos. La poesía de entonces parecía exigir la adhesión sin sombras a unos formalismos; los poemas debían, por ejemplo, ser acogedores con el vago pueblo de las divinidades clásicas. Nadie oficiaba ya en los altares de aquellos dioses griegos y romanos, ni siquiera Dante había creído en ellos, pero era ineludible invocar a Calíope y a Clio, comparar sin tregua a todo energúmeno con Ayax, a todo elocuente con Néstor, a toda hechicera con Circe, a todo trastornado con Aquiles.

Castellanos estaba dispuesto a invocar de tarde en tarde a las musas griegas, a llamar al combate "Marte", y "febea lumbre" a los rayos del sol, pero desde el comienzo había decidido que esas transposiciones no ocuparían un lugar central en su obra, que su propósito estaba lejos de pretender convertir a América en jardín de estatuaria, en una réplica artificial del mundo clásico, y sus episodios inauditos en fracciones de una fatigada mitología. Las estrofas en las que expuso sus criterios estéticos son de una claridad extrema:

Iré con pasos algo presurosos,
Sin orla de poéticos cabellos,
Que hacen versos dulces, sonorosos,
A los acostumbrados a leellos.
Pues como canto casos dolorosos
Cuales los padecieron muchos dellos,
Parecióme decir la verdad pura
Sin usar de ficción ni compostura.

T.1, PÁG. 59

El dolor y los padecimientos que abundan en esta historia, dolor y padecimientos que él había compartido como expedicionario y soldado, comprometían su respeto. Castellanos se permitió mostrar que conocía en detalle la tradición mitológica pero que ella no regía su poema ni agotaba sus propósitos:

Ni me parece bien ser importuno
Recontando los celos de Vulcano
Ni los enojos de la Diosa Juno
Opuestos al designio del troyano,
Ni palacios acuosos de Neptuno,
Ni las demás deidades de Oceano,
Ni cantaré de Doris y Nereo
Ni las varias figuras de Proteo.

Ni cantaré fingidos beneficios
De Prometeo, hijo de Japeto,
Fantaseando vanos edificios
Con harta más estima que el efeto;
Como los que con grandes artificios
Van supliendo las faltas del sujeto;
Porque las grandes cosas que yo digo
Su punto y su valor tienen consigo.

T.1, PÁG. 59

Su convicción de que todas las cosas del Nuevo Mundo eran dignas de la poesía puede sorprendernos, porque nuestras sociedades, malformadas por el choque de las culturas, vivieron durante siglos en el apocamiento y en la impostura, sintiendo siempre que, para ser ilustre, una historia tenía que ocurrir en algún sitio ilustre, en algún jardín versallesco, en algún castillo teutónico. En América del Norte los poetas sintieron desde temprano la sacralidad del territorio y consideraron poéticos los nombres indígenas: Mississippi, Ohio, Tennessee. Al parecer nosotros tuvimos que esperar hasta el siglo XIX para que Bello argumentara la dignidad poética de nuestra zona tórrida, para que José Hernández descubriera la poesía de los gauchos y de la pampa, para que Jorge Isaacs sintiera que se podía hablar con belleza del Valle del Cauca, de sus guásimos y de sus písamos, pero Juan de Castellanos se adelantaba a todo; con clarividencia, aunque casi inadvertido, había fundado en el siglo XVI esa posibilidad necesaria:

Son buenos de comer y dichos mayos,
A los cuales también llaman auríes,
Hallaron cantidad de guacamayos,
Papagayos y micos y coríes;
Y frutas de guayabas y papayos,
Con no sé cuántos pájaros pajíes,
Que en tiempo y en sazón más regalada
Se tienen por comida delicada.
T.1, PÁG. 427

Y tenía plena conciencia del valor que guardaban para la poesía y que tendrían para la posteridad los escenarios de su América y las proezas de sus contemporáneos:

Son de tan alta lista las que cuento,
Como veréis en lo que recopilo,
Que sus proezas son el ornamento
Y ellas mismas encumbran el estilo,
Sin más reparos ni encarecimiento
Que proceder sin mácula el hilo,

De la verdad de cosas por mí vistas
Y las que recogí de coronistas.

T.1, PÁG. 60

Así que no diré cuentos fingidos,
Ni me fatigará pensar ficciones
A vuelta de negocios sucedidos
En índicas provincias y regiones;
Y si para mis versos ser polidos
Faltaren las debidas proporciones,
Querría yo que semejante falta
Supliese la materia, pues es alta.

T.1, PÁG. 60

Alta y copiosa. Con la materia innominada de la América equinoccial y del Caribe, con un mundo al que nadie había cantado en una lengua occidental, aquel soldado convertido en poeta labró su poema sin saber que lo estaba llenando de cosas que su mundo de origen se resistiría a asimilar. Porque América podía ser una fuente de recursos y una vaga extensión de colonias de ultramar, pero era excesivo que pretendiera exaltarse en territorio autónomo del espíritu. Dada la vocación de superioridad de la cultura europea y sus envanecimientos pedagógicos, dada la avidez de su religión católica por evangelizar, parecía evidente que a América había que llegar a dar lecciones; no era ortodoxo que alguien llegara a asombrarse y a dejarse transformar por ella. Acostumbrada a la ilusión halagadora de dar cultura a quienes al parecer no la tenían, si algo estaba lejos de las intenciones de la España de entonces era la posibilidad de que había ido a América a aprender algo, de que la lengua castellana, en plena madurez y decidida a imponerse por la fuerza si era necesario, estuviera sujeta a transformación alguna o tuviera algo que recibir.

Pero el libro de Juan de Castellanos de muchos modos evidenciaba que la lengua castellana había sido insuficiente para nombrar esta región del mundo, que necesitaba palabras y giros nuevos, que había cosas en el nuevo continente que no podía nombrar de un modo espontáneo cualquier observador; que se requerían los recursos del arte, esfuerzos verbales, desafíos que nunca se había planteado la lengua, para nombrar esta realidad sorprendente y distinta y, tal vez, para nombrar la nueva era histórica que con todas aquellas convulsiones nacía.

LOS REINOS SIGILOSOS

Navegando por el río Yuma, al que habían llamado río grande de la Magdalena, los conquistadores fueron testigos de un hecho inquietante; los indios traídos del litoral, siendo excelentes nadadores, se sumergían en sus aguas y no regresaban. No tardaron en descubrir que, ocultas bajo la turbia superficie, acechaban a los nadadores unas bestias curiosas. Eran los grandes caimanes del Magdalena, a los que muchos testigos atribuyeron un tamaño enorme, y que en cinco siglos han desaparecido casi por completo. La descripción que nos ha dejado Juan de Castellanos de este reptil de los trópicos es ejemplo suficiente de su sentido de observación, y de su destreza narrativa. Está en ella el dibujo minucioso del animal, pero también el asombro con que los primeros occidentales miraron a ese secreto huésped de los ríos y de las orillas. Para unos hombres que emergían de la Edad

Media, la naturaleza era una manifestación del mal y del peligro; estos ríos peligrosos, bajo cuya superficie tranquila aguardaban monstruos voraces, parecían confirmarlo. Primero la extrañeza inicial:

> Entre tanto que allí se detenían
> E guías de la tierra se tomaban,
> Muchos indios amigos que traían
> En aquel amplio río se bañaban;
> Pero cuantos entraban no salían,
> Antes la mayor parte se quedaban,
> Con ser escelentes nadadores
> Siempre desparecían los mejores.
>
> T.2, PÁG. 380

Enseguida don Juan nos mostrará un triple talento muy suyo. El talento de un narrador hábil en mantener la expectativa:

> Hallábase la gente descontenta,
> Ansí soldados como capitanes,
> Y a ningún español se representa
> La causa ni razón destos desmanes
>
> T.2, PÁG. 380

El talento literario de describir con poquísimas palabras a un ser desconocido, mediante la eficaz combinación de elementos reales y míticos:

> Hasta que ya cayeron en la cuenta
> De voraces lagartos o caimanes,
> Fiero dragón y acuática serpiente
>
> T.2, PÁG. 380

Sirva de ejemplo la doble intensidad, física y heráldica, del verso anterior. Es justo recordar que Castellanos tuvo un precursor muy notable en el arte de observar el mundo americano: Fernández de Oviedo, el fundador de esa tradición. De él proceden varias analogías, y ya había llamado a los caimanes "estos lagartos o dragones" en su *Sumario de la Natural Historia de las Indias*. Castellanos sigue con fidelidad a Oviedo en los episodios históricos de las primeras décadas, y tiene la clara voluntad de ser su continuador.

Aún más poético es el talento de captar la principal característica del animal, el sigilo con que se acerca a la víctima de modo que sólo se lo advierte cuando es tarde:

> Fiero dragón y acuática serpiente
> Que hasta hacer presa no se siente.
>
> T.2, PÁG. 380

También es causa de su asombro el contraste singular entre la quietud continua del caimán, que parece un tronco muerto en la orilla, y la tremenda agilidad que despliega en el momento del ataque:

> Esta bestia crüel parece muerta
> En el agua y a modo de madero;
> Pero para hacer su presa cierta
> No puede gavilán ser más lijero.
>
> T.2, PÁG. 380

Y entramos en detalles sobre las costumbres de los grandes reptiles: cómo utilizan la cola para cazar mediante golpes violentos, cuando no les es posible atacar de frente:

> Si no puede cazar de otra manera

Procura hacer presa con la cola,
Que con pesado golpe saca fuera,
Y es tal que bastará con ella sola
A llevar plantas gruesas arraigadas,
Cuánto más a personas descuidadas.
T.2, PÁG. 380

Señala que causan continuo temor en los indios,

Pues son en se llevar cuervos marinos;
T.2, PÁG. 381

Y la astucia que muestran ocultándose a la entrada de palizadas que los humanos fabrican para guarecerse de ellos, de modo que el caimán por sorpresa

Les da por aposento sus entrañas.
T.2, PÁG. 381

Menciona su tamaño descomunal, los casos de muchos que han arrancado a sus seres queridos de las fauces mismas de estas criaturas, y la creencia de que el punto más vulnerable del caimán son los ojos y que por protegerlos incluso abandona a sus presas:

Oyendo los clamores y la grita,
Y viendo que le lleva su querida,
El osado zagal se precipita
En la profundidad por dalle vida,
Y dentro de las aguas se la quita
Sin que pudiese dalle más herida;

Porque con un machete que tenía
Los ojos del caimán entorpecía.

No perdió los manjares de su mesa
Por cobardía, porque tiene poca;
Pero por no quedar con vista lesa
Cuando fuerza menor allí le toca,
Con temor y dolor suelta la presa
Del cruento sepulcro de su boca;
Pues con ser animal feroz, rabioso,
Es siempre de sus ojos temeroso.

T.2, PÁG. 382

También el caso de los que arrojaron contra un caimán, a modo de arpón, una espada atada con un cordel, y cómo el animal herido se volvió y arrancó de un mordisco un pedazo de madera de la canoa. Su descripción:

Él en efeto es boquirrasgado,
Sin lengua, con dos órdenes de dientes,
De durísimas conchas rodeado,
Los pies no de lagarto diferentes,
Es largo de hocico y ahusado,
Son astutas y cálidas serpientes…

T.2, PÁG. 383

Después viene el modo como pelea con el tigre: cómo salta éste en torno con agilidad impidiéndole acercarse al agua donde el caimán será más poderoso, cómo da dentelladas el reptil mientras el tigre saca provecho de su mayor ligereza, cómo si es en tierra triunfa el tigre y si es en agua triunfa el caimán, "por ser en su elemento"; y más tarde nos relata cómo acostumbran las hembras desovar en la arena de las orillas y dormir al sol del día; cómo los nativos comen huevos de caimán, de tamaño mayor que los de un ánsar; cómo pueden hacer su cena de la carne del reptil, y la discreta confesión de que también quien estas cosas cuenta se ha visto en la necesidad de alimentarse con carnes inusuales:

> Y también en hambrienta pesadumbre
> Alguna vez le fue manjar aceto
> A quien nunca lo tuvo de costumbre
> Ni pensó de se ver en tal aprieto;
> Pero el hambre pone dulcedumbre
> En lo que careció de tal efeto…
>
> T.2, PÁG. 385

El episodio se cierra con el relato de la muerte a bala de un caimán. Quienes le dispararon lo encuentran otro día muerto y despidiendo un pesado olor de almizcle, pero deciden calmar el hambre con la carne del animal; el resultado parece una suerte de inesperada venganza:

> Fue luego por el español abierto
> Para lo sepultar en el arquivo,
> Pero por el hambriento desconcierto
> El dragón se mostró vindicativo,
> Matando muchos más después de muerto
> Que pudiera matar estando vivo,
> Porque sobre sesenta perecieron
> Que de las carnes del caimán comieron.
>
> T.2, PÁG. 386

Muy lejos de allí, en las provincias de Venezuela, una compañía de españoles había acampado en un lugar abierto. Era de noche ya; los soldados reposaban como solían hacerlo entonces, con las botas y las espuelas puestas, las armas al alcance de las manos y habiendo dejado los caballos ensillados. El capitán Diego de Vallejo hacía la guardia y cuando ya se acercaba la luz del día dos de sus hombres le insistieron en que descansara un poco. Bajó de su puesto, dejando encargado de la vigilancia a un soldado llamado Diego de Ortega, quien tomó la ronda. Eran diez los hombres del campamento y, sin que nadie lo advirtiera, se fue cerrando en torno a ellos una multitud de indios armados, a la que Juan de Castellanos alude de esta manera:

> Contra diez se juntó toda la tierra.
>
> T.2 PÁG. 235

Lo que más asombra al poeta, y lo que más asombró sin duda a los hombres del campamento, es que aquella multitud avanzó sobre ellos sin el menor ruido. Nada advirtió el vigía de la muchedumbre de indios silenciosos y sigilosos que por todas partes se desplazaba alrededor.

> Contra diez se juntó toda la tierra,
> Multitud por allí jamás oída,
> Con todos instrumentos para guerra
> Más que bastantemente proveída;
> Y con ser el ejército crecido
> Jamás se pudo percibir ruido.
>
> T.2, PÁG. 235

Todo un ejército de indios se ha congregado en silencio al lado del campamento y don Juan nos cuenta que el único indicio que permitió al vigilante advertir la proximidad del peligro fue el movimiento de las orejas de un caballo; el caballo en que montó para hacer la ronda parecía estar oyendo algo:

El mismo capitán anda velando
Juntamente con él Diego de Ortega,
Y en aquella sazón y tiempo, cuando
La multitud de indios se congrega;
Al Vallejo le están importunando
Que pues ya huye la tiniebla ciega
Quisiese dar por breves intervalos
A los cansados ojos sus regalos.

El cual, como cansado se sentía
Y convencido de tan justo ruego,
Viendo venir también la luz del día,
Bajóse por tomar algún sosiego;
Y ansí la dicha vela se confía
Del Ortega que fue rondando luego;
Y el caballo, según sus mañas viejas,
Enhestó muchas veces las orejas.

A donde las orejas más inclina
El caballo, con vista vigilante
El Ortega sus pasos encamina
Para ver lo que tiene por delante;
Y luego claramente determina
Ser gente del lugar poco distante;
Aprieta las espuelas de improviso
Para dar no sin voces el aviso.

T.2, PÁG. 235

Reaccionan de inmediato los soldados y saltan sobre sus caballos:

En el instante salen bien armados,
Las lanzas en las manos y los frenos:
Que los caballos tienen ensillados
Durante las tinieblas y serenos.

T.2, PÁGS. 235-236

Y descubren con asombro que esa multitud que se movía de un modo tan silencioso es un ejército clamoroso y tremendo:

No se le dio lugar a más razones,
Porque ya los venían rodeando
Soberbios y feroces escuadrones
Que cielo y tierra van amenazando:
Tiemblan los más quietos corazones,
Cuánto más los que estaban esperando,
Viendo por estos campos y lugares
Para cada varón cuatro millares.

T.2, PÁG. 237

Ese sigilo de los pueblos nativos, tan aliado con la naturaleza, tan familiarizado con la oscuridad, parecido en su ritmo al agua y a la niebla, a la lluvia y a la oscuridad, es semejante a algo que nos había mostrado Castellanos poco antes: el modo silencioso como se acerca el caimán a su presa, y sólo se revela en el momento de atacar:

Fiero dragón y acuática serpiente,
Que hasta hacer presa no se siente.

T.2, PÁG. 380

LOS HIJOS DE LA TIERRA

Hay una sensación que numerosos libros colombianos producen. Está por igual en las *Elegías de varones ilustres de Indias*, en *María* de Jorge Isaacs, en toda la extensión de *La vorágine* de José Eustasio Rivera, en *Viento seco* de Daniel Caycedo, en *Cien años de soledad*, en la poesía y en las novelas de Álvaro Mutis, en las páginas de libros recientes como *Siguiendo el corte* de Alfredo Molano, en relatos y crónicas de Germán Castro Caycedo. Es un clima, un sabor, o un sinsabor, si se quiere; el deslumbramiento y el desamparo de los hombres frente a una naturaleza poderosa e implacable. La sensación de que el principal contendor no es una voluntad humana sino algo más indescifrable y secreto. Todo aquel que se acerque a la naturaleza en su estado original con la intención de domesticarla, de alzarse frente a ella como un vencedor, sentirá allí esa fuerza ciclónica y adversa que difícilmente se somete. Es posible encontrarla mencionada en obras de europeos, que en viejos momentos de su historia, y en algunos recientes, debieron enfrentarse al poder de los elementos. Pero por lo general la literatura reciente de Europa, salvo la que trata de viajes a tierras distantes, como las novelas de Kipling o de Joseph Conrad, es una literatura de la naturaleza domesticada, donde los poderes incontrolables ya no están en los elementos sino en el hombre y en las fuerzas desatadas por éste. Tal vez a eso alude la afirmación de Chesterton de que en la literatura de la antigüedad el héroe era cuerdo y el mundo estaba loco: estaba lleno de dragones, de furias, de Gorgonas, de quimeras, de monstruosos hijos de amores monstruosos, mientras que en la contemporánea el mundo es tediosamente normal pero el héroe ha enloquecido: es don Quijote, es Hamlet, es Raskolnikov, es el príncipe Michkine, es Gregorio Samsa. Pero más bien se trata de que en Europa la naturaleza ya perdió la batalla frente al hombre, mientras que en nuestra América todavía hoy las fuerzas naturales del mundo se oponen al avance de una civilización que alguna vez se prometió redentora y que ahora muestra por todas partes su rostro destructor y depredador. Esta presencia del universo natural que tanto celebraron los románticos, tal vez porque a fines del siglo XVIII y a comienzos del XIX estaban presenciando en Europa su agonía, ante la irrupción de la revolución industrial, es en parte lo que da hoy a cierta literatura de América Latina un sabor singular. En los últimos siglos Europa ha empezado a vivir la nostalgia de la naturaleza perdida, y al tiempo con las atrocidades del colonialismo, que buscaba en otras tierras la riqueza natural que Europa ya había agotado, se dio la fascinación del arte y de los artistas por las regiones distantes, las fugas mitológicas de Gauguin hacia Tahití, de Rimbaud hacia Abisinia, de Stevenson hacia el Pacífico. Los latinoamericanos de hoy podemos sentirnos cercanos de los grandes románticos como Alejandro de Humboldt o como Friedrich Hölderlin, que vieron en la naturaleza y en el respeto hacia ella la clave de la supervivencia del mundo, no por nostalgia de edades más lúcidas, sino porque América Latina es todavía el reino de la naturaleza, y es por ello para el mundo una región de resistencia y de esperanza. El canto torrencial de la naturaleza que alza Juan de Castellanos se prolonga en muchos libros americanos, desde *Hojas de hierba* de Walt Whitman hasta el *Canto general* de Pablo Neruda, y Castellanos incluso nos trasmite a veces el sentimiento profundo de que esos pueblos indígenas a los que fue tan difícil conquistar, hasta el punto de que muchos de ellos prefirieron la muerte en combate, o el suicidio, a la sumisión, no son simplemente habitantes de la tierra, huéspedes de la tierra, sino la tierra misma. Ya veremos el momento en que Pedro de Heredia clava su lanza en el cuerpo desnudo de un indio y Castellanos dice de un modo estremecedor, no que el indio grita sino que:

> Brama la tierra con mortal gemido.
>
> T.3, PÁG. 32

Aquellos hijos de la tierra obraron como tales. En general se puede decir de los pueblos nativos de América y de África que, mientras el resto de la humanidad y ante todo los pueblos de Europa, dedicaron buena parte de su esfuerzo a apartarse de la naturaleza, a construir un mundo humano siempre en conflicto con ella, un mundo poseído por la voluntad de saqueo y de dominación, estos pueblos nativos procuraron identificarse con la tierra, diferir mínimamente, hacer que sus ciudades fueran una prolongación de los campos, que sus ornamentos imitaran el orden natural, limitar sus actividades de transformación a lo indispensable para la supervivencia como, sin que ellos lo supieran, lo predicaba el Tao de los orientales. Los conquistadores de hace cinco siglos, y los de ahora, han visto en ello una mera prueba de salvajismo, a pesar de aquellas lúcidas palabras de

Montaigne, escritas en los tiempos mismos de la Conquista: "Creo que nada hay en aquellas naciones que sea bárbaro o salvaje, sino que cada cual suele llamar bárbaro a aquello que no le es común... Son salvajes así como llamamos salvajes a los frutos que la naturaleza por sí misma y por su natural progreso ha producido, cuando en verdad es a aquellos que nosotros hemos alterado con nuestras artes y mudado de su orden común a los que con más propiedad debíamos designar salvajes. En aquéllos se hallan vivas y vigorosas las verdaderas y más provechosas virtudes y propiedades naturales, que en éstos hemos adulterado, aplicándolas solamente al placer de nuestro gusto corrompido".[41]

Así, en estado de naturaleza, vieron por primera vez los navegantes a los pobladores de América, y así los describe Castellanos en las primeras elegías:

> Y ven desde los pies a la cabeza
> Andar hombres desnudos por las playas,
> Mujeres do la vista se endereza
> Sin arreos de mantos ni de sayas,
> Por ser sus policías y conciertos
> Andar galán y dama descubiertos.
>
> Salían a mirar nuestros navíos
> Volvían a los bosques espantados,
> Huían en canoas por los ríos,
> No saben qué hacerse de turbados;
> Entraban y salían de buhíos,
> Jamás de estraña gente visitados;
> Ningún entendimiento suyo lleva
> Poder adevinar cosa tan nueva.

Ansimismo de nuestros castellanos
Decían, viéndolos con tal arreo,
Si son sátiros estos, o silvanos,
Y ellas aquellas ninfas de Aristeo:
O son faunos lascivos y lozanos,
O las nereides, hijas de Nereo,
O driades que llaman, o nayades,
De quien trataron las antigüedades.

T.1, PÁG. 91

Castellanos está interesado en saber quiénes son estos pueblos, de dónde proceden, y aventura hipótesis tempranas sobre un tema que habría de desvelar y apasionar a los antropólogos y a los historiadores durante siglos. Ya en el viaje que los lleva de regreso a Europa, el poeta muestra a los descubridores entregados a conjeturas sobre el origen de los pobladores del territorio. Como hecho histórico era imposible, ya que Colón ignoró que se tratara de un mundo nuevo y no podía por lo tanto interrogarse sobre su aislamiento. Pero Castellanos toca el tema allí porque ésa fue una preocupación suya, y de todos los hombres cultos del siglo XVI: les intrigaba por igual el origen y la conducta de aquellos pueblos, que les parecían en extremo rudos e ignorantes a muchos de aquellos viajeros porque no eran industriosos a la manera europea:

Ansí por el discurso que hacían,
Mostrándose la mar sin aspereza,
Tratando van de quién procederían
Gentes de tan grandísima rudeza;
Con quién o por adónde pasarían
A tierras tan inmensas en grandeza,
Pues es parte distinta, como vemos,

De aquellas tres del mundo que sabemos.

Porque decían ser estas naciones
Faltas de los orgullos y los bríos
Que mueven los humanos corazones
A trastornar los mares y los ríos;
Y no pueden hacer navegaciones
A causas de estar faltos de navíos,
Y que canoas, balsas y piraguas
No podían arar prolijas aguas.

T.1, PÁG. 111

Una de las tesis más aceptadas hoy sobre la primitiva población de América, la de que los primeros hombres llegaron a través del estrecho de Behring desde el Asia, ya aparece insinuada en las disertaciones que Castellanos pone en labios de Cristóbal Colón:

Los que las tales tierras han poblado
Acá pasaron por algún estrecho,
Huyendo de algún caso desastrado,
O ya buscando tierras de provecho,
Entonces el estrecho muy cerrado,
Y hubiese mayor boca después hecho;
Pues suelen en tormenta y en bonanza
Hacer por tiempos mares gran mudanza.

T.1, PÁG. 115

Y sugiere una explicación para el hecho de que los pueblos encontrados en el nuevo continente, poseyendo lenguas, no tuviesen sin embargo escritura:

Fueron estas naciones divididas
De las partes do fueron procedentes,
Antes de ser las letras entendidas
Ni se comunicara a todas gentes;
Como tampoco son hoy conocidas
De infinitos hombres insipientes...

T.1, PÁG. 115

A pesar de haber formado parte de los ejércitos de conquista, de haber entrado en combate y de pertenecer al orden mental de los invasores, Castellanos no cesa de mostrar la singularidad de los indios y todo lo que ve de sorprendente y de admirable en ellos. Sus costumbres y actitudes:

Porque estos indios son ahidalgados,
Y guardan amistad si la prometen;
Gentiles hombres, bien proporcionados,
Prudentes en las cosas que acometen;
Tienen buhíos bien aderezados,
Y aquellos aposentos do se meten
Las mujeres gallardas y dispuestas,
Pulidas y en el traje más honestas.

T.3, PÁG. 88

Su destreza, que les permite a un mismo tiempo gobernar una canoa e ir disparando flechas a los enemigos:

Y aun suele hacer más la gente fiera
Contra sus enemigos peleando:
Tener el un pie dentro, y otro fuera,
Con el cual va la barca gobernando,

> Sirviéndole de remo, de manera,
> Que puede con las manos ir flechando…
>
> T.2, PÁG. 19

Su velocidad y agilidad en la tierra y el agua:

> Y la moza, más suelta que Atalanta,
> Alcanzó de su curso los extremos;
> Del lago que decimos no se espanta,
> Ni de las bravas ondas que le vemos:
> Llegó a las barbacoas la giganta,
> Haciendo de sus diestros brazos remos,
> Pues allí las mujeres y varones
> Son en nadar más diestros que tritones.
>
> T.2, PÁG. 19

Su rapidez y flexibilidad física, hasta el punto de que parecen volar, como en este combate de un muchacho indígena contra un español a caballo:

> Espuelas apretó tras un mozuelo
> Y con el pecho pudo derriballo,
> El cual se levantó luego del suelo,
> Y cuando revolvió para tomallo,
> Se puso, no de salto mas de vuelo,
> Encima de las ancas del caballo:
> Por las arcas aprieta y lo lastima
> Sin que lo pueda deshechar de encima.
>
> Estuvo nuestro Limpias muy a canto
> De perder opinión en el viaje,

Y como nunca vieron otro tanto
Jamás en osadía de salvaje,
Quedaron todos ellos con espanto
De la velocidad y del coraje…

T.2, PÁG. 67

Su vistosidad y su valor indómito:

Píntanse todos, pónense plumajes,
Según suelen hacer indios guerreros,
Arrebatan los arcos y carcajes,
Ponen en las muñecas flechaderos,
Con aquellas posturas y visajes
Que los hacen más torvos y más fieros;
Entraron en sus barcas o canoas,
Y para Calamar guían las proas.

T.3, PÁG. 96

Su imponencia:

Cuando venían era de ver dino
El orden que traían los salvajes,
Aquellas joyas ricas de oro fino,
Aquella gran soberbia de plumajes,
Aquel alborotado torbellino,
Aquellos ademanes de corajes,
Y de los españoles el más fuerte
Tragada, como dicen, ya la muerte.

T.3, PÁG. 119

Su belleza,

Ansí todas las ninfas como ellos
Son bien proporcionados y bien hechos,
Sacados son de hombros y de cuellos,
Y más pecan de anchos que de estrechos:
¡Cuán luenga hermosura de cabellos!
¡Qué gran tabla de espaldas y de cuellos!
Los galanes, las damas y los pajes
Jamás deben mudar ropa ni trajes.

T.1, PÁG. 91

Su armonía con la naturaleza:

Colgaban de las rocas ornamentos
De yerbas diferentes en verdores,
Dulces aguas y claros nacimientos
Que formaban murmurios y clamores,
De tofos, socarrenas y aposentos,
Descanso de los indios labradores,
Con otras cosas más de gentileza,
Según quiso pintar naturaleza.

T.1, PÁG. 93

Muchas ninfas andaban por las aguas,
Nadando, los cabellos esparcidos,
E indios en canoas y piraguas
De sus arcos y flechas proveídos;
Pintados con el jugo de las aguas,
Que son sus ornamentos más pulidos;
De narices y orejas dependían
Algunas joyas que resplandecían.

T.1, PÁG. 93

LO QUE ESCRIBIÓ LA SANGRE

Hubo en América para los españoles grandes campañas afortunadas. El modo como Hernán Cortés con sólo cuatrocientos hombres sujetó las tierras de México es un ejemplo imborrable de política y de arte militar. Aquel capitán era digno hijo de la edad de Maquiavelo, y su conquista revistió más bien el carácter de un exitoso y sangriento golpe de Estado. Con él, además, la cohesión de la sociedad mexicana se conservó, porque no hubo un exterminio masivo sino un cambio de gobierno y una paulatina incorporación de modelos culturales. México pudo seguir siendo hasta hoy una sociedad mayoritariamente indígena; tuvo un presidente indígena a mediados del siglo XIX, tuvo siempre clara la tradición a la que pertenecía, y demostró a comienzos del siglo XX su altivez con una revolución vigorosa; a pesar de que en su seno también se dan todavía muchos fenómenos de discriminación y desprecio por los pueblos indígenas, siempre abundaron allí las exaltaciones a los héroes mexicanos, y es muy difícil encontrar en sus plazas un monumento a un conquistador español. Dos años había tardado Cortés en dominar el Anahuac, en apoderarse del trono del Imperio Azteca.

No fue muy distinto el triunfo de Pizarro con sus ciento sesenta y ocho soldados brutales sobre Atahualpa y el consiguiente sometimiento del Imperio Inca. Las mismas circunstancias hicieron posible en el Perú esa aterradora eficacia: la estructura imperial de la sociedad y la confianza de un pueblo acostumbrado a respetar códigos de honor seculares. Sólo por ello pudo asistir Atahualpa desarmado con toda su corte a una cena que le ofrecían sus huéspedes, y que terminó convirtiéndose en un infierno. También fueron dos años los que tardó Pizarro en someter a un imperio de millones de habitantes, "un imperio –como ha dicho Jean Descola– tan vasto como España, Francia, Alemania y la antigua Austria-Hungría juntas".[42]

La derrota y la parcial destrucción de estos imperios exquisitos y formidables, y las enormes riquezas que allí se obtuvieron, han fascinado la imaginación europea porque tuvieron en términos históricos la brevedad del relámpago y la larga resonancia del trueno. Pero no todos los pueblos de América fueron conquistados rápidamente. La Conquista había comenzado en el propio año de 1492 y fue largo el proceso de sometimiento de las islas del Caribe; los episodios minuciosos de la conquista de Santo Domingo, Puerto Rico, Cuba, Jamaica, Trinidad, y de las Antillas menores, llenan toda la primera mitad del siglo XVI, y lo mismo puede decirse de Centroamérica, de Venezuela y de la Nueva Granada, donde después de siglo y medio, hasta mediados del XVII aún se libraban guerras de conquista.

En estas tierras no estructuradas como imperios la Conquista tuvo que hacerse palmo a palmo; triunfar sobre un poblado no equivalía jamás a tener dominada una región. En el Caribe, en Venezuela, en Colombia, la Conquista se reveló como una empresa llena de desmesuradas penalidades para todos los ejércitos; las guerras fueron interminables, la naturaleza cumplió un papel protagónico, las largas campañas comenzaron los largos y extendidos mestizajes, y conquistar a América terminó siendo un sinónimo de conocer a América, de interpretar a América, de fusionarse y hasta identificarse finalmente con ella. Es a esta Conquista, distinta de la de los grandes imperios mayores, a la que dedicó su tiempo y su talento la pluma de Juan de Castellanos; y se entiende por qué su trabajo no fue una mera crónica sino un testimonio de complejos procesos culturales.

Sintió que esa historia no podía contarse ni cantarse en pocas páginas, no podía resumirse en unos cuantos hechos políticos y en unas cuantas jornadas gloriosas: estaba menos llena de hazañas convencionales que de extrañeza y de descubrimiento. Aunque las riquezas que estas regiones aportaron a Europa terminaron siendo tan grandes como las de las tierras imperiales, el interés de estos relatos tiene menos que ver con el oro conquistado que con innumerables episodios de penalidades y zozobra, de asombros y malentendidos, de alianzas y traiciones. Son choques de culturas, de lenguas y de dioses; es el tejido de la vida lo que a lo largo de esas jornadas reviste un interés extraordinario: las contingencias de los hombres y de las cosas, los misterios de la conducta, y algo más aleccionador para el ser humano que los triunfos resonantes, los numerosos matices de la incertidumbre, del peligro y de la derrota.

La Nueva Granada fue realmente Eldorado. Pero la búsqueda del oro, la obsesión de todos los conquistadores, no fue en ella una historia de victorias definitivas sino una historia de fatigas, de frustraciones y de recomienzos. En sus campañas, sólo el oro de la superficie podía ser arrebatado por aquellos hombres hambrientos armados de lanzas y de espadas, vestidos de hierro bajo soles implacables; hombres que rivalizaban siempre con sus compañeros y recelaban siempre con razón de sus jefes. Éstas son las palabras con las que el infortunado Felipe de Hutten, un alemán exaltado a la condición de jefe de soldados y tropeles cuando apenas salía de la adolescencia, y que murió casi enseguida a manos de otros conquistadores envidiosos de su posición, describe los rigores que padecían esas expediciones enloquecidas de codicia y de hambre:

"Porque ¿dónde jamás hemos hallado
En todas las antiguas escrituras
Haber tan pocos hombres conquistado
Tantas y tan acerbas desventuras?
Unas veces por largo despoblado,
Otras rompiendo grandes espesuras,
Y con hambres e indispusiciones
Subyectar ferocísimas naciones.

"Y no sólo tenemos competencias
Con enemigos bravos y sangrientos,
Mas también nos combaten las potencias
De fuegos, aguas, furiosos vientos,
Y tierras de malignas influencias,
Y finalmente todos elementos:
Con todos ellos hemos peleado
Y de todos nos hemos escapado.

"¿Qué me dicen de Baco, y furia brava
Del grande Macedón que después vino?
¿Qué de cualquiera otro que ganaba
Por su grande valor honor divino?
Pues nunca la comida les faltaba,
Y siempre les sobraba pan y vino;

Siguieran por do vamos su carrera,
Y veamos a ver cómo les fuera.

"Vieran en qué paraba la pujanza
De sus pintadas armas con matices,
Y si les fuera bienaventuranza
Abajar el más alto las cervices
A sacar con la punta de la lanza
Debajo de la tierra las raíces
Para que les sirvieran de vianda,
So pena de morir en la demanda.

"Vieran cómo sufrían fuertes mallas,
Hambrientos y sin copia de sirvientes;
Vieran en qué paraban sus batallas,
A no hallar allí prósperas gentes;
Pues son para nosotros no hallallas
Los más indómitos inconvinientes,
Y entonces es la gloria y el contento
Cuando de los contrarios hay aumento.

"No son hechos de menos importancia
Los nuestros ni de menos fortaleza;
Mas solamente tienen de distancia
En que, según común naturaleza,
A los suyos encumbra la ganancia
Y a los nuestros abate la pobreza,
Y en que cosas tan grandes, siendo pocos,
Emprendellas parece ser de locos".

T.2, PÁGS. 205-206

Castellanos relata de qué manera la mucha ambición más de una vez perdió a los varones de Indias, pero también son intensas en estos cantos la vividez de las atmósferas, la presencia de los elementos, la fuerza de la naturaleza: playas, llanos, montañas y selvas sucesivas que van siendo escenarios de aventuras de conquista, y es curiosa la sensación de irrealidad que termina suscitándonos la mucha riqueza que los guerreros persiguen y que sin duda alcanzan.

El oro, tan firme y solemne en los objetos de los indios, en las altas figuras de sus templos y en el silencio crepuscular de sus tumbas, cambia de sentido en manos de los conquistadores; salta del reino de la veneración al reino de la rapiña, los atrae siempre desde más lejos, los arrastra por llanuras polvorientas, los somete a crueles travesías y fantasmagóricas jornadas, y al final les resulta menos importante que los abrazos y los saludos con que los amigos vuelven a encontrarse después de penosas separaciones, o que las sencillas cenas hogareñas al final de caminos de espanto.

Muchos conquistadores alcanzaron fortuna para sus reyes y para sí mismos, y la Europa moderna se construyó con esas riquezas. Además del oro de Eldorado, en tres siglos llegaron a Europa, un continente que nunca habría visto en su historia tal cantidad de metales preciosos, el oro de Tenochtitlán y del Cuzco, los miles de toneladas de plata de las minas del Potosí, veinticinco toneladas de perlas y otro tanto de esmeraldas, una riqueza que empezó pagando la corona imperial de Carlos v y que después reconstruyó las ciudades y sostuvo las guerras de aquel mundo. Es significativo que hayamos crecido en la certidumbre de ser los pueblos pobres de la tierra, cuando lo que ha caracterizado nuestra historia ha sido más bien una riqueza desmesurada, cuando el fruto del trabajo y del sufrimiento de incontables hombres americanos y africanos abrió los caminos de la modernidad. Si pensamos además en el petróleo, en el caucho, en la madera, en la quina, en la coca, en la extraordinaria diversidad biológica, comprendemos que nuestro destino ha sido más bien la maldición de la riqueza, esa abundancia extrema que ha sido objeto secular de codicia y rapiña, y que sigue costando la sangre de millares de seres humanos. Las tierras pobres no encienden la codicia, pero toda riqueza es siempre tentación. De los latinoamericanos se puede decir lo que dice de sí mismo un personaje de Gabriel García Márquez: que están muriendo de indigencia en el paraíso.

Pero todo esplendor tiene sus infiernos: para los numerosos europeos que aquí hallaron la muerte mientras perseguían la fortuna prometida, y para muchos que terminaron la vida empobrecidos, el oro de América acabó siendo un espejismo, tan tentador y tan inasible como el color del atardecer, siempre arrastrándolos hacia regiones de escasez y de asechanza donde se iban haciendo enemigos unos de otros, o terminaban naufragados en la locura. Esas picas y esas palas destinadas a extraer el oro prometido iban con ellos desde el comienzo sólo para que alguien pudiera al final cavar sus tumbas. La tersa narración de Juan de Castellanos nos hace percibir que no se trata sólo de unos episodios históricos; asistimos a la esperanzada construcción de un sueño, a su cumplimiento demencial y a su lento y dramático derrumbamiento. Don Juan no debió de imaginarlo, pero buena parte de las inmensas riquezas que España arrancaría a las tierras de América, ese oro cuyo precio fueron millones de vidas americanas, africanas y españolas, ese oro que terminó en las arcas de los banqueros alemanes y flamencos, de los piratas ingleses y de los reyes de Francia, también fue para España un sangriento espejismo. El drama de todo un imperio, Castellanos lo ejemplifica en unos cuantos soldados codiciosos, para quienes cada hallazgo era apenas la promesa de otro mayor. Un buen ejemplo de ello fue la campaña de Pedro de Heredia por el Sinú y el hallazgo del oro de las tumbas.

EL HOMBRE DE LA NARIZ REMENDADA

Las *Elegías de varones ilustres de Indias* recuentan, con el mayor rigor que era posible en su tiempo, una abigarrada secuencia de hechos históricos, pero Castellanos es sobre todo un poeta, y la mejor manera de sentirlo será ver el modo como desarrolla sus temas, la intensidad de vida que nos trasmiten, su destreza verbal, su nitidez y su concisión, leyendo en detalle una sección de su obra. Del Océano de versos que entretejió para nosotros, seguiremos en los próximos capítulos la *Historia de Cartagena de Indias*, fase inicial del avance de Pedro de Heredia y sus hombres por las costas del Caribe colombiano y por los llanos del Sinú, donde vivieron guerras y prodigios y espantos, y donde encontraron una inmensa fortuna.

En un poeta tan visual, no es extraño que inicie este canto hablando de su obra como de un tapiz o de un lienzo enorme:

Dejad de descansar, pluma cansada,
Que no cumple dormir tanto la siesta;
Pues si pensáis dar fin a la jornada,
Gran peregrinación es la que resta;
Añadid a la tela comenzada
Aquella ciudad sobre mar puesta
Y aquel emporio cuyo nombre suena
Por la bondad del puerto, Cartagena.

T.3, PÁG. 13

Sabe unir sus temas por afinidades estéticas y culturales; por ello quiere aproximar las historias de Cartagena de Indias y de Popayán que, aunque separadas por toda la geografía colombiana, siguen siendo hasta hoy ciudades afines y símbolos secretos de la unidad del territorio. Luego procede con las invocaciones propias del género.

Desta y de Popayán… si tengo día
Propongo de tejer parte tercera.
Intemerata madre, Virgen Pía,
Linterna de la lumbre verdadera.

T.3, PÁG. 13

En otra parte también había declarado que no quiere invocar a las musas griegas sino a la poderosa Dama cristiana:

¡Oh musa celestial! Sacra María,
A quien el alto cielo reverencia,
Favorecedme vos, Señora mía,
Con soplo del dador de toda ciencia,

Para que con socorro de tal guía,
Proceda con bastante suficiencia;
Pues como vos seáis presidio mío
No quiero más Calíope ni Clío.

T.1, PÁG. 61

Al situar la ciudad, lo primero que nos muestra es la población nativa:

Dicen en más de diez grados ser esta
Costa, los que regulan el altura;
La gente natural es bien dispuesta
Y pura desnudez su vestidura.

T.1, PÁG. 13

Este último verso es bello por su oximoron y por su rima interna, pero también por el destello de nobleza humana que pone en él el adjetivo "pura" que, en un orden mental que proscribe la desnudez como pecado, logra servir incluso de atenuante moral. Como siempre, la belleza y la belicosidad son las principales características de los pobladores:

La mano para guerra siempre presta,
Las mujeres de grande hermosura
Y el arma de que el indio se aprovecha
Es de mortal y venenosa flecha.

T.1, PÁG. 13

Concluyen los preliminares y entra en escena con su famosa nariz mal remendada Pedro de Heredia. Aquel conquistador, que era valiente, había perdido la nariz en España mientras combatía contra seis a un tiempo, y los médicos hicieron toda clase de esfuerzos para remediarlo:

Fue de Madrid hidalgo conocido,
De noble parentela descendiente,
Hombre tan animoso y atrevido
Que jamás se halló volver la frente
A peligrosos trances do se vido,
Saliendo dellos honorosamente;
Mas rodeándolo seis hombres buenos,
Escapó dellos las narices menos.

Médicos de Madrid o de Toledo,
O de más largas y prolijas vías,
Narices le sacaron del molledo
Porque las otras se hallaron frías;
Y sin se menear estuvo quedo
Por más espacio de sesenta días,
Hasta que carnes de diversas partes
Pudieron adunar médicas artes.

T.1, PÁG. 14

La poesía de su tiempo, que podía ser ornamental, o hiperbólica, o difusamente sublime, no consideraba poéticas estas precisiones realistas salvo en la caricatura o en la parodia, pero Castellanos prodiga los detalles y sus lectores podemos recibir esta nariz de Pedro de Heredia, grotesco testimonio de su temeridad, con la misma gratitud con que Marcel Schwob recibió de Aubrey la noticia de que Milton pronunciaba muy fuerte la R y de que Hobbes en su vejez se volvió completamente calvo, o de Diógenes Laercio la noticia de que Aristóteles "llevaba sobre el estómago una bolsa de cuero llena de aceite caliente"[43]: como preciosos elementos circunstanciales que definen la singularidad del personaje y dan verosimilitud a la historia.

Don Juan era un casi impertinente observador y cuenta que mientras hablaba con Heredia no podía impedirse mirar "la juntura": las líneas de las cicatrices.

> A mí se me hacía cosa dura
> Creello; pero con estas sospechas
> Hablándole, miraba la juntura,
> Y al fin me parecían contrahechas…
>
> T.1, PÁG. 14

Nos ha hablado de su valor y ahora hace una precisión final para completar el carácter del personaje:

> Fue también hombre de armas en fronteras
> Y no fueron sus lanzas las postreras.
>
> T.1, PÁG. 15

Cuando pensamos en cuán llena de formalidades era la poesía de aquel tiempo, incluso la ulterior y milagrosa de Góngora y Quevedo, cuán hecha de vocablos ilustres era la noble poesía de fray Luis de León y aun de Lope, perdida ya la sencillez popular de los viejos romances, aprendemos a valorar este tono y estos recursos. Por la riqueza de su vocabulario, y por su versatilidad, que le debe mucho al habla de su tiempo, Castellanos logra estrofas que sólo parecerían posibles después del modernismo:

> Quedó Pedro de Heredia donde digo
> Con mediano recurso de substancia,

Por haber heredado de un amigo
Un ingenio de azúcar y una estancia…

T.1, PÁG. 15

Desde el comienzo está en él la conciencia, después por mucho tiempo perdida en nuestras letras, de que el mundo americano está reclamando su poesía. Se deleita con los hechos y los nombres:

El despacho se dio que pretendía
De la gobernación de Cartagena,
Y el término de tierra se estendía
Desde el gran río de la Magdalena
Hasta el de Darién y su bahía…

T.1, PÁG. 16

Le complacen las enumeraciones:

Cargó mucha harina, mucho vino,
Armas, machetes, hachas y alpargates,
Y para contractar con el vecino
Diferentes maneras de rescates…

T.1, PÁG. 17

Ese gozo con las cosas comunes prosperaría entre nosotros siglos después, en Gutiérrez Nájera, en Silva, en Darío, en estos versos jubilosos y traviesos de León de Greiff:

Allí venden aguardiente
De Concordia, cosa brava!,
Whisky y brandy en ocasiones,
Ron Negrita, ron Jamaica,

> Cigarrillos y tabacos,
> Machetes, pólvora, cápsulas
> De revólver, aparejos,
> Atún, salmón y otras latas…

Y finalmente Borges aprovecharía toda su posibilidad metafísica:

> El bastón, las monedas, el llavero,
> La dócil cerradura, las tardías
> Notas que no leerán los pocos días
> Que me quedan; los naipes y el tablero
> […]
> Durarán más allá de nuestro olvido,
> No sabrán nunca que nos hemos ido.

Mientras sus hombres se aprovisionan para venir a América, Pedro de Heredia les advierte la inutilidad de lujos y adornos, que no valdrán ante el clima de las tierras nuevas:

> Y en general a todos les avisa
> En ropas ricas no hacer empleo,
> Pues en entradas sobre la camisa
> Podrían comportar otra de anjeo
> Y no ropa de paño ni de frisa
> Por ser para calores mal arreo,
> Ni curasen de plumas ni de cueros
> Pues no los respetaban aguaceros.
>
> T.1, PÁG. 17

Muy lejos de allí, en el comienzo de la segunda parte, cuando los alemanes se internan por las florestas equinocciales dirigidos por micer Ambrosio Alfínger, en tropas donde avanzan Nicolás de Federmán y Felipe de Hutten, también nos ha contado don Juan cómo los que llegan, ostentosos de sus ropajes, se burlan de los trajes gastados de quienes ya llevan algún tiempo en América, sin presentir que muy pronto el clima y la adversidad les habrán de moderar la indumentaria:

De las capas allí la más usada
Entonces era sola la del cielo;
Casaqueta de lienzo mal cortada,
Alpargate lijero por el suelo;
La vaina con que cubren el espada,
De cuero de venado con su pelo:
Finalmente, que los recién venidos
Hacían burla de los mal vestidos.

Pero también la gente macilenta
Burlaba de quien burla de su pena,
Porque tenían ya por cierta cuenta
Que habían de venir a la melena,
Puestos en el rigor de su tormenta
Que los más estirados más refrena;
Y que necesidad, hambre y ultrage
Habían de hacelles mudar traje.

T.2, PÁGS. 34-35

Cultivando la memoria, luchando por conservarlo todo en esa obra que aliaba la poesía y la crónica, para don Juan son muy importantes los datos precisos, y ahí está ese homérico catálogo de capitanes y soldados que vuelve cada tanto y que es de rigor para la probidad de su historia. El puro deleite verbal en la enumeración, el placer con que el poeta armoniza la diversidad en el ritmo mientras nos habla de:

> Varones singulares, de los cuales
> Nombraremos algunos principales.
>
> Urriaga, que fue guipuzcoano,
> Y un Sebastián de Risa, vizcaíno,
> Héctor de Barras, hombre lusitano,
> Con dos valientes hijos y un sobrino;
> Y Pedro de Alcázar, Sevillano,
> Y el leal Juan Alonso Palomino,
> Después, en un rebelde desconcierto,
> Por Francisco Fernández Girón muerto.
>
> T.3, PÁG. 17

Esos súbitos datos patéticos suelen darle a la enumeración intensidad novelesca.

> Y Sebastián de Heredia, su pariente,
> Los Albadanes, dos hermanos nobles,
> Con los cuales vinieron juntamente
> Aquellos dos hermanos dichos Robles,
> Que sin temor de Dios ni rey potente
> En el Pirú tuvieron tractos dobles;
> Vino Pedro Martínez de Agramonte,
> También el capitán Alonso Monte.
>
> T.3, PÁG. 17

Son numerosas las parejas de hermanos que Castellanos nombra. Debía darles valor ante la distancia y lo desconocido esa presencia de un pariente muy cercano, y basta el ejemplo de los Pizarro para señalar la importancia que esas fraternidades llegaron a tener en la construcción de los poderes políticos de la Conquista. El poeta no se permite nombrar todos los jefes porque el relato se haría interminable.

Siguieron estas mismas opiniones
Por estar de fortuna mal opresos,
Dos hermanos llamados Hogazones,
Y dos que se decían Valdiviesos;
Y no señalo los demás varones
A causa de abreviar estos procesos:
Basta decir que fueron casi treinta
Hombres de bien para cualquier afrenta.

T.3, PÁG. 19

El carácter intempestivo de la naturaleza, hechos y climas que no parecen tolerar indecisiones, se nos revelan a veces por la entonación y por el ritmo:

Y al novicio que viene mal dispuesto
O le da sanidad, o mata presto.

T.3, PÁG. 21

Hay una observación sobre el modo como las plantas no se adaptan a las nuevas condiciones; algunas legumbres traídas de España, sembradas aquí, crecen, pero estériles:

No faltan calurosas pesadumbres,
Y cuasi siempre suda la mejilla;
Hay huertas hoy pobladas de legumbres
Nativas y traídas de Castilla;

Mas éstas allí mudan sus costumbres,
Pues no producen granos de semilla...

T.3, PÁG. 22

El hecho de que resultara difícil a algunos hombres y a algunas plantas de Europa aclimatarse en América contribuyó a una leyenda, que correría por los siglos, según la cual las tierras americanas eran del todo inhóspitas para los hombres, para la cultura y aun para la naturaleza de Europa. Siempre había alguien dispuesto a crear, a partir de cualquier hecho, una teoría absoluta, y en esas pequeñas prevenciones que se exaltaban en tesis agresivas es posible rastrear una de las muchas dificultades que viven los mundos distintos para reconocerse. No pasarán tres siglos y ya estará Buffon sentando la tesis "de la debilidad e inmadurez de las Américas", sosteniendo que "sus especies animales son mucho más endebles que las del viejo continente, y las domésticas que éste envía degeneran en cuanto cruzan el Atlántico". Tuvo que venir Humboldt a burlarse de todas esas cosas y a recomendarles a ciertos filósofos que vinieran a ver la debilidad de los enormes caimanes del Magdalena. Es verdad que algunas enfermedades traídas por la Conquista provocaron la muerte de pueblos enteros, pero también que alimentos como la papa o el tomate se convirtieron en parte irrenunciable de los hábitos alimenticios de Europa. Pedro Henríquez Ureña nos ha recordado que el maíz llegó a ser tan familiar a los europeos que Víctor Hugo, olvidando o ignorando su origen americano, pinta en *La leyenda de los siglos* los campos de Caldea sembrados de maíz hace tres mil años, y que los ingleses terminaron dando el nombre de *turkeys* a los pavos de América.[44]

De todos modos el oro americano nunca les pareció endeble ni degenerado aunque, como era necesario objetarle algo, Montesquieu habló de la curiosa maldición que llevaban esas riquezas, que hicieron la ruina de España. Pero la locura eurocéntrica de aventureros y viajeros, también afectó a seres nada sospechosos de estupidez. Un hombre lúcido y refinado como Jacob Burckhardt, en su *Cultura del Renacimiento en Italia*, después de describir las crueldades de los príncipes italianos de esos tiempos, su frenesí de venenos y puñales, de torturas y mazmorras, empieza a hablar de la brutalidad de los soldados de Carlos V y termina sugiriendo que esa ferocidad y ese salvajismo podían deberse a "un injerto de sangre no occidental".[45] Es decir que los europeos, para ser crueles o salvajes, tenían que haber sido contaminados por los moros. Y en un libro repleto de crímenes (y maravillas) típicamente italianos, no deja de reiterar que Alejandro VI y su hijo César Borgia eran españoles y hablaban entre sí en español, que Lucrecia vestía a la española y que César lidió una vez con el mejor estilo ibérico seis toros bravos, buscando otra vez en oscuros contagios la causa de su ferocidad. Olvida, sin embargo, contarnos qué injertos feroces habían entrado en la sangre de ciertos *condottieri* que lo alarman, ya que está fuera del ámbito de su libro la sangre de Tiberio y de Calígula.

LA SELVA DE PLUMAJES

En América hemos crecido de tal modo en la negación de las culturas nativas, que sólo un siglo de antropología nos ha venido a revelar la existencia múltiple de las tradiciones, las fisonomías, las lenguas y las filosofías de los muchos pueblos del continente. Es asombroso que Colombia sólo a finales del siglo XX haya llegado a aceptar en su Constitución política la pluralidad de su composición étnica y cultural. Ello significa que durante 500 años vivimos en un simulacro, ignorando algo que profundamente nos constituía, y borrando día tras día de nuestras conciencias la vasta realidad del mestizaje y del mundo aborigen que otros pueblos tuvieron la fortuna de asumir de un modo creador desde el comienzo. Pero en todo el continente hemos dejado de hacernos muchas preguntas sobre la realidad de la que procedemos.

Quien interrogue el proceso de población original de América y el modo como llegaron los primeros descubridores desde el Asia a través del Estrecho de Behring, o de los archipiélagos polinesios sobre los móviles desiertos salados del Pacífico, no dejará de preguntarse, como lo hacían Juan de Castellanos y sus amigos, por qué la mayor parte de los pueblos americanos no había llegado a la escritura, por qué presentaban tantas diferencias étnicas, por qué muchos de ellos, a la manera de los kogi de la Sierra Nevada de Santa Marta, se oponen a la industriosidad transformadora que caracteriza a los humanos de otras regiones. En las estrofas de don Juan los marinos españoles discurren sobre el tema:

> Porque decían ser estas naciones
> Faltas de los orgullos y los bríos
> Que mueven los humanos corazones
> A trastornar los mares y los ríos.
>
> T.1, PÁG. 111

Tampoco sabemos de qué modo llegaron a adoptar la diversidad de hábitos e indumentarias que caracterizaban el riquísimo mosaico de los pueblos de América en el momento de la llegada de los europeos. Cómo llegaron los nukak-makú a moverse completamente desnudos por selvas llenas de insectos y peligros, cómo habrán desarrollado los cuna el arte de sus collares infinitos, cómo habrán adquirido los embera la costumbre de pintar artísticamente sus cuerpos.

Hasta hace poco tiempo, en las selvas lluviosas del Chocó, en la costa occidental de Colombia, el enamorado cortejaba a su dama haciendo un collar de muchas vueltas que ella después usaba como único ornamento, dejando descubierto su pecho y el resto de su cuerpo. La indumentaria ha cambiado en las últimas décadas debido a las alarmas de los misioneros protestantes, quienes con sólo llegar advirtieron algo que nunca se había visto en aquellas regiones: la maldad de los cuerpos desnudos; y quienes enseñaron a las jóvenes nativas a vestir camisetas promocionales con logotipos de empresas modernas. Sólo la marginalidad de estas regiones ha demorado la irrupción de otras empresas que exaltan en su publicidad la belleza de las razas y la armonía de los colores humanos, con la condición básica de que todo el mundo vista ropa italiana.

En las *Elegías* de Castellanos ya encontramos a comienzos del siglo XVI a los indios de la región del Caribe cubiertos con camisetas y calzones y a las mujeres con camisas y faldillas. Quien sienta curiosidad por saber cuál fue la causa de esta alteración en los hábitos de aquellos pueblos encontrará en la estrofa 61 de esta *Historia de Cartagena* el nombre del primer apóstol del decoro, cierto doctor que trajo a los hijos del Caribe la interesante noticia de que la desnudez era un feo traje; el nombre de este censor ocupa todo el segundo verso de una estrofa, y rima con paga y con plaga, y no tiene por qué ser repetido aquí.

Por fin desembarcan los hombres de Pedro de Heredia. No en la noche porque los indios, advertidos, siembran de "fuegos y faroles" las playas, sino cuando el amanecer se extiende en ondas hacia lo alto, para que Juan de Castellanos pueda nombrar en un verso feliz aquella

> Lumbre que por la cumbre reverbera.
>
> T.3, PÁG. 25

Avanzan hombres y caballos bien armados, haciendo retroceder a los pobladores del territorio, y capturan al final a un indio viejo, Corinche, quien por su mucha edad no pudo huir con la rapidez de los otros. En la estrofa 73 de este canto aparece, con su pasado de cautiva, su origen y su talento verbal, una dama famosa:

Una india, llamada Catalina,
Desde Santo Domingo se traía,
Y era de Zamba, pueblo que confina
Con los que viven en esta bahía;
En lengua castellana muy ladina
Y que la destas gentes entendía;
La cual desde esta costa llevó presa,
Siendo muchacha, Diego de Nicuesa.

T.3, PÁG. 26

Catalina comunica a Corinche que debe mostrar a los invasores el camino hacia Zamba. Al parecer, los recién llegados piensan ayudarles a llegar al cielo:

Y siempre con amor caritativo
Enseñalles costumbres escelentes,

T.3, PÁG. 26

pero para mayor claridad le advierte que no tarde en mostrarles el camino a sus benefactores,

Si no quiere que pierdan la paciencia
Pues tienen de hacer en aquel puerto
Para siempre jamás su permanencia,
Ya que por bien o mal, o paz o guerra,
No tienen de dejar aquella tierra.

T.3, PÁG. 26

Corinche comprende y promete ayudarles. Pero en realidad los guía hacia la región de Turbaco, donde está la mayor fuerza de los pobladores nativos, la misma región donde años antes fue muerto por mucha gente "el justador" Pedrarias. De repente, cerca de Turbaco, surgen ante ellos los "guerreros escuadrones" y aquí veremos, temprano en la poesía colombiana, la imagen sorprendente y amenazante de un pueblo de indios alzados en armas:

> Opónense catervas de salvajes;
> Levántase la grita y alaridos,
> Larga y espesa selva de plumajes,
> Voces que se confunden los oídos;
> Resuenan sagitíferos carcajes,
> Los golpes de los arcos y crujidos;
> Rompe los aires índica corneta,
> Y acá cualquier caballo se inquieta.
>
> T.3, PÁG. 27

Es verdad que la reacción del cronista es la de llamar "salvajes" e "inhumanos" a los ejércitos de los indios, pues forma parte del bando enemigo, pero es bueno repetir que Juan de Castellanos suele mirarlos con consideración y con respeto. Ya tendremos oportunidad de escuchar las palabras que pone en sus labios; siempre, aun en los casos en que los teme o los censura como enemigos, muestra la admiración que le despiertan su fuerza, su resistencia, su temeridad, su agilidad, su indumentaria, lo mismo que lo complejo y diverso de sus culturas. Es notable que se detenga en dar los nombres tanto de los jefes como de los demás. El asombro de esa aparición que a la vez intimida y deslumbra está en las poderosas palabras que acaba de usar el poeta para describir a los guerreros:

> Larga y espesa selva de plumajes…
>
> T.3, PÁG. 27

Comienza la batalla. Los indios se espantan de los caballos y los caballos se espantan de los indios, sobre todo por los gritos y alaridos que lanzan para sobrecoger al enemigo. La narración fluye; el poeta, recordando su condición, abandona por momentos la relación directa de los hechos, e incurre en giros literarios convencionales:

Bien como cuando de los altos senos
Viene ventosa nube descargando
Granizo con relámpagos y truenos,
Las sendas y caminos ocupando…

T.3, PÁG. 28

pero muy pronto vuelve a su elemento, una minuciosa y despiadada realidad que desborda todas las ficciones que llenaban su época. Como lo comprueban por igual la poesía y la historia, los hechos más conmovedores no son los más resonantes sino los más sutiles, los pequeños detalles:

La tierra cubren venenosos tiros
Y golpes causadores de suspiros

T.3, PÁG. 28

por ejemplo, que los guerreros suspiren en medio de la batalla, en vez de gritar o blasfemar; o bien la enumeración de circunstancias que agravan la pesadumbre del combate: caminar sobre flechas ponzoñosas, tropezar con los cuerpos caídos, la certidumbre de que el esfuerzo no suele venir acompañado de la recompensa:

Los lugares que huellan ya cubiertos
De piedras y de tiros venenosos,
Andan por cima de los hombres muertos,

Destiérranse descansos y reposos:
Quien más pelea y el que más trabaja
No conoce victoria ni ventaja.

T.3, PÁG. 28

Una información más bien terrible nos alcanza al final de una estrofa: quedan heridos treinta soldados de Heredia…

A los cuales él hizo curar luego,
Y la principal cura fue con fuego.

T.3, PÁG. 30

Después de lo cual viene una estrofa rica en datos y recursos de diverso género. Cómo viajan custodiados los heridos, qué les dan para aliviarlos, cómo salen de la convalecencia y, con buen sentido de la justicia, cuántas y cuáles fueron las bajas en total:

Éstos con buena guarda de caudillos
Encaminaron al marino puerto;
Danles a beber agua de membrillos,
Y sanaron mediante buen concierto,
Aunque quedaron flacos y amarillos,
Y Juan del Junco Montañez fue muerto;
Pero de los caballos que hirieron
Cuatro de los mejores perecieron.

T.3, PÁG. 30

Juan del Junco Montañez… con ese nombre, digno de un relato de Juan Rulfo o de García Márquez, el cristiano muerto en la estrofa anterior también ha sido inmortalizado por ella. No es menor mérito del poeta la nobleza de incluir a los caballos en la enumeración de los caídos, o que haya tiempo para recordar los sufrimientos de un caballo herido y el proceso de su curación:

Y el de César, con ser el que tenía
La carne más que todos lastimada,
Escapó del gran riesgo que corría,
Y le sirvió muy bien en la jornada;
Y es porque le lavaba cada día
Las heridas con el agua salada;
Mas túvose por grande maravilla
Salir el amo bien de la rencilla.

T.3, PÁG. 30

Enseguida nos enteramos de cómo este jinete, Francisco de César, se salvó de las veintiuna flechas que le clavaron en su fuga, gracias a una adecuada combinación de gruesas telas de algodón, una piel de anta y la devoción religiosa:

Pues cuando fuga el caballo hizo,
El freno remordiendo con los dientes,
Descargaban en él como granizo
Las mortíferas flechas de estas gentes,
Y tantas como puntas un erizo
De las colchadas armas van pendientes;
Las muy metidas fueron veinte y una,
Mas a las carnes le llegó ninguna.

La causa fue de no herille tanta
Flecha, las buenas armas de algodones,
Debajo dellas una cuera de anta

A donde reparaban los harpones,
O por mejor decir ayuda santa
Y algunas religiosas devociones;
Pues no matallo los que vieron esto
Decían ser milagro manifiesto.

T.3, PÁG. 30

El canto nos ofrecerá una vez más la oportunidad de ver aparecer un ejército de indios:

Presto se vido ser consejo sano
Para salir mejor de los conflitos;
Pues apenas llegaban a lo llano,
Cuando vieron plumajes infinitos
Que descendían con potente mano
Dando terribles y espantables gritos,
Temeroso rüido de cornetas
Y abundancia de dardos y saetas.

T.3, PÁGS. 31-32

Aquí está de nuevo la "selva de plumajes", con sus armas vistosas y sus gritos terribles, y un lujo adicional que deslumbra a los enemigos y excita su codicia: todos vienen diademados, como si formaran un ejército de reyes:

Los más modernos de ellos admirados
De ver los escuadrones que parecen
Con diademas de oro coronados
Que de rayos heridos resplandecen.

T.3, PÁG. 32

Es curioso encontrar en el siglo XVI utilizada la modernísima palabra "modernos". Para don Juan aquí vale por novatos o recién llegados, y así como el verbo "parecer" significa aparecer, la admiración de los "modernos" significa que los más veteranos no se extrañan ya tanto con el espectáculo de esas multitudes diademadas de oro; aquella riqueza inusitada se les iba volviendo costumbre. Es aquí donde Castellanos identifica el grito de dolor de los indios heridos por la lanza del gobernador, con la voz elemental de la naturaleza:

> Brama la tierra con mortal gemido...
>
> T.3, PÁG. 32

Y aquí encontramos una escena infernal de las muchas que tendremos que ver en el poema: el acorazado gobernador de españoles que avanza en su caballo prodigando la muerte entre las abigarradas y desnudas filas rituales:

> El buen gobernador iba delante
> Dando de su valor patente muestra,
> Recambiando la lanza penetrante,
> Vez a la diestra, vez a la siniestra;
> Corría rojo río y abundante
> De los que clava su potente diestra;
> Brama la tierra con mortal gemido,
> Y auméntase la grita y alarido.
>
> T.3, PÁG. 32

Con crudo realismo homérico Juan de Castellanos nos lleva a la minucia atroz de la batalla:

Desta manera son los embarazos
Que ponen a los vivos los caídos,
Con piernas y con pies, manos y brazos
Que por aquel lugar están tendidos:
Cabezas repartidas en pedazos,
Y sesos derramados y esparcidos,
Con los demás belígeros pertrechos
Con que se mueven semejantes hechos.

T.3, PÁG. 33

Y como elocuente conclusión, sobre aquella carnicería, viene la sincera, y por ello aún más alarmante, escena piadosa:

Viéndose la victoria ya patente,
Y para más honor mayor indicio,
A Dios dio cada cual devotamente
Gracias por tan inmenso beneficio.

T.3, PÁG. 33

LA MARCHA TRIUNFAL

A los conquistadores muy a menudo les convino la alianza con los pueblos nativos, aunque esa alianza, dadas las tremendas diferencias de potencial bélico y de recursos, suponía para los indios una condición de vasallaje. Siendo numerosos y valientes los guerreros americanos, los que llegaban no podían proponerse simplemente el triunfo militar. Pero los resultados de las batallas siempre nos permiten advertir con claridad las enormes diferencias técnicas entre ambos ejércitos, que no logran jamás ser compensadas por la diferencia numérica:

> Desta verdad ejemplo fue patente
> La gran rota del indio más cercano,

Adonde fueron muertos solamente
Seis o siete caballos y un cristiano,
Y de los indios numerosa gente.

T.3, PÁG. 37

Tratando de aprovechar el triunfo para disuadir al resto de los pobladores, Heredia envía a un mensajero que ya conocemos:

...Mandó luego partir al indio viejo
A los cercanos pueblos y ciudades,
Rogándole que diese por consejo
No rehusasen estas amistades
Agora que tenían aparejo,
Porque si procedían en la guerra
Asolaríanles toda la tierra.

T.3, PÁG. 37

No desdeñan combinar las amenazas con las triquiñuelas:

Diéronsele cosillas que de España
Traían castellanas compañías,
Con que la vista bárbara se engaña
Teniéndolas por ricas mercancías;

T.3, PÁG. 37

Y el viejo Corinche se aleja por los llanos buscando a uno de los jefes principales, llamado Carex el rico...

Por haber Carex grande y Carex chico

T.3, PÁG. 37

Pero no será fácil convencerlo. Carex conoce la fama de los españoles y rechaza la oferta de Corinche:

> Este indio tractó hidalgamente
> Aquel negocio que se le encomienda,
> Encareciéndoles de nuestra gente
> Su noble condición y su vivienda:
> Pero Carex respóndele que miente
> Porque él sabe que roban la hacienda...
>
> T.3, PÁGS. 37-38

Y don Juan nos hace ver con una frase el temperamento orgulloso de este príncipe:

> Y ansí le dijo quél no quiere vellos,
> Y si algo quieren dél que vengan ellos.
>
> T.3, PÁG. 38

La época no era de rodeos ni de largos parlamentos. Aquí hay una estrofa efectivísima porque nos hace sentir la gravedad de las ofensas, la rapidez de las decisiones, y la manera contundente y tremenda como unas palabras provocaban en el acto unos hechos:

> Vista la voluntad que manifiesta
> Con amenazas otras que no cuento,
> Al Heredia volvió con la respuesta
> Representándole su mal intento:
> El gobernador hizo gente presta
> Para punir aquel atrevimiento,

Y con soldados válidos ocupa
Un grande bergantín y una chalupa.
T.3, PÁG. 38

Doscientos cincuenta soldados españoles marchan contra el jefe rebelde, quien los espera con sus huestes:

Ante Carex el grande se presenta
Adonde llaman hoy la Boca-chica,
Y allí se muestra cantidad inmensa
De bárbaros dispuestos a defensa.
T.3, PÁG. 38

Y ya podemos presentir los resultados de la confrontación, no muy distintos de los que vimos en el choque de Turbaco:

Enciéndese de nuevo la pelea
Convocándose muchos naturales
Que Piorex exhorta y espolea
Y Curixir, señores principales,
Porque del término que señorea
Carex, eran aquestos generales;
Mas en los sanguinosos desconciertos
Ambos a dos allí quedaron muertos.
T.3, PÁG. 38

Y una vez más, mientras que mueren los jefes indios "con otra mucha gente que se calla", el resultado para los españoles es la muerte de diez o doce de sus hombres. Lograda la victoria, viene el saqueo:

Al fin con el sangriento torbellino
Prevalecieron españolas manos,
Saqueando las casas del vecino
Para poner temor a los cercanos;
Donde se recogieron de oro fino
Cien mil o poco menos castellanos,
Demás del alimento que se lleva
Para sustento de la ciudad nueva.

T.3, PÁG. 39

Los nativos cambian de táctica con los invasores, pues comprenden que sólo los mueve la codicia, que es, como dijo Quevedo hablando del amor, "enfermedad que crece si es curada":

Pasaron a Carón incontinente
Pueblos del de Carex poca distancia,
Mas éste recibiólos blandamente
Redimiendo su mal con su substancia:
Dio joyas de valor con que se aumente
La cudiciosa sed y la ganancia,
Porque el ardor crüel desta fatiga
Cuanto más bebe menos se mitiga.

T.3, PÁG. 39

A los que se van sometiendo, jefes de hombres, como Matarapa, Cacon y el de Cospique, disuadidos por la ferocidad de la reciente batalla, los conquistadores les dan buen trato:

No se les hizo tractamiento malo
Antes grandes caricias y regalo.

T.3, PÁG. 39

Estos católicos no desdeñaban la mediación de otras prácticas para lograr sus fines y así vemos a los miembros de una cultura beneficiándose de los recursos de otra. Larga y compleja sería en América la fusión sincrética entre los rituales del catolicismo y las formas de los cultos nativos, que se hizo aún más intrincada cuando llegaron con sus dioses y sus danzas los hijos de África. Pero aquí podemos sorprender uno de los muchos momentos en que comenzó el mestizaje religioso:

Y a Carón, un insigne hechicero,
Le ruegan que con otros pueblos trate
De la paz, y les sea medianero;
Porque los deste término marino
Lo tenían por mago y adevino.

T.3, PÁG. 39

El mago acepta la misión, pero pide en escolta y compañía a dos españoles. A todos les parece tarea temeraria,

Escepto dos mancebos caballeros
Que no dudaron ser sus compañeros.

T.3, PÁG. 40

Son andaluces, orgullosos de su valor e incapaces de cualquier vacilación:

Uno don Pedro de Abrego se llama,
De Sevilla, tenido por valiente;
El otro don Francisco Valderrama,
De Córdoba, no menos eminente:
Éstos, sin recelar bárbara trama

Adonde va Carón ponen la frente,
Y con gentiles bríos y donaire
Llegaron al gran pueblo de Bahaire.

T.3, PÁG. 40

En tierras del cacique Dulió, la presencia de los españoles causa revuelo entre los indígenas:

Ocurren cuantos hay de su partido
A ver la nueva gente que venía,
Tanto que los ponían en aprieto,
Pero con grandes muestras de respeto.

T.3, PÁG. 40

Dulió recibe el mensaje de paz, y pide un plazo. Carón siente recelo de permanecer allí, pero los mancebos españoles no aceptan irse:

El Carón con tenello por amigo,
No sabiendo si bien o mal ordena,
No las tenía ya todas consigo
Y quisiera volver a Cartagena:
Pero los caballeros dos que digo
Le dijeron que no tuviese pena
Porque cualquiera dellos solo basta
A destrüir aquella fiera casta.

T.3, PÁG. 40

Y dando prueba de soberbia, no ahorran palabras feroces:

"Dirás al perro hijo de la perra

Quel español no teme gente bruta,
Ni nosotros saldremos de su tierra…"

T.3, PÁG. 40

Carón queda atónito ante la irreflexión de los jóvenes y calla, pero no puede impedirse llorar por sus palabras. Es notable la manera como Castellanos maneja la escena. Carón llora de indignación por la dureza de los muchachos y por el peligro de una guerra que es su misión evitar. Pero cuando Dulió advierte sus lágrimas calla la causa inmediata, las palabras ofensivas de los enviados, y dice al jefe que teme la destrucción de su pueblo porque los españoles son feroces:

"…Sabrás que no lamento,
Dulió, por ocasión a mí tocante,
Sino tu destrucción y asolamiento
Si no vas con nosotros por delante;
Porque esta nación es, a lo que siento,
Con enemigos fiera y arrogante,
Pero con los amigos apacible,
Regalándolos todo lo posible."

T.3, PÁG. 41

Dulió le revela entonces que su poder no es completo, que les debe en cierto modo sumisión a sus súbditos, y nos permite entrever los mecanismos internos del poder entre aquellos pueblos nativos. No tiene intención de guerrear,

"…Mas a los míos, aunque son subyetos
Heme de subyectar a dalles parte,
Porque con pechos sanos y quietos

Aquesta paz reciban de buen arte,
Pues ningún señor hay tan absoluto
Que no deba cumplir este tributo…"

T.3, PÁG. 41

Dulió hace la paz con Heredia, no sin antes tener que enfrentar la rebeldía del más valeroso de sus guerreros, quien lo ha acusado de cobardía y al que derriba con su macana en una escena violenta:

El Dulió, vista la soberbia vana
Y ser principio de otros embarazos,
Alzó con gran presteza la macana
Tirando golpe de nervosos brazos:
El cual, como se dio de buena gana,
Le hizo la cabeza dos pedazos;
Necesario no fue golpe segundo
Para sacallo fuera deste mundo.

T.3, PÁG. 42

Vienen después celebraciones y banquetes. Los españoles dan sus regalos:

Entrados los caciques en la villa,
Suntüoso convite les fue hecho,
Abundante de vino de Castilla,
De que mucho gustó bárbaro pecho;
Diéronles muchas cosas, que sencilla
Gente juzgaba ser de gran provecho,
Como corales, cuentas y bonetes
Colorados, cuchillos y machetes.

T.3, PÁG. 45

Y reciben a cambio los que los indios traen:

> Lo cual efectuó, y ansí lo hizo
> Aquel cacique y otros señalados,
> Y trajo joyas de metal obrizo,
> Que valieron sesenta mil ducados,
> Demás del grano con que satisfizo
> La hambre que tenían los soldados,
> Llenas canoas de comidas varias,
> A nuestros españoles necesarias.
>
> T.3, PÁG. 45

A cambio de las cosas que los españoles les regalan, los hombres de Dulió han puesto en sus manos una fortuna, si tenemos en cuenta que un ducado de entonces equivaldría a unos 50 dólares de hoy. Todo parece propicio para el avance de los españoles; pareciera que las tropas que vienen por la gobernación de Cartagena han encontrado la manera de imponerse sin gran derramamiento de sangre. Pronto habrá de romperse esta ilusión, pero por ahora Juan de Castellanos puede hacer sonar los clarines de su marcha triunfal:

> Y ansí los reyes desta pertenencia
> Que tuvo cada cual reino distinto,
> Dieron el vasallaje y obediencia
> Al gran emperador don Carlos Quinto…
>
> T.3, PÁG. 45

ALTOS PUERTOS Y PÁLIDOS METALES

Avanza al fin hacia Zamba Pedro de Heredia; Catalina, nativa del lugar aunque largo tiempo ausente, será su emisaria. Ella repite la vieja historia de dos puntas, según la cual los españoles son gentes de gran nobleza si se les obedece en todo:

> "Éstos, decía, son nobles cristianos,
> De costumbres loables y escelentes,
> Y vienen para ser vuestros hermanos
> Y haceros sus deudos y parientes:
> Jamás tuvieron violentas manos
> Contra los que se muestran obedientes..."
>
> T.3, PÁG. 46

aunque admite que son más bien incómodos si se los contraría:

> "Más no se libra de su lanza dura
> Quien por contrario risco se desgalga:
> Por tanto, pues hay buena coyuntura,
> Decid a Zamba que de paz les salga,
> Porque para tener vida segura
> No hay otro remedio que les valga..."
>
> T.3, PÁG. 46

Todo parece resolverse en paz con la buena diplomacia femenina; incluso, el acontecimiento mayor para este puerto no es la llegada de los invasores sino que Catalina vuelva tan cambiada:

> Entendieron los indios el lenguaje,
> Y fue también la india conocida,
> Por ser de su lugar y su linaje
> De parentela luenga y estendida:
> Admíranse de ver en nuevo traje
> La que nació de madre no vestida,
> Pues allí hasta las partes impudentes
> Suelen andar abiertas y patentes.
>
> T.3, PÁG. 46

Don Juan había sido aventurero y soldado en misiones de conquista durante quince años y muchas de las cosas que refiere las conoció de cerca. Pero desde su retiro como conquistador, y buscando como eclesiástico las condiciones necesarias para cumplir la vocación de poeta cronista, mantuvo permanente contacto con numerosas fuentes directas. Sigue con fidelidad a Gonzalo Fernández de Oviedo en los hechos correspondientes a las primeras décadas del siglo, pero también ha recogido por su cuenta muchas versiones. Hacia Tunja fluían sin duda numerosos arroyos tributarios, correos que traían anécdotas, datos y precisiones para que el paciente y laborioso poeta, entre las lentas campanas que marcaban las lentas horas de la ciudad colonial, las transformara en piezas de su mosaico infinito, en la arquitectura de sus octavas reales. Hay alguna incertidumbre respecto a ciertos hechos:

> Aunque, según las relaciones nuevas
> Que de la Villa de Mompox me envía
> El antiguo soldado Juan de Cuevas,
> No fue poco sangrienta la porfía,
> Pues antes de la paz hicieron pruebas
> De lo que cada cual parte podía;
> Mas Gonzalo Fernández no da cuenta
> Sino de lo que aquí se representa.
>
> T.3, PÁG. 47

Hechos los acuerdos con los de Zamba, Pedro de Heredia prosigue sus pactos pacificadores:

> Salió de paz asimismo Tocana,
> Señor de Mazaguapo, con Guaspates
> Y los de la ciudad de Turipana,
> Y Cambayo, cacique de Mahates:
> A los cuales la gente castellana
> Dio bonetes, camisas y rescates,
> Con aquellas apacibilidades
> Que suelen granjear las voluntades.
>
> T.3, PÁG. 47

Para completar su conquista, Heredia les pregunta si tienen enemigos y les promete ir con sus armas a desagraviarlos. Cambayo le responde que sus contrarios son los hombres de Cipacua, ciudad muy poderosa, y le asegura que dominando aquella lo dominará todo:

> Y como tú, señor, subyectes ésta,
> Ningún peligro hay en lo que resta.
>
> T.3, PÁG. 47

Heredia promete marchar contra Cipacua pero advierte que si sus pobladores conceden la paz no la atacará, aunque sea enemiga de sus actuales aliados, e invita a éstos a emprender la campaña:

> "Apercibe tu gente, yo la mía,
> Agora con el nublo vespertino,
> Para que con la nueva luz del día
> Nos pongamos en orden y camino;
> Y si no vienen a la paz que digo
> Verás en ellos ejemplar castigo".
>
> T.3, PÁG. 48

Cada cual arma sus tropas, y aquí podemos advertir una vez más algo que debió ser constante en aquellas tensas alianzas, la sospecha sobre las intenciones verdaderas del otro. Los españoles son más fuertes, así que los indios no se pliegan a su paz por amistad sino por prudencia; los indios, en cambio, son viejos conocedores del territorio y no tienen por qué confiar demasiado en tratos que siempre son ventajosos para el invasor. No son, pues, verdaderas amistades sino momentáneas alianzas que permiten mantener a cada quien un precario equilibrio, y que se rompen con facilidad:

Quedó pues el negocio concertado
Cuando faltaba ya febea lumbre;
El indio con solícito cuidado
Apercibió guerrera muchedumbre;
El gobernador sabio y avisado
Velóse según tiene de costumbre,
Pues aunque parecía gente noble
Sospechaba poder ser tracto doble.

T.3, PÁG. 48

Y aquí vemos, al salir el sol de una mañana perdida, aquel doble ejército de indios y españoles listos para salir a cumplir una violenta tarea común:

Vieron cubierta toda la ribera
De bien compuesta y ordenada gente...

T.3, PÁG. 48

y avanzan contra Cipacua. Pero al llegar a la primera aldea descubren que los pobladores se han ido, dejando sin embargo todos sus bienes. Los españoles no tienen nada contra el poblado, y aunque suele enloquecerlos el botín, demuestran ser disciplinados:

Como viesen la gente ser huida
Y de sus bienes cosa no faltase,
Mandose que so pena de la vida
Alhaja ni comida se tomase,
Sino que fuese presta la salida
Y sin tocar en cosa se dejase:

Ningún español hay que se desmande
Ni cosa recogió chica ni grande.

T.3, PÁG. 49

Sus aliados, en cambio, tienen venganzas pendientes con estos pueblos y nadie logra impedir que se arrojen al saqueo, rompiendo la breve alianza con los invasores:

Pero los indios, no bastando ruego,
Amenazas de muerte ni otros males,
Todas las casas saquearon luego
Robándoles los bienes y caudales;
Y aquesto hecho les pegaron fuego
Con otras malas obras de bestiales,
Y huyen por quebradas y peñoles
Dejando solos a los españoles.

T.3, PÁG. 49

Lejos, desde Cipacua, los que se habían retirado con prudencia ven el resplandor del incendio de su aldea, las grandes humaredas

Que con centellas van al alto cielo

T.3, PÁG. 49

y vienen corriendo a ver a los causantes de esa desgracia. Con grandes gritos de duelo se encuentran con los españoles, pero no los atacan:

Revuélvese terrible torbellino
Con gran selva de flechas y macanas,

Y a brevecillos pasos de camino
Encontraron las gentes castellanas:
Los gritos son con tanto desatino
Que no parecen ser voces humanas;
Pero con parecer infernal ira
De todos cuantos son ninguno tira.

T.3, PÁG. 50

Heredia les explica que no fueron ellos sino los indios de Mahates quienes han hecho el daño; les asegura que él es manso y amoroso, pero que si ellos acceden, irá a castigar a sus ex aliados; y mientras tanto promete no entrar en la ciudad sino ranchear afuera con sus hombres, en el sitio que le designen. El señor de Cipacua acepta; ellos tienden sus hamacas y se disponen al reposo cuando llegan los dones que tienen para ellos sus anfitriones. Primero, cuatrocientas mujeres mayores cargadas de provisiones y joyas y, después, cien mozas bellas y graciosas:

No vírgenes vestales, sino dueñas,
Ansimismo ningunas conyugadas,
Pero solteras todas y risueñas,
Y para lo demás aparejadas;
Al fin se conoció por ciertas señas
Que debían de ser enamoradas,
Pues por allí también hay cantoneras
Y mujeres que son aventureras.

T.3, PÁG. 52

Y una vez más los españoles resisten a la tentación, por no merecer una mala opinión de los indios, que al parecer los están poniendo a prueba:

Y todas en común son generosas
En dar lo que les dio natural uso,
Sin el de vestiduras engañosas
Ni del que suele ser velo confuso,
En efecto por ser éstas hermosas,
Pueblo de las Hermosas se le puso…

T.3, PÁG. 52

Según el poema, todas volvieron "defraudadas de sus pensamientos" porque los españoles, a quienes don Juan está admirando y estimando mucho en esta página:

Eran, demás de ser gente guerrera,
Hombrazos de valor y de prudencia,
Y que sabían do menester era
Vivir con vigilancia y advertencia…

T.3, PÁG. 52

Quedan los prudentes soldados al amparo de Cipacua, cuando le llegan a Juan de Castellanos noticias adicionales sobre el tema, enviadas por nuestro hombre en Mompox, Juan de Cuevas, noticias que traen nueva vivacidad al poema. Y llegamos a una estrofa rica en diverso contenido estético:

Y es decir Juan de Cuevas, que primero
Que con Cipacua fuesen los conciertos,
Hubo con Tubará recuentro fiero
A la subida de sus altos puertos;
Murió don Juan de Vega Caballero
Después que por él fueron muchos muertos,

Y allí también de pálidos metales
Ovieron crecidísimos caudales.

T.3, PÁGS. 52-53

El primer efecto notable está en el cuarto verso. Sospecho que su valor radica en una súbita alteración del orden físico. La razón nos dice que se baja hacia el mar. No concebimos, pues, la orilla como un lugar que quede arriba. Esa súbita sensación de que alguien llegue de un sitio más bajo hasta los puertos carga el espacio de magia súbita. Me siento retraído hacia una vaga evocación infantil, al efecto que obran los relatos mágicos en la infancia, cuando imagino ese combate…

A la subida de sus altos puertos.

Después viene el asunto tremendo del hombre que muere en la pelea recibiendo, por fin, para sí mismo lo que tanto ha repartido:

Murió don Juan de Vega Caballero
Después que por él fueron muchos muertos…

y los versos finales, que en términos anímicos y rítmicos parecen condensar a los otros:

Y allí también de pálidos metales
Ovieron crecidísimos caudales.

El adjetivo "pálidos" curiosamente califica las riquezas que obtuvieron, pero parece derivar su languidez de las muertes del verso anterior. Los metales, que son sin duda oro y plata, resultan emparentados con el pálido color de los aceros que prodigan la muerte.

Y los "crecidísimos caudales" del último verso, que nombran las riquezas obtenidas, parecen aludir también a la sangre vertida en el combate. La estrofa está llena de una fuerza singular, porque cada cosa está a punto de dejar de ser lo que es, de dejarse modificar por las otras. Los "altos puertos" son el sitio donde alguien encontró de pronto la muerte; los "pálidos metales" son a la vez tesoros y lanzas; los "crecidísimos caudales" son a la vez riquezas y efusiones de sangre. Se diría que don Juan estuvo aquí a punto de llamar a la sangre, como los nórdicos, "el agua de la espada".

Hace cinco siglos muy pocos podían sentir el carácter atroz de la soberbia europea frente a los nativos de América. Lo excepcional es que hubiera hombres como Montaigne o como Bartolomé de las Casas. Fue necesario más de un siglo de antropología, esa hija pensativa del colonialismo, para llegar a algunas convicciones que parecerían ser evidencias naturales. No podrá extrañarnos en este libro de hace más de cuatro siglos la espontánea aprobación de algunas tropelías de los conquistadores. Con todo, hay en Castellanos cierta clarividencia que no siempre nace de la comprensión del error sino de una sensibilidad que advierte y registra las cosas y que, sin interpretar, lo que ocurre, lo desnuda. En la estrofa 88 encontramos estas líneas.

> Hallaron templo donde se adoraba
> Con gran veneración un puerco espino,
> Que por romana vieron que pesaba
> Cinco arrobas y media de oro fino...
>
> T.3, PÁG. 53

Además de la sorprendente noticia del tipo de figura sagrada que allí encuentran, aquí está manifiesta la actitud de los conquistadores, incluido el cronista, hacia esas formas culturales. Hay solemnidad en el primer verso, asombro en el segundo, profanación en el tercero, negocio vulgar en el cuarto. Los cuatro versos parecen una síntesis de la conquista.

Más adelante se repite el procedimiento. Una vez más descendemos de la sacralidad de un culto a la vulgaridad de un saqueo (no dejará de asombrar el dictamen que está encerrado en el paréntesis del primer verso):

> En el cual (estos hombres insensatos)
> Eran por dioses suyos adorados
> Con grandes ceremonias ocho patos
> Que pesaron cuarentamil ducados,
> Donde tuvieron bien para zapatos
> Este gobernador y sus soldados...
>
> T.3, PÁG. 53

La casi totalidad de la riquísima orfebrería de los pueblos nativos se perdió para siempre, fundida en lingotes por los conquistadores de entonces y de ahora. Dado que no existe nada semejante entre las figuras que han sobrevivido, podemos imaginar cuántas de esas grandes piezas sagradas habrán sido destruidas por la Conquista.

Pedro de Heredia iba imponiendo así su paz a los pueblos por donde pasaba y convirtiéndolos en súbditos

> De rey que tiene por vasallos reyes.
>
> T.3, PÁG. 54

Logra acuerdos y celebra festines, pero no abandona el recelo:

> Y por no ser molesto ni pesado
> Al tiempo de pasar esta frontera,
> Puesto caso que fuese convidado

Para dormir en casas de madera,
Nunca metió su gente por poblado,
Y siempre quiso ranchearse fuera;
También porque si indios maleasen
Tuviesen campo do se rodeasen.

T.3, PÁGS. 54-55

Muy pronto el saqueo empieza a traducirse en ostentación:

Adonde todos juntos, se hicieron
Fiestas y juegos de mayor substancia,
Y es porque del rescate que trajeron
Habido por aquella circunstancia,
Pagado real quinto, les cupieron
A más de seis mil pesos de ganancia,
Con que compraron fanfarrona seda,
Como bullían ya con la moneda.

T.3, PÁG. 55

"Algunos capitanes y soldados" se dispersan en campañas de codicia y pacificación,

Y los rescates de oro por momentos
Iban en caudalosos crecimientos.

T.3, PÁG. 55

Esta presurosa prosperidad hace crecer los bohíos y podemos ser testigos del momento significativo en que dos naves que vienen de Nombre de Dios y van rumbo a España recalan en aquellas arenas. Sus tripulantes sienten gran contento al encontrar un pequeño puerto acogedor donde hacer escala. Como en la vida, no advertimos enseguida la importancia de lo que se nos cuenta: pareciera que estamos viendo llegar un par de naves a un pequeño y perdido desembarcadero del Caribe, pero estamos presenciando en realidad los míticos comienzos de Cartagena de Indias:

Al fin que como no vuelven vacíos,
Y en rescatar se daban buena maña,
Crece la población de los buhíos;
Dábales materiales la montaña,
Llegaron pues al puerto dos navíos
Que del Nombre de Dios iban a España;
Holgáronse de ver aquel arena
Con renombre de nueva Cartagena.

T.3, PÁG. 55

La ciudad ingresa en la historia bajo este signo de hospitalidad y con una expresa exhortación de los que se quedan para que los viajeros hagan correr su fama:

Hízoseles muy buen acogimiento;
Hallaron pasajeros hospedaje;
Dioles Pedro de Heredia bastimento
Por venir faltos de matalotaje,
Y al tiempo de partirse les suplica
Digan do quiera ser la tierra rica.

Y que podían afirmar por cierto
Ser demás de lo dicho tierra sana,
Con apacible y escelente puerto
Para contratación cuotidiana,
Y para más prosperidad abierto

Camino, por estar su gente llana,
La cual como les era ya propicia
Daban de más adentro gran noticia.

T.3, PÁG. 56

En estos versos está ya cifrada la campaña que va a comenzar en el canto siguiente, cuando Pedro de Heredia y sus hombres se internen en esa región "de más adentro" de la que la población nativa les da continuamente "gran noticia", es decir, noticia de riquezas, de pueblos con adornos de oro, de templos con dioses de metal, de tumbas doradas en la raíz de las ceibas enormes. Lo que corre en las bocas de la fama son por ahora los pregones de la codicia, y a medida que aumenta el interés de los viajeros por el puerto y sus regiones vecinas, también vemos una iniquidad que suele ir aparejada con la prosperidad: la noticia de que ésta es tierra muy buena porque hay de quién aprovecharse...

No dijeron a sordos sus razones,
Pues do quiera que cada cual surgía,
Allí solemnizaba con pregones
La gran riqueza que se descubría
En aquellas provincias y regiones,
Demás de la que ya se poseía,
Y que los naturales antes bravos
Servían ya mejor que los esclavos.

T.3, PÁG. 56

Tierra rica, tierra sana, puerto apacible, camino abierto a la prosperidad, riquezas crecientes y siervos laboriosos, todo eso es miel en las orejas de los aventureros y magnetismo irresistible:

Luego la fama como suele vuela
Entre guerreros y entre contractantes:
Alistan el espada, la rodela,
Limpian las armas olvidadas antes;
Cuál carga nao, cuál la carabela,
De caballos y cosas importantes,
Como de sedas, granas, perpiñanes,
Finísimas holandas y rüanes.

T.3, PÁG. 56

En el tono mismo del poeta, en la respiración de sus frases, se siente el entusiasmo de los pobladores. En 1545 había estado Castellanos en Cartagena por primera vez, a doce años de fundada la ciudad; en 1554 recibió allí las órdenes eclesiásticas y celebró su primera misa, y hasta 1558 fue canónigo tesorero de la catedral, de modo que había visto con sus propios ojos el crecimiento de la ciudad y la prosperidad de su puerto:

Fue luego la ciudad de Cartagena
Frecuentada de barcos y navíos,
Y en breve tiempo la ribera llena
De ricos y costosos atavíos,
Que vienen a buscar dorada vena
Y a conquistar no vistos señoríos;
Los españoles van en crecimiento
Y las contractaciones en aumento.

T.3, PÁG. 56

Suficiente prueba de la prosperidad de las gentes en ese ámbito es esta precisión comercial:

Y en aquel tiempo que se representa
Iban juntas la paga con la venta.

T.3, PÁG. 57

Como se sabe, nuestro mestizaje tiene una de sus muchas causas en el hecho de que los españoles, a diferencia de los colonos de Norteamérica, no venían a quedarse y, por lo tanto, no traían sus mujeres. Buscaban riquezas para llevar a España, no una morada en América. Pero aquí encontramos que una de las secuelas del crecimiento y la prosperidad de una región es la llegada de las mujeres, que vienen a ilustrar con vividez la sensación general de opulencia. Castellanos traza un cuadro paródico en el que hay un pregusto de Quevedo, pero sus viñetas pintorescas nos dejan vislumbrar la vistosidad y la singularidad de aquellos días:

Jactándose de noble parentela,
Tal que ninguna padecía mancha,
Arrastra cada cual sérica tela,
No cabe por la calle que es más ancha;
Una se puso doña Berenguela,
Otra hizo llamarse doña Sancha:
De manera que de genealogía
Ésa tomaba más que más podía.

Salen a luz vestidos recamados,
Con admirables fresos guarnecidos;
Relumbran costosísimos tocados
Que de rayos del sol eran heridos;
Otros sacan cabellos encrespados
Y en redecillas de oro recogidos;

Y ansí con vestiduras escelentes
Llevan tras sí los ojos de las gentes.

T.3, PÁG. 57

No es sólo cuestión de indumentaria; llegan también la cositería cortesana y la vida galante:

No dejan los plateros a la balda,
Pues los ocupan en labralles oro;
Engástase la perla y esmeralda,
Y otras piedras anejas a tesoro;
Tiene ya cada cual paje de falda,
Por más autoridad y más decoro;
Adórnase los dedos con anillos;
Penden las arracadas y sarcillos.

Del galán a la dama corre paje
Con blanda locución y bien compuesta;
Óyese por las partes el mensaje;
Vuelve no menos grata la respuesta;
La dulce seña sirve de lenguaje
Do la palabra no se manifiesta;
Estaba todo lleno finalmente
De todos tractos y de toda gente.

T.3, PÁG. 57

Gentes de toda condición vienen a Cartagena y obtienen beneficios. Aquí vemos aparecer a un personaje que nunca más dejará de estar en nuestras calles, aunque ya no, por cierto, con la misma fortuna que entonces:

Y siempre sucedían compañeros
Que llegaban de todas condiciones,
Pues que vinieron hasta melcocheros
Y gozaron de tales ocasiones,
Que volvieron cargados de dineros
De vender sus melcochas y turrones,
Por estar todo tan de oro hecho
Que nadie daba paso sin provecho.

T.3, PÁG. 58

Ya floreciente la ciudad, el gobernador decidirá dejarla y emprender su travesía. Ha oído hablar de un Mar del Sur

...cuya riqueza
Se publicaba ser de gran grandeza.

T.3, PÁG. 58

En enero del 1534 escoge doscientos hombres a los que examina "con la conversación y con la vista". Cincuenta caballeros

Con dos y tres caballos cada uno

T.3, PÁG. 58

y ciento cincuenta peones, es decir, hombres de a pie. Cada dos o tres llevan un rocín de carga:

Do cargaban aquellas provisiones
Necesarias al cauto peregrino,
Hachas, machetes, barras y azadones
Con que pudiesen allanar camino...

T.3, PÁG. 58

Y, como en las novelas por entregas, apenas emprende la expedición un camino que habrá de estar lleno de turbias aventuras, el segundo canto concluye. En su sosegado retiro de Tunja, mientras suenan las campanas de la catedral o se oyen voces lejanas en la plaza enorme y en la concavidad de la tarde, don Juan de Castellanos deja la pluma y se entrega por un rato al descanso.

EL TEMPLO DEL SINÚ

Después de la fundación de Cartagena, Pedro de Heredia y sus hombres emprenden a caballo y a pie su camino hacia las tierras interiores. Al comienzo de este relato de codicia y traiciones, Juan de Castellanos intenta un dístico de simetría moralizante:

> Y muchos vemos de riqueza llenos
> Que procurando más vienen a menos.
>
> T.3, PÁG. 59

Pero estas lecciones abstractas se convertirán enseguida en hechos puntuales y complejos:

> Y en parte no fue libre destas penas

La cudicia de nuestro caminante,
Pues sin la defender armas ajenas
Dieron en tierra rica y abundante,
Y con tener allí las manos llenas
Procuraron pasar más adelante...

T.3, PÁG. 59

Hacia el sur, por la Sierra de Abrevá, cruza la compañía "movida y alentada por la fama" de riquezas que les han anunciado los indios. Y pronto se extiende ante ellos una hermosa tierra:

Llegaron adiestrados por las guías
Al Cenú las cristianas compañías.

T.3, PÁG. 59

Es diáfana la realidad que don Juan nos pinta:

Donde paró la gente castellana
Algunos días para su reparo,
A causa de tener larga zavana
Y no de caza su compás avaro,
Porque todo lo más es tierra llana
Y a manchas también tiene monte claro,
Con perdices, conejos y venados,
De que se proveían los soldados.

T.3, PÁG. 59

El cuidado del lenguaje nunca hace que don Juan olvide la precisa relación de hechos. Este canto es representativo de la continua atención que les presta, el deseo de que cada verso añada algo a la historia que narra:

Corriendo pues el seno comarcano
Heredia con los hombres principales,
Una ciudad hallaron en lo llano
De pocos aunque ricos naturales,
Huidos del ejército cristiano,
Con hijos y mujeres y caudales...

T.3, PÁG. 60

Y apenas comenzado el canto, la intensidad comienza:

A fin de ranchear alguna alhaja
Un negro del Heredia muy ladino,
Que con favor del amo se aventaja
A visitar las casas del vecino,
Una múcura vio como tinaja
Cubierta con chaguala de oro fino,
La cual a su señor puso en las manos
Y pesó cuatrocientos castellanos.

T.3, PÁG. 60

Pienso en algunos momentos de la poesía colombiana. Los "lánguidos camellos de elásticas cervices" del poema de Guillermo Valencia no dejan de parecernos objetos de gobelino ya un poco desvanecido, a pesar de que tienen ritmo y gracia, y de que "dos fuentes de zafiro" les dan cierta intensidad cromática. Pero se deshacen en la irrealidad cuando el poeta nos revela que, al cabo, no son camellos sino *alter egos* suyos, máscaras no sé qué tan lícitas de su melancolía; y al final se permite decirles con cierta ceremoniosa confianza:

¡Oh artistas, oh camellos de la llanura vasta!

Los traigo a cuento para celebrar por contraste esa múcura en forma de tinaja que Juan de Castellanos acaba de rescatar del sahara del olvido, para que brille y taña y pese ante nosotros. Sospecho que es la primera vez que la palabra cumanagota *múcura* aparece en la lengua castellana, y se estrena además en el recién adquirido espacio del endecasílabo itálico y en las ilustres octavas reales de don Ludovico Ariosto. Le gustaría a Castellanos saber que el Diccionario de la Real Academia Española ostenta hoy, entre mozos y muarés y mucamas y mudanzas y muebles y muchos muchachos, una múcura auténtica, que "en Bolivia, Colombia y Venezuela es un ánfora de barro que se usa para conservar el agua". Lo mismo podríamos decir de la palabra *chaguala*, que es el nombre de los aros que se utilizaban entonces como adornos, narigueras y pendientes. Esta múcura que estamos viendo, nítida, a cuatro siglos de distancia, está recubierta de argollas de oro, y se la acaba de robar un negro y pesa cuatrocientos castellanos. Al conquistador le ocurrirá lo mismo que al lector en presencia de este objeto, entrará en una suerte de embriaguez contemplativa que don Juan describe con un verbo audaz:

> En este cobertor la vista ceba,
> Con el cual se recrea y alcohola;
> Y para dalles esta buena nueva
> Luego mandó llamar gente española,
> Diciendo: "Tierra que esta fruta lleva
> No debe de tener aquesta sola;
> Antes nos hace ciertos tal encuentro
> Del bien que nos espera más adentro".
>
> T.3, PÁG. 60

Heredia muestra la pieza a sus soldados como quien muestra una golosina a un grupo de niños (golosina es, en efecto, la palabra que usará Castellanos después) y todos se recrean (y alcoholan) en su contemplación:

Acude la cristiana compañía
A ver pieza que tanto se señala;
Fue sumo su contento y alegría
Viendo tan gran grandeza de chaguala,
Demás de la fineza que tenía
Quel oro más subido no la iguala
De lo que más afuera comúnmente
Solía poseer la demás gente.

T.3, PÁG. 60

Tal vez a algún purista no le agrade mucho la "gran grandeza" que don Juan acaba de proponernos (y que ya había propuesto antes), pero yo confieso que la reiteración como recurso del entusiasmo me parece aquí muy eficaz y me recuerda que en gran medida la preceptiva ha sido para los poetas menos un código de preceptos y prohibiciones que un catálogo de desafíos. Homero es capaz de crear una deleitable redundancia volviendo sorprendente en una cosa su atributo más evidente:

Las mojadas olas

El ejemplo reiterativo de don Juan obra graciosos efectos sobre sus discípulos. Silvestre de Balboa, el primer poeta cubano, escribió en Puerto Príncipe en 1608, un año después de la muerte de Castellanos, el poema *Espejo de paciencia* donde, relatando la lucha heroica del negro Salvador, hijo del prudente etíope Golomón, contra un corsario, pide con doble devoción a la diosa Calíope y a la ninfa Aglaya:

Que pueda dibujar la pluma mía
De este negro el valor y valentía.

Estimulados por la múcura resplandeciente, los españoles se lanzan con nuevo brío a la búsqueda:

Y en una plaza vieron al esquina
Un grande y espacioso santuario,
Tan capaz que tenía cumplimientos
Para dar a mil hombres aposentos.

T.3, PÁGS. 60-61

Este santuario del Sinú debió de ser muy importante en la historia previa de los pueblos nativos de esta región de América. Por la descripción que nos hace el poeta, había en él veinticuatro figuras monumentales labradas en madera y recubiertas con hoja de oro, cada una de ellas diademada de oro macizo; cada pareja, mirándose de frente, sostenía con altas varas una hamaca enorme llena de las ofrendas de oro que durante mucho tiempo habían llevado allí los hombres de la región.

Ídolos veinte y cuatro vieron altos
Todos como grandísimos gigantes,
De madera labrada lo intestino
Y lo de fuera hoja de oro fino.

Tenía cada cual puesta tiara
O Mitra de oro puro bien tallada;
De dos en dos tenían una vara
Sobre sus anchos hombros travesada,

Cuyas posturas son cara con cara
Y una hamaca del bastón colgada,
En las cuales hamacas recebían
El oro que los indios ofrecían.

T.3, PÁG. 61

Y como si faltaran precisiones convincentes sobre el caudal que han encontrado, don Juan nos enriquece ese oro con el matiz de la verdad; nos muestra, cosa que jamás se le ocurriría a un fabulador empeñado en fantasear riquezas o a un decorador ansioso por darle fasto a su tela, el oro ennegrecido en la superficie por un incendio antiguo:

Era todo lo más oro labrado
Y había también oro derretido,
Finísimo después dc quilatado,
Puesto que por encima denegrido,
Que algún tiempo debió de ser quemado
Aqueste santuario referido;
Y ansí los indios con aquel mal talle
Se lo dejaron sin osar tocalle.

T.3, PÁG. 61

Conociendo la riqueza de estas tierras americanas, no es difícil imaginar este tesoro que en el Sinú encontraron Heredia y sus hombres. Debía de exceder en mucho al que Breno arrebató al santuario de Delfos y que también consistía en las acumuladas ofrendas de quienes acudieron por mucho tiempo a consultar el oráculo en el ombligo del mundo. Aquel tesoro que robaron los galos cautivó la imaginación de Europa. Arrojado al fondo de un lago, o guardado en los cimientos de alguna de esas ciudades medievales que se trazaban siguiendo los dibujos de las constelaciones, fue heredado en forma de leyenda por los cátaros y nutrió una rica tradición literaria.

El que ahora estamos viendo, y cuyo valor sagrado y estético era aun superior a su enorme peso en metal, sin duda fue también fundido para hacer lingotes. Sospecho, ante los testimonios que abundan en la obra de Castellanos, de cuya probidad hay motivos para no dudar, que si el tesoro del Museo del Oro de Bogotá está compuesto casi por completo de piezas pequeñas, ello no se debe a la afición exclusiva de nuestros artífices por las filigranas y las miniaturas, sino al hecho de que las piezas enormes, que sin duda abundaban y además estaban expuestas en monumentos y templos, como el erizo y los patos de aquellas otras estrofas mencionadas; todo fue sólo metal de romana para los sensitivos conquistadores.

Fuera del templo, los árboles estaban llenos de campanas de oro de muchos tamaños que cumplían acaso una función ritual. En este momento es fácil sentir la tristeza de aquel despojo, cuando vemos cómo los invasores, sin la menor vacilación o consideración se precipitan sobre aquellos objetos hermosos y venerables:

> Había muchos árbores afuera
> Pegados con el dicho santuario,
> Colgados de los ramos en hilera
> Campanas de oro no de talle vario,
> Más en tamaños, formas y manera,
> Según un almirez de boticario;
> Y en un momento manos bien instructas
> Los despojaron destas bellas fructas.
>
> T.3, PÁG. 61

Aquí, una precisión conmovedora: la advertencia de que a pesar de la codicia, que no ve en esas cosas sino su utilidad económica, los conquistadores logran percibir, aunque ello no impide el saqueo, otras virtudes, como el influjo benéfico sobre quienes andan en una rutina de fatiga y de guerra, del múltiple tañir de los carillones:

> Recogidas las dichas campanillas
> Cuyo sonido daba gran consuelo…
>
> T.3, PÁG. 61

Por un instante los saqueadores se descubren como seres necesitados de belleza y descanso; captan el refinamiento del mundo que arrasan pero puede más la locura del saqueo. La estrofa rompe su delicadeza inicial:

> Recogidas las dichas campanillas
> Cuyo sonido daba gran consuelo,
> Para ver si eran de oro las costillas
> Derriban las estatuas en el suelo:
> Quitan las vestiduras amarillas,
> No de brocado ni de terciopelo,
> Mas oro puro, hoja mal batida,
> De más valor cuanto menos polida.
>
> T.3, PÁG. 61

Poco más tarde cae en sus manos un mozuelo que, interrogado sobre dónde pueden los conquistadores hallar nuevas muestras de aquel metal, les hace la promesa más esperada:

Preguntó luego cudicioso celo
Por el rico metal que le mostraban,
Y el indio prometió que los pornía
Adonde suma cuantidad había.

T.3, PÁG. 62

No los lleva, sin embargo, a otro templo, sino que mostrándoles a la redonda del santuario ya saqueado y del cementerio todas las tierras vecinas:

Les dijo: "Cuanto veis en esta tierra
Tesoros prosperísimos encierra".

T.3, PÁG. 62

Y comienza a hacerles la revelación más asombrosa de aquellos tiempos.

EL ORO DE LAS TUMBAS

Durante siglos, en tierras de Colombia, la única noción del pasado que tuvieron las generaciones fue la conciencia nítida de habitar un territorio sembrado de tumbas llenas de riquezas. Nos sentíamos recién llegados, habitando un mundo casi innominado, pero en esas tumbas estaba el testimonio de los siglos ocultos, la labor de los muertos, el rumor de las culturas, la prueba de que América no había aparecido en 1492 al conjuro del grito de Rodrigo de Triana, como nos lo hicieron sentir durante siglos la tradición, la religión y la escuela. Tan vasto era el pasado y tan vasto el territorio, que a pesar del saqueo que vieron los siglos de la Conquista y la Colonia, nuestros abuelos hace menos de un siglo todavía horadaban las montañas buscando en tiempos de pobreza el oro que les habrían dejado allí los misteriosos pobladores de otras edades. Nosotros mismos hemos visto surgir en tiempos recientes exquisitas culturas de las que nada sabíamos, como las que revelan la alfarería Tumaco y la orfebrería de los señores de Malagana en el Valle del Cauca.

El monólogo del nativo del Sinú que aquí comienza Juan de Castellanos es notable. A ningún natural se le habría ocurrido siquiera la posibilidad de perturbar a los muertos, y menos por el oro que los custodiaba, pero acosado por los españoles el joven recuerda las leyendas y su propia experiencia, y además de revelarles que el oro está guardado desde tiempos antiguos en las tumbas:

> Porque según antigua gente canta,
> Y es opinión de todos mis mayores,
> Esta que veis es toda tierra santa
> Llena de sepulturas de señores,
>
> T.3, PÁG. 62

y que sobre ellas hay sembrados árboles enormes, formando los espaciados bosques de la región:

> Encima dellas ponen una planta
> Destas que veis o grandes o menores,
> Y otras en la grandeza más enhiestas,
> Según los tiempos en que fueron puestas…
>
> T.3, PÁG. 62

comienza a describirles el preciso ceremonial de la muerte, las consideraciones que se tienen con el difunto, la verosímil revelación de que esperan otra vida después de ésta, la sospecha de que en ese otro mundo habrá también llanuras para cazar, peligros y combates:

Ansí que, porque el muerto menos pene
Aqueste lugar toma por abrigo,
O natural o quien de lejos viene,
Y aqueste suele ser orden antigo,
Que las preseas quel defunto tiene
Al mundo donde va lleva consigo,
Y la macana y arco y el aljaba
Con que cuando vivía peleaba.

T.3, PÁGS. 62-63

Son tumbas de señores principales y los españoles se enteran de que éstos son enterrados con sus servidores y sus mujeres, todos vivos, para que los acompañen, los cuiden y sean testimonio de su grandeza del otro lado de la muerte:

Y aquellos que tenía por captivos,
Aceptos a sus ojos y presencia,
Ansimismo con él entierran vivos
En señal de dominio y obediencia,
Sepultando también en los archivos
Las concubinas de mayor decencia,
A fin de que lo sirvan y regalen,
Y allá valgan con él lo que aquí valen.

T.3, PÁG. 63

Es un buen ejemplo de la capacidad de observación de Juan de Castellanos, de la atención que presta a cosas que debieron parecer simple barbarie a las huestes bárbaras, su comprensión de la importancia que tienen estos datos precisos: cuál es la forma del nicho sepulcral que se cava, cómo la tierra que se saca ya no vuelve a ser usada para cubrir la tumba; cómo la cubren con tierra de un color diferente, traída de otro sitio, y cómo acompañan el entierro con provisiones rituales:

> La cueva que le hacen es cuadrada,
> Y aquella tierra que sacaron fuera
> Es luego del sepulcro desviada
> Sin la volver al hoyo de donde era;
> Y llénanlo de tierra colorada
> Que cogen de la haz de una ladera;
> Y en el sepulcro ponen pan y vino
> Para matalotaje del camino.
>
> T.3, PÁG. 63

La mención de pan y vino puede sonar extraña en una descripción de las costumbres indígenas; el poeta utiliza aquí un sentido genérico para aludir, no al pan de trigo ni al vino de uva, impensables allí, sino a cualquiera de los panes de maíz y de las bebidas fermentadas preparados por aquellos pueblos:

> Pues por un cierto modo peregrino
> De lo que hacen el pan hacen el vino.
>
> T.1, PÁG. 105

Una observación distraída e imprecisa es un defecto que no podemos sospechar en este testigo, ante cuya minuciosidad y exactitud ya hemos dicho, con palabras de Borges, que supo ver de los desiertos de su vida cada uno de los granos de arena. Valga como prueba la estrofa siguiente, donde nos ofrece todas las precisiones de detalle que necesita y recurre, como lo hizo siempre que le fue necesario, a palabras de las lenguas indígenas, para nombrar aquellas cosas que no tenían equivalencia en la lengua española; finalmente, al hablar del llanto de los que allí son sepultados vivos, nos da la explicación tremenda de por qué este llanto se apaga:

> En un duho lo ponen asentado,
> Que muchos dellos suelen ser de oro;
> Ansimismo pendiente del un lado
> La mochila de hayo y el poporo;
> De todos sus sirvientes rodeado
> Acompañados ya de mortal lloro;
> Mas hace que este llanto se reprima
> La mucha tierra que echan por encima.
>
> T.3, PÁG. 63

El informante les describe distintas formas de sepulturas y las diferencias de los tesoros que se encuentran en ellas, y todavía se alarga en un relato digno de la antropología moderna sobre las costumbres funerarias, para encarecerles que se pongan a trabajar enseguida:

> Pudiera daros cuenta más menuda
> De los lloros, areitos, borracheras,
> Manera de llorar de la viuda,
> Triste cantar de las endechaderas;
> Pero basta lo dicho, pues sin duda
> Son estas relaciones verdaderas;
> Por tanto si buscáis prósperos dones
> Anden listas las manos y azadones.
>
> T.3, PÁG. 63

Y aquí ocurre algo que tiene todo el aspecto de una maquinación. Los conquistadores, o sus jefes, no parecen creer lo que el muchacho les ha contado y, contrariando sus costumbres, optan por no cavar bajo los árboles. El relato, dicen, no es verosímil. ¿Cómo podría haber tumbas llenas de riquezas bajo aquellas ceibas corpulentas y aquellos hobos enormes? Pero no era típico de los conquistadores abstenerse en caso de duda sino disiparla en el acto, con mayor razón si se habla de riquezas, que era lo que andaban buscando y justificaba todas sus penalidades. Por eso es extraña y sospechosa la estrofa:

Dijo, mas no dejaron sus progresos
A causa de pensar que les engaña,
Viendo los dichos árbores tan gruesos
Y aun más que los de más vieja montaña;
Y haber debajo los difuntos huesos
Todos los más pensaban ser patraña,
Eran hobos los más y ceibas tales
Que su grandor admira a los mortales.

T.3, PÁG. 64

Más verosímil es la posibilidad de que el gobernador, solo o aliado con los jefes, haya presentido la magnitud de las riquezas que allí se encontraban y prefiriera no abrir las tumbas con todos sus soldados (con quienes tendría que compartir el botín) sino seguir de largo y encargarse él de sacar el oro en secreto.

También a las sazones hubo gente
Que sospechaba por algún respeto
Quel gobernador maliciosamente
No mandó descubrir este secreto,

Por consultallo con algún pariente
Y volver con sus negros al efeto,
Sin testigos de gentes españolas
Y sacar las riquezas a sus solas.

T.3, PÁG. 64

Aquí don Juan consulta sus fuentes, una de las cuales era el libro manuscrito *Peregrino* de Juan de Orozco, miembro de aquella expedición, capitán de campañas y después vecino de Castellanos en Tunja. Y formula una tercera suposición sobre la causa de que los españoles no hubieran saqueado allí mismo las tumbas prefiriendo dejar la región y emprender una travesía que acabó siendo calamitosa. Habrían pospuesto la exploración porque abrir las tumbas los demoraba en su campaña, y los forzaba a abrirlas todas para no dejar a los nativos esa advertencia. Parecía más razonable y táctico emprender ese trabajo al regreso:

Otros afirman quel Heredia dijo:
"Si por las sepulturas comenzamos,
Habemos menester tiempo prolijo
Y no podremos ir a donde vamos
Sin grandes pesadumbres y cojijo
Del agua, del invierno que esperamos;
Y si algunas los indios ven abiertas
Sacarán las mejores y más ciertas.

Pues tienen de pensar que volveremos
Al cebo, si las vieren comenzadas;
Ansí que mejor es que las dejemos
De la suerte que están disimuladas:

Que si lo hay, aquí lo hallaremos,
Desengañándonos con las azadas;
Mas agora mi parecer se cierra
En que vamos a ver lo de la sierra"

T.3, PÁGS. 64-65

Se van. Pero tampoco llevan el oro que habían recogido en el santuario y en los árboles; ni siquiera la múcura con la que tanto se recrearon (y alcoholaron):

Y el oro que habían rancheado
Quedó secretamente sepultado.

T.3, PÁG. 65

No hubiesen seguido. A partir de ese momento la suerte se les tuerce de un modo increíble; los caminos se hacen hostiles, el alimento escasea, el cielo se desordena y los vendavales empiezan a minar su salud. La descripción una vez más es magistral; en una sola estrofa Castellanos nos hace sentir una enorme calamidad; al cabo de dieciséis versos lo que era una compañía vigorosa y próspera queda reducida a escombros. Hemos presenciado todo el proceso, el arte narrativo no puede ser mejor:

Pusieron en efecto la partida
Por grandes asperezas de caminos,
Hallan la tierra falta de comida
Por la tener alzada los vecinos;
Sobrevino gran lluvia y avenida,
Terribles y espantables torbellinos,
E ya por los poblados, ya por yermos,
Los más de los soldados van enfermos.

Fueron con gran trabajo prosiguiendo
Sin hallar do tomar algún reposo;
Los ríos sin cesar iban creciendo,
Y el curso dellos es impetuoso;
Ya la gente se va disminuyendo
A causa del invierno riguroso:
Hijo no hay que a padre dé la mano,
Ni hermano que se valga del hermano.

T.3, PÁG. 65

Viéndose perdidos resuelven regresar al Sinú, pero en tales condiciones es tan difícil el regreso como el avance:

Viendo que todo bien se les oculta
Y que su perdición era patente,
Entraron los más sanos en consulta
Con el gobernador y su teniente;
Dieron su parecer, del cual resulta
Al pueblo del Cenú volver la frente,
Viendo que con trabajo tan terrible
Era no morir todos imposible.

T.3, PÁG. 65

Castellanos nos hace sentir las penalidades del camino. El hambre, la necesidad de alimentarse de tallos de plantas ingratas, la situación de tener que matar a los caballos:

Con los mismos trabajos escesivos
Tanto que no podré yo numerallos,
Volvieron aunque pocos dellos vivos,
Cuyos mantenimientos eran tallos

De bihaos, que son muy dejativos,
Y con alguna carne de caballos,
O de los que de flacos se quedaban,
O que también de noche los mataban.

Es el bihao dicho, cierta planta
Que por lugares cenagosos sale,
Como plátano blanda, mas no tanta
Su grandeza que con la dél iguale;
Es su cogollo cebo de garganta
Del que no tiene con que la regale;
Comida triste, floja, desabrida,
Y más cuando sin sal está cocida.

T.3, PÁG. 66

El poeta no puede menos que recordar su propia experiencia, muy posterior y sin embargo idéntica. Y todavía hoy los relatos de soldados y viajeros que han debido sobrevivir en los campos de Colombia sin alimentos suficientes cuentan historias que tienen esta misma entonación y este mismo gusto:

Tiempo fue que comí tales bocados,
Y en oíllos nombrar agora temo:
Pues cuando los procuran los soldados
Es ya señal que están en el estremo;
Tallos tiernos de hobos sancochados
Alguna vez me fue manjar supremo,
Y más si los cocíamos con bledos,
Porque les dan sabor por ser acedos.

T.3, PÁG. 66

Emprenden el regreso y después de muchos contratiempos, ya diezmados y enfermos, llegan al Sinú para comprobar que las tumbas llenas de riquezas que habían postergado ahora están vacías, tal vez porque los nativos las han abierto para resguardarlas, aunque hay quien sospeche que es el propio jefe quien ha dejado encargado el saqueo antes de llevarlos a los caminos terribles:

Volviendo pues a nuestros caminantes,
Que por ríos, quebradas, cenegales,
Salieron a Cenú, no como antes,
Sino pocos y llenos de mil males,
Hallaron los sepulcros ya menguantes
De muchos que sacaron naturales;
Y según otros dieron el tesoro
Debieron de sacar un millón de oro.

T.3, PÁG. 68

En medio de su postración les toca conformarse con calcular las riquezas que debió de contener cada una de las fosas abiertas:

Conocieron las frescas aberturas,
No sin dolor que sus entrañas pica;
Pues según infalibles conyecturas
Que la misma razón les certifica,
Desenvolviendo viejas sepulturas,
Ya sabrían cuál era la más rica:
Lo cual se vio después más claramente
Por ser hechas de traza diferente.

Que los entierros que se descubrían

En forma de cuadrángulo cuadrados,
Había muchos dellos que tenían
A treinta y a cuarenta mil ducados…

T.3, PÁG. 68

Y ni siquiera les es permitido saquear las tumbas que aún no han sido abiertas, porque a pesar de que piden a Pedro de Heredia que haga allí población y no desampare los sepulcros, la opinión de éste es que deben primero volver a Cartagena, pues están a punto de acabar de morir todos por codicia.

"Señores, yo conozco ser justicia
Vuestra protestación encarecida,
Pero locura grande, por codicia
De oro, consumir aquí la vida;
Porque para sacar esta noticia
Necesidad tenemos de comida;
Para traella yo no sé de dónde,
Pues en cualquier lugar se nos esconde.

Hay demás deste más inconvenientes
Dignos de los mirar ojos atentos:
Que somos pocos, flacos y dolientes,
Y faltos de guerreros instrumentos,
Hasta de los que son pertenecientes
Para poder cavar enterramientos;
Pues como veis, por escapar con vida,
La carga principal quedó perdida."

T.3, PÁG. 69

Y por debajo de las penalidades visibles, cada uno de estos hombres arrastrados por la codicia en pos de un oro casi evanescente está viviendo, y no lo sabe, una desdicha más honda y secreta. Todavía les faltan, sin embargo, algunas largas y negras jornadas.

LA HIERBA ROJA

Lo que vemos aquí fue frecuente en aquellos años dorados y rojos: una expedición de hombres famélicos que a duras penas pueden andar, que avanzan abrasados por el sol en medio de las penalidades y la necesidad, llevando, sin embargo, un tesoro inmenso que por lo pronto no es más que un fardo de metal que agrava el rigor de los caminos. Sólo la mitad de los que salieron de Cartagena van regresando ahora y llevan el tesoro arrebatado al santuario del Sinú, que es ya gigantesco "pero no tal que hartase su deseo" como ha dicho Castellanos.

Volverán a insistir. En cuanto pueden emprenden la siguiente expedición, renovados físicamente y aún más llenos de ambición:

> Doscientos y diez fueron los soldados,

En trabajosas guerras ya curtidos,
De cosas necesarias pertrechados,
De caballos y armas proveídos,
De grandes esperanzas alentados
Y por noticias ricas conmovidos...

T.3, PÁG. 71

Hay choques de guerra con los indios de la región, hay conspiraciones y rumores; Pedro de Heredia pone presos a algunos de sus capitanes y avanza con ellos encadenados. Vuelven al cementerio del Sinú y una vez más recomienza el hambre mientras los soldados cavan por el oro:

Era el hambre que se padecía
En aquella sazón en sumo grado,
Y de los sacadores tal había,
Que sin regatear en el mercado
Diera cuanto dinero le cabía
Por cuatro puños de maíz tostado:
Tanta necesidad los desbarata,
Que reniegan del oro y de la plata.

T.3, PÁG. 73

Cavan bajo árboles tan gruesos que no parece posible que haya alguien sepultado bajo sus raíces. Pero esos árboles también nos cuentan con su grosor la antigüedad de las tumbas de los señores, cuánto tiempo esas riquezas habían permanecido en las llanuras del norte de Colombia, sin que nadie viniera a perturbar el sueño de los muertos, mientras discurría la vida hoy casi irrecuperable de aquellos pueblos de orfebres y de músicos. Hay en las tumbas conmovedores testimonios de la destreza y la sabiduría de esos pueblos, arrasados por la codicia:

> Éstas eran cuadradas sepulturas,
> Y tenían riquísimos caudales,
> Tanto que nos afirman escrituras
> Que pesaban el oro por quintales;
> Piezas de diversísimas figuras
> Y de todas maneras de animales,
> Acuáticos, terrestres, aves, hasta
> Los más menudos y de baja casta.
>
> Dardos con cercos de oro rodeados,
> Con hierros de oro grandes y menores,
> Y en hojas de oro todos aforrados;
> Ansimismo muy grandes atambores
> Y cascabeles finos enlazados,
> Según los de pretales y mayores,
> Flautas, diversidades de vasijas,
> Moscas, arañas y otras sabandijas.
>
> T.3, PÁG. 74

Los nativos del Sinú no quieren permitir que prosiga este saqueo y salen en defensa de sus muertos. Viene entonces una escena memorable entre las hierbas de aquellas llanuras. Las hierbas son tan altas que dos mil indios pueden ocultarse en ellas, pero los españoles, que vienen a caballo, ven por encima los plumajes que los indios llevan en sus diademas. Descubiertos, éstos tienen que atacar enseguida:

> Salieron en venganza de sus tuertos
> Bien dos mil indios por carrera llana,

Y vieron que los toros eran ciertos
Reconociendo gente castellana:
Abátense y estaban encubiertos
Con yerbas que tenía la zavana,
La cual es por allí de tal altura
Que podría servir de cobertura.

Prosiguiendo los nuestros sus viajes
Y sin este recelo caminando
Cerca ya de llegar a los parajes
Do los indios estaban esperando,
Los de caballo ven ciertos plumajes
Por cima de las yerbas ondeando:
El avanguardia dijo lo que vía,
Y hizo reparar la compañía.

Viendo que nuestra gente se paraba,
conocieron los indios ser sentidos,
Y salen con aquella furia brava
Que suelen cuando van más encendidos:
Sácanse luego tiros del aljaba;
El ancho campo hunden alaridos;
Vuela por la siniestra y la derecha
Infinidad de piedra, dardo, flecha.

T.3, PÁG. 76

El combate, como siempre, es salvaje. Y como siempre, mientras los indios muestran su destreza con las piedras y las flechas, irrumpen de pronto las armas más poderosas del invasor: los caballos, que producen confusión y espanto en las filas de los nativos, y los herbales se enrojecen:

Mas como campos hay acomodados
Para poder romper esta pujanza,
Salen los de caballo bien armados,
Olvidadas las leyes de templanza;
Abren salvajes pechos y costados
Ensangrentando la blandiente lanza;
La verde yerba se paraba roja
Y crece la mortífera congoja.

T.3, PÁG. 77

De nada les vale al final a los indios que sobreviven esconderse entre los muertos para escapar a la furia del español. Los llevan cautivos como cargadores y prosiguen con ellos la expedición por los montes. Así es la rutina de nuestros conquistadores: cuando no están muriendo están matando. Saquean pueblos, algunos de ellos en regiones paradisíacas:

Asiento limpio por cualesquier vías,
Campiñas espaciosas por los lados,
Todas sus partes rasas y sanías,
Purísimos los aires y templados,
Aguas delgadas, espejadas, frías,
Ríos con abundancia de pescados,
Y la templanza dicen ser tan buena
Que frío ni calor no les dio pena.

T.3, PÁG. 78

Que aprovechen la ocasión para descansar, respirar el aire puro, bañar sus cuerpos, si se lo permite el miedo, en las aguas delgadas, espejadas y frías de esas tierras maravillosas, corrientes por una región que lleva en sus nombres el espíritu juguetón y cordial de sus habitantes. En la vecindad de esos parajes, que apenas logramos precisar en los mapas, los pueblos se llamarán después Nuevo Mundo, Tierra Santa, Centro Alegre, Puerto Sol y Sombra, y alguno tendrá nombre exclamativo: No hay como Dios. Que disfruten los aventureros esa pausa en su camino de penalidades, porque los esperan duras jornadas, malas artes y malas muertes.

Pero no, que son incorregibles; a pesar de la levedad de los aires y la dulcedumbre de los ríos, ahí están de nuevo saqueando, y como bien lo reprueba Castellanos, hay en ellos bien poca cortesía:

> Luego los caballeros y peones
> Pensando de hallar un gran tesoro,
> Escudriñaron casas y rincones
> Sin les guardar respecto ni decoro,
> Y en estas diligencias de ladrones
> Recogerían seis mil pesos de oro.
>
> T.3, PÁG. 78

Encuentran nuevos cementerios, esta vez sepulturas piramidales por campos y llanuras, y de nuevo el capitán les prohibe tocarlas, provocando con ello más murmuraciones. Así avanzan, aprovechando el verano, soñando tal vez (ya que postergan siempre las tumbas) con otro santuario como el que conocimos, y al acecho de provisiones porque se alimentan tan mal que ahora, en su debilidad, el viento más tenue los conmueve. Entonces surge ante ellos un gran río:

> Continuando pues esta conquista
> Según la voluntad que los ordena,
> Al gran río de Cauca dieron vista
> Aumentador del de la Magdalena,
> De quien he sido yo buen coronista

Y he dado relación no poco llena;
Y con enfermedad que los derriba
Muchas jornadas van por él arriba.

T.3, PÁG. 79

Ven una isla con un pueblo dividido en barrios pero la alegría dura poco, porque cuando logran vadear el río los indios huyen poniendo fuego a todo, de modo que los españoles no encuentran de qué echar mano. Hambre otra vez es el producto del avance, y otra vez los bihaos son el último recurso de la desesperación:

En esta más que mísera tormenta
Mucho mayor que yo la represento,
El más bajo y el hombre de más cuenta,
Por no morir en ese detrimento,
Con tallos de bihao se sustenta:
Desventurado y mísero sustento,
Pues los flojos cogollos destas berzas
Cien mil desmayos dan en vez de fuerzas.

T.3, PÁG. 80

El hambre comenzará al fin la labor definitiva y los episodios que comienzan son dramáticos:

Todos a más andar se consumían,
Y eso me da mancebo que más viejo,
Y en el cansado cuerpo no tenían
Sino los huesos solos y el pellejo

T.3, PÁG. 80

Ante lo cual la desganada solución es regresar:

Y como nada bueno descubrían
Entraron principales en consejo,
Y la razón de todos fue resuelta
En que para la mar diesen la vuelta.

T.3, PÁG. 80

A don Juan parece sorprenderle siempre que la impredecible fortuna se ensañe con igual fiereza sobre los que mandan y sobre los que obedecen, sobre los viejos y los jóvenes, sobre los ricos y los pobres. Tal vez su concepción moral del mundo, nutrida por la filosofía del catolicismo, choca en él con su capacidad de observación, que le revela sin cesar cuán poco simétrico es el destino en eso de castigar las culpas y de premiar las buenas obras. La justicia divina no resulta evidente; a pesar de que cada canto de Castellanos comienza con una o varias estrofas que procuran extraer la moral que puede derivarse de los hechos narrados, el poeta a menudo tropieza con conclusiones que no se parecen a la doctrina. En alguna parte, por ejemplo, muestra que con frecuencia la fortuna le quita a buenos para darle a malos. Ahora va a presenciar una catástrofe igualadora, como suele serlo todo desastre:

Volvieron pues la fatigada planta
Al prolijo camino que sabía,
Mas la debilidad era ya tanta
Que muchos perecían cada día:
El que caía nadie lo levanta,
Y si lo procuraba no podía,
Porque comunes eran estos males,
Y los altos y bajos van iguales.

T.3, PÁG. 80

Y empiezan a trabajar los azadones en una tarea que no es la que habían previsto los varones ilustres de Indias al emprender estas duras jornadas:

Los más sanos caminan lo que pueden
Más de la muerte que de vida ciertos;
Pues no van de manera que no queden
De dos en dos y de tres en tres muertos;
A pocos sepulturas se conceden,
Y estos cuasi quedaban descubiertos,
Aunque se lo mandaban a peones
Que venían atrás con azadones.

T.3, PÁG. 80

Castellanos muestra, con el poder de condensación que los versos permiten, su maestría en el arte de contar con claridad cosas tremendas:

Mas no puede cavar la tierra dura
El que más vigoroso parecía,
Y aún al hacer la funeral cultura
Más que segunda vez acontecía
Quedar muerto sobre la sepultura
El mísero peón que la hacía,
Y ansí quien intentó cubrir la muerto
Quedó sin sepultura y descubierto.

T.3, PÁGS. 80-81

Hay una serie de poemas en los que Víctor Hugo sigue las campañas de Napoleón y los momentos más adversos de su destino. En la retirada de Rusia, bajo la nieve implacable y el asedio de los cosacos, el emperador pregunta a Dios si esta derrota era el castigo que le había prometido, pero una voz que habla a la vez en el cielo y en el fondo de su ser le dice que no, que todavía no. Llega Waterloo. Cuando las tropas del Imperio se funden como cera ante los batallones enemigos, sintiendo que la derrota cae sobre él, pregunta de nuevo si ése es el castigo. La voz otra vez le responde que no. Un tercer poema muestra a Napoleón en Santa Elena. Vencido, vigilado por los guardias ingleses, aquel hombre ve pasar a lo lejos como fantasmas las velas de los barcos remotos, mira su destino deshecho, y comprende que ése es por fin el castigo. Pero la misma voz le responde que no todavía. Y el último poema muestra a Napoleón que, dormido en su tumba bajo el domo de los Inválidos, es despertado a media noche por el ruido de unas pisadas furtivas sobre el adoquinado de París: son los ladrones y aventureros que vienen a apoderarse de Francia amparados en su memoria y enmascarados por su nombre. Ése era el castigo.[46] Lo que parece haber allí es la idea de que el castigo está de algún modo en la culpa, y de que siempre puede haber algo peor: una idea de infiernos crecientes y concéntricos.

El canto de Castellanos tiene un final semejante. La mayor desdicha de los aventureros de Pedro de Heredia parece ser, primero, el oro que perdieron por ir buscando otro mayor; después, las penalidades de los caminos donde poco les faltó para devorarse unos a otros, y después la sospecha de que hay algo oculto en la manera como el capitán, que a tantas penalidades los lleva, se niega a permitirles abrir las tumbas que han hallado. Esto los indigna hasta el punto de obligarlos a hablarle con rudeza:

> Algunos hombres dellos impacientes
> Respondieron con alterados pechos:
> "Señor, señor, esos inconvinientes
> Bien entendemos dónde van derechos:
> Quiere vuestra merced y sus parientes

A sus solas gozar de los provechos,
Y al hí de puta vil que lo trabaja
Quitalle los granzones y la paja.

Porque todos sabemos la grandeza
Y cuantidad del oro que se saca;
Quépanos parte pues de la riqueza,
O de las sepulturas la más flaca;
Veis nuestra desnudez, nuestra pobreza,
Cubierta con pedazos de hamaca;
Y pues llevamos los peores ratos,
Hayamos para calzas y zapatos".

T.3, PÁG. 83

Pedro de Heredia siempre encuentra la manera de calmarlos a punta de disciplina y de rodeos, y secretamente ha logrado hacer llegar sus barcos muy cerca del lugar donde las tumbas guardan el oro. Así, mientras la mitad de sus hombres son huesos dispersos por los montes y las llanuras, y los otros llegan a Tolú a comer tanto, después del hambre, que terminan muriendo de hartazgo, él organiza con unos cuantos aliados, a espaldas de todos, el saqueo del enorme tesoro.

LA BALADA DE AIMANIO SALAZAR

Una de las muchas canciones posibles de la desconocida conquista de América podría llamarse Balada de Aimanio Salazar, aunque, ya que ocurrió en Borinquén, podría cambiar su ritmo por el de son o el de salsa. Cuenta la historia de un mozo español llamado Juan Suárez, de Sevilla, a quien ciertos indios, fatigados de los abusos de los españoles, capturaron un día con la intención de darle muerte. Estos nativos, dirigidos por un jefe llamado Aimanio, se dividieron en dos bandos y se disputaron al pobre español en un juego que, por la descripción que hace Juan de Castellanos, era tan parecido al fútbol moderno que habría que pensar que este deporte tuvo sus inventores en los indios de Puerto Rico. Era un juego de pelota "saltadera" grande, hecha sin duda de resina vegetal, disputada por dos grupos equivalentes, a la que los jugadores al parecer no podían golpear con las manos ni los brazos sino con otras partes del cuerpo; el objetivo era hacerla pasar más allá del campo de los contrarios. Ésta es la relación que Castellanos hace del juego, cuyo nombre no mencionó:

> Es su juego pelota saltadera,
> Grande, de cierta pasta ternecilla,
> Tantos a tantos anda la carrera
> En el batey o plaza que se trilla;
> Y las rehazas son con la cadera,
> Con hombros, con cabeza, con rodilla
> Es toda la porfía deste Marte
> Que pase puesto de contraria parte.
>
> T.1, PÁG. 234

Lo que en esta ocasión se jugaban los indios era quién daría la muerte al sevillano. Y aconteció que, por casualidad durante el juego, un indio que servía de paje al cautivo se acercó al lugar y alcanzó a percibir a su amo maniatado, que estaba viendo cómo los guerreros se jugaban su suerte y que ya se encomendaba a su Dios, seguro de morir en ese trance. El paje corre entonces, no por el camino visible sino por el monte, hasta el campamento que los conquistadores tienen en un lugar llamado Guarionex. Allí un español, Diego de Salazar, al verlo llorando y al saber lo que ocurre, toma una espada para él y otra para el prisionero, y se lanza a salvarlo.

Escondido entre las ramas, Salazar ve bien dónde se encuentra el cautivo y dónde juegan los indios; remordiéndose los labios de furia le entrega al paje la espada para su amo y salta ante los jugadores haciendo tal ruido que parece que tras él vinieran muchos hombres:

> Llegó por el lugar más ascondido

Con aquel fidelísimo vasallo,
Salió con un furor jamás oído,
Tanto que no podré yo relatallo;
Y hizo con sus golpes más ruido
Que si fueran cincuenta de caballo,
Aquí y allá saltando como onza
Que para mayor salto se desgonza.

T.1, PÁG. 235

Acometiendo con rapidez y aprovechando el desconcierto de los que jugaban, Salazar corta las ligaduras del cautivo y le dice que haga todo lo que le vea hacer. Se lanzan contra los indios dándoles cuchilladas, hiriendo y matando a unos y haciendo huir a muchos otros llenos de sorpresa y de miedo. Castellanos compara la estampida de los que jugaban con las carreras de hombres en las plazas cuando se suelta un toro de repente.

Ansí con el asalto repentino,
Ruidos y alborotos del estruendo,
Se vencieron de tanto desatino
Que parte de los indios van huyendo,
Sin atinar a senda ni camino,
O ya mal tropezando, ya cayendo,
Ya sin querer torcer pecho ni cuello,
Ya volviendo la cara para vello.

T.1, PÁG. 236

Pero algunos indios reaccionan armándose y atacando, y esto parece enardecer hasta la locura al español y a su recién salvado compañero:

Otros también pusieron embarazos
De flechas y macanas atrevidas;
Destos veréis partidos en pedazos,
Cabezas abolladas y hendidas;
Cortando pies y piernas, manos, brazos,
Que por aquel batey iban tendidas:
Tan grandes extrañezas se hacían
Que feroces leones parecían.

T.1, PÁG. 236

Y allí se da el combate frente a frente entre los dos jefes, Salazar, con su espada ensangrentada, y Aimanio, con una macana enorme que descarga con fuerza en el escudo del otro. Cuando el jefe indio alza la macana por segunda vez, Salazar lo golpea con su espada y Aimanio cae entre los cuerpos de sus compañeros,

No muerto, pero muy amortecido

T.1, PÁG. 237

porque ha sido alcanzado en la frente por la espada. Allí termina el combate; mientras los indios decrecen en la distancia, los dos españoles emprenden el regreso:

Los encuentros con esto se concluyen,
A tiempo que los dos están cansados,
Los enemigos ya se disminuyen
Por aquellas zavanas y collados;
Ansí que, del lugar los unos huyen,
Y los otros están como pasmados,

Vuélvese Salazar, no por do vino,
Sino tomó derecho su camino.

T.1, PÁG. 237

Pero en tanto que los dos conquistadores, contentos de su triunfo, vuelven al campamento, a paso tranquilo por el camino y bien visibles, Aimanio recupera el sentido y ordena a sus hombres que llamen de nuevo "al cristiano". Los dos españoles advierten que son perseguidos por los indios a los que habían derrotado, y Salazar, sin mostrar temor, se sienta a esperarlos; Suárez, que ya se consideraba salvado, le propone en vano que huyan, a lo que el empecinado Salazar se niega:

Decíale Süarez que huyera;
Él dijo: "Huir no, ni Dios lo quiera.

Otra diez tanta gente no bastara
Para que no hiciéramos acervos,
Demás de que sabemos a la clara
Que son leones estos y son ciervos;
Son ciervos peleando cara a cara,
Y si huís leones son protervos:
Bebed y descansad en esa fuente,
Dejad a mí con ellos solamente".

T.1, PÁG. 237

Los mensajeros dicen a Salazar que Aimanio lo llama de nuevo ante él, y el español se dispone a volver, mientras Suárez, de rodillas y con los brazos hacia el cielo, le suplica que no haga más locuras, que aproveche que están a salvo y no busque nuevas molestias:

Sino que pues hicieron buena suerte
No volviesen en busca de la muerte.

T.1, PÁG. 238

Pero el hombre está resuelto a regresar y le dice a Suárez que si le parece una locura lo que va a hacer, vuelva por favor solo al campamento. No va a consentir que lo acompañe, pues está contento de que tenga segura la vida, que ya tenía perdida. Esto basta, claro, para que Suárez entienda que no puede dejar volver solo hacia el peligro a quien acaba de salvarlo, y tome la decisión de volver a su lado y, si es preciso, morir donde el otro muera. Así emprenden los dos el regreso a donde los indios los esperan.

Al peligro que ya detrás dejaban
Ambos a dos volvieron juntamente,
Do vieron que sin armas esperaban
Innumerable número de gente,
Que todos con dolor acompañaban
Al Aimanio, llagado de la frente.

T.1, PÁG. 238

Y es allí donde ocurre uno de los hechos más curiosos de la guerra de ocupación de este territorio. En lugar de combatirlos y de tomar venganza por los hombres que han sido heridos y muertos, Aimanio reconoce el valor extremo que el español ha mostrado y le pide algo que hasta el poeta que cuenta el episodio considera una puerilidad, pero que los dos valientes que la vivieron saben apreciar en toda su magnitud, porque es un valioso ejemplo de civilización que habría conmovido a muchos en la historia. Aimanio ha encontrado la manera de rendir homenaje a su enemigo: le dice que no tema nada y le pide que le permita llevar su nombre:

"Salazar, valeroso caballero,
Tu pecho de temor todo se escombre,
No queriendo negarme lo que quiero,
Pues pido lo que puede dar un hombre;
Y es que me tomes tú por compañero,
Con el valor y gracia de tu nombre,
Que gloria me darán armas y damas
Si me llamare yo como te llamas".

T.1, PÁG. 238

Salazar escucha esa petición con la gravedad conveniente y le responde con dignidad al jefe de los nativos que para tener de verdad ese nombre le será preciso bautizarse cristiano, cosa que el indio está dispuesto a hacer si eso le ayuda, seguramente, a ser más poderoso con la flecha y con la macana:

"Por conocer en ti mis valentías
Y no morar en ti brizna de miedo,
Mi nombre, con las más hazañas mías,
De buena voluntad te lo concedo;
Mas para lo tomar con mejor mano
Sabrás que te conviene ser cristiano".

T.1, PÁGS. 238-239

Y fue así como Aimanio, el jefe indio de los guerreros de Puerto Rico, se convirtió en Aimanio Salazar, como lo llamaron desde entonces sus súbditos. Hubo amistad entre los indios y los españoles, aunque no por mucho tiempo. Y la balada de Aimanio Salazar termina allí.

EL LIBRO DE LOS PRODIGIOS

Crecidos en la curiosa leyenda de que el continente americano tiene apenas quinientos años, sus hijos no dejamos de sentir, a pesar de las fatigas de la modernidad, esa novedad misteriosa, esa suerte de promesa que brilla en cada mañana de América. Pero el sentimiento de vivir en un mundo nuevo no sólo se debe al hecho de que la civilización europea llegó aquí hace cinco siglos, sino al hecho, menos advertido, de que a su llegada América parecía acabada de nacer. La exuberancia de su naturaleza, la pureza de sus aguas, la torrencialidad de sus ríos, el clamor de sus tormentas, la riqueza de su flora, la inmensa variedad de sus comunidades humanas, de sus pájaros, de sus reptiles, de sus anfibios, de sus insectos, hablan de un mundo que si bien no correspondía a los estereotipos medievales de lo paradisíaco, sólo puede ser descrito como un reino de vitalidad y de belleza incomparable. Los cambios que los pueblos nativos habían obrado sobre el territorio eran tan mínimos, a pesar de los miles de años que habían permanecido aquí, que bien puede hablarse de una asombrosa armonía entre el mundo y sus habitantes. Si el tiempo tiene que significar necesariamente transformación, desgaste y ruina, como nos lo recuerda siempre la tradición literaria occidental, casi podríamos decir que en América no transcurría el tiempo. Es verdad que habían existido y habían desaparecido ya civilizaciones. Por los tiempos de la conquista nadie podía dar razón del pueblo de artífices que construyó las grandes estatuas de piedra de la región de San Agustín; nadie sabía quién labró en qué remota eternidad las cabezas enormes de la Isla de Pascua; habían desaparecido ya los delicados alfareros Tumaco que dejaron figurada en miniaturas de arcilla toda su vida cotidiana; había callado la exquisita cultura de los Mayas, que dejaron altos templos en las selvas tropicales de Centroamérica, una avanzada astronomía, un delicado arte pictórico, y estelas murales que durante mucho tiempo se vieron como ornamentos pero en las que al fin se ha descifrado una escritura logográfica. Y también estaban vivas grandes culturas y obras humanas considerables; los Imperios Inca y Azteca habían desarrollado una poderosa arquitectura, un complejo estilo ornamental, sistemas originales de labranza, mercados y centros administrativos; la red de caminos del Imperio Inca estaba mejor conservada que la red de caminos de los reinos de Europa. Como lo resumía Jean Descola, "gradas para escalar la montaña, puentes colgantes para pasar los ríos, calzadas terraplenadas para atravesar los cenegales. No falta nada, ni siquiera los postes indicadores. El suelo es plano y liso. Ni una onza de barro macula su impecable limpieza. Los españoles están pasmados. No pueden menos de comparar estas vías perfectamente pavimentadas con los polvorientos caminos de Castilla la Vieja. Los que han hecho la guerra en Italia recuerdan las vías romanas. Comparadas con los caminos reales del Perú, no valen nada".[47]

Y sin embargo la tierra americana producía esa sensación de novedad, de mundo inviolado. ¿Por qué? Tal vez porque las civilizaciones nativas no eran enemigas del orden natural. No se habían inventado, como Europa, un modelo arrogante de civilización para el cual el hombre es superior a la naturaleza, el espíritu es superior a la materia y el bienestar del ser humano justifica todos los abusos contra los demás seres y contra las cosas. Pero además esa búsqueda del bienestar humano (el bienestar de una parte de la humanidad) significó para América, durante siglos, la extenuación y la desdicha de las naciones conquistadas, como podemos ver en esta pequeña muestra de cómo se llevaban las mercaderías en nuestras montañas:

> Y seis o siete leguas más arriba
> Hicieron tambos y asignaron puerto
> Hasta donde llegaban los bajeles,
> Con muchas y diversas mercancías
> Que metían con indios en el Reino,
> Ocasión grandemente perniciosa
> Para disminuirse naturales,
> Porque como de bestias careciesen,
> Suplían con los indios esta falta
> Alquilándolos los encomenderos
> Como si fueran mulos o caballos,
> Y aún a éstos sus amos dánlos grano,
> Porque no desfallezcan y se queden
> Por falta de alimentos desmayados.
>
> T.4, PÁG. 434

Nuestra civilización occidental más bien aportó cosas que al parecer no existían, como la pobreza y, peor aún, la miseria. Lo prueba bien el testamento del padre Mancio Sierra Lejesema quien, tratando de aligerar su alma en 1589 poco antes de su muerte, declara para información del rey Felipe su profunda contrición por haber sido parte de los ejércitos que arrebataron el Perú a los Incas para sembrar en él la cultura europea: "Señor, por lo que toca al descargo de mi ánima, a causa de haber sido yo mucha parte en el descubrimiento, conquista y población de estos reinos, cuando los quitamos a los que eran Señores Incas, y los poseían y regían como suyos propios, y los pusimos debajo de la real corona, que entienda su Majestad Católica que los dichos Incas los tenían gobernados de tal manera que en todos ellos no había un ladrón, ni hombre vicioso, ni hombre holgazán, ni una mujer adúltera ni mala..., y que los montes y minas, pastos, caza y madera, y todo género de aprovechamientos estaba gobernado y repartido de suerte que cada uno conocía y tenía hacienda sin que otro ninguno se la ocupase o tomase...". [48]

Con todo, tan exuberante era esta América que todavía hoy, después de un proceso incesante de extracción de riquezas naturales, de metales, de minerales, de especies vegetales y animales, Colombia conserva, aunque al parecer por poco tiempo, la mayor variedad de aves del mundo: 1815 especies; 590 clases de anfibios diferentes; 520 especies de reptiles; 456 especies de mamíferos. Por desgracia debemos llamar también Conquista de América al proceso creciente de destrucción, de saqueo, de europeización en el triste sentido de empobrecer el entorno natural, de domesticar la naturaleza, de enrarecer las aguas y los cielos, y saquear el espacio que hizo posible la vida, con el incansable argumento del progreso histórico, un argumento que no ha variado mucho en los últimos cinco siglos, aunque se haya llenado de cosas nuevas, de plástico, de armas sofisticadas, de incomunicación tecnificada, de estruendo y de neuróticos termiteros civilizados que miran televisión.

Leer las *Elegías de varones ilustres de Indias*, también es ver, por supuesto, cómo comenzó ese melancólico proceso; pero nos permite mirar a América en los tiempos verdes y dorados y rojos de su aurora, y entrever los innumerables hechos que tejieron aquel momento histórico, el más abigarrado, asombroso y vistoso de la reciente historia del mundo. Más allá de las campañas particulares de conquista en cada región del continente, el libro de Castellanos puede también ser mirado como una suerte de Libro de los Prodigios; podemos iniciar un recorrido, que por cierto no tendría fin, mirando esas cosas que la curiosidad y la destreza narrativa de don Juan salvaron para nosotros. No ha comenzado el Canto III del primer libro y ya estamos en una tempestad en alta mar:

A los que proseguían su camino
De la suerte que dijo nuestro canto,
De la misma manera les avino
Hecho su blando gozo duro llanto,
Por un tempestuoso torbellino,
Incitador de lloros y de espanto,
Que fue tan riguroso cual escribo:
Mas ¿quién podrá cantallo muy al vivo?

Cuando la destemplanza comenzaba,
El sol a más andar se despedía;
La braveza del mar tal se mostraba
Que todo corazón entristecía:
El austro que sus soplos aumentaba
A pesado temor los convertía,

Ninguna cosa por las ondas suena
Que de pavor mortal no venga llena.

T.1, PÁGS. 81-82

El ritmo de la tempestad se va apoderando de los versos, y al final, con su efecto ascendente y descendente, las palabras quieren producir en nosotros el efecto del hecho físico:

Cuanto la noche más oscurecía,
Para mayores daños abre puerta;
Un español a otro no se vía,
Ni determinar puede cosa cierta:
El agua de las ondas embestía
A todos los que van sobre cubierta;
Veréis de los que van asegurando
Unos caídos y otros tropezando.

Las naves al profundo sumergidas,
A veces a las nubes levantadas,
Por uno y otro bordo combatidas
Y del oleaje cuasi zozobradas;
Desconfiaban todos de las vidas,
Las manos a los cielos levantadas,
Y de los sobresaltos y temblores
Nacían grandes gritos y clamores.

T.1, PÁG. 82

Poco después, salvados los marineros y ya llegando a tierra firme, vemos un hecho que se repitió en todo el continente con diversos signos: el modo como los nativos afirmaban haber presentido la llegada de los invasores. Aquí, el relato que hace el jefe de los indios que presencian el Descubrimiento, al que los historiadores llaman Guacanagari y Juan de Castellanos Goaga Canari. Cuenta a sus súbditos un sueño en el cual ha visto dos águilas que abarcan con sus alas las tierras y los mares, cómo vienen gavilanes tras ellas y cómo sobreviene por su influjo la destrucción de las comarcas:

"Al tiempo que las gentes de dormidas
Están de sus trabajos olvidadas,
Vía volar dos águilas asidas
Con diademas de oro coronadas;
Las alas aunque no muy estendidas,
Mares y tierras tienen abrazadas,
Y por crecida que su presa fuese
Faltaba quien las uñas les hinchese.

"Parecióme volar al alto cielo,
Y al tiempo que las alas estendían,
De solo ver aquel umbroso velo,
Hasta las bestias fieras le temían:
Reales aves de subido vuelo
A éstas respetaban y servían,
Y muchos gavilanes diligentes
Eran sus adalides y sirvientes.

"Aquestos sus ministros o falcones
Andaban con las alas levantadas,
Escudriñando reinos y regiones
De sus tierras remotas y apartadas;
Y deshaciendo cuantas religiones
Están a nuestros dioses dedicadas,

Haciendo ser por todo lo criado
Un solo Dios creído y adorado.

"Entre sueños oí mil aullidos
Que dábamos por campos y collados,
Por ver los santuarios encendidos,
Y todos nuestros ídolos quemados;
Aquestos naturales destruidos,
Sus poderosos pueblos asolados,
Y no paraban nuestras compañías
Sirviéndoles las noches y los días".

T.1, PÁGS. 97-98

Y el asombro de que esas dos águilas del sueño sean las mismas que traen enarboladas en sus estandartes los hombres que están desembarcando:

"Las águilas asidas coronadas,
Que yo vía volar desta manera,
Allí las traen estos dibujadas
Por parte principal de su bandera;
Los tiempos y las horas son llegadas
Si mi revelación es verdadera;
Conviene pues que cada cual defienda
Sus hijos, sus mujeres y hacienda".

T.1, PÁG. 98

Este episodio es conmovedor y tiene la eficacia narrativa de Castellanos, que le permite decir muchas cosas con pocas palabras: la alusión a los Reyes Católicos en la imagen de las águilas enlazadas, aunque también el presentimiento del águila bicéfala de la casa de

Austria que prolongaría la Conquista, el modo como se exaltan a la mayor altura sobre el mundo, el recurso de los gavilanes y halcones para nombrar a los guerreros de conquista que los reyes envían (también Heredia comparó, siglos después, a estos aventureros con *un vol de gerfauts*, "un vuelo de gerifaltes"), el choque de las religiones, la imagen poderosa de los templos en llamas y de los pueblos huyendo, la extenuante servidumbre posterior de los nativos y el efecto mágico de que al sueño correspondan finalmente los emblemas de los estandartes. Todo disculpa y hasta enternece la ingenuidad de que el jefe indio llame "ídolos" a sus propios dioses y pueda llamar "bandera" a ese objeto desconocido que hacen flamear ante sus ojos los invasores.

Podemos ver ahora un par de estrofas pintorescas que nos describen en detalle el primer cruce de regalos que se da en América, entre Colón y el jefe indígena, quien ha terminado creyendo en la benevolencia de los barbados:

> Y ansí nuestro Colón primeramente
> Dio al Goaga Canari lo siguiente:
>
> Una camisa de ruán labrada,
> Un sayo nuevo de color bermejo,
> Una gorra pequeña colorada,
> Según el uso fue de tiempo viejo;
> Una escofieta buena perfilada,
> Ciertas cuentas de vidrio y un espejo,
> Cintillas y otras cosas menos que ellas,
> A quien puso valor no conocellas.
>
> El rey recompensó por muchas veces
> Las dádivas con otras no menores,

Pues dio, por enseñar sus altiveces,
Piedras ricas diversas en colores,
Granos de oro, tales como nueces,
Y tales como pomos y aun mayores,
Copia de frutas varias y alimentos
Con los cuales servía por momentos.

T.1, PÁG. 103

Después de muchas aventuras veremos a Colón volver a España con las pruebas de su descubrimiento. Los reyes están en Barcelona y es preciso ir hasta allá con el vistoso cortejo. Todos, por campos y poblados, salen a ver aquella comparsa que trae "el aumentador de la corona" y que presenta por fin a Isabel y a Fernando:

Holgó la reina mucho de la cuenta
Que daba, y de las cosas que decía;
Mas sin comparación fue más contenta
Viendo la nunca vista compañía,
Y mucho más de ver que le presenta
Aquellos granos de oro que traía,
Y aquellas aves verdes coloradas,
De hombres jamás vistas ni halladas.

T.1, PÁG. 121

Y el poeta pinta el entusiasmo de los reyes proyectando en él lo que sería la actitud de la Conquista durante siglos frente a América: la voluntad de europeizar aquellos paisajes antes de averiguar siquiera por qué son como son:

Quisieran estos reyes singulares
En aquestos sus amplios señoríos,

Que hasta las sabanas y manglares
Y todas las riberas de los ríos
Se les tornaran viñas y olivares
Y no campos inmensos tan vacíos,
Sino hacer las tierras provechosas
Y en ellas jamás ver gentes ociosas.

T.1, PÁG. 124

Poco después encontramos la primera descripción del efecto que produce en los nativos de América la llegada de los jinetes y sus caballos, imagen desconocida que tomaron por una sola bestia acorazada y terrible:

Pero cristiana parte se mejora;
A los contrarios fáltales aliento,
Y más viendo diez hombres en caballos,
Gran espanto del rey y sus vasallos.

Como quien vio fantasma con oscuro
Que se le figuró con cola y cuello,
El cuero del temor áspero duro,
Erizados los pelos y cabello,
En el lugar mejor y más seguro
Queda sin pulso, habla ni resuello,
Por ser tales visiones tan feroces
Que tapan los caminos a las voces.

T.1, PÁG. 137

No fue pequeña la importancia que tuvieron los caballos y las singulares armaduras que les ponían, en el desarme psicológico de los pueblos nativos. Por todas partes se ve en las *Elegías* cómo la entrada de los jinetes suele decidir las batallas, al producir en los ejércitos nativos un pasmo de desconcierto y un horror sobrenatural:

> Ansí con el aspeto repentino
> De bestia nunca dellos conocida,
> Ocúpalos tan grande desatino
> Que su mayor furor dio gran caída;
> Estrecho se tornó cualquier camino,
> Aliento les faltó para huida,
> Los más valientes, sueltos, más espertos,
> Pasmaban y quedaban como muertos.
>
> T.1, PÁG. 138

Al parecer, algunos de los pueblos nativos, viendo la insistencia de los conquistadores en preguntar por el oro y por las regiones donde se lo pudiera encontrar, llegaron a creer que era el alimento de aquellas enormes y bicéfalas bestias metálicas que tenían cuerpo de animal, pero también brazos, armas y voces. Mucho más adelante, en una batalla de las tropas de Sedeño contra los nativos de Trinidad, veremos de nuevo la misma reacción:

> Y aunque les daba voces de mil modos,
> De los caballos van huyendo todos.
>
> Ansí de ver los dos conmemorados
> Los que tentaron estos desafíos,
> Quedaron de sus gritas olvidados,
> Ajenos totalmente de sus bríos;
> Y ansí huían todos derramados

Por montes, por quebradas y por ríos,
Porque pensaban ser un cuerpo entero
El del caballo y el del caballero.

Angostas se hacían las carreras
Por do huyen sin orden ni gobierno;
Y como les picaban tan de veras
Con hierro para ellos muy moderno,
Pensaban ser los dos algunas fieras
Salidas del profundo del infierno,
Porque van de cubiertas reparados
Ellos, y los caballos bien armados.

T.1, PÁG. 397

Este temor singular que sintieron los nativos de América fue en la Nueva Granada la causa de una extraña y hermosa costumbre que nos revela el siguiente episodio, sobre el hallazgo que hizo una tropa española de un inexplicable jinete solitario en tierras de indios:

Finalmente llegaron al Guauyare,
Tierra de todos ellos conocida,
Hallaron pueblo donde se repare
La gente, por ir ya desproveída;
Procuran invernar en Churupare,
Buen asiento mas no mucha comida,
Pero de allí salían los cristianos
A ranchear los indios comarcanos.

Yendo como diez dellos cierto día
A caza de venados por un llano,
Un hombre de caballo parecía

Con lanza de dos puntas en la mano,
Como no fuese desta compañía
Echaba cada cual juicio vano,
Y como no se mueve y los espera,
Determinaron ir a ver quién era.

Después de ya llegada nuestra gente
Hubo de mucha risa gran tumulto,
Y es porque conocieron claramente
Caballo y caballero ser de bulto:
Desde los bajos pies hasta la frente
De paja y algodón era su culto
Y desto tantas armas y tan varias,
Cuantas son en la guerra necesarias.

Todos estos ensayes se hacían
Por los indios, que son allí guerreros,
Para perder el miedo que tenían
A los caballos y a los caballeros,
Y con aquellos bultos competían
Como si fueran hombres verdaderos;
Y ansí tenía este los costados
De lanzas y de dardos traspasados.

T.2, PÁGS. 229-230

El Canto II de la elegía a la muerte de Rodrigo de Arana cuenta la historia de la primera sangre española que se vertió en tierras de América. La causa, al parecer, fueron los amores de este capitán (al que Colón había dejado en el Fuerte de Navidad, construido con los restos del naufragio de la *Santa María* en La Española) con una hermosa indígena a la que los españoles llamaron Diana. Todo este canto es un relato de amor al estilo de la época, una suerte de romance pastoril situado en el paisaje americano, con suspiros y encuentros furtivos entre los ramajes y los arroyos, que se complica cuando los enamorados son sorprendidos y sobreviene la guerra entre nativos y españoles, y termina con la muerte atroz de todos los pobladores del Fuerte de Navidad. La única aclaración de Castellanos con respecto a la veracidad de este idilio, que bien puede encubrir algunas redadas de los guerreros del fuerte por las aldeas de los indios, es una fórmula que se convirtió desde entonces en proverbio:

> Y si, lector, dijerdes ser comento,
> Como me lo contaron os lo cuento.
>
> T.1, PÁG. 138

Hay en este episodio un pregusto romántico y es probable que se encuentren en la literatura de Haití o de Santo Domingo recreaciones posteriores del tema. En el enfrentamiento final, Castellanos muestra uno de los ardides guerreros de los indios de Haití: llenar calabazos con ceniza y ají, y reventarlos contra las fortificaciones, para poner a estornudar a los enemigos, de modo que no puedan defenderse:

> "Quitados los escuros embarazos
> Con resplandor del sol recién venido,
> Henchimos cantidad de calabazos
> Vuelta ceniza con agí molido;
> Porque si les hiciésemos pedazos,
> Volados al lugar fortalecido,
> Los polvos que tocasen las narices
> Pudiesen menealles las cervices;

Reconociendo por negocio cierto
Que con la fuerza de los estornudos
No ternía vigor el más esperto
Para se reparar con los escudos;
Y ansí podrían dar en descubierto
Las flechas y los jáculos agudos,
Porque tales industrias son ardides
De que caribes usan en sus lides."

T.1, PÁGS. 149-150

Si a esto se añade la extraordinaria puntería de los flecheros indios, el hecho de que los españoles no puedan oponer sus escudos es fatal para ellos. En otras partes Castellanos nos muestra el modo como desde niños los nativos se entrenan en disparar flechas a blancos móviles y son diestros en alcanzar con ellas aves en vuelo y peces en el agua, y hay una escena memorable de cómo unos indios ven desde la distancia una luz en la noche y, disparando a esa luz, clavan la flecha en una mano española.

Acaso vieron encendida mecha
Indios que velan en un altozano,
Y teniendo por cierta la sospecha
En que debía ser algún cristiano,
Apuntan a la lumbre con la flecha,
Clavándole la mecha con la mano;
Y como se quejó, sienten ruido,
Y ansí dieron gran grita y alarido.

T.2, PÁGS. 306-307

OTROS PRODIGIOS

Quien quisiera comentar todos los episodios que narra y canta con tanto brillo y destreza Juan de Castellanos, tendría que dedicar a ello buena parte de su vida. Pero como bien lo dijo alguien de Kant, cuando un rey construye un palacio, hay trabajo para miles de obreros. En este capítulo intentaremos mencionar al azar otros episodios singulares, vistosos o maravillosos, de los incontables que llenan las páginas de las *Elegías*. Por ejemplo el momento en que por primera vez apareció en la heráldica española una canoa, concesión de los Reyes Católicos al valiente Diego Méndez, quien había viajado en una de estas frágiles embarcaciones con varios indios desde Jamaica hasta La Española, cinco días a remo sobre un mar turbulento, buscando ayuda para Cristóbal Colón, a quien su cuarto viaje había arrojado casi perdido en esas costas:

> Dadas las relaciones por entero

Como dicen acá de popa a proa,
Por parecelle bien al rey guerrero
Aquella lealtad digna de loa,
Al Diego Méndez hizo caballero
Con rentas, y por armas la canoa;
Que suelen reyes dar honores tales
A los vasallos buenos y leales.

T.1, PÁG. 200

También en la primera parte aparece la historia de Don Enrique, un indio rebelde de quien podemos decir que fue el primer guerrillero de tierras americanas. Harto de humillaciones y de ofensas, este cacique que hablaba castellano y era buen lector, recogió gente de guerra y se hizo fuerte en una serranía. Por trece años fue el terror de los conquistadores de La Española:

Desde las aperezas de esta sierra
Su gran rebelión continüando,
Hacía mil asaltos por la tierra
Matando, destruyendo y abrasando;
Ejercitó con gran valor la guerra,
Con obra de cien indios de su bando,
Y un su capitán dicho Tamayo
Que para ningún mal mostró desmayo.

Eran los desafueros y los daños
Sin querer perdonar cosa viviente,
Librose de celadas y de engaños
Sin sucedelle mal inconviniente;
Y sustentó la guerra trece años
Con harto deshonor de nuestra gente,

Robaron crecidísimos caudales
Con muertes de personas principales.

T.1, PÁG. 221

Hasta el emperador Carlos V llegaron noticias de las hazañas de este guerrillero, y el monarca decidió escribir con su propia mano una carta ofreciéndole perdón a cambio de la paz:

El cual, por atraer a su servicio
Este venturosísimo tirano,
Le perdonó cualquiera maleficio,
Escribiéndole carta de su mano;
Donde se le mostraba muy propicio,
Si dejase furor tan inhumano,
Y donde no, si punto se detiene,
Se le dará castigo cual conviene.

T.1, PÁG. 223

Lo difícil era encontrar quién se animara a llevarle la carta a su temible serranía:

Vino la carta para Don Enrique,
Porque el emperador así le llama;
Mas ¿quién habrá que se la notifique
En todos los confines de la Ozana?

T.1, PÁG. 223

Finalmente el capitán Francisco Barrio-Nuevo, portador de la carta, logra llegar hasta el rebelde. Se ven desde las contrarias orillas de un río:

Al tiempo que los dos se ven la frente
En diferentes puestos y riberas,
Quitaron los sombreros juntamente,
Y el Enrique habló de sus laderas:
"Pase vuestra merced seguramente,
que aquí le serviremos muy de veras."
Pasaron a la parte de sus tambos
Y abrazos de amistad se dieron ambos.

T.1, PÁG. 224

Don Enrique lee finalmente la carta, y como gesto de acatamiento la pone sobre su cabeza, en símbolo, sin duda, de que la voluntad del emperador, que le ha hecho este reconocimiento, está por encima de la suya:

Debajo de un mamey, árbol umbroso
Que frutos a la vista representa,
Se sentaron emtrambos de reposo
A la sombra y frescor que les contenta:
La carta del monarca poderoso
Le dio con relación de larga cuenta,
La cual consideró por larga pieza,
Y puso luego sobre su cabeza.

T.1, PÁG. 224

Viene la negociación, el diálogo con los otros capitanes, las celebraciones, las demandas de seguridad necesarias, y la historia tiene buen final:

Acerca del perdón que represento

Tuvieron sus demandas y respuestas,
Usando de común comedimiento
A los cristianos hizo grandes fiestas;
Hizo de capitanes llamamiento,
Diciendo: "Buenas bulas son aquestas,
No cumple ya dejallas de la mano,
Pues las envía rey tan soberano".

Vinieron todos con brazos abiertos
A bien que tanto bien les ofrecía;
El don Enrique hizo los conciertos
Con la seguridad que convenía;
Dejó las asperezas destos puertos,
Volvióse do primero residía,
Su vida fue después vida segura,
Y ansí se concluyó guerra tan dura.

T.1, PÁG. 225

Esta historia de don Enrique sería siglos después el tema de la novela *Enriquillo* de Manuel de Jesús Galván, publicada en Santo Domingo en 1882.

En otra parte de las *Elegías* veremos cómo, ante la embestida inesperada de una ballena enorme, un barco se va a pique con toda su gente, hecho que sirve a Castellanos para regalarnos una octava poderosa:

Con ímpetu tan fiero sumergido
Este navío fue por la sondura,
Sin le ser un momento concedido
Para poder llorar su desventura;
El descuidado y el apercibido
Tuvieron una misma sepultura;

Con velas de las naos van cubiertos
Y amortajados antes de ser muertos.

T.1, PÁGS. 291-292

Más adelante Castellanos comenta la leyenda de la isla de Bimini, donde, al parecer, una fuente devolvía la juventud a los viejos que bebían de ella, y donde todo era, al gusto de Baudelaire, *luxe, calme et volupté.* El poeta lo cuenta todo con una sonrisa en los labios:

Bebiendo de sus aguas pocas veces,
Lavando las cansadas proporciones,
Perdían fealdades las vejeces,
Sanaban las enfermas complexiones;
Los rostros adobaban y las teces,
Puesto que no mudaban las faiciones;
Y por no desear de ser doncellas
Del agua lo salían todas ellas.

Decían admirables influencias
De sus floridos campos y florestas;
No se vían aún las apariencias
De las cosas que suelen ser molestas,
Ni sabían qué son litispendencias,
Sino gozos, placeres, grandes fiestas:
Al fin nos la pintaban de manera
Que cobraban allí la edad primera.

T.1, PÁG. 293

A Castellanos esta historia no le importa por su veracidad, pues evidentemente no la cree. Pero dado que muchos la creyeron, sabe que la leyenda tuvo realidad e importancia para los hombres de su tiempo. Aprovecha para ironizar y su mejor momento es cuando declara, en versos ambiguos:

> Y por imaginar que ya se vía
> En mozos se tornaron muchos viejos
>
> T.1, PÁG. 294

Versos que producen la sensación contraria: no que la búsqueda del agua de la juventud cambia en mozos a muchos viejos, sino que por perder el tiempo en buscarla se descubren finalmente viejos los mozos. Algún parentesco tienen estas variaciones mágicas con la estrofa tremenda de Borges sobre el alquimista que gasta la vida buscando la trasmutación de los metales y luchando contra la muerte:

> Y mientras cree tocar el presentido
> Oro final que matará a la muerte,
> Dios, que sabe de alquimia, lo convierte
> En polvo, en nadie, en nada y en olvido.

Castellanos nos hace después la descripción fantástica de cómo cazan una ballena los indios de la Florida:

> Son los floridos todos bien dispuestos,
> Membrudos, recios, sueltos, alentados,
> En todas proporciones bien compuestos,
> En los arcos y flechas muy usados;
> Son en sus armas sumamente prestos
> Y en las peleas nada descuidados,
> A los contrarios van viejos y nuevos
> Como las bestias fieras a sus cebos.
>
> T.1, PÁG. 294

No nada con tal ímpetu sirena,
Ni por las bravas ondas tan esperta,
Pues cada cual y no con mucha pena
Entre voraces peces se despierta;
Matan en alta mar una ballena
Para la repartir después de muerta,
Y aunque ella se zabulla, no se ciega
El indio, ni de encima se despega.

No puede, con sus fuerzas no ser flacas,
Desechallo de encima las cervices,
El indio lleva hechas dos estacas
De durísimas ramas o raíces,
Y en medio de las ondas o resacas
Se las mete de dentro las narices,
La falta de resuello la desmaya
Y ansí la hacen ir hacia la playa.

T.1, PÁG. 295

En cualquier página encontramos de pronto momentos poderosos, grandes pruebas de destreza, ejemplos de lo tornadizo de la vida humana como en esta estrofa que habla del que vuelve al hogar buscando la dicha y halla otra cosa:

Bien como caminante congojado
Que cercano se ve de su reposo,
E yendo para él regocijado
Con un vivo fervor y presuroso,
Lo ve por todas partes ocupado
De mortal enemigo y odioso,

Y el gusto de la cama y de la cena
Fue hambre, cepo, grillos y cadena.

T.1, PÁG. 341

Muy lejos de allí, en las serranías de la Nueva Granada, asistimos en unas cuantas estrofas al modo como un hombre sagaz, Esteban Martín, busca regiones pobladas siguiendo pequeñas señales dejadas en la naturaleza por seres humanos:

Muertos los indios pues en la montaña
Esteban procuró buscar camino,
Porque ninguno tuvo mejor maña,
Ni en adalid se vido tan buen tino:
El más oculto rastro desentraña
Hasta dar con el bárbaro vecino,
Sin lo sentir la más astuta vela,
Y olía de una legua la candela.

T.2, PÁG. 86

Es una secuencia que tiene el sabor de los relatos de Poe y que alcanza su mayor intensidad cuando Martín hace el hallazgo de una huella con el mismo agradecido asombro de Robinson Crusoe:

Yendo pues por el bosque fatigado,
Sin poder descubrir favor humano,
Pequeño ramo verde vio quebrado
Que hizo su trabajo más liviano;
Pues vido claramente ser tronchado,
No por irracional sino por mano
De hombre que por esta selva iba
De los humanos tratos muy esquiva.

En aqueste compás hizo parada,
Luego con vigilancia dio rodeo,
Vido señal de pie mal señalada,
Mas tal que satisfizo su deseo;
Prosiguió por la vía comenzada
Para hacer más cierto su rastreo,
Hasta que descubrió con ojos ledos
Impreso carcañar y cinco dedos.

T.2, PÁG. 86

Y siguiendo esta huella milagrosa que les promete regiones de humanos y campos de cultivo, llegan finalmente a las tierras buenas que siempre ponen fin a tantas penas, aunque, claro, al precio de que empiecen las penas para otros:

Desque llegaron donde los espera,
Dadas a todos buenas esperanzas,
Tomó dellas la gente más lijera,
Siguiendo de las trochas las usanzas;
Y después de romper larga carrera,
Dieron en fertilísimas labranzas,
Sin grano seco, mas maíz en berza
Do su contento tuvo mayor fuerza.

T.2, PÁG. 87

En otro momento vemos un ejemplo de algo que debió ocurrir innumerables veces y que tiene su costado mágico: como los españoles llegan a tierras nunca holladas por occidentales, y encuentran en manos de los indios objetos de España. Todo porque a veces las expediciones los perdían y los indios, sin saber qué cosas fueran, los llevaban después consigo:

Hallábanse vacías las riberas,
E ya río ninguno los detiene;
Por pasos conocidos y carreras
Allegaron al río Papamene,
Donde dejaron unas estriberas
Y cosas que memoria no retiene;
Y estas halló Francisco de Orellana
En aquel río que su nombre gana.

Recogiólas el indio más cercano,
Deste las rescató su más vecino,
Y ansí fueron a dar de mano en mano
A indios más lejanos en camino:
Hallólas en un pueblo comarcano
Del río Marañón por donde vino;
Después por estas gentes referidas
Fueron, por ser de azófar, conocidas.

T.2, PÁGS. 161-162

De los muchos prodigios que nombra Castellanos no es el menor el caso de una mujer indígena que en medio de una tempestad es arrebatada del barco por una ola enorme y, cosa asombrosa, es traída de regreso por la ola contraria; en todo este increíble vaivén logra salvar también algo que tenazmente abrazaba:

A una india que halló frontera
Golpe movido del profundo centro,
Del barco donde va la sacó fuera
Con un terribilísimo recuentro;
Mas otro golpe vino de manera
Que con él se halló metida dentro,

Y entrestos furiosos embarazos
Nunca soltó su hijo de los brazos.

T.2, PÁG. 276

En otra parte vemos la suerte de un hombre que después de matar a un cacique intenta apoderarse de su corona:

Puestos en el hervor desta porfía,
Que ya contra los nuestros iba prona,
Un vizcaíno, Sancho de Murguía,
Procuró de tomar una corona
De cierto principal, a quien había
Muerto con gran valor de su persona:
Tomóla, mas teniéndola cogida
Dejóla juntamente con la vida.

T.2, PÁG. 342

Una estrofa casual nos da cuenta de cuánto tarda la recuperación de una herida de flecha, si ésta no está emponzoñada y, por esa sola precisión, podemos multiplicar al infinito el cálculo del sufrimiento de los guerreros:

Pues se supo de cierto ser saeta
O flecha, no con yerba, sino pura,
Y en ocasión a ella tan subyeta
A pocos ha cabido tal ventura;
Gran número de días tuvo dieta,
Sin que faltase diligente cura,
Y por ser flecha limpia de veneno
A los cuarenta días quedó bueno.

T.2, PÁG. 345

También podemos recordar el caso de Gonzalo de Cabrera, un mozo de Málaga quien tiene la mala suerte de caer al mar desde un barco, en condiciones tales que sus compañeros no pueden ayudarle. Cuando días después los afligidos compañeros llegan al puerto de Santa Marta a dar la noticia de que Cabrera yace en el fondo del mar, con espanto, con admiración, lo ven caminando por la playa. Un galeón poderoso lo había recogido horas más tarde y dejando atrás a los barcos que encontró en su camino, ancló en el puerto dos días antes que el otro:

Mas vieron pasear por la ribera
Mozo gentil en Málaga nacido,
Que se dijo Gonzalo de Cabrera,
Soldado del ejército florido,
Que les cayó a la mar andando fiera,
Y no pudo ser dellos socorrido,
Porque por ser aquel tiempo terrible
Amainar presto no les fue posible.

Cubríanlo los mares encumbrados,
Y ansí ruega la gente descontenta
A Dios que le perdone sus pecados,
Que de su vida no hicieron cuenta:
El joven con los ojos levantados
Al cielo da clamores y se alienta,
Rodeado de grave desconsuelo,
Porque ya no ve más que mar y cielo.

Mas llama la limpísima María,
Estrella de la mar y lumbre nota,

Y ansí lo socorrió, pues aquel día
En demanda venía desta flota
Un rico galeón de mercancía
Y por los mismos rumbos y derrota:
Enfrente se le pone y al encuentro,
Y con santo favor lo metió dentro.

Las otras alcanzó por ser lijera,
Y allí las saludó según su fuero,
Sin les manifestar en la carrera
La recuperación del compañero,
Porque luego tomó la delantera
Y en Santa Marta se ancló primero
Dos días, y el armada ya venida
Admiración causó vello con vida.

T.2, PÁG. 412

Mucho tiempo y espacio tomaría referir el hallazgo de una serpiente gigantesca que hizo Pedro de Aranda con los alemanes, o el relato de la plaga de los tigres que llena varias páginas memorables del libro segundo, o el recuento siempre cambiante y siempre estremecedor de las batallas, o las historias de los que se pierden por tierras de indios, o de los que se afantasman cargando tesoros que serán su ruina, o la triste historia de los amores de Pedro de Ursúa con Inés de Atienza, cuando aquel joven capitán, gran amigo de Castellanos y a quien éste sin duda le ha contado las andanzas de Orellana, decide repetir la ruta del Amazonas y recibe entre sus hombres a Salduendo y a Lope de Aguirre.

Baste para cerrar este capítulo la relación, llena de colorido y de belleza, de cómo van ataviados los guerreros indígenas de Trinidad dirigidos por Baucunar para combatir a las tropas de Antonio Sedeño. Una estampa inolvidable donde pueden encontrar materia por igual pintores y filósofos, antropólogos y cineastas:

Proveída de flechas el aljaba,
Dardos de dura palma van tostados,
Que cada cual corazas traspasaba
Y los más duros sayos estofados:
Fueron do Baucunar los esperaba
Los caciques que tengo señalados,
El cual estaba bien apercibido
Y de españolas armas proveído.

T.1, PÁG. 389

El retrato de Baucunar es soberbio y Castellanos debe estar describiendo aquí muchos objetos que vio con sus propios ojos en viajes por el Caribe:

Que de despojos fuertes y galanos
Estaba proveído grandemente,
De las guerras habidas con cristianos
Do dio bastantes muestras de valiente;
Privando de la vida por sus manos
A bien crecido número de gente,
Tenía pues el bárbaro guerrero
Escudo de metal algo lijero.
Un águila de oro mal labrada
Cubre sus duros pechos y salvajes,
La cabeza cubierta con celada
Y en ella superbísimos plumajes,

Pendiente de los hombros un espada,
A las espaldas anchas dos carcajes,
Un arco muy derecho, duro, fuerte,
Pestífero ministro de la muerte.

T.1, PÁG. 390

"Si hay poesía en nuestra América, –escribió Rubén Darío– ella está en las cosas viejas: en Palenke y Utatlán, en el indio legendario y el inca sensual y fino, y en el gran Moctezuma de la silla de oro". ¿Cómo no pensar en ello viendo estas estrofas soberbias de Castellanos?

Llevaba sus zarcillos, y en el cuello
Un estraño collar digno de vello.

Por admirable orden y concierto
Unas uñas de tigres ensartadas,
Que por sus manos él había muerto
En tierra firme yendo con armadas:
El medio de la uña descubierto
Y en oro las raíces engastadas,
Caricurí de oro reluciente,
Lleva de las narices dependiente.

Con tales ornamentos adornado
Se muestra Baucunar, y de más desto,
De bija colorada va pintado
Piernas, brazos y manos, pecho, gesto:
Como tigre feroz encarnizado
Que para hacer salto va dispuesto;

Tal lo representaba la postura
Sus aderezos, armas y pintura.

T.1, PÁG. 390

Y van apareciendo, uno tras otro, los distintos jefes que siguen a Baucunar a la batalla. Ahora viene un flechero temible:

Pamacoa, que no se le escapaba
Con su bien regulada puntería
Ave chica ni grande que volaba,
Ni ciervo, ni conejo que corría,
Cabeza de pantera se tocaba
Indicio de su grande valentía;
Lleva también por joyas principales
Collar de dientes de indios y animales.

T.1, PÁGS. 390-391

El poeta sabe obtener efectos estéticos de muchas maneras distintas. Así como logra un verso vistoso con la cabeza de pantera que cubre a Pamacoa, ahora logrará un efecto de extrañeza gracias a no precisar la piel que Diamaná lleva encima.

Diamaná, que a golpe de macana
Al bravo jabalí deja tendido,
Se puso de pelleja muy galana
De feroz animal no conocido;

Otro efecto, ya mágico, la afirmación de que Utuyaney

Un cuerno de león lleva vestido

según aparece en la edición de 1955, no es más que un poético error de tipografía. En realidad, como vestidura, es más verosímil que se trate de "un cuero", menos mágico aunque no menos poderoso:

> Utayaney, que en luchas siempre gana,
> Un cuero de león lleva vestido,
> Cola de tigre lleva por medalla
> Para se señalar en la batalla.
>
> T.1, PÁG. 391

Cada uno de estos jefes quiere ostentar los atributos de un animal preciso y es muy posible que los trajes no sean caprichosos, sino precisas invocaciones al poder divino de esos animales:

> También Amanatey, que de lijero
> Los más veloces ciervos alcanzaba,
> Un hocico de oso colmenero
> Por cima la cabeza levantaba;
> Cubría sus espaldas con el cuero,
> Y por ellas un oso semejaba;
> Arco, flechas, pavés que lo cubría,
> Tal que con él hacía puntería.
>
> T.1, PÁG. 391

Y para aproximarnos un poco al arte de la guerra de estos hombres del Caribe, baste la mención de unas piezas magníficas, flechas cuyas puntas son dientes de tiburones y puyas de rayas, a las que Castellanos llama hermosamente "vivos pedernales". Un espíritu muy distinto al de la actual y tenebrosa industria de la guerra, movía a aquellos artesanos exquisitos a elaborar cada flecha con la misma paciencia y dedicación de artífice con que Castellanos pulía sus endecasílabos:

> De diferentes otros animales
> Trajo Paraguaní las invenciones,
> Y acutísimas flechas y mortales
> Porque con dientes van de tiburones:
> Puyas de raya, vivos pedernales
> Que pasan los tupidos algodones,
> Y todos los demás destas conquistas
> Llevaban invenciones nunca vistas.
>
> T.1, PÁG. 391

DUELOS Y QUEBRANTOS

Donde quiera que se abra el libro de Juan de Castellanos, algún episodio cautiva la atención. Unas veces la adversidad de la naturaleza, otras su esplendor, otras la crueldad de los hombres, otras su ingenio, su capacidad de resistencia, su nobleza heroica. Y donde la necesidad es más imperiosa es donde más se ponen a prueba las virtudes y las flaquezas humanas. Castellanos, que parece a veces un mero contador de anécdotas, un enumerador de situaciones a menudo grotescas, sabe revelar algo que está más allá de la superficie, las profundas implicaciones de los hechos que narra.

Es en su minucia cotidiana donde mejor pueden advertirse los encuentros y los desencuentros que configuraron la relación entre los mundos, y en este punto la obra de Castellanos resulta irreemplazable. La torpe arrogancia de los críticos que censuraron y censuran la minuciosidad del poeta, procura ignorar que ante un hecho de las dimensiones casi míticas de la Conquista y de sus tremendas repercusiones históricas, ante ese hecho irrepetible que tanto debe todavía enseñarnos sobre los misterios y los abismos del ser humano, sólo era verdaderamente sensato quien quería verlo todo y contarlo todo. No se puede comparar a un hombre como Castellanos, que dedica décadas a ser el testigo fiel de un episodio crucial de la historia, con alguien que emborrona cuartillas por mera vanidad o que inventa inutilidades. Su labor suponía mucho más que un asunto de preceptiva o de corrección formal. Tras las aventuras estéticas e intelectuales de nuestra época, que han ensanchado los ámbitos de lo bello y de lo poético, que asimilaron la pluralidad de los lenguajes humanos y conmocionaron tantos criterios y valores, no se ha intentado la relectura de Castellanos desde una perspectiva que supere los paradigmas o los prejuicios de la crítica y de la historiografía en que se habían malformado nuestras naciones.

En las páginas siguientes veremos cómo nos trasmite algunas situaciones en las cuales la alimentación crea relaciones complejas entre los protagonistas de la conquista, produce revelaciones sobre la naturaleza, o permite a unos hombres descubrir lo que está guardado en el corazón de los otros. Los indios, empeñados en resistir, a veces no guerrean sino que dejan de cultivar sus campos, decididos a morir si es preciso haciendo morir con ellos a sus enemigos. Así ocurre en Cibao, donde los conquistadores ven agotarse sus provisiones y advierten con inquietud que los indios están hambrientos también:

> Porque los alimentos consumidos,
> Que de nuestra nación por mar venían,
> Para ser de los otros socorridos
> Los nuestros a los indios acudían;

Los cuales, por estar desproveidos,
De pestilencial hambre perecían.
¿Qué palabras serán aquí bastantes
para decir miserias semejantes?

Pues a cualquiera parte donde fueres
Hallarás por los campos divertidos
Hambrientos los maridos sin mujeres,
Las mujeres hambrientas sin maridos,
Los hijos sin regalos, sin placeres,
De paternal regazo despedidos,
Chupados, consumidos, y de suerte
Que eran propio retrato de la muerte.

T.1, PÁGS. 154-55

Es curiosa esta manera del combate hecha de una suerte de completa pasividad, tanto por parte de los que resisten como de los que han ocupado el territorio, esos que le brindan a Castellanos la oportunidad de pintar este "triunfo de la muerte":

Traían los cabellos erizados,
Los ojos en las cuencas muy metidos,
Los labios en color amortiguados,
Los dientes descarnados, carcomidos:
Los cueros a los huesos van pegados,
De pálido color como teñidos;
Sin ninguna cubierta las estillas,
Y claras y patentes las costillas.

Y que se ven obligados a recursos extremos:

Otros hubo tan gordos de hipatos
Como si prometieran nuevos partos,
Comiendo hasta suelas de zapatos
Con el grande hervor de verse hartos;
Y consumidos ya perros y gatos,
Daban tras las culebras y lagartos;
Sumos regalos eran los coríes,
Hutías, mohuiyes y quemíes.

T.1, PÁG. 156

Las hutías o huitías y los mohuiyes son dos clases de pequeños roedores antillanos, y los quemíes un "roedor parecido a la liebre", el más grande de los roedores silvestres de Haití. Después de que se han agotado los recursos, ocurre que un indio, apiadándose de cierto caballero español al que aprecia, le lleva de regalo dos pequeñas tórtolas.

Pero viéndolo tan enflaquecido,
Secas y consumidas las mejillas,
Un indio principal muy comedido,
Le presentó dos vivas tortolillas;
Mostrósele muy bien agradecido,
Dando por recompensa mil cosillas;
El indio no las dio con tal intento,
Mas en efeto se volvió contento.

El hecho es dramático, porque el hombre, viendo que es imposible satisfacer a tanta gente con tan pequeña provisión, y no sintiéndose capaz de comer solo ante el hambre de todos, toma una decisión imposible:

Viendo las pajarillas y presente
Entre tanto que Dios más proveyese,
Fue muy importunado de su gente
Las mandase matar y las comiese,
Y que se holgarían grandemente
De que por ellos esto se hiciese,
Pues eran poco cebo para uno
Y para tantos menos que ninguno.

En esta tempestad que tantos doma
El mosén Pedro dijo como bueno,
"Pues todos padecemos la carcoma,
No es justo proveer un solo seno,
Y que miréis vosotros y yo coma,
Y estéis todos vacíos y yo lleno".
E luego por un término galano
Soltó las tortolillas de la mano.

T.1, PÁGS. 156-157

Una historia muy distinta, en la que también se da el caso de un indio que alimenta a los españoles, ocurre en tierras de la Nueva Granada, ya declarada la enemistad entre los conquistadores y los guerreros nativos. Cerca de Tamalameque, los españoles van viajando por el río y se encuentran con Francesquillo, un indiecito que, después de haber sido paje desde niño en casa de un escribano en Santa Marta, ha vuelto con los suyos y a la edad de quince años se convierte en jefe de los guerreros indígenas del río Magdalena. El jovencito acostumbra enviar alimentos en abundancia a los conquistadores y, cuando ya zarpan los barcos, hace llover sobre ellos las flechas de los indios. Los asombrados guerreros españoles, siempre acostumbrados a tener la ventaja, le preguntan la causa de esa actitud; él les responde que los alimenta bien con la intención de que tengan fuerzas para defenderse, porque no es digno combatir con enemigos débiles y hambrientos:

> Y preguntándoles que por qué causa
> habiendo dádoles buena comida
> acudían con postre tan inicuo,
> el indio Francesquillo respondía
> que porque sin comer ninguno puede
> tener esfuerzo para defenderse,
> y era de gente baja y apocada
> pelear con hambrientos y ayudarse
> de la guerra que el hambre les hacía.
>
> T.4, PÁGS. 420-421

No causa menos impresión la plétora de penalidades y plagas que aquellos hombres desacostumbrados al clima y a las selvas debieron soportar, el rigor de las llagas que cauterizaban con cuchillos ardientes, el vuelo bajo y membranoso de las criaturas nocturnas sobre sus cuerpos desvelados:

> En montes era la mayor sustancia
> Garrapatas, mosquitos y otras plagas,
> Y destas ocasiones abundancia
> De crüeles y encanceradas llagas,
> Adonde no prestaba vigilancia
> En abrasallas con ardientes dagas;
> Ansimismo doquiera que dormían
> Murciélagos en vida los comían.
>
> T.2, PÁGS. 400-401

Muchos de aquellos males eran causados, pensaban ellos, por la alimentación deficiente y, sobre todo, por la falta de sal, lo que lleva a Castellanos a pintarnos algunas situaciones alarmantes con ese realismo brutal que a veces lo caracteriza, pero que en el campo de la poesía era también una conquista:

Demás de no hallar mantenimiento,
Faltábales la sal, y es una cosa
Que no causa pequeño detrimento
En gente de salud menesterosa,
Pues de faltas en un descubrimiento
Es aquesta la más perniciosa,
Y ansí los cuerpos en aquellos puertos
Se hinchen de gusanos sin ser muertos.

T.2, PÁG. 401

La descripción se alarga en detalles ingratos y patéticos y muestra cómo padecían los mismos males los hombres y los caballos. Incontables veces relata Castellanos las experiencias de sus compañeros y algunas suyas cuando se vieron en la necesidad de comer cosas extrañas para sobrevivir, por ejemplo una curiosa variedad de yucas que emborrachan e incluso envenenan, y que una noche entera los tuvieron haciendo disparates:

Porque viniendo cinco compañeros
Atravesando cumbre de una sierra,
Mendoza, Benavides y Cumeros,
Bien conocidos en aquesta tierra,
Y un Juan Diaz e yo, con pies lijeros,
Por ser aquel compás todo de guerra,
Hicimos noche dentro de unas matas,

Y fue la cena yucas boniatas.
E ya que descansábamos un poco
En las húmedas camas de helecho,
El Juan Diaz andaba como loco;
E yo que le reñía su mal hecho,
Con ojos y narices tierra toco,
Con bascas y congojas en el pecho,
Sin fuerza, sin vigor y sin aliento,
Y cuasi sin ningún entendimiento.

T.2, PÁG. 442

También nos cuenta en una sola estrofa casual la historia triste y cruel de un soldado hambriento que mató a un caballo, le cortó parte de una pierna para ir guisarla en alguna gruta del bosque y nunca volvió a aparecer ni vivo ni muerto. No es menos triste el destino de Juan Duarte, de quien bien puede decirse que cometió una locura:

Y de vivos el número más poco
Podía ejercitar militar arte,
Cuyos trabajos solamente toco
Por no poder decir la menor parte;
Y de comer un sapo quedó loco
Uno que se decía Juan Düarte,
El cual permaneció con su locura,
Sin que jamás pudiese tener cura.

T.2, PÁG. 488

Y hay episodios en los que la alimentación enfrenta a los españoles a situaciones extremas. Aquí, la eficaz relación de un hallazgo tremendo:

Despedidos por términos urbanos.
Dieron, muy lejos ya desta frontera,
En un pueblo de chipas de los llanos,
Gente brava, feroz y carnicera.
Carne hallan asada los cristianos:
Comieron sin que sepan de quién era;
Mas ojos propios los hicieron ciertos,
Hallando pies y manos de hombres muertos.

Luego veréis estar imaginando:
Unos que ven y no quieren creello,
Otros en otra parte basqueando,
Otros para bosar mover el cuello,
Otros o los más dellos vomitando,
Otros meter los dedos para ello,
Otros quisieran con aquellas sañas
Abrirse con sus manos las entrañas.

T.2, PÁGS. 82-83

Una valiosa observación del poeta nos revela la perspicacia de su mirada. El tema del canibalismo de algunos pueblos americanos ha sido bien estudiado por antropólogos e historiadores, pero existe una leyenda trivial que muestra a aquellos pueblos como gentes que continuamente se alimentaban de carne humana, cuando todo parece indicar que el canibalismo era sobre todo un rito guerrero. En el propio poema de Castellanos hay a menudo una inercia mental que tiende a describir a los caníbales como ejércitos que van buscando su alimento humano a la manera de los cazadores corrientes. Se entiende que un hecho de tan enormes repercusiones culturales sea visto con tal horror por miembros de una religión que ya había alcanzado una de las formas más civilizadas de sublimación espiritual de la antropofagia: la comunión, por la cual se ingiere simbólicamente el cuerpo y la sangre del Dios bajo las especies del pan y del vino. Pero aquí Castellanos nos da una muestra de su sensibilidad, al advertir y referirnos que la ceremonia de los caníbales no parece significar para ellos placer alguno, y no parece un acto de alimentación sino algo más complejo que el poeta apenas alcanza a entrever:

> Esta gente, mujeres y varones,
> Es por la mayor parte bien dispuesta,
> De muy bien amasadas proporciones,
> Con cierta gallardía no mal puesta:
> Diestros en sus guerreros escuadrones,
> Para su defensión la mano presta,
> El regulado tiro siempre lleno
> De pestilencialísimo veneno.
>
> También es de su uso la macana,
> Y de palma tostada larga lanza,
> Que suelen menear de buena gana,
> No sin golpe mortal de quien alcanza;
> Comen algunos destos carne humana
> Por vía de pasión y de venganza,
> Y aquesta crudelísima comida
> Es fuera de sus casas ascondida.
>
> T.1, PÁG. 336

Por las razones que enumera podemos presumir que no sólo se trata de un ritual grave y excepcional, sino que les es desagradable: cómo escogen el sitio de la ceremonia lejos de donde pisan normalmente; cómo no vuelven a entrar en las casas los utensilios que usan para el hecho; cómo nunca ríen ni se divierten cuando están comiendo y más bien parece que sufrieran al hacerlo. Estas estrofas de Juan de Castellanos, quien sabe de lo que habla porque o presenció aquellos actos o escuchó a personas que los presenciaron, nos dejan la sensación de que había en el canibalismo una suerte de autocastigo. Como si los guerreros se mortificaran a sí mismos obligándose a devorar la carne de aquel a quien han dado muerte en el combate. Pero lo más extraordinario de estos versos es que sea un español quien los ha escrito. Se diría que en este momento España, en plena Conquista, muestra la lucidez de su mirada y su capacidad de ver cosas para las cuales la cultura no tenía ojos todavía:

> No la quieren comer en parte rasa,
> Sino donde la gente menos pisa,
> Las ollas nunca más entran en casa,
> Ni vaso ni cazuela do se guisa;
> No se come, sacada de la brasa,
> Con grita, regocijo, ni con risa,
> Antes parece tal mantenimiento
> Selles un cierto modo de tormento.
>
> T.1, PÁG. 336

PALABRAS DE INDIOS

Como español y como clérigo, Castellanos acepta y aprueba la ocupación del territorio por los conquistadores, y el esfuerzo por atraer a los pueblos nativos a la religión cristiana y a los principios de la civilización occidental. Pero censura las violencias abusivas de los traficantes y siempre se rebela contra la crueldad de todos los bandos. Es natural que por su origen tienda a descalificar a los indios: bárbaros, crueles, salvajes, inhumanos, gente bestial y carnicera, estos términos abundan en su obra al referirse a ellos. Lo asombroso es que tan a menudo se detenga en la descripción admirada de sus tipos humanos, de sus costumbres y aun de sus hechos guerreros, cuando siente que los asiste la justicia. No simpatiza con ellos de un modo irrestricto, más bien abunda en recelos y reprobaciones; hacia los caníbales se muestra siempre severo e indignado, pero ya hemos visto que es capaz de observarlos con curiosidad y que a pesar de su repulsión trata de entenderlos. Como todos los conquistadores, ve dos clases de indígenas: los malos, que se resisten a la dominación española, y los buenos, que aceptan pacíficamente una amistad que es más bien servidumbre. Pero en este contexto su mirada y su actitud son mucho más lúcidas y humanas que las del común de los conquistadores. Pone en labios de los indios palabras llenas de dignidad y de nobleza:

> Por causas evidentes conocemos,
> Amigos, compañeros y soldados,
> Haber necesidad de que velemos
> Y no vivamos punto descuidados,
> Pues no sabemos quién son los que vemos,
> Ni de parte de quién son enviados,
> Si son hombres marinos o terrenos,
> Si son varones malos o son buenos.
>
> Si tienen de caribes propiedades,
> O condiciones otras más horrendas;
> Si quieren con nosotros amistades,
> O vienen para guerras y contiendas;
> Si son tan grandes sus necesidades
> Que quieren que les demos las haciendas;
> De qué tierras podrán haber venido,
> En qué lejanos reinos han nacido.
>
> Si son gentes de buenos pensamientos
> A bien es recebillos; si son gratas,

Si vienen fatigados de hambrientos,
Darémosles comidas bien baratas;
Darémosles de nuestros alimentos
Guamas, auyamas, yucas y batatas,
Darémosles cazabis y maíces,
Con otros panes hechos de raíces.

Darémosles huitías con agíes,
Darémosles pescados de los ríos,
Darésmosles de gruesos manatíes
Las ollas y los platos no vacíos;
También guaraquinajes y coríes,
De que tenemos llenos los buhíos,
Y curaremos bien a los que enferman,
Colgándoles hamacas en que duerman.

Y conocidos ya sus pareceres,
Seyendo con nosotros residentes,
Darémosles las hijas por mujeres
Para hacellos deudos y parientes;
Haríamos comunes los placeres
De campos y de ríos y de fuentes,
De cazas y de pescas las usanzas,
Y de las sementeras y labranzas.

¿Quién pudiera saber lo que desean
Con certidumbre de su pensamiento,
Con qué fines agora se menean?
Pues bien no juzgo deste movimiento;
Deseo finalmente que no sean

Causa total de nuestro perdimiento,
Que no por ser campaña tan estrecha
Dejaré de tener mala sospecha.

T.1, PÁGS. 96-97

Muchos episodios de peligro para los conquistadores suelen terminar con versos como:

Y al punto de que estaba ya dudando
De se poder salvar el buen isleño,
Acertamiento fue venir bogando
Unos indios de paz en un gran leño

T.1, PÁG. 52

que ilustran una intervención providencial de los indios. Pero también sabe mostrarlos como guerreros temibles. Percibe como pocos la enorme diversidad de los pueblos que habitaban estos territorios y de algunos nos trasmite las costumbres, las creencias y las mitologías.

Por supuesto que no deja de asumir actitudes convencionales. Es casi divertido ver cómo admira en los propios lo que censura en los adversarios. Aquí, por ejemplo, el valor con que los españoles hieren a los indios en combate:

El buen gobernador iba delante
Dando de su valor patente muestra,
Recambiando la lanza penetrante,
Vez a la diestra, vez a la siniestra;
Corría rojo río y abundante
De los que clava su potente diestra;

T.3, PÁG. 32

y al ocurrir lo contrario se queja, como cuando dice que en una batalla los indios tenían:

> Largas lanzas de palmas en las manos,
> Con que trataban mal nuestros cristianos.
>
> T.1, PÁG. 522

Pero en general Castellanos tiende a reprobar los hechos crueles en todos los bandos y a admirar en todos por igual la abnegación, la fortaleza, la valentía, la destreza y la generosidad. Le repugna la violencia sobre los que no pueden defenderse, sean españoles o indígenas, aunque cuando se trata de choques entre ejércitos abandona su imparcialidad y toma siempre partido por las armas de España, por los *varones de Indias*. Hace elogios de Bartolomé de las Casas por proteger a los pueblos del Nuevo Mundo:

> En aquesta sazón que voy diciendo,
> Hubo por estas partes y regiones
> Un clérigo, bendito reverendo,
> Testigo de muy grandes sinrazones,
> A quien Dios levantó, según entiendo,
> Por favorecedor destas naciones;
> Bartolomé Casaus se decía,
> Padre desta moderna monarquía.
>
> Cuyo nombre merece ser eterno
> Y no cubrirse con escuro velo,
> Pues procuró de dar tan buen gobierno
> A los conquistadores deste suelo...
>
> T.1, PÁG. 575

Cuenta cómo Las Casas fue hasta el emperador y le contó las atrocidades de sus hombres:

Usan los españoles de cautelas
Dignísimas, señor, de gran enmienda:
Abusos, desvergüenzas, corruptelas,
De que las Indias son pública tienda;
No son perros que ladran, sino lobos,
Que viven de rapiñas y de robos.

De cuantos allá viven se destierra
El peso, la razón y la medida;
Y el simple natural de aquella tierra
No tiene libertad ni tiene vida;
Pues manteniendo paz le hacen guerra,
Le quitan la mujer y la comida:
Al pacífico, llano y al más manso,
A este se le da menos descanso.

T.1, PÁGS. 575-576

Y le contó además por qué los indios de América habían terminado creyendo que la afirmación de que había un rey que gobernaba era una farsa:

No creen haber rey los naturales
Que refrene molestias semejantes,
Porque vuestras justicias y oficiales
En las maldades son participantes;
Y aun ellos mismos son los principales
En los negocios más exorbitantes…

T.1, PÁG. 576

pero Castellanos no deja de pensar que el buen fraile idealiza a los indios. Hace hablar después a aquel Ocampo que había castigado a los rebeldes de Cumaná, y éste pronuncia esas palabras feroces, verdaderas perpetuadoras de la violencia, que desde entonces no han dejado de escucharse en nuestras regiones:

> Y ansí les dijo: "Mis señores primos,
> No penséis acertar estas jornadas
> Por vía de halagos ni de mimos,
> Sino con muy gentiles cuchilladas;
> Pues en la tierra donde residimos
> La buena paz negocian las espadas:
> No veréis amistad en esta tierra
> Si no se gana con sangrienta guerra."
>
> T.1, PÁG. 578

Pero es muy frecuente ver a don Juan describiendo crueldades españolas y censurándolas, y al mismo tiempo aprobando hechos violentos de los indios cuando son pruebas de valor en condiciones de desventaja. En ello es sólo un hombre que se esfuerza por ser justo. Éstas son palabras que pone en labios de un indígena:

> "Decidnos, ¿qué son vuestros pareceres?
> ¿Con qué furia venís o con qué viento,
> Pues tan menoscabados de poderes
> Os arronjáis a tanto detrimento?
> No tenéis hijos, no traéis mujeres,
> No tenéis pueblo, no hacéis asiento,
> No conocéis labranza ni hacienda,
> Sino muy mala suerte de vivienda.

Y si tenéis mujeres, y son buenas,
Vosotros no debéis ser hombres buenos,
Pues os queréis servir de las ajenas
Y andáis a saltear bienes ajenos:
Las caras os dio Dios de pelos llenas,
Y de maldad tenéis los pechos llenos:
Trabajá, trabajá, gente sin freno,
Y no queráis comer sudor ajeno".

Estas palabras y otras semejantes
Decían estos bárbaros vecinos
A nuestros trabajados caminantes
Y más que fatigados peregrinos:
Que si las miran ojos vigilantes,
No fueron totalmente desatinos;
Pero los nuestros ya sin sufrimiento
Determinados van al rompimiento.

T.2, PÁGS. 146-147

Es curioso ver al mismo hombre que escribe esto decir en otro momento que es un error poblar en paz la tierra:

Entre indios crueles y bestiales
Más brutos que los brutos animales.

T.1, PÁG. 578

Esa discordia interior debió vivirla Castellanos a lo largo de muchos años, porque la observación de algunos hechos brutales por parte de los indígenas era siempre contrastada en él por el recuerdo de los horrores que los conquistadores les habían hecho:

Algún tiempo se hizo con blandura
No tanta cuanta allí se señalaba;
Pero después fue tanta la soltura
Con que con estos indios se trataba
Que les era la guerra más segura
Que lo que mala paz aseguraba;
Pues cuantos menos eran sus engaños
Se les hacían muy mayores daños.

T.1, PÁG. 561

Por eso, oscilando entre su fidelidad a España y su fidelidad a la justicia, termina escribiendo algunos de los más bellos parlamentos en defensa de la dignidad y el orgullo de los indígenas de una tierra que ha acogido como suya. Uno de ellos es el discurso de "aquella gran mujer Anacaona", para animar a su marido Coanabo, y a los guerreros de su pueblo a sacudirse del yugo de los enemigos:

"¿Es posible tener tanta blandura
Los tristes y afligidos corazones?
¿Es posible que pierda coyuntura
Venganza de tan grandes sinrazones?
¿Y que para matar a gente dura
De la mano soltéis las ocasiones,
Siendo la mayor parte dellos idos,
Y los que restan ya mal avenidos?

"Volved, volved las armas a las manos
Y cóbrese la libertad perdida,
Acaben crudelísimos tiranos
Causadores de nuestra mala vida;

Esfuércense los mozos y los canos
Para tomar enmienda merecida;
Porque si buscan horas convinientes
Mejores no las hay que las presentes.

"El campo tienen ellos por seguro,
Pues de nosotros nadie se recela,
Solamente se velan con escuro,
Y aun esto con turbada centinela;
Aquellos baluartes de su muro
Bien puede deshacellos la candela;
Quitemos de nosotros esta plaga
Antes que más por tiempo se rehaga.

"Si muerte temporal estáis temiendo
Con juicios de vanas opiniones;
Y ¿qué mayor que estar siempre muriendo,
Con tantas y tan grandes aflicciones?
¿No veis cómo nos vamos consumiendo?
¿No veis desiertas nuestras poblaciones?
¿No veis lamentaciones de viudas
Y casadas, de todo bien desnudas?

"¿No veis todas las sierras y los llanos
Llenas de calaveras y de huesos,
De hijos, y de padres, y de hermanos
Muertos en tan tiránicos escesos?
¿Qué diré de los vivos y los sanos,
Cuyos agravios vemos más espresos,
Pues que de muerte son sus esperanzas,
Sirviéndoles en minas y labranzas?

"¡Oh grave sujeción, oh gran afrenta
Para quien libre della se gozaba!
¿Cuál es el corazón que no revienta
Llorando?" Y aun también ella lloraba
Al tiempo que estas cosas representa,
O ya de compasión, o ya de brava;
De tal suerte que el indio su marido
De su persuasión quedó vencido.

T.1, PÁGS. 169-170

No es menos elocuente y vigoroso este discurso que el de Colocolo, que Ercilla nos ofrece en el segundo canto de *La Araucana*, y al que Voltaire comparó con el discurso de Néstor en *La Ilíada*.[49] Lástima grande que nadie haya podido leer las *Elegías de varones ilustres de Indias*, o siquiera fragmentos de ellas, en otras lenguas occidentales, pues muy distinto habría sido el juicio sobre este poema si se lo hubiera visto desde la tradición de otras literaturas.

Las que ahora oiremos son las palabras del valiente jefe Baucunar en la isla de Trinidad:

"Vuelve nuestro contrario con aumento
De gente que tenéis bien en memoria,
Y está claro que vuelve con intento
De morir o quedar con la victoria;
Pues para reposar trazan asiento
Como si fuese ya suya la gloria,
Sin temores de nuestros hombres buenos
Que della los podrán hacer ajenos.

"Paréceles la isla cosa bella,
Y a su deseo hinche la medida;

Ellos han de morir por poseella
Y no hacer baldía su venida;
Mas a nosotros por echallos della
Conviene sin temor perder la vida;
Pues una vez morir mejor sería
Que morir cien mil veces cada día."

T.1, PÁG. 384

EL VILLANO Y EL HÉROE

Muy grande fue la vocación de justicia de Juan de Castellanos ante los acontecimientos de la Conquista. Y nada nos la podrá mostrar mejor que el contraste entre dos retratos muy distintos que hace: el de un villano español, el conquistador Lope de Aguirre, y el de un héroe americano, un indio caribe cuya condición de enemigo no disminuye a los ojos del poeta lo admirable de su heroicidad.

El relato de las crueldades de Lope de Aguirre logra producirnos la sensación de un hombre diabólico cuya sola presencia abruma y avasalla a los otros, un hombre que parece ser la prisión de todos los que caen bajo su influencia. Ésta es su primera descripción:

> Él era de pequeña compostura,
> Gran cabeza, grandísima viveza,

Pero la más perversa criatura
Que de razón formó naturaleza:
Todo cautelas, todo maldad pura,
Sin mezcla de virtud ni de nobleza;
Sus palabras, sus tratos, su gobierno
Eran a semejanza del infierno.

Charlatancillo vil algo rehecho,
Sin un olor de buenas propiedades,
La cosa más sin ser y sin provecho
Que conocieron todas las edades;
Pero nunca jamás se vido pecho
Lleno de tan enormes crueldades;
Y en tanto grado es esto que toco,
Que después me diréis que digo poco.

T.1, PÁG. 641

Aguirre ha nombrado rey a Fernando de Guzmán, uno de sus hombres, y quiere obligar a todos a jurar por él y a besarle la mano. Valcázar, fiel a su rey, procura que no se le note la furia, pero los ojos del tirano vigilan:

El Valcázar los labios remordía
Y estaba con enojo y furia brava;
Mas como dar remedio no podía,
El intenso dolor disimulaba;
Y como "Viva el rey" jamás decía,
El Aguirre, que todo lo notaba,
Procuró que también metiese prenda
En cosa tan bestial y tan horrenda.

T.1, PÁG. 642

Castellanos le dedica páginas memorables a las andanzas de Aguirre y sus hombres, después de que han destruido el amor de Pedro de Ursúa y doña Inés de Atienza, matando a ambos. En la secuencia de la narración, el poeta acumula elementos del retrato de Aguirre, por ejemplo el modo como se enturbia la relación entre los que están bajo su mando:

> En aqueste consorcio tan perjuro,
> Tan sin Dios, tan sin rey como ya digo,
> Cada quien se halló menos seguro
> Con quien más se vendía por amigo;
> Y entonces caminó con más escuro
> Cuando más claridad llevó consigo
>
> T.1, PÁG. 644

Observa que el tirano vive con menos ostentación que los otros hombres de su banda, sobre todo que aquellos a los que hace pensar que son los jefes:

> El Joan Alonso se les mostró grato
> Tomando sobre sí los cargos luego,
> Porque con ambición al insensato
> No le fue necesario mucho ruego:
> El Aguirre vivía con recato,
> Y el dicho Joan Alonso fue tan ciego,
> Que sin reguardo de discreto modo
> Pensaba suyo ser el campo todo.
>
> T.1, PÁG. 644

Después Aguirre mata a Salduendo, y como don Fernando, que se cree rey, muestra extrañeza:

El Aguirre, por escusar bullicios,
Le dijo: "Rey preclaro y escelente,
No juzgues ser aquellos maleficios,
Sino frenos seguros a tu gente:
Que cierto dignos son estos servicios
Deste tu fidelísimo sirviente,
Pues he por ciertas vías descubierto
Haberte de matar quien he yo muerto".

T.1, PÁG. 646

Y Castellanos, que a veces se indigna con la conducta de sus personajes y toma la palabra, nos exhorta enseguida con elocuencia:

Notad, letores, la borrachería,
Las tramas, las cautelas, los desinos;
Pues yo no sé si llore ni si ría
Tan enormes y feos desatinos:
So color pues de lo que le decía,
Ensangrentó las playas y caminos...

T.1, PÁG. 646

Después, hablando a un asesino que, al atacar por los montes a doña Inés, que huía

Cortó las venas de su blanco cuello,

T.1, PÁG. 648

lo amenaza con la justicia que lo seguirá a donde vaya, con estas palabras:

"¡Traidor! Si tú naciste de mujeres,

¿Qué bestia parió hijo tan nefando?
Y si eres hombre, di, ¿cómo no mueres
Tan enorme traición imaginando?
Desdichado de ti que donde fueres
Siempre la soga llevas arrastrando...

T.1, PÁG. 648

Más tarde nos revela así la suerte del ingenuo don Fernando de Guzmán:

El herido Guzmán salió huyendo,
Cuasi cortadas las vitales vías;
Mas una bala que lo fue siguiendo
Dio fin a sus reales boberías;
Y el Aguirre, traidor, malo y horrendo,
Hizo y deshizo rey en cuatro días...

T.1, PÁG. 649

Del modo como se pierde en el delirio el villano ya enloquecido, dice:

Quedó tan sospechoso de sus males,
Que yendo navegando por el río
Mató cuantos sentía ser leales,
Y no seguía bien su desvarío...

T.1, PÁG. 650

Y en la escena del asesinato de doña Ana de Rojas en la isla Margarita, es digno de un villano de Shakespeare el argumento que sale de los labios de Aguirre cuando los hijos y el marido están llorando la infame ejecución de la dama:

Veréis dolorosísimo gemido
Por toda la familia que tenía:
Lloran los hijos, llora su marido,
Que ternísimamente la quería,
Y el lobo carnicero que lo vido
Dijo: "Pues vos tenedle compañía,
Que cuando dos personas bien se quieren
Gran contento les es si juntos mueren".

T.1, PÁG. 660

Matan también al caballero que lloraba. Y mientras en Santo Domingo, Nueva Granada y Panamá se preparan expediciones contra Aguirre y sus hombres, así resume Castellanos el avance de los conjurados:

Vienen quemando templos, heredades,
Deshonrando doncellas y casadas:
Sin frenos usan deshonestidades,
Sin riendas ensangrientan las espadas;
Matan los religiosos, los abades,
Las mujeres paridas y preñadas,
Jura siempre la gente fementida
De nunca perdonar cosa nacida.

T.1, PÁG. 684

Y al fin Aguirre es arrinconado por sus enemigos. En ese momento el tirano decide que si va a morir, matará a su hija primero:

¡Oh bestia de las bestias más nociva!
¡Oh severo rigor de pestilencia!
Dime, ¿qué furia tan cruel te priva

De todo cuanto puede ser clemencia?
¿Qué pierdes en dejar tu hija viva?
¿Qué ganas en usar desa demencia?
Al fin se le llegó con gesto fiero,
Diciendo: "Muere tú, pues que yo muero".

La moza le responde: "Padre mío,
Mejor nueva pensé que se me diera,
¿Qué mal, qué sinrazón, qué desvarío,
He cometido yo para que muera?
Mejor lo haga Dios, y en Él confío
Que no moriré yo desta manera:
Este pago me dais, este marido
Por lo mucho que siempre os he servido.

"Cristianas gentes son entre quien quedo,
Y a quien no daré causa de discordia:
Mostrar con mujer flaca tal denuedo
No es animosidad sino vecordia:
¡Desdichada de mí, pues que no puedo
En mi padre hallar misericordia!
No más, señor, tened vuestra derecha".
Responde: "Nada, hija, te aprovecha.

Pasa por donde pasan los mortales,
Dése fin a la gente pecadora,
Acábense los malos con sus males,
Mi día se llegó, llegue tu hora:
No quiero que te digan los leales
La hija del traidor, o la traidora".

Y para colmo de sus malos hechos
Diole de puñaladas por los pechos.

T.1, PÁG. 687

Después es muerto Aguirre y esta estrofa guarda la mención final que Castellanos hace de él:

Concluyó la maldad, e yo concluyo
Con decir que en memoria desta cosa
Su cabeza llevaron al Tocuyo,
Una ciudad de gente valerosa...

T.1, PÁG. 688

Como diciéndonos que aun para ver su cabeza vencida se requería valor.

Hay un episodio de las *Elegías* que provoca en Castellanos la actitud contraria. Relata también una circunstancia violenta, incluso más violenta, a su modo, que la de Lope de Aguirre, pero los protagonistas despiertan en el poeta otro tipo de emoción; nos ayuda a entender la mirada que Castellanos arroja sobre sus temas y sus personajes, sobre el mundo del que procede y aquel al que ha llegado. También son protagonistas del episodio un padre y su hijo. Y podemos creer en el hecho increíble porque Castellanos, que es la probidad misma, se declara testigo presencial.

En un enfrentamiento con indios, uno de ellos logra escapar con un hijo suyo y se refugia en lo alto de un árbol:

Hicimos de caribes cierto salto
Tomándoles la gente y el fardaje;
Mas uno de prisión viéndose falto

Con un hijuelo suyo como paje,
Subió por un caney a lo más alto
Por no se sujetar al vasallaje,
Él con un arco grueso muy galano,
Y el muchacho las flechas en la mano.

T.1, PÁG. 527

Antes de referir este episodio, Castellanos nos ha estado hablando de los efectos de las flechas envenenadas y del modo como nunca los españoles han logrado encontrar un antídoto, una *contra* eficaz para la terrible ponzoña que traen en la punta y que se ve agravada por la tremenda puntería de los indios. No podemos imaginar qué ocurrirá, pero ya es interesante ver que a pesar de ser un enemigo, y caribe, que es mala palabra para los españoles de entonces, Castellanos se detenga a pintarnos el cuadro y a destacar su belleza:

Él era por estremo bien dispuesto,
Gallardo y de tan buena compostura,
Que de sus proporciones y su gesto
No vimos por allí mejor figura;
Y en una cierta forma todo esto
Que decoraba más su hermosura,
En todas estas cosas fue eminente,
Y más en los estremos de valiente.

T.1, PÁG. 527

El tono admirativo del poeta parecería justificarse por la vistosidad de la imagen que pinta, pero la siguiente estrofa nos muestra que el indio es peligroso:

De que se vido ya donde quería
Para hacernos daño se pertrecha,

Alborotando nuestra compañía
Con tiros espesísimos de flecha:
De las cuales ninguna despedía
Que fuese mal tirada ni mal hecha,
Y allí donde sus tiros endereza
Hirió a Alonso Marqués en la cabeza.

T.1, PÁG. 527

El herido les pide a unos indios amigos que acaben con el agresor:

Venían ciertos indios ventureros,
Vecinos de la isla Margarita,
Para servir a nuestros compañeros,
Y gozar del despojo que se quita:
A estos porque son grandes flecheros
El Alonso Marqués dio grande grita,
Mandándoles que luego lo matasen,
Y con flechas de yerba le tirasen.

T.1, PÁG. 528

El indio en lo alto del copey está bien expuesto y lo único que puede hacer su destreza es desviar con su propio arco las flechas que le arrojan; pero el ataque es múltiple, y al acabar sus flechas, empieza a arrojar las que le han clavado:

No podía dejar de ser terrero,
Porque ningún reparo lo cubría,
Mas él, como destrísimo guerrero,
Las flechas con el arco rebatía:
De muchas se libró; mas por entero
De todas ni de tantas no podía:

Con las ajenas ya nos importuna,
Que de las propias le quedó ninguna.

T.1, PÁG. 528

El verso siguiente es tremendo como imagen y como realidad, y el que lo sigue trasmite un hecho terrible: el hijo y escudero arrancando las flechas de las carnes de su padre y entregándoselas de nuevo para que pueda disparar con ellas:

Sus propias carnes eran el aljaba,
Y dellas las sacaba su vasallo:
Mas con las que de sí propio sacaba
Hería muchos indios que me callo;
Y con una que fue con furia brava
A Luis de Chaves le mató el caballo:
Por allí los calores son terribles
Y en aquellas sazones insufribles.

T.1, PÁG. 528

Lo más grave es que las flechas que están disparando contra él están envenenadas. El indio cae del árbol y el indiecito baja detrás a asistirlo en su agonía. Al lado de donde el indio yace hay un sembrado de yucas venenosas:

Estando pues el indio fatigado
Con las heridas y el calor del cielo,
De la cumbre rodó desalentado
Hasta venir a dar al duro suelo:
Con un vigilantísimo cuidado
Luego bajó tras él aquel mozuelo,

Y sin ningún temor se sentó junto
Del que más parecía ya difunto.

T.1, PÁG. 528

Adonde sucedieron estos males,
Y vimos destos indios las caídas,
Había fertilísimos yucales
Que son unas raíces conocidas,
Que si se comen verdes son mortales,
Y ansí privan a muchos de las vidas:
No trato de las yucas boniatas,
Que se suelen comer como batatas.

T.1, PÁG. 528

Pero el indio le pide a su hijo que le traiga aquellas raíces venenosas y las engulle como para morir de una vez:

El herido gandul como volviese
Un poco sobre sí más alentado,
Al indezuelo hizo que trajese
Raíces del mortífero bocado;
Dióselas él, y como las comiese
Con furia de varón desesperado,
Creímos todos cuantos vimos esto
Que lo hacía por morir más presto.
Vímoslo revolcar en la ribera,
Vascar y vomitar con pena fuerte,
Decíamos: "¿No veis la bestia fiera
Cuán de su voluntad tomó la muerte?"
Mas no le sucedió desta manera,

Antes en bien trocó su mala suerte;
Y deseando ver en qué paraba,
Con grande vigilancia se guardaba.

T.1, PÁGS. 528-529

Es notable que a partir del momento en que está vencido los atacantes dejan de dispararle y todos parecen quedar a la expectativa. Piensan que quiere envenenarse para morir más pronto, y después lo ven padecer los espasmos pero más tarde van a cambiar de actitud:

Visto que no trabó la pestilencia
Ni hizo sentimientos otro día,
Le curaron con suma diligencia
Las llagas y flechazos que tenía:
Sanó muy bien, y hizo residencia
Muchos días en nuestra compañía;
Y cuando ya se vido más seguro
Determinó huirse con escuro.

T.1, PÁG. 529

Todos acaban de ver el caso de alguien que ha sobrevivido a una cantidad de flechas envenenadas gracias a una suerte de recurso homeopático, pero el poeta nos cuenta, con una sonrisa, que no parece haber quien quiera poner a prueba el remedio. Al enemigo lo han convertido en amigo, o casi amigo, su valor, la lealtad de su hijo, su determinación suicida o su sabiduría inaccesible. Castellanos aprovecha, buen hijo del Renacimiento, para aventurar alguna insinuación científica, y nos recuerda que su historia es verdadera:

Nadie quiso hacer el esperiencia
De muchos que después yo vi heridos,

Echen juicios pues hombres de ciencia,
Si destos casos viven advertidos;
Si por ventura hacen resistencia
Venenos a venenos recebidos,
Que desto que yo vi soy buen testigo,
Y afirmo por verdad lo que aquí digo.

T.1, PÁG. 529

LOS AÑOS VERTIGINOSOS

La lenta e indecisa aparición de América en la conciencia de Europa, y en la propia conciencia de los americanos, se parece a esos mapas del siglo XVI en los cuales los navegantes iban añadiendo costas y regiones a un todo aún imprevisible. Algunos conocían el contorno nítido de las islas del Caribe pero no habían navegado lo suficiente para ver las costas de la Florida y pintaban su extremo como una isla más. Durante cierto tiempo los viajeros no supieron que Cuba era una isla, porque su extensión sugería al más avezado cartógrafo que se trataba más bien de una costa continental. Así las formas caprichosas de la naturaleza se burlaban de las mecánicas y las inercias del razonamiento, siempre listo a completar con las líneas de la memoria y de la esperanza los datos parciales de la realidad. Iban adivinando la caprichosa totalidad del continente como los ciegos de la fábula a quienes llevaron a conocer a un elefante y, según la parte de él que habían tocado, quedaban con la certeza de que el elefante era una especie de pared, o una especie de serpiente, o una especie de árbol, o una especie de dura y puntiaguda arma de guerra.

Todo fue al comienzo una pequeña isla que debía de estar en la vecindad del continente asiático, donde había estado Marco Polo dos siglos atrás, y al que Colón estaba seguro de encontrar viajando hacia el occidente. Después de salir de Gomera, la isla de las Canarias donde fue reparada la Pinta, las naves habían viajado tres semanas cuando un pájaro que se enredó en las velas y más tarde el vuelo de un pelícano les anunciaron la proximidad de la tierra. Y cumplían cuatro semanas, del 6 de septiembre al 6 de octubre, cuando Martín Alonso Pinzón sugirió por primera vez a Colón virar al sudoeste, siguiendo el vuelo de las aves, como lo recomendaba la ortodoxia marinera, y apartarse del designio que el Almirante se había trazado: seguir tercamente el paralelo 28 hacia el oeste.

Esa pequeña sugerencia de un marinero experto impidió que Colón y sus hombres tocaran tierra por primera vez en el territorio de la Florida. Si hubiera sido así, la primera región en ser conquistada habría sido el descomunal territorio norteamericano, y con ello las islas del Caribe y el continente del sur habrían permanecido ocultos por un tiempo más a los ojos de Europa, a los ojos del "inevitable hombre blanco", como lo llamó un novelista. Ocultos, acaso, por mucho tiempo más, si pensamos que el verdadero proceso de ocupación del territorio de los Estados Unidos comenzó cuando ya se había cumplido todo un ciclo de descubrimientos y conquistas en las islas y las tierras del sur, que mantuvieron atareados a aventureros y traficantes durante más de un siglo.

Algunos españoles, como Hernando de Soto, cuyo caballo había estremecido con su resoplar la borla de la diadema imperial sobre el rostro impasible de Atahualpa, exploraron parte del territorio norteamericano, pero la verdadera colonización de éste sólo comenzó cuando los peregrinos del *Mayflower* tocaron el suelo de Virginia en 1606. Por entonces ya se había cumplido la conquista de Santo Domingo y Cuba, de Jamaica, Trinidad y Puerto Rico, de las Antillas menores y de Centroamérica, del Imperio Azteca y del Imperio Inca, de la Araucania chilena y el Río de la Plata, de Venezuela y buena parte de la Nueva Granada; ya se había navegado por el Amazonas y por sus grandes ríos tributarios; ya había ciudades considerables y una legión de cronistas había narrado sus viajes y perplejidades. Cuando comenzó Norteamérica, el territorio de lo que hoy llamamos la América Latina estaba descubierto. Sus geografías y culturas habían sido descritas con la prolijidad de Oviedo, con la precisión de Cortés, con el realismo de Bernal Díaz del Castillo, con la pasión de Bartolomé de Las Casas e incluso con la fantástica desmesura de Antonio Pigaffetta, relator de la expedición de Magallanes alrededor del mundo. Ya Ercilla se había inspirado en las guerras de Chile, y ya Juan de Castellanos había nombrado la América insular y equinoccial, cantando las hazañas y deplorando los horrores en asombrados endecasílabos, dando testimonio de la fusión de las culturas en el caldero mágico de la lengua.

El continente surgía al ritmo de incursiones y reconocimientos, que eran primero intuición y azar, después temeridad e irreflexión. Hombres llenos de curiosidad descubrían los reinos, hombres llenos de ambición caían enseguida sobre ellos, hombres llenos de brutalidad los destruían y los saqueaban sin compasión, y hombres escrupulosos, a menudo llenos de humanidad, iban a la zaga, tratando de corregir el horror, de comprender, de legislar. No es posible mirar aquellos tiempos sin estremecerse, porque para nosotros, los hijos de la América hispánica, la doble herencia de la ingenuidad y la malicia, de la inermidad y la brutalidad, de la riqueza y el saqueo nos cubre como un manto irrenunciable; hemos vivido por siglos, y seguimos viviendo, las largas consecuencias de un proceso que nunca fue plenamente nombrado, que todavía anhela, como diría Freud hablando de los síntomas, "explicación y redención".

Qué vertiginoso era todo. Una vez encontrado por azar el continente, nada podía poner freno al río de deslumbramiento y codicia, de pasión y de desmesura. Mirar en secuencia aquellos años produce un pasmo de incredulidad, una impresión similar a la que nos ofrece evocar de golpe toda la obra de Shakespeare: allí están todas las emociones humanas, todos los tormentos de la carne y todas las enfermedades del espíritu, un universo hecho a la vez de barro y sueño, de sangre y delirio, de frialdad y de fiebre. Era una magnificación de lo que ya venía ocurriendo en la Europa de entonces: Burckhardt ha descrito esa misma mezcla de caos y de exaltación en sus páginas sobre el Renacimiento en Italia; los tiempos del *Sacco* de Roma y de la guerra contra los moros, aunque también de Leonardo y de Copérnico.

La historia, a pesar de Hegel, no escoge orilla. No ha terminado Balboa de descubrir, tras una expedición por florestas inhóspitas, el Mar del Sur, y ya está viviendo un vértigo de traiciones, la última de las cuales será contra él. En 1517 es ejecutado en Acla por orden de su suegro, y ya en 1518 Cortés empieza a mirar de reojo desde Cuba hacia las costas de Yucatán. Entre 1519 y 1521, el Imperio Azteca cae en manos de aquel sagaz capitán del Renacimiento y lejos de allí Magallanes emprende el viaje más ambicioso de su tiempo. Sólo ha pasado un cuarto de siglo desde que Colón se lanzó a la aventura hacia lo desconocido y ya los marinos de Iberia están a punto de experimentar bajo sus naves la redondez del planeta. México se rinde, Magallanes muere en las Filipinas, y mientras Tisquesusa asciende al gobierno de los chibchas en los Andes del norte, no muy lejos, al oeste, ya está intentando Pizarro encontrar las tierras legendarias del oro. Este hombre que cuenta más de cuarenta años de una existencia ruda hasta lo implacable, tanto que se dice que sobrevivió en su primera infancia gracias a haber sido amamantado por una cerda, estará ocho años preparándose para el momento más brutal y más exitoso de su vida. En 1524 explora las costas del Chocó colombiano y es repelido por los indios, que poco después le harán perder un ojo a su socio Diego de Almagro. Vienen los episodios tremendos de la isla Gorgona, donde sus aventureros padecen siete meses de hambre y calor enfundados en las armaduras por temor a insectos y serpientes. Pronto Pizarro seguirá al pie de la letra, en el Perú, los pasos que cumplió Cortés en México, mientras el verdadero maestro de ambos, Maquiavelo, está muriendo apenas. En 1529, enviados por los banqueros de Habsburgo, los Welser, entran por Venezuela los guerreros alemanes bajo el mando de Ambrosio Alfínger; dos años después estará muriendo este capitán alemán, mientras muy al sur Atahualpa derrota a su hermano Huáscar y se erige emperador de los Incas. Pero ya están entrando por las costas del oeste los 168 guerreros españoles, los más feroces del mundo, que protagonizarán los episodios terribles del Perú. Estos soldados de Carlos v no son sólo adversarios de los indios americanos, están enfrentados al mundo entero, y en el lapso de doce años saquean tres de las mayores capitales del mundo. Llega el secuestro de Atahualpa y la masacre de Cajamarca, que heló la sangre en las venas de Francisco de Vitoria al saber que habían sido asesinados siete mil miembros del cortejo del rey en una sola tarde, cuando asistían desarmados a una cena, invitados por los españoles. En 1533 es asesinado Atahualpa, tras el pago de su rescate, setenta metros cúbicos de oro, y viene la entrada de los conquistadores en la ciudad imperial del Cuzco, con el saqueo correspondiente. No han pasado tres años cuando emprende Jiménez de Quesada el ascenso por el río grande de la Magdalena hacia los altiplanos andinos, y mientras en 1537 avanzan por las montañas dejando los barcos en Barranca Bermeja, en el Perú empieza la desintegración de la alianza de Pizarro y sus hombres. Todo es confuso y arrecia: Almagro, el socio de Pizarro, se enfrenta con los hermanos de éste y ataca el Cuzco. El año siguiente es derrotado por Gonzalo Pizarro y muere de la misma muerte que le había sido infligida a Atahualpa, el garrote vil. Un año más, y otro de los vencedores del Inca, Hernando de Soto, desembarca en la Florida y avanza hasta encontrar el enorme río Mississippi. Cada año un esplendor mayor aparece en las pupilas de los viajeros. Mientras Cortés vuelve a España para quedarse allí y morir en la pobreza, recordando que con cuatrocientos hombres sometió a un imperio de millones, García López de Cardeñas ve aparecer ante él el cañón del Colorado. Y en 1541, mientras los exploradores de lo que sería Colombia proseguían la múltiple búsqueda de Eldorado, Quesada desde el norte, Belalcázar desde el sur, Federmán desde el este, mientras en la Florida estaba muriendo Hernando de Soto y mientras Juan de Castellanos, un muchacho de diecinueve años, llegaba a la isla de las perlas, en la Ciudad de los Reyes de Lima hombres contratados por el hijo de Diego de Almagro caían con dagas y espadas sobre Francisco Pizarro, mostrando una vez más como la Conquista de América terminaba devorando en un torbellino a sus propios ejecutores. Es mirar en el vértigo de un calidoscopio, intentar abarcar toda la plenitud de esa salvaje cosmogonía.

Todavía en 1541 no había ocurrido el mayor de los hallazgos. Uno tan grande y tan complejo que todavía hoy no acabamos de comprender su riqueza y su sentido, porque aquel enorme saqueo no fue cuestión del siglo XVI, ni de los siguientes, sino que es el más reciente capítulo de la interminable conquista de América. En aquella edad de navegaciones temerarias por mares desconocidos, no siempre estaban ciertos los marinos de a dónde los arrojaba el azar de los viajes. Y era posible ver espectáculos extraños, y a primera vista inexplicables, como el que estamos a punto de presenciar.

LA DIOSA

En un lugar de las costas de Cubagua, isla que ya conocemos, varios hombres que acababan de descender de un barco extraño, hecho con viejas maderas de canoas, claveteado con trozos de viejas herraduras y embreado con copey y aceite de animales acuáticos, se habían inclinado a mirar el barro de un camino y de pronto rompieron en exclamaciones de felicidad y besaron de rodillas muchas veces, con lágrimas en los ojos, unos arcos impresos endurecidos en el barro. Al comienzo les pareció que eran huellas de animales desconocidos, pero después uno de ellos, llamado Celis Montañés, "sopló dos o tres veces las señales", y vio las marcas de unas cabezas de clavos con forma de dados: eran huellas de herraduras de caballos, estaban en tierra poblada por españoles, estaban salvados.

Para entender la alegría extrema de aquellos hombres podemos seguir el relato de Juan de Castellanos, quien nos cuenta cómo en 1541, una expedición dirigida por Gonzalo Pizarro se lanzó en busca del quimérico "país de la canela", orillando un río que nace en la región de Moyobamba, en los Andes incaicos, llamado Marañón por los Pinzones. El río acrecentaba su caudal, se ensanchaba y se hundía entre espaciados boscajes. Bajo una lluvia continua veían aparecer a ambos lados poblaciones escasas y hostiles.

Orilla deste río montüosa
Hacía pues Pizarro su jornada,
Tierra mal asombrada de lluviosa,
Por una parte y otra mal poblada;
Y a veces la montaña rigurosa
Les daba la canela deseada,
Sus árboles altísimos y locos,
Pero no muy espesos, sino pocos.

T.1, PÁG. 613

Todavía entonces los españoles pensaban que en los trópicos era posible encontrar, como en Europa, bosques de una sola especie, e ignoraban que el mundo nuevo que recorrían no poseía aquella canela asiática cuya búsqueda fue uno de los estímulos del Descubrimiento, sino espaciados ejemplares de canela americana. Deseoso de conocer el resto de la región y las poblaciones que había en ella, Pizarro encargó a sus artífices y armadores la construcción de un bergantín,

En el cual ordenó que se metiese
Vajilla y vestuario mas preciado,

T.1, PÁG. 613

y sin saber que lamentaría esa decisión, escogió a su propio primo como capitán de la tropa:

Y al Orellana, su lugarteniente,
Nombró por capitán de aquella gente.

T.1, PÁG. 613

Pizarro, quien acababa de librar una guerra con Diego de Almagro y estaba a punto de perder a su hermano Francisco en ese certamen de traiciones, confiando en su lugarteniente lo envió con los marinos a explorar la parte cercana del río, a buscar provisiones y traer noticias de la región, y no vio más al bergantín que acababa de fabricar.

Una de las características de la relación entre los conquistadores era la imposibilidad de confiar unos en otros. Balboa fue salvado dos veces, por Nicuesa y por Enciso, y ambos fueron víctimas de su curiosa idea de la gratitud. El propio Balboa, llegada su hora, fue prendido por Francisco Pizarro, su mejor amigo. Ahora Gonzalo Pizarro estaba viendo cómo desaparecía en el siguiente recodo la nave bajo el mando de Orellana, quien alegaría más tarde no haber podido controlar la corriente. Es posible que haya sido así: un poco más abajo del sitio donde se separaron los primos, otro río poderoso desembocaba en el Marañón y el efecto de émbolo que obran las aguas raudas de los ríos andinos hace vertiginosas los caudales. Además, era la primera vez que las selvas veían pasar por esos altos ríos un bergantín de tales dimensiones y nadie sabría cómo gobernar un barco así corriente arriba, pero Pizarro, que nunca creyó la historia del río incontrolable, acusaría más tarde de traición a su primo. Juan de Castellanos, quien conoció bien a Orellana, ha de saber de qué nos habla cuando dice:

A la punta llegaron fácilmente,
Mas no pudo volver el Orellana,

Forzado de grandísima corriente,
Si la fuerza no fue su propia gana;
Porque desapareció con esta gente
Huyendo de la tierra comarcana...

T.1, PÁG. 614

La corriente que se los lleva puede estar ayudada por la decisión de Orellana de irse por su cuenta, bien embarcado y bien provisto[50]. Los que lo siguen por tierra no van tan raudos como los que se deslizan río abajo, de modo que Pizarro tiene que deshacer su camino y esa marcha tiene todo el aspecto de una catástrofe:

Al Gonzalo Pizarro fue forzado
Volver a las provincias de do vino,
Con pérdida grandísima de gentes
Y los que se escaparon muy dolientes.

T.1, PÁG. 614

El poeta repite enseguida que el extravío no fue involuntario. Que Orellana quería ser el descubridor de aquellas regiones:

Francisco de Orellana navegaba
Alentado de grande pensamiento,
E ya se prometía y aplicaba
Toda la gloria del descubrimiento

T.1, PÁG. 614

Pero el trayecto es difícil; apenas sí se apartan de la ribera y no se animarían a adentrarse por los boscajes que ven a lado y lado:

Mas con sesenta hombres que llevaba
Nunca pudo salir con el intento;
Pues solamente corren la ribera,
Por ser muy pocos para salir fuera.

T.1, PÁG. 614

Menos de doscientos hombres han vencido al Imperio Inca pero estos sesenta se sienten pocos para desembarcar en las regiones que ahora contemplan. Prefieren descender en las islas que hay en medio del río y, como van estrechos en el barco, toman una decisión por la cual se hace evidente que con ellos van los armadores, o que todos lo son:

Y por los fatigar el angostura
Hacer otro navío se procura.

T.1, PÁG. 614

Es memorable esta escena de los viajeros cortando los árboles, armando un barco con maderas de la selva y con trozos de piraguas nativas, convirtiendo en clavos el metal de las herraduras, improvisando brea con resina de árboles y grasa de peces o cetáceos:

Hácense tablas de canoas duras
Por ciertos levantiscos oficiales,
Hízose clavazón de herraduras,
Búscanse necesarios materiales:
Hay brea de copey y otras horruras,
Con aceite de acuosos animales;
Finalmente pusieron en el río
Otro mayor y más capaz navío.

T.1, PÁG. 614

El modo como va creciendo el río parece obligarlos a hacer crecer la expedición. Ya están listos para el siguiente trayecto y, a juzgar por el decorado, también ansiosos:

Pusieron gallardetes y banderas,
Repártense por ambos los soldados,
Osaban ya llegar a las riberas
A causa de no ir tan apretados;

T.1, PÁG. 615

Y con respecto a lo que sobrevenga, lo único que parecen tener es curiosidad:

Tomaron el negocio más de veras
Si fueran los sesenta duplicados;
Pero pocos temían el encuentro
Que pudieran hallar la tierra adentro.

T.1, PÁG. 615

Lo que estamos viendo en esta expedición, uno de cuyos barcos parece apenas una extravagancia de las florestas equinocciales, en este cortejo arriesgado que no puede saber a dónde se dirige, es la primera incursión de los europeos en la selva del Amazonas y el descubrimiento del río. A lado y lado se ven árboles enormes, humaredas en ambas orillas les revelan la existencia de los pobladores y divisan construcciones por cuya función se interrogan en vano:

Ven tierras jamás vistas ni holladas
Sino del natural destas regiones;
Vían desde los barcos ahumadas
Que denotaban grandes poblaciones,

Y algunas torrecillas levantadas,
O templos de sus vanas religiones,
O ya podía ser, según se piensa,
Que las tenían para su defensa.

T.1, PÁG. 615

Viendo un lugar poblado toman la decisión de desembarcar, pero los moradores de la orilla se lo impiden:

Quisieron en un pueblo tomar tierra
Que sobre la barranca parecía,
Mas no los consintió gente de guerra
Que con feroces bríos acudía,

T.1, PÁG. 615

Y es en ese lugar donde ven una mujer armada que desde la orilla los rechaza con ferocidad. Con una perra que defiende su territorio la compara rudamente Castellanos, pero es justo allí donde nace en los viajeros la leyenda de que esa selva está poblada por Amazonas:

E india varonil que como perra
Sus partes bravamente defendía,
A la cual le pusieron Amazona
Por mostrar gran valor en su persona.

T.1, PÁG. 615

Hay algo significativo en el hecho de que estos hombres extraviados en el ámbito de la naturaleza americana terminen recordando como principal símbolo de ese mundo a una mujer guerrera y se refugien en la evocación de una imagen mítica. Hasta el modo rudo como Castellanos nos presenta el episodio, condensando en una sola figura lo femenino y lo masculino, lo animal y lo humano, el valor y la ferocidad, habla con elocuencia del efecto que obraba sobre aquellos aventureros la misteriosa selva que iban recorriendo. Muchos cantos después, mientras la compañía de Felipe de Hutten avanza junto al río Papamene, un indio que habla con Pedro de Limpias le describe también esas mujeres belicosas:

"Bien adevino yo lo que tú quieres,
Porque vuestras demandas son antiguas,
Mas cuán angostos sean mis poderes
No menos que por ojos averiguas;
Mas si también deseas ver mujeres,
Direte dónde viven maniriguas,
Que son mujeres sueltas y flecheras,
Con fama de grandísimas guerreras.

Lindos ojos y cejas, lisas frentes,
Gentil dispusición, belleza rara,
Los miembros todos claros y patentes,
Porque ningún vestido los repara,
Y tienen en las partes impudentes
Más pelos que vosotros en la cara:
Aquellos solos sirven de cubierta
Para no ver los quicios de la puerta."

T.2, PÁG. 202

En ese momento Castellanos recordará que él escuchó del propio protagonista de los hechos este relato. Ahora quiere expresar su incredulidad:

De aquí sacó después sus invenciones
El capitán Francisco de Orellana,
Para llamalle río de Amazones
Por ver esa con dardos y macana,
Sin otros fundamentos ni razones
Para creer novela tan liviana;
Pues hay entre cristianos y gentiles
Ejemplos de mujeres varoniles.

T.1, PÁG. 615

Pero en esa otra ocasión, tiempo después, Castellanos parece más dispuesto a creer en la leyenda:

Esas falsas o ya ciertas razones
Oyeron todos de muy buena gana,
Aunque las tengo yo por invenciones,
No sin olor de fabulilla vana;
Pero diome las mismas relaciones
La boca de Francisco de Orellana,
Y agora me refieren lo que cuento
Hombres de no menor merecimiento.

Es destos Artiaga mayormente,
A quien vivo tenemos este día,
Varón de fe, que se halló presente
A todo lo quel indio les decía:
Es pues mi parecer indiferente,
Por no casarme con opinión mía,
Pues en tan penitísimas regiones
Podría ser que vivan amazones.

T.2, PÁG. 203

Castellanos ha usado la palabra *maniriguas* que un indio caribeño utiliza para aludir a las mujeres guerreras de tierra adentro. Esta palabra está asociada con *manigua*, nombre taíno de la selva, y con *manatí* nombre que se dio a aquellos mamíferos por sus ubres, que hicieron pensar en las sirenas a algunos cronistas. En las lenguas del Caribe *amahno*, *maña* y *amanon* significan las hijas de la tierra; *manatiri*, los pechos de la hembra; *Amana*, el nombre de la diosa-virgen, y *Amane-ne*, el Ser Supremo, que tiene allí una condición femenina indudable. Es posible que los conquistadores hayan asociado esos nombres de *amanon* y de *Amana*, mujer y diosa en las lenguas indígenas, con el nombre griego *αμαζων* y con el latín *amazon*, nombre de las mujeres guerreras de la antigüedad clásica. En todo caso la aproximación entre *manigua* y *manirigua* parece reforzar esa asimilación indígena entre la selva y una divinidad femenina de la que las Amazonas terminaron siendo el símbolo, incluso para los conquistadores.

De aquel combate que les impide desembarcar, la expedición se lleva un indio cautivo con el cual Orellana dialogará de un modo singular el resto del viaje:

> Por señas Orellana le hablaba
> En el discurso deste su viaje,
> Y todos los vocablos asentaba
> Según comprehendía del salvaje:
> Hasta ver si por ellos alcanzaba
> Inteligencia cierta de lenguaje,
> Porque tuvo de lenguas gran noticia,
> Y para las hablar mucha pericia.
>
> T.1, PÁG. 616

Diez meses navegaron aquellos hombres desesperados; ignoraban qué mundo recorrían y no podían saber hacia dónde los llevaba la corriente que se ensanchó de un modo asombroso hasta convertirse en un verdadero mar de agua dulce. Castellanos, que no la conoció, no nos describe la selva pero nos muestra cómo Orellana pudo sentirla o intuirla. Lo que obtenemos por el relato es más bien la gravitación de la selva, el modo como inquieta a los viajeros y abruma su imaginación. Y el poeta logra trasmitirnos esa perplejidad mostrando que mediante grandes esfuerzos Orellana entiende, o cree entender, el relato que el indio le va haciendo en una lengua desconocida:

Y ansí con gran contento declaraba
De estas compañías y cuadrillas
Aquello que este indio le hablaba,
Diciendo que decía maravillas
De lo que más adentro les quedaba,
Y no podían ver por las orillas:
Crecida población, campos amenos,
Y es de creer haber algunos buenos.

T.1, PÁG. 616

La siguiente estrofa parece resumir todo el larguísimo recorrido:

Navegando van pues nuestros guerreros,
A peligros inmensos arrojados
En competencia de los indios fieros
Que los combaten por entrambos lados:
Navegan sin saber los paraderos
Ni tener de quién sean avisados,
Hasta que percibieron los oídos
De muy lejos grandísimos ruidos.

T.1, PÁG. 616

Apenas podemos imaginar lo que sintieron los viajeros, lo que siente ahora el narrador de ese trayecto interminable, ante la selva misteriosa y el río que crece. Se habían refugiado en la mitología al contemplar esta naturaleza virgen, y se refugiarán una vez más. Al oír el estruendo que los espera y al ver aparecer el confín blanquísimo de la espuma, Castellanos usa de un modo nada retórico el nombre de una diosa del mar; sentimos que con ello está saliendo de lo indescifrable e ingresando en un orden de símbolos establecidos. Sólo después de esa invocación pueden sus guerreros situarse en la geografía, pues hasta ese momento no sabían a dónde los llevaba su destino:

Iba la gente desto temerosa
Prosiguiendo con duda su viaje,
Y apartada la noche tenebrosa
Haciendo ya remansos el aguaje,
Vieron la blanca Tetis espumosa,
Y en ella levantarse gran olaje,
Y con calor de presurosos modos
"¡La mar, la mar del norte! dicen todos".

T.1, PÁG. 616

No saben dónde están desembocando. Orillas de la costa avanzan hacia el norte y hacen conjeturas sobre las regiones que van viendo. Pero a pesar de que algunos ya habían navegado por estas aguas, el mundo nuevo no era del todo conocido y la incertidumbre los acompaña hasta el último minuto. Es como si la larga experiencia de las tierras ocultas, esa sensación que a su tiempo tuvo Colón y que tienen todos los pioneros, de estar recorriendo por primera vez unos caminos desconocidos, les impidiera ver con claridad lo que encuentran. Todavía vienen llenos "del temblor extraño que dejan los caminos" y así llegan a las costas de Cubagua. Pero para su mal, la vieja granjería de perlas que mantenía esos mares llenos de navíos y de canoas con indios ha sido alcanzada por la ruina, y estos hombres extraviados dudan tanto de todo que hasta las casas blancas en la distancia se les antojan más bien peñascos y detritus de pájaros:

Inciertos, pero con algún desino
Que cada uno dellos en sí fragua,
Prosiguen adelante su camino,
Hasta dar en la costa de Cubagua;
Y allí los poseyó más desatino
Por no ver carabela ni piragua
De la crecida flota que solía
Salir a la pasada pesquería.

Las casas encaladas devisaban
Los hombres destas peregrinas naves;
Mas por peñașcos grandes las juzgaban
Y suciedad de las marinas aves;
T.1, PÁG. 617

Por fin desembarcan y es allí donde tiene lugar la escena que vimos al comienzo. Unos hombres que se inclinan a examinar unas huellas curvas endurecidas en el barro y que sólo cuando soplan sobre ellas y advierten la forma de los clavos logran estar seguros de que son herraduras de caballos, de que han vuelto al mundo de los hombres, y besan muchas veces el barro con sus bocas barbadas:

El padre fray Gonzalo de la Vera
Con Alonso de Robles y otros tales,
Querían porfiar que el rastro era
De nunca conocidos animales;

Mas Celis Montañez sin más espera
Sopló dos o tres veces las señales,
Y vido claramente señalados
Los clavos de cabezas como dados.

Vereis las gentes ya regocijadas,
Y fuera del pasado desconsuelo
Besar por muchas veces las pisadas
Hincando las rodillas por el suelo;
Y las manos en alto levantadas
Dan gracias al señor del alto cielo,
Porque ya claramente conocían
Ser aquel el paraje que decían.

T.1, PÁGS. 617-618

Y para que una vez más la realidad se encuentre con el libro y la poesía con los hechos, entre los hombres que salen a la playa a recibir a aquellos viajeros salvados de la selva, y aquel barco desconocido, está el propio Juan de Castellanos, quien oirá a sus diecinueve años el relato de esa travesía histórica de los propios labios de los protagonistas:

Salimos a la playa mucha gente
A ver extraño barco que venía,
Imaginando muchos ser soldados
De los que Ordás perdió tiempos pasados.

T.1, PÁG. 618

Todos se sentían regresando de un mundo enloquecedor y allí se percibe, como en tantas otras partes, la diferencia profunda que había entre los nativos de América y los invasores. Es digno de reflexión que sólo ante la selva amazónica el espíritu europeo del Renacimiento se haya sentido abrumado de extrañeza. Tal vez percibió por fin que América no estaba sometida al *Espíritu* sino a las divinidades de la fecundidad y de la tierra; tal vez por eso los viajeros se refugiaron en el mito de las Amazonas, y los nombres podrían terminar significando algo, en un mundo donde pareciera que ya nada significa.

Quizá lo único que explica las dudas y las vacilaciones de la América mestiza ante las prédicas de la sociedad occidental es el hecho de que mientras Europa desacralizó la naturaleza hace veinte siglos para reverenciar sólo al *Espíritu*, en América, hasta hace quinientos años, las divinidades eran naturales y estaban activas en las formas del mundo. Algo en la conciencia mestiza de América no olvida que la manera como irrumpió en el continente la cultura europea deja serias dudas sobre sus verdades más hondas. Puede presumirse que una cultura que no teme aniquilar a pueblos enteros, avasallar las almas, imponer la esclavitud y la servidumbre indiscriminadas, no vacilará en tiranizar la naturaleza e, incluso, en destruir al planeta, así esa destrucción asuma la forma inconsciente que denuncia el libro *La ira de la tierra*, escrito en 1991, al cumplirse cinco siglos del Descubrimiento, por Isaac Asimov y Frederik Pohl, dos genios de la ficción científica que hacen allí un alto para discurrir con alarma sobre la realidad contemporánea.[51]

No duró mucho el pasmo inicial: el avance de la suicida sociedad industrial sobre la selva amazónica, la continuación de los infiernos de la Conquista en los infiernos humanos del siglo XX que describen novelas como *La vorágine* de José Eustasio Rivera, y su prolongación en los infiernos de hoy en Colombia, en el Perú y en el Brasil, son buena prueba de la insensatez de una civilización que se prometió superior pero que aún está en deuda de civilización, no con América sino con nuestro frágil y hermoso planeta.

Hoy la América Latina es un escenario de desigualdades humanas extremas que son fruto del orden mental que instauró la Conquista y que las guerras de Independencia no lograron superar. Derrotados los españoles, el mal de una cultura occidental arrogante y despectiva, heredado en nuestros países por unos mestizos con fortuna, siguió imponiendo sus modelos mentales, sus modelos estéticos, discriminando sin fin a los pueblos, perpetuando una tradición de exclusión que le hizo decir a Humboldt que, después de aquello, los gobiernos de la América española podrían propagar la instrucción y aumentar el bienestar luchando contra las desigualdades monstruosas, pero que tendrían enormes dificultades en volver sociables a los habitantes y enseñarles a mirarse mutuamente como conciudadanos.

En vano intentó aquel sabio mostrar a América el otro rostro de la civilización occidental. Como lo ilustra el frontispicio alegórico que preside su obra, Humboldt, símbolo de la vocación de conocimiento y emblema del viajero y del mensajero, quería encarnar en sí mismo el modo como Minerva-Atenea y Mercurio-Hermes consolaban a América de los males de la Conquista. Pero el Romanticismo europeo perdió su batalla contra la onerosa sociedad mercantil, y tal vez sólo en la lucha por la reconciliación que predicaba Hölderlin entre lo humano y lo divino, entre el espíritu y la materia, entre la cultura y la naturaleza, esté también la única posibilidad de una alianza verdadera de nuestros mundos.

LOS PRIMEROS LECTORES

Pese a la extrañeza del estilo de Castellanos para el gusto de su siglo XVI, hubo quien leyera a lo largo del tiempo sus *Elegías de varones ilustres de Indias.* Algunos comentarios pueden iluminar el proceso que vivió el poema, mostrar los matices que han asumido su conservación y su lento redescubrimiento. El primer comentarista, como sabemos, fue Agustín de Zárate, censor de la corte e ilustre historiador del Perú, cuya prosa Jean Descola ha comparado con la de Nueva España. Hace énfasis sobre el aspecto histórico: "Porque con haber tantos autores que han compuesto libros del descubrimiento y conquista de las provincias del Perú, y de tantos y tan varios sucesos como en ella ha habido, entre los cuales se puede contar la historia que yo compuse tocante a esta materia, y otros han trabajado en lo que toca a la Nueva España, todos estos libros quedaban defectuosos y sin principio, por no haber habido quien tomase a su cargo declarar cómo y cuándo, y por quién se comenzó a descubrir tanta anchura de mar como hay ansí norte sur, como leste hueste, desde el estrecho de Gibraltar hasta las provincias de tierra firme donde van a parar, y lo mucho que los siglos presentes y los que están por venir, deben principalmente a don Cristóbal Colón, por cuya industria y esfuerzo y diligencia, mezclada con infinitos peligros y riesgos de la vida, y de los demás que le siguieron y acompañaron en aquel descubrimiento, se haya navegado un piélago de tanta longitud y latitud con la conquista de tantas ínsulas que en él hay…"

La verdad es que los primeros cantos de las *Elegías*, dedicados al Descubrimiento y los viajes de Colón, constituyen el primer poema sobre aquel episodio único de la historia y uno de los más bellos. Castellanos hizo el mismo recorrido no mucho después del Almirante y es, a su modo, también un descubridor de América. Su recreación de la aventura del Descubrimiento supera mucho de lo que se ha escrito después sobre el tema; es fiel a lo que se supo de los hechos y también a lo que se fabuló sobre ellos en los primeros tiempos de América, y su único error es el de pensar que Colón fue consciente de su descubrimiento, lo que lo lleva a poner en sus labios consideraciones que sólo llegaron con Américo Vespucio a la conciencia occidental. Pero el poema logra hacernos sentir su ansiedad y su vértigo, la desesperación de los marinos a medida que se alejan del mundo conocido y derivan hacia lo imposible, debates intelectuales gobernados por el miedo y la terquedad; nos hace ver en un amanecer ya mítico las costas de un mundo que emerge al horror y a la historia. Hasta nos conmueve con la afirmación de que los marinos van nombrando en voz alta como niños las cosas que van viendo:

Diciendo van aquello que veían
Haciendo con las manos dulces señas,

Los árboles sus ramas descubrían,
Víanse las montañas y las breñas,
Sonaban ya las hondas que herían
Los cóncavos y huecos de las peñas.
Ven prados y frescuras ser amenas,
Ven blanquear las playas con arenas.

T.1, PÁG. 90

También recrea los trabajos y las necesidades que transformaron al joven letrado que era él mismo al comienzo de su aventura en un marino experto y en un diestro narrador de viajes y navegaciones. Castellanos es hasta hoy el mayor poeta del mar que ha tenido Colombia. No volvió a tener una poesía marina este país que, aunque en gran medida llegó del mar, borró la memoria de sus orígenes, y desde aquellas lejanas auroras, a pesar de sus dos enormes océanos, "no ha visto el mar" o al menos nunca más volvió a cantarlo. Zárate, un lector perceptivo, añade: "Y cuando trata en materia de astrología, en las alturas de la línea y puntos del norte, y sol y estrellas, se muestra ejercitado astrólogo, y en las medidas de la tierra muy cursado cosmógrafo y geógrafo, y cursado marinero en lo que toca a la navegación, que es lo que principalmente le ayudó; finalmente, que ninguna cosa de la matemática le falta". Incluso este primer comentarista no tuvo dificultad en reconocer el mérito de uno de los asuntos que más desagradaría, siglos después, al purismo de los Menéndez y Pelayos: "Y en lo que más muestra la facundia de su ingenio –sigue Zárate– es, en injerir en sus coplas tanta abundancia de nombres bárbaros de indios, sin fuerza ni violencia del metro y cantidad de sílabas, con ser los tales nombres tan difíciles que apenas se pueden pronunciar con la lengua". Estamos aquí ante un lector capaz de deleitarse con el texto, afable y libre de la arrogancia profesoral que después sería incapaz de ver en el libro lo que no respondiera a sus prejuicios.

La censura de Alonso de Ercilla es la segunda en términos históricos y no tendría nada apreciable, dadas su brevedad y su sequedad, pero vale señalar el principal mérito que enuncia: por lo que le dice su propia experiencia, el autor va "muy arrimado a la verdad". Esta frase anotada casi al desgaire es significativa dicha por él, pues en *La Araucana* pone como clave de ciertos episodios esa virtud, enunciada con las mismas palabras:

> Quíselo aquí dejar, considerado
> Ser escritura larga y trabajosa,
> Por ir a la verdad tan arrimado
> Y haber de tratar siempre de una cosa.

En ese momento, pese a su falta de entusiasmo, se muestra hermanado con Castellanos en una tarea común, así sepa que tienen voces tan distintas. La belleza clásica de la poesía, en el sentido que Ercilla podría darle, no está en Castellanos: en él está lo tremendo de la poesía, lo inolvidable por preciso, por humano, por conmovedor.

En la edición de Rivadeneyra, que renovó en España el interés por la obra, dice en el prólogo don Buenaventura Carlos Aribau que Castellanos, "menos ambicioso que Lucano y Ercilla, sólo consagra sus esfuerzos a preservar del olvido hechos notables y circunstancias graves y curiosas". Afirma, como otros, que no es un poeta creador; "es un historiador escrupuloso, que prefirió la octava rima a la prosa, quizás para recrear con este agradable ejercicio los últimos años de su vida, o quizás también porque a ejemplo de Ovidio, *quod tentabat dicere versus erat*". El resto de su examen es valioso: "Distinguimos entre estas cualidades preciosas la paciencia investigadora que supone la acumulación de tantos sucesos, el interés dramático de tan extraordinarias virtudes, la exactitud en la descripción de las localidades, el arte con que excita la curiosidad del lector, graduando discretamente el desarrollo de los incidentes con que la satisface; por último, esa sencillez candorosa que toda la obra respira, reflejo de un alma recta y pura, consagrada al culto de la verdad y ajena de todo lo que pudiera torcerla y ofuscarla".[52] A esto tan sencillo es a lo que yo llamaría un juicio literario humano y sin prejuicios. Nada nos llama tanto la atención en Castellanos como su sencillez y su claridad; después vendrían en nuestra América los monumentos de la escritura indirecta, tan valiosos y misteriosos, pero se diría que Castellanos no quiere hacer vino sino agua pura, quiere que sintamos la frescura elemental de un mundo en donde todo, hasta el horror, puede ser contado con nitidez, porque en medio de sus crueldades y torpezas humanas está bañado de aires limpios y de colores nuevos. Nunca apreciaremos demasiado esta nitidez de los hechos que sólo puede ser atribuible, como bien lo ha dicho don Buenaventura, a esa suerte de candor que hay en la mirada del poeta. Vale recordar dos afirmaciones distintas de Castellanos que nos aproximarán mejor al tema. En su dedicatoria de la Cuarta Parte del poema, considerando que los hechos que narra son tan recientes que todavía viven muchos de sus protagonistas y testigos, y que por ello no han sido aún enturbiados por el olvido y por los siglos, Castellanos habla de su tema como de un agua todavía clara porque está muy cerca de su fuente: "Y así por ser informaciones de testigos oculares fidedignos, como porque la corriente dellas no va tan lejos de su nacimiento que no se pueda coger el agua clara, me parece que he pasado esta carrera sin dejar en ella ofendículo de adición sospechosa". Una imagen idéntica encontramos en la dedicatoria de la primera parte a Felipe II. Le dice que no tiene, como los poderosos, preciosos dones que ofrecerle (uno piensa enseguida en las montañas de oro que ponían a los pies de los reyes los Pizarros y los Jiménez) pero que no desdeñe recibir "el cornadillo del pobre", y le ofrece, como si fuera un don insignificante, el fruto de media vida de esfuerzos en la comprensión y celebración del mundo nuevo, en nombre de la lengua y de la civilización; con una bella imagen le pide que lo acepte "como aquel gran Artajerjes que no se desdeñó (pasando el río Ciro) inclinar su real cabeza, para beber agua dél en las palmas de Sinetis, pobre y rústico villano". En vez de oro, agua pura de América, destilada en décadas de penalidades y de esfuerzos, le estaba ofreciendo el poeta en las manos a su rey y a su patria.

Un año después de la publicación de Rivadeneyra, Joaquín Acosta publicó en París el *Compendio histórico del descubrimiento y colonización de la Nueva Granada*, y en él una biografía y un juicio sobre Castellanos. Comprende que el poeta ha de ser de origen español pero declara ignorar en qué lugar de la península habrá nacido. Le censura ciertas libertades con las rimas y sus inexactitudes cronológicas, pero reconoce así sus méritos: "...en sus descripciones de comarcas, en las refriegas y encuentros con los indígenas, y, particularmente, en la pintura de las impresiones que causaban aquellos animosos y duros conquistadores, lo peregrino de la tierra y de las gentes que tenían que domeñar, y lo inaudito de sus propias andanzas y aventuras, no conocemos cronista que le aventaje. Era preciso haber sido dotado por la naturaleza de la imaginación más viva y más galana y de la memoria más feliz, para conservar, después de largos años, tan verdes las imágenes y recuerdos de acontecimientos pasados allá en los días de su florida juventud".[53] Sirva para confirmarlo un fragmento en el que es posible seguir un avance de conquistadores hambrientos, buscando ya menos oro que provisiones, por páramos donde deben enfrentar sin tregua las flechas, el viento, el frío, la escarcha, la desesperación y la muerte:

> Dio noticia de grandes poblaciones,
> Prolijas sementeras y labranzas,
> Apariencias y representaciones

Del cumplimiento de sus esperanzas:
Aliéntanse hambrientos escuadrones,
Compónense guerreras ordenanzas,
Afílanse las lanzas, las espadas,
Y a gran priesa caminan las jornadas.

No van por el camino sin encuentro
De grandes escuadrones de flecheros,
Y cuando se metían más adentro
Más cuantidad había de guerreros:
Tuvieron un grandísimo recuentro
Con indios que llamamos citareros;
Mas, a pesar de quien más los baldona,
Al páramo llegaron de Pamplona.
[...]
Fue pues Ambrosio por lo más supremo
Del páramo, sin dél hacer desvío,
Mas no se vio rigor del monte Hemo
Que nevase tan frígido rocío;
Y como fuesen de calor estremo
A los estremos grandes deste frío,
Lo que no vencen bélicos calores
Vencieron frigidísimos temblores.

Pues en muy breve se quedaron yertos
No poca cuantidad de los cristianos,
Muchos caballos, y ansímismo muertos
Más de trescientos indios de los llanos,
Ladinos, sagacísimos, espertos,
Y de los españoles pies y manos;
Los cuales confiados del estío

Sus cueros solos eran atavío.
Y a todos fue muy grande inconveniente
Venir de lana mal apercibidos,
Y dar en tierra fría de repente
Con las lijeras ropas y vestidos
Que solían traer en la caliente,
Adonde con calor son afligidos;
Y ansí, de ver en poco tantos muertos,
De lágrimas arroyos van abiertos.

Ninguno ya por amistad espera,
El riesgo de sí propio conociendo,
Ocupando la muerte donde quiera
A quien se para y al que va huyendo,
Enseñando los dientes, de manera
Que se juzgara dél estar riendo,
Mas era de la muerte la divisa
Con estremo de la sardonia risa.

T.2, PÁGS. 108-109-110

El modo como pasa Castellanos en el anterior pasaje de los amplios espacios y los grandes combates al frío que congela las tropas y después a cada uno de los moribundos, para cerrarse en el primer plano de la contorsión de la muerte en una risa sardónica, es magistral. El fragmento prefigura, con tres siglos de anticipación, lo que sería el paso por los páramos de las tropas libertadoras, uno de los episodios más dramáticos de nuestra Independencia. Pero también alienta en los versos este mundo ecuatorial, donde verano e invierno no están definidos por el tiempo sino por el espacio, de modo que a los indios de los llanos arrastrados por la expedición hacia las tierras altas los sorprende desnudos el hielo de las cumbres.

Llegamos ahora al primer gran crítico de Castellanos en tierras americanas, José María Vergara y Vergara. Para demostrar que era un buen lector, basta repetir que fue él quien descubrió por un verso casual el lugar de origen del poeta, pero su juicio ha sido el más combatido porque se atrevió a reconocer hace más de un siglo la poesía indudable que hay en las *Elegías*. En el siglo XVI pocos estaban en condiciones de escuchar al poeta y entender todo lo que se proponía; en el siglo XIX casi nadie estaba dispuesto a creer que lo hubiera logrado. Vergara y Vergara inauguró con gran perspicacia la tradición de buscar la biografía del poeta en sus versos, e hizo un relato detallado de muchas de sus aventuras en el que hay momentos de feroz intensidad: "A la vuelta, cuando se habían separado del grueso del ejército, corrieron gravísimos peligros, pues los cadáveres de los infelices indios que iban muriendo por el camino cebaron a los tigres de las montañas, que atacaron después a los españoles con obstinado encono, siguiéndolos por muchas jornadas y velando al pie del campamento hasta que hacían presa de algún español".[54] Después establece los nombres de los informantes de Castellanos: Juan de Avendaño de los sucesos de la Dominica; Francisco Soler, del lago de Maracaibo; Nuño de Arteaga, de la expedición por el Cabo de la Vela; Orellana, de su viaje por el Amazonas; Gonzalo Fernández, de las guerras y sucesos de Cartagena antes de la llegada del poeta; Juan de Orozco y Domingo Aguirre de sus personales aventuras. Vergara y Vergara no vacila en afirmar que Castellanos es "más galano y poeta que Ercilla su contemporáneo; dotado de una imaginación tan espléndida como el trópico, y de una memoria fabulosa, capaz de encerrar en ella todos los sucesos de la Conquista". Excitó el espíritu polémico de los profesores y hasta hirió ciertas susceptibilidades al establecer una comparación entre el poema de Castellanos y el de Ercilla, y afirmar que las *Elegías* superaban a *La Araucana*: "…las *Elegías* son superiores a *La Araucana* por otros conceptos. Castellanos no inventa, como Ercilla, sino que describe; *La Araucana* no ha sido considerada nunca como un documento tan histórico como las *Elegías...*" En otro momento afirma que el libro de Castellanos "Es superior también en la verdad, hermosura y animación de sus vivaces descripciones, escritas en galano lenguaje. Los cuadros, en general, son infinitamente más vivos que los de *La Araucana*". Pero este tono polémico sólo se presta para recíprocos elogios y rechazos, y no creo que sea necesario oponer dos poemas tan distintos como las *Elegías de varones ilustres de Indias* y *La Araucana*, dos poemas gobernados por unas intenciones tan poco semejantes. Fuera de su compartido interés por la Conquista de América, los dos poetas obedecen a su época de modos muy distintos: Ercilla creando un poema que se animaba a considerar poético un tema americano, pero adaptándolo, como lo exigían las estéticas imperantes, al gusto de la corte y de los letrados de su tiempo; fantaseando unos guerreros indígenas caballerescos inspirados en los héroes de la epopeya clásica, y decorando el mundo americano con los árboles y los elementos de la tradición literaria europea; Castellanos obstinándose en mostrar el Nuevo Mundo; en utilizar, incluso, las palabras de sus pueblos para precisar todo aquello que no tenía equivalentes en su tierra de origen; forzando al lenguaje a americanizarse, a atrapar la turbulenta y exuberante realidad; renunciando a los adornos y a las mistificaciones por amor a la verdad, tal vez porque advertía que todo lo que en América era sencilla realidad: la plaga de los tigres, la naturaleza desmesurada, el oro por quintales, las costas de perlas, las selvas de plumajes de los guerreros indios, las serpientes enormes, los doscientos hombres que navegan en una barca excavada en una sola ceiba, la continuidad de las llanuras ardientes y los páramos brumosos, las flechas que atrapan al pájaro en vuelo, los enormes caimanes intempestivos, parecería en Europa exageración y fantasía. Ocurrió algo peor: había tal extrañeza en los temas y, sobre todo, en la voz sin truculencias que los mostraba, que en realidad nadie consideró aquello. Bien ha dicho alguien que si el unicornio apareciera nadie lo percibiría, que su extrañeza misma y su aspecto inusual lo harían invisible, porque tendemos a sólo ver lo visto, y tal vez es cierto que "sólo vemos en las cosas lo que ponemos en ellas". Es bueno preguntarse si la sencillez a que recurrió Castellanos para su poema no era ya un primer influjo del mundo americano, si eso que los conquistadores llamaban la rudeza o el primitivismo de América, esa renuncia casi voluntaria a violentar la naturaleza y a imponerle las deformaciones de la voluntad humana, si esa sujeción de los indios al poder del universo natural no era lo que le dictaba ya a Castellanos esa nitidez y esa fidelidad especular de agua pura. Y si en aquel mundo del Siglo de Oro en que era forzoso ver los ojos como estrellas, los cuellos como torres, las aguas como cristales, el llanto como ríos, es decir, los molinos como gigantes, no era un pecado imperdonable decir que aquellos molinos eran, sencillamente, molinos; que aquello que chorreaba de las espadas era sangre.

Otro lector cuidadoso de Castellanos fue Miguel Antonio Caro. En el extenso trabajo que redactó sobre el poeta están el esfuerzo y la seriedad que fueron frecuentes en su actividad literaria. Castellanos, dice, "ejercitó lo mismo la espada que la pluma; y fue a un mismo tiempo, hasta donde caben mezclarse y confundirse cosas entre sí tan extrañas, cronista y poeta, en una obra larga y de trabajo sumo, tan importante por los datos históricos que contiene cuanto original y monstruosa en su forma literaria".[55] Añade que el poeta empleó los ocios de su existencia ya tranquila "en salvar del olvido las vidas de sus compatriotas y compañeros de expedición, puntualizando sus hechos en los cantos que a su memoria dedicó, y sin curarse él mismo de alcanzar honores y gloria, llegó a edad avanzadísima y se extinguió desconocido". Fuera de reconocer a Castellanos como poeta y de apreciar la magnitud de su esfuerzo, señala algo que otros antes ni después advirtieron: que Castellanos era un gran amigo y que consideró parte de su deber poético eternizar las hazañas de hombres a quienes conoció y admiró. Hasta Manuel Alvar, lector sensitivo de quien ya hablaremos, confunde la poesía con la historia y le censura a Castellanos que tratando de "levantar monumento perdurable 'al español en Indias peregrino' se pierde en homúnculos que en su verdad histórica no pasaron de ser mantillo para que la historia se sustente".[56] Pero lo que ahí asoma es ese desprecio por el hombre común y ese culto del poder que eran el sello de otras épocas. Castellanos ignoraba que en su tiempo el arte del retrato estaba dejando de considerar como únicos seres dignos de representación a los nobles, los reyes y los papas, y que ya empezaba a presentirse una novela posible hasta en el más humilde de los seres humanos, pero estaba inscrito más que muchos en el espíritu de su época, y cada objeción convencional que se le hace es la oportunidad de encontrarle una nueva virtud.

La siguiente afirmación de Caro prueba su buen estilo literario: "el autor permanece incógnito y como perdido en la masa informe de sus versos, cual guerrero que permaneciese abrumado bajo el peso de sus propias armas". Después considera la validez del título de las *Elegías*, cuestionada por M. Ternaux-Compans en su catálogo de poemas épicos. Castellanos, dice Caro "en la octava tercera dice que canta 'casos dolorosos'; son muchos los pasajes donde habla del llanto de su Musa y del suyo propio, y no menos explícitos los epígrafes de las mismas *Elegías*, que, dedicadas en su mayor parte a la muerte de varones ilustres, suelen terminar con epitafios en latín y castellano. Que ese título convenga o no, con propiedad retórica, a aquellos cantos, es cuestión de otro orden; que Castellanos llamó *Elegías* a su libro sabiendo bien lo que decía, lo manifiesta a las claras el carácter de fúnebres que él atribuyó a unos cantos consagrados a la conmemoración de amigos y conocidos ya difuntos. Intitulando algunos de estos cantos 'Elegías y elogios', o solamente 'Elogios', muestra que distingue el sentido de ambos términos, usándolos ya conjunta o ya separadamente, según le parece venir mejor a las circunstancias y la memoria de cada personaje". El largo ensayo de Caro reúne casi todo lo que se sabía en su tiempo sobre don Juan y revela un aprecio especial por él. Ahora bien, Caro es un típico intelectual ultracatólico del siglo XIX y cuando empieza a exponer sus ideas de la historia puede superar a cualquiera otro; veamos este ejemplo: "Mostró a las claras la Divina Providencia sus planes en el gobierno de la sociedad humana, cuando hizo que el descubrimiento del Nuevo Mundo coincidiese con el altísimo grado de vigor religioso y de fuerza militar que había alcanzado la nación predestinada a someter y civilizar estas vastas y apartadas regiones". Afirmaciones sobre el mismo tema, escritas por Castellanos en el siglo XVI, antes de la Revolución Francesa, de los Derechos Humanos, de la Independencia de los países americanos y de la reforma mexicana, podían ser explicables efectos de la inercia mental de una época:

> Pues porque nuestro mundo poseyese
> Un mundo tan remoto y escondido,
> Y el sumo Hacedor se conociese
> En mundo donde no fue conocido,
> Levantó Dios un hombre que lo diese
> A rey que lo tenía merecido,
> Y ansí los dos y sus distantes gentes
> Vinieron a ser deudos y parientes.

Pero la afirmación de Caro, un gobernante colombiano a fines del siglo XIX, muestra de qué alarmante modo el espíritu de esos dirigentes políticos e intelectuales de Colombia permanecía anclado en la moral de los encomenderos y en la interesante filosofía de Francisco Pizarro. Es de admirar que los términos de Castellanos, tres siglos atrás, son más respetuosos; al menos no funden en un solo ditirambo el vigor religioso y la fuerza militar del Imperio Español; al menos hablan de hacer a los pueblos "deudos y parientes", en vez del maridaje abusivo de los verbos "someter y civilizar". Es triste el contraste entre la amplitud de espíritu de aquel poeta del Renacimiento, capaz de admirar y amar a América, y la ceguera medieval de esos letrados y políticos de nuestro siglo XIX. Esto nos explica un poco por qué Colombia se ha desgastado en guerras estériles y en odios de aldea; la incapacidad de un país para mirarse a sí mismo y para respetar su propia complejidad es una fuente inagotable de exclusiones y resentimientos. El ensayo de Caro se alarga en culpables y no solicitadas defensas de la legitimidad de la espada contra los "bárbaros indios", y no deja de reprobar a Las Casas (ardientemente, tres siglos y medio después) por "sus opiniones extremas" a favor de éstos. No puedo impedirme incluir una última indignada frase suya que no necesita comentarios, para que sean sus propias palabras las que lo exhiban a los ojos de nuestra época y les sirvan de espejo a tantos *civilizadores* que abundan todavía por ahí: "A la ojeriza que tenía Las Casas contra los conquistadores, corresponde, reverso de la propia medalla, el entusiasmo con que miraba a los indios, 'estimándolos –¡dice Irving!– como seres de raza más noble y espiritual que los demás hombres, y su conservación y bienestar como de mayor importancia que los intereses generales de la humanidad' ".

Otro atento lector de Castellanos fue don Antonio Paz y Mélia, quien publicó la cuarta parte de las *Elegías*, la *Historia del Nuevo Reino de Granada*, en Madrid, en casa de Antonio Pérez Dubrull, en 1886. Esta edición en dos tomos lleva un prólogo suyo, y en ese prólogo el testimonio de alguien que asumió como Vergara, con la disciplina necesaria, la tarea de rastrear en las *Elegías* todas las menciones, casi siempre asordinadas y discretas, de las andanzas de don Juan, para reconstruir con ellas la vida del poeta en tierras americanas. El texto es gratísimo como relato de aventuras y termina siendo un documento de gran originalidad, porque arma con arte y paciencia una suerte de vitral hecho de fragmentos de colores muy vivos, y construye con esos destellos un personaje memorable. Quien antes de la lectura del poema quiera situarse en el mundo que Castellanos describe y en las peripecias del autor debe leer este texto, que hace más de un siglo logró recrear una imagen memorable del poeta perdido. Es una lástima, pero también una tradición, que sin la menor necesidad el autor de este cuadro biográfico e histórico tan valioso termine su texto sosteniendo la doctrina que vuelve sin fin, cada vez que se toca el tema: la validación de un sistema de conquista "apoyado en el derecho de la raza más privilegiada en inteligencia y fuerza sobre la menos capaz",[57] y hasta le atribuya tal posición a Castellanos, de quien ya conocemos la actitud hacia los pueblos nativos, quien se retiró de la guerra y se hizo sacerdote por escapar de la ferocidad, la crueldad y la ira de las guerras de Conquista y quien hablaba de sí mismo como de un malhechor arrepentido:

Pues escapándonos de los rigores
Del Mavorte feroz, crüel, airado,
Hicimos lo que hacen malhechores,
Que recogerse suelen a sagrado;
Su gracia nos dé Dios y sus favores
Para llorar el tiempo malgastado,
Porque con la mudanza del oficio
Se gaste lo demás en su servicio.

T.2, PÁG. 57

Otros lectores de Castellanos fueron Juan Valera, Ángel González Palencia, Marco Fidel Suárez, Raimundo Rivas, Gustavo Otero Muñoz, Caracciolo Parra, Enrique Otero D'Costa, primero en intentar establecer una cronología detallada de la vida y las andanzas del poeta,[58] Antonio Gómez Restrepo y Fray Andrés Mesanza, también aplicado a dilucidar las claves de su biografía.

En su libro *Las corrientes literarias en la América Hispánica* éste es el juicio del sabio crítico y gran hombre de América, Pedro Henríquez Ureña: "Juan de Castellanos era, como Cieza, un mozalbete cuando vino a América; pero cuando comenzó a escribir sus *Elegías de varones ilustres de Indias*, extraordinariamente minuciosas, el poema más largo que ha producido la literatura española, era ya sacerdote maduro. No sólo pertenecen al Nuevo Mundo los sucesos que narra; su lenguaje mismo es un claro espejo del español que vino a hablarse en la zona del Caribe durante la última mitad del siglo XVI".[59]

Un valioso juicio sobre la obra de Castellanos apareció en 1949 en la obra *El latín en Colombia* de José Manuel Rivas Sacconi, director del Instituto Caro y Cuervo. Afirma que Castellanos será revalorado "cuando se estudie más de cerca el poema con todo el detenimiento que obra tan vasta exige". Y también enumera con gran sensatez los temas que habrán de guiar esa valoración: "Seguramente está más cerca de acertar Vergara y Vergara con su entusiasmo, desorbitado pero comprensivo, que quienes han querido empequeñecer la obra de Castellanos, reduciéndola al prolijo realismo de muchos pasajes y pretermitiendo la consideración de innumerables motivos –lengua, tema, sentido heroico de la Conquista, claridad de visión, realismo, riqueza léxica, habilidad métrica, erudición, posición avanzada en literatura, veracidad, sinceridad, ironía...– que la enaltecen".[60]

Francisco Elías de Tejada, en el libro *El pensamiento político de los fundadores de Nueva Granada* juzgó de este modo la obra del poeta: "Juan de Castellanos es matriz y es símbolo de nuevo clasicismo donde se funden lo hispánico con lo índico en el primero de los productos criollos que conociera el Nuevo Continente".[61] También declara que Castellanos es el hombre que dio nacimiento cultural a la Nueva Granada.

En 1959, Germán Posada Mejía declaró con razón que Castellanos era "el más americano de nuestros escritores".[62] Yo diría que las *Elegías de varones ilustres de Indias* es el libro más importante que se escribió en Colombia antes de *Cien años de soledad*, y también el más americano. Otro importante comentarista de Castellanos ha sido Isaac J. Pardo, cuyas obras *Juan de Castellanos. Estudio de las "Elegías de varones ilustres de Indias"* y *Juan de Castellanos. "Elegías de varones ilustres de Indias"* son indispensables para ahondar en la obra del poeta.

El notable escritor y traductor Pedro Gómez Valderrama nos dejó así su apreciación sobre Castellanos: "Su larga vida entre el rojo y el negro, lo militar y lo eclesiástico, daría lugar a un extenso libro, en el cual, como ocurre siempre con escritores e historiadores, es la obra misma tanto o más protagonista que el hombre. Vivir y contar son dos actividades que se contraponen. Castellanos vivió primero, para luego contar lo suyo y lo de los demás".[63]

Pero no podría cerrarse una evocación de los grandes lectores de las *Elegías* y de los grandes reivindicadores del tamaño histórico y legendario de Castellanos sin mencionar a dos de sus más persistentes rastreadores: Ulises Rojas, quien como ya vimos dedicó años a explorar en los Archivos de Indias los documentos que contribuyeron a reencontrarlo, y quien ha fijado en el libro *El Beneficiado Juan de Castellanos. Cronista de Colombia y Venezuela*, publicado en Tunja en 1958,[64] muchas claves de su biografía; y Mario Germán Romero, quien publicó en 1964 con la Biblioteca Luis-Ángel Arango el libro *Joan de Castellanos. Un examen de su vida y de su obra*,[65] una recopilación cuidadosa y fervorosa de todos los datos existentes sobre Castellanos, un esfuerzo, digno de la minuciosidad de su personaje, por ponderar y ensamblar esos datos, y una lectura, llena de descubrimientos y curiosidades, de la totalidad de las *Elegías*. Gracias a esos libros laboriosos ha sido posible la redacción del presente. Estos dos hombres recogieron y examinaron casi todo lo anterior, y a ellos se deberá mucho de lo que Castellanos llegue significar para nuestra cultura y para la posteridad, en el proceso de reencuentro de Colombia y de la América Hispánica con sus rostros pretéritos y con sus huellas perdidas.

EL OTRO LECTOR ESPAÑOL

Un admirador de Menéndez y Pelayo, el profesor Manuel Alvar, devoto seguidor de los caminos secretos de la lengua y estudioso de la expansión de la cultura hispánica por el mundo, aunque creía compartir el juicio que descalificaba la poesía de Castellanos, ha sido su gran reivindicador. Lo hizo desde la gramática y la lingüística; a veces no advirtió cuán profundamente lo valoraba como poeta fundador de tradiciones, pero ha sido hasta ahora uno de los más respetuosos lectores de las *Elegías* y uno de los que más les han devuelto su trascendencia histórica.

El juicio de Marcelino Menéndez y Pelayo ya ha sido examinado en otra parte. Era, como todos, un juicio abierto a la polémica pero, para nuestro mal, degeneró en dogma gracias al espíritu reverente de muchos críticos de este lado del mar. Alvar, casi asumiéndolo como una censura, nos dice que en las *Elegías* "la falta de adornos superfluos lleva a una economía de recursos que distaba mucho de lo que habían practicado los grandes poemas hispánicos de los descubrimientos –*Os Lusiadas, La Araucana*–", y añade que "el descomunal poema es verdad vivida",[66] que es como la obra de Bernal Díaz, "realidad cumplida y reiterada sobre una tierra que les ayuda a contar, una lengua que va haciéndose mestiza ante la nueva circunstancia que la cerca, el testimonio de la verdad íntima del narrador".[67] Comparando la obra de Castellanos con la *Dragontea* de Lope, nos dirá: "Por eso la obra de Castellanos no tiene –sólo– un valor literario, como podemos asignarle –cualquiera que sea– a la de Lope; es mucho más: una experiencia viva que se enraiza en la tierra, es la teoría política del hombre que tiene que incardinarse en una nueva sociedad, es la promesa de fidelidad cuando tantas amarras se rompen o se distienden".[68]

Considerando su relación con los temas marinos Alvar añade: "Para mí Castellanos es en esto el hombre con experiencia americana. Cierto que en las *Elegías* abundan los términos marineros, más –sin duda– que en otras obras; pero no hemos de ver en ellos la sabiduría técnica del escritor. Su vocabulario es de una portentosa riqueza –¿se había señalado entre tanto juicio desdeñoso?– y fácilmente nos convertiría a Castellanos en un maestro de cualquier técnica: lo cierto es que sus versos necesitan un enorme dominio del vocabulario para poder ser, independientemente de juicios de valor. Y el poeta conoce –y conoce bien– el léxico del mar. Tampoco creo –por más que ello reforzara las consideraciones que he hecho en páginas anteriores– que se necesiten modelos literarios para este uso. Es –ni más ni menos– el testigo de un proceso de adaptación del español peninsular".[69]

Habla más tarde del tema polémico de la inclusión de términos indígenas y elementos onomásticos, una de las objeciones principales que Menéndez y Pelayo le hacía al poema, y declara: "La inclusión de los nombres de indios, o simplemente 'indios', es justo lo que en el poema de Castellanos tiene un valor singular o, de otro modo, es ello lo que le hace valer más dentro de nuestra historia lingüística. Porque he aquí que la tan decantada veracidad del poeta cobra –de pronto– una exactitud terruñera, un inalienable sustento de precisiones y, como vamos a ver, nos da una inequívoca lección de realidad americana, tanto para cada una de las comarcas en que los hechos se cumplen cuanto para conocer qué caminos siguió el español para su progreso o cómo modificó el destino de las lenguas indígenas".[70] Castellanos no sólo ha utilizado las palabras indígenas; ha recurrido a menudo a las disyunciones, a usar uno junto a otro el término indígena y la palabra española, o a explicar en el poema los términos, dándoles su equivalencia. Alvar nos enumera los ejemplos tomados de los versos: "ajíes o pimientos", "batey o plaza que se trilla", "pajizas casas o buhíos", "reyes o caciques", "un cordel o cabuya", "caimán o cocodrilo", "lagartos o caimanes", "entraron en sus barcas o canoas", "en canoas o maderos cavados", "con siete moconíes o vasallos", "debajo de los macos o mamones", "los sacerdotes o mohanes", "con estos naborías o vasallos", "sus pequeñas barcas o piraguas", "con sus barcas de remos o piraguas", "totumas de agua o escudillas", "zabana fértil o dehesa", "zavanas rasas o florestas". El profesor Alvar ha hecho un estudio minucioso de los términos americanos que aparecen en la obra de Castellanos y ha rastreado la procedencia de cada uno de ellos. Celebra que el poeta se detenga a dar explicaciones y, si se quiere, definiciones: "De ahí que sean las explicaciones donde nosotros encontramos no sólo la mejor ilustración para nuestra ignorancia, sino –además– la capacidad del escritor para desvelar los secretos de unas cosas que son inéditas para los ojos de occidente".[71]

Las regiones que había recorrido Castellanos tuvieron gran importancia en la gestación de su obra, y explican que él haya logrado una suerte de síntesis de la lengua mestiza en toda la América Hispánica, porque el Caribe terminó siendo el gran mortero de las fusiones lingüísticas: "Las voces arhuacas se extendieron como mancha de aceite sobre todo el Continente: no hubo rincón al que no llegaran los términos taínos. Convertidos el náhuatl y el quechua en lenguas generales de Meso y Sur América, respectivamente, el taíno fue la única superestructura léxica que cubrió a las dos grandes lenguas prehispánicas. El español llevó por todas partes lo que había aprendido en las Antillas".[72] Uno se siente tentado a citar sin fin a este lector probo y riguroso, pero baste remitir al lector al libro de Alvar, *Juan de Castellanos. Tradición española y realidad americana*, publicado en 1972 por el Instituto Caro y Cuervo. Allí se verán también las vacilaciones del autor en la apreciación estética de la obra: a pesar de tan sólidos argumentos, que exceden el ámbito de lo puramente técnico para ahondarse en valoraciones culturales y humanas de gran sensibilidad, a pesar de estar mostrando un poema cuya fuerza ciclónica está iniciando un mundo, Alvar, que no parece haber leído a Novalis ni a Hölderlin, no se anima a derivar de sus descubrimientos criterios poéticos más audaces. Ha refutado a Menéndez y Pelayo pero opta por acatar su presuntuosa descalificación. Ha dicho todo lo que ha dicho y se permite, misteriosamente, hilvanar esta frase: "Juan de Castellanos es –sin remedio– un poeta de escaso vuelo";[73] aunque más adelante, con un escrúpulo que lo honra, parece advertir en un vértigo de fragilidad los excesos técnicos de su juicio y declara, con mayor sensatez: "Podrá ser o no poesía. En última instancia dependerá de lo que se pretenda entender por ella"[74].

Así seguía vacilando España, hace apenas un cuarto de siglo, entre si beber o no con gratitud el agua pura que le ofrecía en su palma uno de los mayores creadores de América. Pero qué son esas incertidumbres tan humanas al lado de estas espléndidas afirmaciones:

"...la sombra de Castilla va cubriendo amorosamente las nuevas adquisiciones, pero –también– la realidad de aquel mundo se impone con toda su lujuriosa exuberancia. A raudales entran las voces arhuacas, desbordando cualquier intento de contención; es toda una nueva vida que brota a borbotones y que no se puede restañar: hombres, viviendas, plantas, animales, instituciones. Todo se admite. Y todo es –ya– la realidad de un mestizaje lingüístico que está cumpliéndose. Pero el poeta no se limita a repetir lo que Las Casas u Oviedo aprendieron en aquella universidad que fue La Española. Él ha combatido en la conquista de Tierra Firme, ha vivido en guerra y en paz con los caribes, tan desdeñados desde los primeros contactos del hombre español con América. Y él se nos convierte en un testimonio ejemplar de sabiduría y de precisión: grupos y tribus van a pasar bajo nuestros ojos, pero –sobre todo– las voces que denuncian dónde se abrieron para que aquel soldado de Alanís las cortara como decoro de sus ásperos renglones. Voces caracas, guahibas, cumanagotas, cunas, cuicas, guayas y, por tierras de Bogotá, chibchas... van penetrando en sus descripciones"[75]. Y también: "Castellanos ha sido fiel a la llamada de la tierra. Ha ido perdiendo su vinculación con la patria originaria y se ha ido haciendo americano...".[76] Y además: "Del otro proceso, el castellanizador de América, el beneficiado de Tunja es también un recto testimonio: polémicas literarias, latinización, fidelidad a la estirpe, servicio al rey... Mil caminos por los que España entraba en el Nuevo Mundo y que se han cumplido a través del poeta".[77] Finalmente nos dirá: "Castellanos se ha convertido en un escritor criollo. Lo que no puede decirse –por no salir del ropaje poético– de Ercilla, de Oña o Villagrá; lo que vuelve a hacernos pensar en Bernal Díaz del Castillo. Es un hombre que ha vivido para su verdad y a ella se ha entregado. Cuando se pone a escribir, toda una nueva realidad le entra en sus versos y en ella encuentra el poeta su propia identidad. Hombre hecho a una nueva vida, y creador de nuevas estirpes intelectuales que, alumbradas por gentes venidas de la otra banda del mar, empiezan a crear en el Nuevo Mundo esa realidad mestiza que son las naciones de América".[78]

El poeta que surge de esas afirmaciones, el poeta indudable que se nos revela en cualquier página de las *Elegías*, es el digno, el necesario iniciador de unas literaturas que hoy conmueven al mundo.

EL SENTIDO DEL CANTO

El 27 de noviembre de 1607 murió en Tunja Juan de Castellanos. Había llegado de cuarenta años, cuando la ciudad cumplía veintitrés de haber sido fundada en el cercado de Quiminza, en el dominio de los chibchas, donde aún pueden verse hoy las enormes piedras que fueron el sitio de adoración de las divinidades solares. Después de los años vertiginosos, llegaban tiempos más serenos. Puede decirse que la principal agitación en la segunda mitad de la vida de aquel clérigo fue la que producía el ritmo de su pluma sobre el papel, reconstruyendo las auroras de América. Tenía 85 años a la hora de morir; el año anterior había dictado testamento, disponiendo de los considerables bienes adquiridos en casi medio siglo como beneficiado de la catedral. Quienes lo conocieron entonces no habrían podido imaginar que ese anciano venerable que presidía las ceremonias religiosas, que organizaba capellanías, que dirigió los trabajos de construcción de la catedral, que encargó un artístico calvario en madera policromada al maestro sevillano Bautista Vásquez por cuenta de algún piadoso y generoso vecino de la ciudad, que era el orientador del grupo de letrados y artistas que animó la cultura de aquella ciudad provincial, ese anciano influyente y sedentario, había sido un joven aventurero, un viajero incansable, un guerrero, y el principal testigo de una edad de locura que ya se hundía en la leyenda.

El primer siglo había sido de sangre y de vértigo; ahora el mundo parecía serenarse. La Conquista había entrado en la etapa de su santificación: de las construcciones, los ornamentos y los preludios barrocos. Sobre la ceniza y la sangre ya seca de los cultos nativos crecían iglesias y basílicas. La que Castellanos construyó sería la primera catedral de Colombia. ¡Qué distinta de aquella que había conocido en su infancia, la sencilla iglesia de Nuestra Señora de las Nieves de Alanís en cuya espadaña de piedra anidaban las cigüeñas! Éste era un gran templo que más tarde tendría una cúpula ostentosa, y miraba a una de esas espaciosas plazas americanas que terminaron influyendo sobre el urbanismo de la propia España. Quien quiera seguir de cerca los interminables avatares, los litigios, las obras, comenzadas, retrasadas, corregidas, demolidas, retrazadas y recomenzadas de aquella construcción que ocupó, como las *Elegías*, el resto de la vida de Castellanos, puede leer el capítulo IV del libro de Ulises Rojas, quien recogió toda la información imaginable año por año, desde cuando le fue encargada su ejecución a Bartolomé Carrión, pasando por los largos esfuerzos para conseguir el dinero necesario, hasta cuando Castellanos pudo ver, completa, en piedra, "la fachada renacentista enriquecida con elementos gótico–Isabelinos, las cuatro columnas estriadas con capiteles corintios, los frisos con triglifos y las metopas con bucráneos, el vano de medio punto coronado por un ángel en el arquitrabe, el entablamiento rematado por una hornacina con la virgen en piedra, las dos columnas laterales en lo alto y las cornisas con ménsulas clásicas"; y adentro, las tres naves de cien metros de largo y las capillas laterales con sus artesonados mudéjar que recordaban, por un toque de nostalgia, el arte musulmán de su perdida tierra andaluza. Castellanos había visto crecer con entusiasmo aquella catedral, pero no ignoraba que, así como sus versos serían la morada definitiva de su memoria, aquel templo iba a ser sobre todo su tumba, y es significativo que la catedral apenas se haya terminado por los tiempos en que murió. Allí ordenó en su testamento ser enterrado:

"Iten mando que cuando Dios fuere servido de llevarme desta presente vida mi cuerpo sea sepultado en la iglesia parroquial desta ciudad de Tunja donde soy Beneficiado y en cuyo servicio he residido cuarenta y cinco años, en la sepultura que dejo señalada que es a espaldas del coro junto a la peana del altar que allí está y mando que de mis bienes se paguen de limosna a la fábrica cincuenta pesos de oro corriente de trece quilates".[79]

Allí estuvo enterrado durante 331 largos y bien rezados años de Tunja, en el preciso sitio que había escogido, hasta el 19 de julio de 1939, cuando su biógrafo y devoto Ulises Rojas, provisto de las necesarias autorizaciones, buscó y encontró sus restos y los trasladó al muro lateral que hoy ocupan, bajo la misma losa que los cubría, en cuyos bordes un texto latino sigue diciendo:

POST MULTA GESTA IONNES CASTELLANOS
CONDITVR HOC TVMVLO.
HOCT VIT IN TEMPLO PER TEMPORA LONGA MAGISTER ET RECTOR.
PATRIA ALANIS SVPER.

(DESPUES DE MÚLTIPLES HECHOS JUAN DE CASTELLANOS
YACE BAJO ESTE TÚMULO.

FUE EN ESTE TEMPLO POR LARGO TIEMPO MAESTRO Y RECTOR.
ALANÍS FUE SU PATRIA.)

En sus últimos años no faltaron litigios. Uno de los mayores, con aquel Pedro de Rivera, "que se casó con una muchacha que se decía Jerónima que me envió del Cabo de la Vela el capitán Luis de Villanueva, gran amigo mío", a quien había entregado una rica dote, a quien había sustentado después con su familia, y quien al parecer después de la muerte de Jerónima le vendió propiedades inexistentes, incumplió compromisos y terminó en la cárcel. El testamento intenta resolver aquellos pleitos; dispone de los veinticuatro esclavos que Castellanos ha llegado a tener, a algunos de los cuales concede la libertad e incluso propiedades, y dispone de las casas, solares, cuadras cercadas, construcciones, un hato y estancia en la ciudad de Vélez con quinientas reses, diez o doce yuntas de bueyes, cien yeguas, doce caballos, algunas mulas y "como mil ovejas". Dispone de sus alhajas y posesiones: un jarro, una taza, una fuente, una caldereta y dos candeleros de plata, picheles de Flandes, barriles, relicarios, mesas, cajones, cofrecillos, cajuelas, crucifijos, peines de marfil, paños de lienzo con dibujos, sillas de espaldas, una silla de mula, un escabel, pesas, colchones, una cama, dos pares de tijeras de trasquilar ovejas, un almirez de bronce, un brasero, tres o cuatro rejas para arar, un azadón, una alquitara, una gualdrapa de paño, una tinaja vidriada, un breviario, una colcha de seda y oro de la China, dos artesas y algunas bateas, una casulla de telilla, un alba de ruán, un cáliz de plata, unos corporales de olán, dos campanillas de bronce, un misal de los nuevos, unos lienzos con imágenes de santos, una almohaza, un sacahierros, una caja de lancetas, una romana, una artesa, una azuela, un escoplo, una almadana, una turquilla de paño azul, una plomada de albañil, un torno de madera, un compás de hierro, dos o tres hachas de hierro, un calabazo; y entre todas estas cosas una espada de camino, una rodela blanca de madera de higuerón y una almarada, recuerdos de su vida aventurera. Y, como testimonio de sus décadas de letrado, unas escribanías, un escritorio grande, un tintero grande de cuerno con su tapadera y muchos libros en lengua latina. Hasta el último momento nos deja pruebas de su minuciosidad y de su obstinado realismo, de la curiosa nitidez con que miró la vida. Nunca hubo nada en que no fuera exhaustivo y también su testamento enumera cosas sin fin. No dejó de considerar la suerte de sus largos trabajos; por el tono en que lo dice, por las precisiones que hace, por la acumulación inicial de verbos podemos advertir cuánto lo inquietó hasta el final la suerte de aquellos libros que había escrito:

"Iten mando ruego y encargo a mi sobrino Alonso de Castellanos, presbítero, que si antes de mi fin y muerte no hubiere podido dar orden para cobrar cuatro volúmenes de libros que compuse en octavas rimas de cosas tocantes a estas partes de Indias los cuales están en España ya recibidos y dada licencia para la impresión dellos, procure saber en qué poder están informándose de Joan Sáenz Hurtado y del capitán Joan de la Fuente que llevaron mi poder para este efecto a lo menos segunda, tercera y cuarta parte y el discurso del Capitán Francisco Drake desde que comenzó a saltear estas partes de Indias hasta su fin y muerte en Puerto Bello, porque la primera ya se imprimió, y si del remanente de mis bienes hubiere la cantidad necesaria para imprimir las dichas segunda, tercera y cuarta parte y el dicho discurso del inglés haga imprimir de cada libro dellos hasta quinientos volúmenes a costa de mis bienes según dicho es, y el provecho que dellos resultare lo hayan y hereden los hijos de mis hermanos Alonso González y Francisco González Castellanos por iguales partes que si los enviaren a estas partes encaminados al dicho mi sobrino Alonso de Castellanos para que los venda y beneficie todavía les valdrá algo".[80]

No podía saber el anciano poeta que la segunda y la tercera partes de sus *Elegías* sólo vendrían a publicarse en 1847, en el tomo IV de la Biblioteca de Autores Españoles de Rivadeneyra; la cuarta, en 1886 en la *Colección de escritores castellanos*; el *Discurso del capitán Drake*, en Madrid en 1921; y que la primera edición completa de sus *Elegías de varones ilustres de Indias* se publicaría tres siglos y cuarto después de su muerte, en Caracas entre 1930 y 1932, por el historiador Caracciolo Parra León. Colombia, el país donde nacieron las *Elegías*, el país donde Castellanos vivió 63 años y de cuya poesía es el iniciador, vino a publicar sus obras completas en 1955, en la Biblioteca de la Presidencia de la República, bajo el gobierno de Gustavo Rojas Pinilla; y sólo en 1997 han vuelto a ser editadas, ahora en un solo volumen, por Gerardo Rivas Moreno.[81]

La obra de Castellanos no fue recibida por la España de su tiempo y la verdad es que tampoco fue recibida por la América de la que tan clarividentemente había surgido. Era por excelencia el texto fundador de este territorio, era el relato de las auroras que nos sembraron en el mundo, guardaba intacta la memoria de los orígenes, pero durante siglos, una y otra vez, se alzaron voces para repetir con desgano, con fatiga, con decepción, incluso, que sus virtudes poéticas eran casi nulas. Este poema, el más extenso de la lengua, es también uno de los más originales por su concepción, por su tema, por su vocabulario, por su riqueza expresiva y por su tejido sintáctico. Quien se acerque a él, ¡oh Keats!, se sentirá como Balboa llegando al Mar del Sur. A la perplejidad por la riqueza, la exuberancia, la gracia narrativa, la altura moral y la fuerza estética de los versos, se añadirá la perplejidad de que tan pocos lectores hayan advertido esos dones. ¿Cómo entenderlo?

El destino de buena parte de nuestra América era olvidar por siglos el preciso tejido de episodios y de rostros que la hizo nacer, y con ella al mundo contemporáneo. Una niebla misteriosa, hecha de silencio y de voluntario olvido, se tendió sobre aquella cosmogonía, sobre aquellas auroras de sangre. Pero después de siglos nuestra conciencia de nosotros mismos es mayor. Ahora podemos oír su voz, escuchar el clamor, mirar el tapiz infinito y descubrir en sus interminables dibujos una verdad conmovedora y también una belleza posible. Descubriremos, como han tenido que descubrir todos los pueblos y todas las generaciones, que no se trata de olvidar sino de comprender, que las tragedias sólo se superan de verdad cuando se puede hablar serenamente de ellas, que todo lo que permanece silenciado nos persigue y nos tiraniza, nos agota en la indignación y en la impotencia, que la única reconciliación es con nosotros mismos, disolviendo los bandos rencorosos que fluyen por los ríos de la sangre, para que podamos entrar en el futuro con fortaleza y con orgullo. Y el rumor infinito de las *Elegías* nos dirá para siempre que el único lenguaje posible de la alianza es el lenguaje misterioso de la memoria y del canto.

NOTAS

1. J. H. Elliot. *El Viejo Mundo y el Nuevo*. Alianza Editorial. Madrid, 1997, pág. 26.
2. Habría que decir como De Quincey: "...pero cuál de ellas es un misterio que admite 365 revelaciones". Juan de Castellanos sólo suele mencionar el año en que ocurrieron los hechos. Marcos Jiménez de la Espada sostiene que la tempestad que destruyó a Nueva Cádiz ocurrió en 1541 y no en 1543, lo cual es posible. Pero si asumimos que después de aquella tempestad los habitantes de la isla realmente huyeron y la abandonaron, no habría razón para que encontremos de nuevo a Castellanos en Cubagua a la llegada de Orellana, el 9 de septiembre de 1542. He optado por aceptar la fecha que el poeta, testigo de esa tempestad, fijó para el hecho.
3. Casi todos los datos conocidos, incluidos los testimonios de su madre y de sus hermanos, nos indican que el poeta llegó a Puerto Rico en 1539, a los diecisiete años.

4. Michel de Montaigne. "Sobre los carruajes". *Ensayos* (III,6).
5. Alejandro de Humboldt. *Viaje a las regiones equinocciales del Nuevo Mundo*. Caracas, 1941, pág. 273.
6. Henry Kamen. *Felipe de España*. Siglo XXI Editores. Madrid, 1997, pág. 3.
7. Ulises Rojas. *El Beneficiado Juan de Castellanos, cronista de Colombia y Venezuela*, pág. 223.
8. Henry Kamen. *Obra citada*, pág. 25.
9. Miguel Antonio Caro. *Joan de Castellanos. Noticias sobre su vida y escritos. Prólogo a las Elegías de varones ilustres de Indias*. Biblioteca de la Presidencia de Colombia. 1955. Tomo I.
10. Gonzalo Fernández de Oviedo y Valdés había nacido en 1478.
11. "La conquista del Perú llamado la Nueva Castilla. La qual tierra fue conquistada por el capitán Francisco Pizarro y su hermano Hernando Pizarro". Copia manuscrita hecha en 1860 del impreso en Sevilla en 1534, en ocho hojas, del que sólo existen dos ejemplares. Ocho hojas en folio.-20262. Biblioteca Nacional, Madrid.
12. La fundación y traslado de ciudades. Jesús Varela Marcos. *América bajo los Austrias. Siglos XVI y XVII*. Manual de Historia Universal. Ediciones Nájera. Madrid. 1987, pág. 45.
13. Mario Germán Romero. *Joan de Castellanos. Un examen de su vida y de su obra*. Banco de la República, 1964. Anexo. "Proceso seguido a Castellanos en 1562". Documento inédito del Archivo General de Indias (Justicia Nº 1.105), pág 419.
14. Ulises Rojas. *El beneficiado Juan de Castellanos, cronista de Colombia y Venezuela. Nombramiento de beneficiado para don Juan de Castellanos*, Edición de Gerardo Rivas Moreno. Bogotá, 1997, pág. 256.
15. Platón describió en el Timeo y el Critón un continente del mar cuyos frutos leñosos daban a la vez "bebida, alimento y aroma", la Atlántida, con su muralla cubierta de bronce, sus paredes, suelos y columnas de marfil, y su gigantesco Poseidón de oro en un carro llevado por seis ca-

ballos alados, dominando una llanura de nereidas sentadas sobre delfines. Aquel continente guerrero se había hundido en el mar, pero algo quedó flotando a la vez como recuerdo y como promesa en la memoria del hombre occidental.

En tiempos del Imperio romano, un hombre de Córdoba, el poeta Lucio Anneo Séneca, preceptor desengañado del emperador Nerón, dejó escrito: *Vendrán en los tardos años del mundo ciertos tiempos, en los cuales el mar océano aflojará los atamientos de las cosas, y se abrirá una tierra inmensa: y un nuevo marinero, como aquel que fue guía de Jasón descubrirá un nuevo mundo. Ya no será entonces la isla Thule la postrera de la tierra.*

Grecia lo había presentido como una leyenda y España lo había anunciado con tono profético, pero fue Italia la que se encargó de imaginar con nitidez el hallazgo, y de apartar después el velo que cubría ese mundo. El hombre capaz de atrever aquella imaginación fue Dante Alighieri, prior florentino caído en desgracia, desposado por la separación con la hermosa, desdeñosa y muerta Beatriz Portinari, poeta, político, conjurado y proscrito. En uno de los círculos de su Infierno, Dante encontró a Ulises, evadido a la tradición griega para habitar en una inextinguible hoguera cristiana, y puso en sus labios uno de los más nítidos presentimientos de la historia. La voz atormentada de Ulises cuenta que después de su regreso de Troya permaneció poco tiempo al lado de la discreta Penélope, y que finalmente sucumbió de nuevo a los halagos y los peligros del mar. Desde las llamas nos explica que fue *...l'ardore/ ch'i'ebbi a divenir del mondo esperto/ e de li vizi humani e del valore (...el ardor/ de conocer el mundo y enterarme/ de los vicios humanos y el valor)* lo que lo movió a navegar de nuevo. Viaja con sus marinos por el Mediterráneo, viendo las costas de Europa y las de África, España y Marruecos y las islas. Cruzan finalmente, viejos y lentos, las columnas de Hércules, dejando las tierras de Sevilla a la derecha y las tierras de Ceuta a la izquierda, y allí Ulises exhorta a los marinos: *di retro al sol, del mondo sanza gente (A ir tras el sol por el mundo sin gente).* En ese momento comienza la nueva aventura. Ulises, arquetipo europeo del héroe del mar, no podía dejar de ser el símbolo de un anhelo creciente de Europa, que Dante aquí intuyó con extraña claridad. Se necesitaba el ejemplo, así fuera simbólico, de un héroe admirable, para que alguien finalmente concibiera la posibilidad de afrontar los peligros de semejante exploración. *E volta nostra poppa nel mattino,/ de' remi facemmo ali al folle volo,/ sempre acquistando dal lato mancino. (Le volvimos la popa a la mañana,/ del remo hicimos ala al loco vuelo/ y hacia la izquierda orientamos la nave).* Avanzan por el océano los marinos del poema hasta que ven aparecer en la noche el cielo del hemisferio sur. Así como surgen en el mar de la *Divina Comedia* las nunca vistas estrellas del otro hemisferio *Tutte le stelle gia del l'altro polo/ Vedea la notte,* así las vio surgir Colón dos siglos después, y sería Juan de Castellanos quien por primera vez pondría en sus versos como recuerdo, lo que Dante había escrito como presentimiento: *Otras estrellas ve nuestro estandarte/ Y nuevo cielo ve nuestra bandera.*

Es el mismo tema que ocupó a Heredia tres siglos después: las demoras, los presentimientos, la exaltación de ingresar en un mundo desconocido, los vientos alisios inclinando los mástiles hacia "los bordes misteriosos del mundo occidental", y el modo como ascienden por un cielo ignorado: *Du fond de l'Ocean des etoiles nouvelles.*

El final del relato de Ulises de Alighieri es asombroso. Han navegado cinco meses: *Cinque volte racceso e tante casso/ Lo lume era di sotto da la luna (Cinco veces se había iluminado/ y apagado la esfera de la luna)* cuando, oscura por la distancia, ven aparecer una montaña tan alta como Ulises no la había visto jamás. Y allí la alegría se convierte en llanto, porque a los marinos del sueño de Dante, como a Moisés, no les sería dado pisar la tierra de las promesas, sino sólo verla a la distancia, ya que esa es sin duda la condición de todo presentimiento. Dante no puede saber que eso que ha visto desde el fondo de su clarividencia son las cumbres de América, y antes de que el temerario e ingenioso Ulises lo sepa, un viento que nace de la tierra nueva hace girar tres veces el navío y lo vuelca, y el mar airado que cubre a los marinos calla también la voz solitaria que nos hablaba desde el Infierno.

16. Juan de Castellanos. "Dedicatoria al rey don Felipe II". *Elegías de varones ilustres de Indias*. Tomo I, pág. 47. Edición de la Presidencia de Colombia. Bogotá, 1955
17. Guillermo de Humboldt. *Cuatro ensayos sobre España y América*. Editorial Espasa-Calpe. Colección Austral. Buenos Aires, 1951, pág. 159-160.
18. Voltaire. "Essai sur la poésie". 1726. *Obras completas*. París, 1882.
19. A. W. Schlegel y Friedrich von Schlegel. *Ensayos literarios*. (1809-1811).
20. Juan de Castellanos. "A los lectores". Tomo IV. *Elegías de varones ilustres de Indias*. Edición de la Presidencia de Colombia. Bogotá, 1955
21. "Podemos llamarlos bárbaros en consideración a las reglas de la razón. Pero no con respecto a nosotros, que los sobrepasamos en toda clase de barbaries". Michel de Montaigne. "Sobre los caníbales".
22. Primera parte de las *Elegías de varones ilustres de Indias*. Compuestas por Juan de Castellanos, Clérigo beneficiado de la Ciudad de Tunja en el nuevo Reyno de Granada. Con Privilegio. En Madrid, en casa de la viuda de Alonso Gómez. Impresor de su Majestad. Año 1589.
23. Desde 1545, Castellanos discutía con Lorenzo Martín, en su campaña de fundación de Tamalameque, sobre la conveniencia del uso de los endecasílabos. Sin duda ya habían llegado a América los versos de Boscán y Garcilaso, publicados dos años atrás, y los buenos hacedores de romances octosílabos y coplas, como el propio poeta Martín, los rechazaban por ser ajenos a la tradición.
24. Germán Arciniegas. *Los alemanes en la Conquista de América*, Editorial Planeta. Bogotá, 1998, pág. 20.
25. Gonzalo Jiménez de Quesada. *El antijovio*. Instituto Caro y Cuervo. Biblioteca Colombiana. Bogotá, 1991.

26. Gonzalo Jiménez de Quesada. *El antijovio*. Tomo 1, pág. 6.
27. "Lo novelesco en la obra de Juan de Castellanos" es el nombre de un texto que no ha podido ser consultado para la elaboración de este libro.
28. "Los de la segunda y tercera partes se encuentran en la Biblioteca de la Real Academia de la Historia, en Madrid, números 70 y 71 de la Colección de Documentos de Juan Bautista Muñoz. Los del Discurso de el Capitán Francisco Draque reposan hoy en el Instituto de Valencia de Don Juan (Madrid); los de la cuarta y última parte en la Biblioteca Nacional de Madrid (ms. 3022)." Mario Germán Romero. *Joan de Castellanos, Un examen de su vida y de su obra*, Banco de la República. Biblioteca Luis-Ángel Arango. Bogotá, 1964, pág. 13.
29. Hay incluso un tercer Juan de Castellanos, al que el poeta se refiere con ese nombre, en tercera persona, sin hacer comentarios sobre su carácter de homónimo, y que al parecer era un clérigo de origen francés. En las abigarradas estrofas los biógrafos se han desesperado un poco por lo fragmentario de muchos datos, por la necesidad de reconstruir la vida del poeta siguiendo un método de rompecabezas, y por la indiferencia de Castellanos ante el hecho de que esos homónimos puedan ser confundidos con él. Pero es bueno recordar que la modestia de Castellanos con respecto a su papel en los hechos de Conquista es asombrosa. Menciona la hazaña del paso de Origua, donde Pedro de Ursúa, con un puñado de españoles, contuvo a un ejército de miles de indios, y no considera necesario enfatizar que él formaba parte de esa exigua compañía.
30. Ezra Pound. "Algunas notas sobre Francisco de Quevedo Villegas". *Cuadernos hispanoamericanos* Nº 571. Madrid, enero de 1998.
31. *Menéndez y Pelayo en Colombia*. Biblioteca del Instituto Colombiano de Cultura Hispánica. Bogotá, 1957, pág. 229.
32. *Ibidem.*, pág. 236.
33. *Ibidem.*, pág. 236.

34. *Ibidem.*, pág. 238.
35. *Ibidem.*, pág. 238-239.
36. *Ibidem.*, pág. 242.
37. Rafael Maya. "Juan de Castellanos". *Obra crítica.* Ediciones Banco de la República. Bogotá, 1982, págs. 50-51.
38. Marcos A. Morínigo. Prólogo a *La Araucana* de Alonso de Ercilla. Clásicos Castalia, Madrid, 1979, pág. 97.
39. Manuel Alvar. *Juan de Castellanos. Tradición española y realidad americana.* Publicaciones del Instituto Caro y Cuervo. Bogotá, 1972, pág. 18.
40. Jorge Luis Borges. *Textos recobrados. 1919-1929.* Emecé Editores, Barcelona, 1997, pág. 251.
41. Michel de Montaigne. "Sobre los caníbales". *Ensayos* (I, 30).
42. Jean Descola. *Los conquistadores del Imperio Español.* Editorial Juventud. Barcelona, 1989, pág. 291
43. Marcel Schwob. *Vidas imaginarias.* "Prefacio: El arte de la biografía". Emecé Editores. Buenos Aires, 1944, pág. 34.
44. Pedro Henríquez Ureña. *Las corrientes literarias en la América Hispánica.* Fondo de Cultura Económica. México, 1978, pág. 33.
45. Jacob Burckhardt. *La cultura del Renacimiento en Italia.* Ediciones Orbis. Barcelona. 1985
46. Victor Hugo. *Chatiments.* Garnier-Flammarion. Paris, 1979.
47. Jean Descola. *Los conquistadores del Imperio Español.* Editorial Juventud. Barcelona, 1989, pág. 294.
48. Jean Descola. *Ibidem.*, pág. 245.
49. Voltaire. "Essai sur la poésie". 1726. *Obras completas.* París, 1882.
50. Orellana alegaría que no pudo gobernar la embarcación, y el pleito entre los dos primos iba a ser largo, pero el descubridor intentó después repetir su hazaña navegando en sentido contrario, desde la desembocadura, y encontró muy pronto la muerte. Pudo ser el temor a encontrarse con su peligroso pariente lo que hizo que buscara esa vía, la más ardua, para reconocer el Amazonas. De esta aventura, que Castellanos

oyó de los propios labios de Orellana, nació después otra, la de Pedro de Ursúa, quien intentó repetir el viaje y halló la muerte a manos de Lope de Aguirre.

51. Isaac Asimov. Frederik Pohl. *La ira de la tierra.* Ediciones B. Barcelona, 1996.
52. Buenaventura Carlos Aribau. Prólogo a las *Elegías de varones ilustres de Indias.* Biblioteca de autores españoles. Madrid, 1847
53. Joaquín Acosta. *Compendio histórico del Descubrimiento y Colonización de la Nueva Granada.* París. 1848.
54. José María Vergara y Vergara. *Historia de la literatura en Nueva Granada.* Bogotá, 1867.
55. Miguel Antonio Caro. Prólogo a las *Elegías de varones ilustres de Indias.* Edición de la Biblioteca de la Presidencia de Colombia. Bogotá, 1955.
56. Manuel Alvar. *Juan de Castellanos. Tradición española y realidad americana.* Publicaciones del Instituto Caro y Cuervo. Bogotá, 1972, pág. 5.
57. Antonio Paz y Meliá. *Introducción a la historia del Nuevo Reino de Granada por Juan de Castellanos.* Tomo I. Madrid, 1886.
58. Enrique Otero D'Costa. *Comentos críticos sobre la fundación de Cartagena de Indias.* Biblioteca Banco Popular. Volumen 6. Bogotá, 1983.
59. Pedro Henríquez Ureña. *Las corrientes literarias en la América Hispánica.* Fondo de Cultura Económica. México, 1949, pág. 54.
60. José Manuel Rivas Sacconi. *El latín en Colombia*, 1949.
61. Francisco Elías de Tejada. *El pensamiento político de los fundadores de la Nueva Granada.* Sevilla, 1955.
62. Germán Posada Mejía. *Nuestra América. Notas de historia cultural.* Bogotá, 1959.
63. Pedro Gómez Valderrama, quien fue embajador de Colombia en España, publicó su artículo sobre Juan de Castellanos en la revista que se edita anualmente en la Villa de Alanís.
64. Ulises Rojas. *El beneficiado Juan de Castellanos. Cronista de Colombia y Venezuela. Estudio crítico-biográfico a la luz de documentos hallados en*

el Archivo General de Indias de Sevilla y en el histórico de la ciudad de Tunja. U.P.T.C. Tunja, 1958. Hay una reedición facsimilar en Bogotá. Selene impresores, 1997.

65. Mario Germán Romero. *Joan de Castellanos. Un examen de su vida y de obra*. Banco de la República. Biblioteca Luis-Ángel Arango. Bogotá, 1964.
66. Manuel Alvar. *Obra citada.*, págs. 4-5.
67. *Ibidem.*, pág. 6
68. *Ibidem.*, pág. 19
69. *Ibidem.*, pág. 49
70. *Ibidem.*, pág. 66
71. *Ibidem.*, pág. 67
72. *Ibidem.*, pág. 71
73. *Ibidem.*, pág. 6
74. *Ibidem.*, pág. 29
75. *Ibidem.*, pág. 100
76. *Ibidem.*, pág. 101
77. *Ibidem.*, pág. 101
78. *Ibidem.*, pág. 103
79. Testamento del Beneficiado Juan de Castellanos. Ulises Rojas. *Obra citada*, pág. 279.
80. Testamento del Beneficiado Juan de Castellanos. Ulises Rojas. *Obra citada*, pág. 307.
81. *Elegías de varones ilustres de Indias*. Gerardo Rivas Moreno. Editor. En un solo volumen. Bogotá. 1997.

UNA PÁGINA PARA AGRADECER

A riesgo de callar muchos nombres importantes, quiero mencionar a algunas personas sin las cuales este libro no habría sido posible. A María Mercedes Carranza, quien me hizo leer por primera vez a Juan de Castellanos. A Gerardo Rivas Moreno, quien me facilitó copias de la Tercera Parte de las *Elegías*, cuando era muy difícil conseguirlas, y quien ahora las ha publicado para todos en una bella edición. A Moisés Melo, quien hizo posible que el libro se escribiera, y a Rodrigo de la Ossa, cuya solicitud y colaboración han sido constantes. A Isadora de Norden, que vio con claridad este proyecto cuando todavía era un sueño. A Juan Luis Mejía, a Claudia Nieto y a Martha Diva Villegas, cuyo estímulo fue decisivo. A Bernardo Gutiérrez, quien me ayudó a conocer las campañas de Hernando de Soto. A Fernando Duque y a su solidaria amistad. A Orlando Sierra, generoso de su tiempo y de su saber. A Natalia Granada y Enrique López del Hierro, en Madrid, quienes vieron nacer este libro y me acompañaron hasta Alanís y San Nicolás del Puerto, por la vieja Ruta de la Plata, en un invierno inolvidable. A don Manuel Espínola Fernández, de Alanís, y a su esposa, quienes hicieron de una noche nuestra en la Sierra Morena un viaje por los siglos. A Ricardo Niño, quien me abrió las puertas invisibles de Tunja y de Villa de Leyva. A Tania Roelens, cuya lectura comprensiva y entusiasta me dio ánimos en muchos momentos de vacilación y de dificultad. A Henry Valencia, paciente y lúcido testigo del largo proceso de escritura. A Carlos Eduardo Satizábal, con quien el diálogo es siempre revelador. A Diego Tascón, sin cuya colaboración los errores de este libro serían mucho más numerosos. A Olga Lucía Córdoba, que conoce el arte de leer por placer, y me acompañó en las silenciosas jornadas de Villa de Leyva. A esos amigos que siempre enseñan sin proponérselo, Gerardo Rivera, Adolfo Montaño y Fernando Herrera. A Marta Segura, que sabe mirar en el pasado. A Luis Armando Soto en el Ministerio de Cultura. A Conrado Zuluaga en la Embajada de Colombia en Madrid. A Consuelo Triviño, en el Instituto Cervantes de Alcalá. A Julio y Zenobia, en Barcelona, que me pusieron en contacto con la obra de Elliot. A Dasso Saldívar por esos largos paseos conversados. A Guillermo González y Ana Cristina Mejía, cómplices y acompañantes de tantos sueños.

BIBLIOGRAFÍA

Obras de Juan de Castellanos

Elegías de varones ilustres de Indias. Juan de Castellanos. Cuatro tomos. Biblioteca de la Presidencia de la República. Editorial ABC. Bogotá, 1955.

Historia del Nuevo Reino de Granada. Juan de Castellanos. Publicación de don Antonio Paz y Mélia. Dos tomos. Madrid, 1886.

Obras sobre Juan de Castellanos

Comentos críticos sobre la fundación de Cartagena de Indias. Enrique Otero D'Costa. Dos volúmenes. Biblioteca Banco Popular. Bogotá, 1983.

El beneficiado Juan de Castellanos. Cronista de Colombia y Venezuela. Biografía. Ulises Rojas. Universidad Pedagógica y Tecnológica de Tunja. 1958.

Joan de Castellanos. Noticias sobre su vida y sus escritos. Ensayo de Miguel Antonio Caro, en la edición de la obra de Castellanos de la Presidencia de la República.

Juan de Castellanos. Estudio de las "Elegías de varones ilustres de Indias". Isaac J. Pardo. Universidad Central de Venezuela. Caracas, 1961.

Juan de Castellanos. "Elegías de varones ilustres de Indias". Isaac J. Pardo. Biblioteca de la Academia Nacional de la Historia. Caracas, 1962.

Joan de Castellanos. Un examen de su vida y de su obra. Mario Germán Romero. Banco de la República. Biblioteca Luis-Ángel Arango. Bogotá, Colombia. 1964.

Juan de Castellanos. Tradición española y realidad americana. Manuel Alvar. Publicaciones del Instituto Caro y Cuervo xxx. Bogotá, 1972.

Juan de Castellanos y su historia del Nuevo Reino de Granada. Marcos Jiménez de la Espada. Revista Contemporánea. Madrid, 1889.

Hay también ensayos sobre Castellanos de Antonio Paz y Mélia, Buenaventura Carlos Aribau, Joaquín Acosta, Miguel Antonio Caro, José María Vergara y Vergara, Marcelino Menéndez y Pelayo, Rafael Maya, Ángel González Palencia, Marco Fidel Suárez, Gustavo Otero Muñoz, Caracciolo Parra, Raimundo Rivas, Antonio Gómez Restrepo, fray Andrés Mesanza, José Manuel Rivas Sacconi, Francisco Elías de Tejada, Germán Posada Mejía, José Joaquín Casas, Orlando Araújo y Javier Arango Ferrer.

Otras obras de consulta

Alteraciones del Dariel. Epopeya de los indios Cunas. Héctor H. Orejuela. Colección de Literatura Colombiana. Bogotá, 1996.

América bajo los Austrias. Manual de Historia Universal. Ediciones Nájera. Madrid, 1987.

América en Europa. Germán Arciniegas. Círculo de Lectores. Bogotá. (Sin fecha).

Atlas histórico mundial. Georges Duby. Editorial Debate. Barcelona, 1992.

Cartas y documentos. Hernán Cortés. Editor Mario Hernández Sánchez-Barba. México, 1963.

Carlos V. Karl Brandi. Fondo de Cultura Económica. México, 1993.

Cervantes, en busca del perfil perdido. Jean Canavaggio. Biografías Espasa. Editorial Espasa-Calpe. Madrid, 1991.

Cuatro ensayos sobre España y América. Guillermo de Humboldt. Colección Austral. Espasa-Calpe Argentina. Buenos Aires, 1951.

Del Orinoco al Amazonas. Alejandro de Humboldt. Colección Punto Omega, Editorial Labor. Barcelona, 1981.

Diego de Ordás, compañero de Cortés y explorador del Orinoco. Florentino Pérez Amid. Escuela de estudios hispano-americanos de Sevilla, 1950.

El antijovio. Gonzalo Jiménez de Quesada. Dos volúmenes. Instituto Caro y Cuervo. Biblioteca Colombiana XXXVII. Bogotá 1991.

El ingenioso hidalgo don Quijote de la Mancha. Miguel de Cervantes Saavedra. Alianza Editorial. Dos volúmenes, Madrid, 1984.

El lector novohispano. Colección Los Imprescindibles. Ediciones Cal y Arena. México, 1996.

El Viejo Mundo y el Nuevo 1492-1650. J. H. Elliott. Alianza Editorial. Madrid, 1997.

Espejo de paciencia. Silvestre de Balboa Troya y Quesada. Editorial Pueblo y Educación. La Habana, 1989.

Estudios sobre literatura indígena y colonial. Héctor H. Orjuela. Publicaciones del Instituto Caro y Cuervo LXXVI. Bogotá, 1986.

Felipe de España. Henry Kamen. Siglo XXI de España Editores. Madrid, 1997.

Francisco de Quevedo. Poesía original completa. Edición de José Manuel Blecua. Clásicos Universales Planeta. Barcelona, 1981.

Hernando de Soto. A Savage Quest in the Americas. David Ewing Duncan. Crown Publishers, Inc. New York, 1995.

Historia de la cultura en la América hispánica. Pedro Henríquez Ureña. Colección popular. Fondo de Cultura Económica. México 1947.

Historia de las Indias. Bartolomé de Las Casas. Fondo de Cultura Económica. México, 1951.

Historia general y natural de las Indias, islas y tierra firme del mar océano. Gonzalo Fernández de Oviedo. Imprenta de la Real Academia de Historia. Madrid, 1851.

Jorge Luis Borges. Textos recobrados 1919-1929. Emecé Editores. Barcelona. 1997.

La Araucana. Alonso de Ercilla. Editorial Porrúa. México, 1986.

La Araucana. Alonso de Ercilla. Clásicos Castalia. Dos volúmenes. Madrid, 1979.

La conquista de América. La cuestión del otro. Tzvetan Todorov. Siglo XXI Editores. México, 1987.

La cultura del Renacimiento en Italia. Jacob Burckhardt. Dos volúmenes. Biblioteca de Historia. Ediciones Orbis. Barcelona. 1985.

La Edad Media fantástica. Jurgis Baltrusaitis. Ensayos Arte Cátedra. Madrid, 1994.

La Enciclopedia. Novalis. Colección Espiral. Editorial Fundamentos. Madrid, 1976.

La invención de América. Edmundo O'Gorman. Lecturas mexicanas. Fondo de Cultura Económica. México, 1992.

Los alemanes en la Conquista de América. Germán Arciniegas. Editorial Planeta. Bogotá, 1998.

Literatura europea y Edad Media latina. Ernst Robert Curtius. Lengua y estudios literarios. Fondo de Cultura Económica. México. 1975.

Los conquistadores del imperio español. Jean Descola. Colección Grandes Biografías. Editorial Juventud. Barcelona, 1989.

Menéndez y Pelayo en Colombia. Biblioteca del Instituto Colombiano de Cultura Hispánica. Editorial Kelly. Bogotá, 1957.

Obra crítica. Pedro Henríquez Ureña. Biblioteca Americana. Fondo de Cultura Económica. México, 1981.

Obra crítica. Rafael Maya. Ediciones del Banco de la República. Bogotá, 1982.

Orlando Furioso. Ludovico Ariosto. Clásicos Universales Planeta. Barcelona, 1988.

Os Lusiadas. Luis de Camoens. Ediciones Cátedra. Letras Universales. Madrid, 1986.

Poesía hispanoamericana colonial. Antología. Editorial Alhambra, Madrid, 1985.

Predecir el pasado: ensayos de historia de Colombia. Jorge Orlando Melo. Fundación Simón y Lola Guberek. Bogotá, 1992.

Sobre historia y política. Jorge Orlando Melo. Editorial La Carreta. Bogotá, 1979.

Tesoro de la lengua castellana o española. Sebastián de Covarrubias Orozco. Nueva biblioteca de erudición y crítica. Editorial Castalia. Madrid, 1995.

Textos y documentos de la América hispánica (1492-1898). Seleccionados por Guillermo Céspedes del Castillo. Editorial Labor. 1988.

The Dyer's Hand. W.H. Auden. Vintage International. New York, 1989.

CRONOLOGÍA

1100 Formación del Imperio Inca.
Abandono de las ciudades mayas.

1168 Llegada de los aztecas al valle de México, destrucción del imperio tolteca e invención del calendario mexicano.
Al fallecer el antipapa Pascual III, Federico reconoce al nuevo antipapa Calixto III.
Aumenta la oposición de las ciudades italianas al emperador.

1249 Séptima cruzada: Luis IX se apodera de Damiela.
Alanís es recuperada por los cristianos de Fernando III de manos de los moros.

1271 Marco Polo, su padre y su tío emprenden desde Venecia su viaje a la India y a la China.

1295 Regreso de Marco Polo a Venecia.

1350 Fundación de Tenochtitlán.
Continúa la guerra de los Cien Años entre Francia e Inglaterra con

motivo de la sucesión del rey Felipe IV de Francia.
Muere Alfonso XI en el cerco de Gibraltar.
Cración de la Universidad de Perpiñán.

1428 Netzahualcoyotl asciende al poder en Texcoco.
Exhumación del cadáver de Wyclif y cremación de sus restos por orden del papa Martín V.

1436 Invención de la imprenta por Gutemberg.

1451 Continúa conquista francesa a Burdeos y Bayona.
Alfonso V funda la Universidad de Barcelona.
Nace en Génova Cristóbal Colón.

1452 Alberti emprende la reconstrucción de San Pedro de Roma.
Nace Leonardo da Vinci.

1470 Comienzo de la supremacía chibcha en el centro de Colombia.
En la Guerra de las Dos Rosas este año se presenta un ataque contra Eduardo IV que lo obliga a huir.

1474 Isabel se convierte en reina de Castilla. Cristóbal Colón escribe a Toscanelli.
Violencias contra conversos en Segovia y Valladolid.

1475 Eduardo IV se alía con Luis XII por el tratado de Picquigny.
Guerra civil en Castilla.
Nace Francisco Pizarro en Trujillo.

1491 Carlos VIII de Francia obliga a Ana de Bretaña a contraer matrimonio e incorpora su ducado a la Corona.
Fernando e Isabel prohiben el cercamiento de tierras en el reino de Granada.
Nace Ignacio de Loyola

1492 Enero. Los Reyes Católicos toman Granada y expulsan a los moros.
Marzo. Proscripción de los judíos de España.
Alejandro Borgia se convierte en el papa Alejandro VI.
Agosto. Cristóbal Colón zarpa de Palos de Moguer.
Escala en las Canarias para reparar la Pinta.
Septiembre 6. Salida de Gomera.
Octubre 6. Las carabelas viran hacia el sudoeste.

	Octubre 12. Descubrimiento de América. Llegada a la isla de Walting, en las Bahamas.
	Octubre 28. Descubrimiento de Cuba.
	Diciembre 6. Descubrimiento de Haití.
	Establecimiento fugaz de las tres primeras poblaciones: El Fuerte de Navidad, la Isabela y Concepción de la Vega.
	Enrique VII de Inglaterra y Carlos VIII de Francia firman el tratado de Étaples: Francia prepara su intervención en Italia.
	Muere Lorenzo el Magnífico en Florencia. Le sucede su hijo Piero.
1493	Marzo. Colón regresa a España.
	Abril. Los Reyes Católicos reciben a Colón en Barcelona.
	Mayo. El papa Alejandro VI divide el mundo trasatlántico entre España y Portugal.
	Septiembre. Segundo viaje de Colón. Descubrimiento de las Antillas menores.
	Carlos VII firma el tratado de Barcelona.
	La corona española pasa a controlar los maestrazgos de órdenes militares.
	Brujas concede ventajas comerciales a Bilbao.
1494	Mayo. Descubrimiento de Jamaica.
	Junio. Tratado de Tordesillas entre España y Portugal fijando los límites de influencia de los dos países.
	Guerras de Italia: Carlos VIII llega hasta Roma. Fin del poder de los Médicis en Florencia.
	El papa Alejandro VI autoriza la reforma de las órdenes religiosas españolas.
1496	Colón regresa a España.
	Unión de la monarquía española con la Casa de Austria y Borgoña dada en el matrimonio entre Juana de Castilla con Felipe el Hermoso.
	Los Reyes Católicos completan la conquista de las Canarias, iniciada por Enrique III.
1498	Mayo. Tercer viaje de Colón, saliendo de Sanlúcar de Barrameda.

Julio. Descubrimiento de Trinidad.

Agosto. Creyendo que es el Ganges, Colón navega por el golfo de Paria, en la desembocadura del Orinoco. Colón pisa tierra venezolana.

Descubrimiento de la isla Margarita.

Descubrimiento de Cubagua, la isla de las perlas.

Colón vuelve a la isla de Haití.

Fundación de Santo Domingo

Muere Carlos VIII de Francia y le sucede Luis XII.

Savonarola es quemado vivo por hereje en Florencia.

Enrique VII de Inglaterra firma un acuerdo comercial con la Liga Hanseática.

1499 Alonso de Ojeda, Juan de la Cosa y Américo Vespucio exploran la costa de Venezuela.

Paz de Basilea: independencia de Suiza respecto al imperio.

Matrimonio de Luis XII con Ana de Bretaña.

Ejecución de Pekín Warben en Inglaterra, acusado de conspirar a favor de los York.

Primera edición de *La Celestina* de Fernando de Rojas.

1500 Febrero. Nace en Gante Carlos V.

Agosto. Llegada de Bobadilla a Santo Domingo.

Noviembre. Colón llega encadenado a Cádiz.

Diciembre. Los Reyes Católicos reciben a Colón y sus hermanos.

Formulación del sistema de Copérnico.

Vicente Yáñez Pinzón descubre el Brasil al mismo tiempo que Cabral.

Tratado de Granada: Fernando II y Luis XII deponen a Fredrique de Nápoles y se reparten su reino.

Fundación de la Universidad de Valencia.

1502 Fundación de Puerto Plata en la Española y de Santa Cruz en la Guajira venezolana.

Mayo. Cuarto viaje de Cristóbal Colón.

decreta en España la expulsión de los musulmanes.

La expansión del Principado de Moscú se ve frenada por el fracaso del ataque contra Livonia.

1503 Moctezuma asciende al trono de México.
Fundación de la Casa de Contratación en Sevilla para establecer control absoluto de la Corona sobre el comercio americano.
Acuerdo de los banqueros alemanes Weber con la Corona Portuguesa para participar en comercio con la India.

1504 Muere Isabel la Católica.
Noviembre. Colón vuelve de su cuarto viaje.

1506 Muerte de Cristóbal Colón.
Fernando de Aragón renuncia al gobierno de Castilla y contrae matrimonio con Germana de Foix.
Muere Felipe el Hermoso y se encarga de la regencia de Castilla el cardenal Cisneros.
La Corona portuguesa asume el monopolio del comercio de las especias en las nuevas rutas descubiertas.

1507 Juan Díaz de Solís y Vicente Pinzón descubren las costas de Yucatán.
Segunda regencia de Fernando de Aragón en Castilla.
Génova se rebela contra la presencia francesa en Italia.
Lutero se ordena sacerdote.
Aparece por primera vez el nombre de América en honor a Vespucio.

1509 Fundación de San Sebastián en la costa colombiana.
Ocupación de Jamaica por los españoles.
Muerte de Enrique VII de Inglaterra y coronación de Enrique VIII, que se casa con Catalina de Aragón.
En Portugal se funda la Casa de la Mina para controlar el tráfico con la costa africana.

1510 Establecimiento de Nueva Cádiz en Cubagua.

1511 Fundación de Nombre de Dios en Panamá, por Diego de Nicuesa.
Expedición de Nicuesa y Alonso de Ojeda. Muerte de Juan de la Cosa. Enfrentamiento con los indios de Turbaco. Herida mortal de Alonso de Ojeda. Enciso y Vasco Núnez de Balboa salvan al resto de la expedición pasando a la gente de San Sebastián al otro lado del golfo de Urabá.
Fundación de Santa María la Antigua del Darién por Balboa.

Ordenación sacerdotal de Bartolomé de las Casas, primera que se celebra en América.
Establecimiento de un tribunal de apelación en Santo Domingo.

1512 Descubrimiento de la Florida por Ponce de León.
Navarra se anexiona a Castilla.
Moldavia se incorpora al Imperio Otomano.
Lutero es nombrado profesor de exégesis bíblica en Wittenberg.

1513 Septiembre. Balboa sale de la bahía de San Miguel en el istmo de Panamá.
Descubrimiento del Mar del Sur.
Jacobo v rey de Escocia.
Tropas escocesas invaden Inglaterra y son derrotadas en Flodden.
Alfonso de Albuquerque intenta en vano conquitar Adén, para asegurar comunicación marítima con la India.

1514 Fundación y primera destrucción de los conventos de Cumaná.
Viaja Oviedo de 36 años a las Indias, con la expedición de Pedrarias Dávila.
Muere Luis xii de Francia y le sucede Francisco i.
Los portugueses inician la exploración de China.
Revueltas campesinas alemanas de orientación luterana y antifeudal.
Juan Díaz de Solís explora las costas uruguayas y el Río de la Plata.

1515 Fundación de los conventos de Chichirivichi de los dominicos y de Cumaná de los franciscanos, en las costas de Venezuela.
Pánfilo de Narváez funda La Habana.
En el marco de las guerras de Italia, Francisco i recupera el Milanesado y firma una paz perpetua con los cantones suizos.

1516 Muere Fernando el Católico.
Felipe iv llega a España con tropas alemanas.
Ladislao ii de Bohemia cede a los Habsburgo los derechos de sucesión en Hungría.
Concordato de Bolonia entre Francia y la Santa Sede: triunfo galicanista por el cual la Iglesia queda sometida al Estado.

Juan Días de Solís muere devorado por los indios.
Publicación de *Utopía* de Tomás Moro.

1517 Asciende al trono Carlos I de España.
Francisco Hernández de Córdoba explora costas de Yucatán.
Es ejecutado Balboa en Acla por orden de su suegro, Pedrarias Dávila.
Carlos I llega a España acompañado de caballeros flamencos lo que provoca protestas públicas.

1519 Muere Leonardo da Vinci.
Abril. Cortés llega a San Juan de Ulúa.
Septiembre. Cortés entra en Tlaxcala.
Octubre. Batalla de Cholula.
Noviembre. Cortés se dirige a México.
Encuentro con Moctezuma.
Magallanes emprende su viaje alrededor del mundo.
Carlos I es elegido Emperador gracias al apoyo financiero de los banqueros alemanes.
Lutero rompe con la Iglesia Católica.

1520 Establecimiento de Coro, en Venezuela. Fundación de los pueblos de labradores de Las Casas. Segunda destrucción de conventos.
Junio. Los españoles abandonan México. La "Noche Triste".
Descubrimiento del estrecho de Magallanes.
Frente común antifrancés entre Carlos V e Inglaterra.
Cristián II de Dinamarca vence a los suecos y aniquila a sus enemigos políticos.
La Santa Sede acusa a Lutero de herejía.

1521 Agosto. México cae en poder de los españoles.
Muere Magallanes en las Filipinas.
Lutero es proscrito del imperio de Carlos V.
Carlos V prepara alianzas antifrancesas con Enrique VIII y con el Papa.
Los tártaros atacan Moscú.

1522 **Nace Juan de Castellanos en la Villa de Alanís, provincia y arzobispado de Sevilla, del antiguo partido de Cazalla de la Sierra.**

Bautizado el domingo 9 de marzo. Sin duda acababa de nacer. Sus padres son Cristóbal Sánchez Castellanos y Catalina Sánchez, hija de Juan Serena e Isabel Martín Santana. Se sabe de dos hermanos: Alonso González Castellanos, padre del clérigo Alonso de Castellanos, y Francisco, casado con Catalina Fernández, padres de María González Castellanos.

Hernán Cortés es nombrado capitán general de Nueva España.

Fracasa el proyecto pacífico de Tierra Firme intentado por Bartolomé de las Casas.

J. Elcano completa el primer viaje de circunvalación del planeta.

1524 Entra Rodrigo de Bastidas, recibiendo una compensación por los rescates que le habían sido arrebatados en la expedición de 1502.

Advenimiento de Tisquesusa en la sabana de Bogotá.

Primer intento de Pizarro por alcanzar el Perú.

En España se crea el Consejo de Indias con jurisdicción sobre los nuevos territorios de la Corona.

Revuelta de campesinos en el sur y centro de Alemania.

Se inicia construcción de la Catedral de México sobre el anterior recinto sagrado de los aztecas.

Muere Vasco de Gama.

1525 Fundación de Santa Marta por Rodrigo de Bastidas.

Cortés sacrifica al jefe azteca Cuauhtémoc.

Muere el gobernador inca Huayana Cápac bajo cuyo mando de 40 años esta cultura alcanzó su mayor esplendor.

Según órdenes de Lutero se domina con violencia la sublevación de campesinos alemanes.

1526 *Sumario de la natural historia de las Indias* de Fernández de Oviedo.

Segundo viaje hacia el imperio inca del Perú, el cual deciden conquistar a pesar de las rivalidades entre los jefes de la expedición.

Francisco I firma en prisión el Tratado de Madrid por el cual renuncia a sus pretensiones sobre Italia; una vez libre se une al Papa, Milán Venecia y Florencia contra Carlos V.

Solimán derrota a los húngaros.

Navagiero propone a Juan Boscán escribir en el modo itálico.

1527 Nacimiento de Felipe II.

Rodrigo de Bastidas es herido y llevado a morir a Cuba.

Bartolomé de las Casas inicia la redacción de *Historia de las Indias.*

El luteranismo es proclamado religión de Estado en Suecia y Dinamarca.

Muerte de Maquiavelo.

Saco de Roma por las tropas del emperador Carlos V.

El papa Clemente VII se refugia en el Castello de Santángelo.

1528 Guerra civil en el imperio inca entre Huáscar y Atahualpa por la sucesión del trono.

Entrada de los conquistadores alemanes, enviados por los Welser, banqueros de Habsburgo.

1529 Ambrosio Alfinger explora Venezuela.

Francisco Pizarro obtiene de la corona la autorización para conquistar y gobernar Perú.

Origen del Protestantismo dado por los príncipes reformistas que rechazan las decisiones del partido católico.

1530 Estudios de Castellanos con el bachiller Miguel de Heredia, amigo de la familia, y uno de los dos testigos presentados por la madre en su memorial, para certificar que han visto su partida de bautismo. El otro testigo es su propio hermano Francisco González.

1531 Muerte de Ambrosio Alfinger.

Atahualpa hace prisionero a su hermano Huascar.

Diego de Ordás realiza expedición al Orinoco en busca de El Dorado.

Martín Alonso de Souza levanta un fortín en lo que posteriormente será Río de Janeiro.

1532 Llegan al Perú los hermanos Pizarro.

Encuentro en Cajamarca. Secuestro del Inca.

Alianza entre católicos y protestantes ante la amenaza de invasión turca.

Pantagruel de Rabelais y versión definitiva de *Orlando Furioso* de Ariosto.

1533 Pedro de Heredia funda a Cartagena de Indias.
Nace Alonso de Ercilla.
Asesinato de Atahualpa.
Entrada de los conquistadores en el Cuzco.
Francisco I hace alianza con los turcos.
J. Calvino adhiere a la reforma y se refugia en Basilea.
Nace Montaigne.

1534 Sebastián Benalcázar funda Quito.
El aragonés Jerónimo de Ortal saca de Sevilla una expedición para América. Oviedo forma parte de ella.
Establecimiento del virreinato de Nueva España (México).
Jacques Cartier toma posesión de Canadá en nombre del rey francés.
En Inglaterra se designa como cabeza de la Iglesia al soberano, el rey.

1535 Pizarro funda la Ciudad de los Reyes de Lima.
George Spira emprende la búsqueda de Eldorado.
Almagro emprende la conquista de Chile.
Mendoza emprende la conquista del Río de la Plata.
Tomás Moro es ejecutado.
Carlos V libera a Túnez del dominio berberisco.
El obispo de Münster ahoga insurrección anabaptista ayudado de católicos y protestantes.

1536 Fundación de Buenos Aires (El Puerto de Nuestra Señora del Buen Aire).
Fundación de Cali.
Sale de Santa Marta la expedición de Gonzalo Jiménez de Quesada.
Remonta el Magdalena hasta los Cuatro Brazos o La Tora (Barranca Bermeja).
Fundación de Popayán.
Fundación de Pasto.
Enrique VIII hace ejecutar a su esposa Ana Bolena y se casa con Jane Seymour.
Mueren Erasmo de Rotterdam y Garcilaso de la Vega.

1537 Diego de Almagro ataca al Cuzco.

Fundación de Asunción por Juan de Salazar.
Fundación de Timaná.
Núñez Cabeza de Vaca inicia expedición a Texas y Florida.
El papa Pablo III declara que los nativos del Nuevo Mundo, en tanto criaturas racionales tienen derecho a los bienes del cristianismo.
Los turcos inician la guerra contra Venecia.

1538 Diego de Almagro es derrotado por Gonzalo Pizarro y muere en el garrote.
Jiménez de Quesada funda a Santafé de Bogotá.
Francisco de Orellana realiza el poblamiento de Guayaquil.
Juan de Ayolas recorre el Parana.
Fundación de la primera universidad de América en Santo Domingo.
Carlos V llega a acuerdos con Francisco I sobre Niza, y con Venecia y el Papa contra Turquía.
Calvino fracasa en su intento de gobierno teocrático en Ginebra.

1539 Castellanos pasa a América, y llega a Puerto Rico a casa del obispo Alonso Manso quien muere en este mismo año.
Pizarro nombra a Valdivia lugarteniente general en Chile.
Gonzalo Pizarro hace ejecutar a varios jefes y nobles incas y organiza expedición al Amazonas con Orellana como teniente.
Hernando de Soto desembarca en la Florida y descubre el Mississippi.
Fundación de Neiva.
Fundación de Anserma, que después se llamó Santa Ana de los Caballeros.
Fundación de Tunja, donde vivirá la mitad de su vida Juan de Castellanos.
Primera imprenta mexicana.
Nace Garcilaso de la Vega.
Enrique VIII de Inglaterra entra en conflicto con el emperador germano-español y Francia con su matrimonio con la princesa protestante Ana de Cleves.

1540 Castellanos está en Santo Domingo y también en Aruba, Bonaire y Curazao. Conoce allí al poeta y erasmista Lázaro Bejarano.
Sale la expedición de Gonzalo Pizarro y Francisco de Orellana, que descubrirá el Amazonas.
Cortés vuelve a España.
García López de Cardeñas llega al Gran Cañón del Colorado.
Valdivia emprende la conquista de Chile.
Fundación de la villa de Mompox, junto al río Magdalena.
Fundación de Cartago, en el Valle del Cauca.
Enrique VIII anula su matrimonio con Ana de Cleves al enterarse de los errores diplomáticos que implicaba y se une a la católica Catherine Flowart.
Francisco I ordena perseguir sistemáticamente a los protestantes.

1541 Juan de Castellanos llega a Cubagua.
Muere Francisco Pizarro a manos de los hombres de un hijo de Diego de Almagro.
Muere Hernando de Soto en la Florida.
Valdivia funda a Santiago de Extremadura, que más tarde será Santiago de Chile.
Fundación de Santa Fe de Antioquia.
Nueva guerra entre Francia y Carlos V.
Solimán II presta ayuda a nacionalistas húngaros contra los Habsburgo; todo el territorio queda sometido al poder turco.
Enrique VIII hace detener a su nueva esposa por acusaciones de inmoralidad.

1542 Llega Orellana a Cubagua después de recorrer el Amazonas. Juan de Castellanos es uno de los que presencian su llegada.
Fundación de Málaga en la Nueva Granada.
Nuevas Leyes de Indias propiciadas por de las Casas destinadas a abolir las encomiendas, pero son adversadas por colonizadores.
Patente de Corso de Francia a los piratas que actúan en el Caribe.
Se extiende la Inquisición a toda la iglesia católica.
Alianza de Enrique VIII y Carlos V contra Francia.

1543 Una tormenta destruye Nueva Cádiz, Cubagua.
Juan de Castellanos pasa a Margarita en el barco del capitán Rodrigo Niebla.
Núñez de la Vela virrey en el Perú.
Creación de la Audiencia de Guatemala.
Fundación de Antigua en sustitución del anterior establecimiento destruido por el volcán.
La flota mercante con ayuda de los turcos, sitia Niza y saquea costas de Cataluña.
Nuevo matrimonio de Enrique VIII ahora con Catalina Parr.
Comienza a gobernar Felipe II en España.
Se publican las obras de Boscán y Garcilaso.
Muerte de Copérnico.

1544 Castellanos llega al Cabo de la Vela, en la Nueva Granada.
Guerra entre los españoles en el Perú; el virrey es depuesto y detenido y G. Pizarro proclamado como gobernador.
Rebelión contra Cabeza de Vaca en Río de la Plata.
Naufragio del obispo fray Martín de Calatayud
Nuevas Leyes de Felipe II.
Francia rompe alianza con los turcos y se une a España en la paz de Crespy.
Incendio de Pekín a manos de Dayen, rey de los Ordos.
A mediados del año Castellanos se encuentra con Lorenzo Martín.

1547 Domingo Martínez de Irala organiza expedición en busca de Sierra de la Plata.
Muerte de Hernán Cortés.
Se afianza el protestantismo en Inglaterra.
El Concilio Ecuménico, ante la situación política, traslada su sede de Trento a Bolonia.
Nace Miguel de Cervantes Saavedra.

1548 Pacificación del Perú y muerte de Gonzalo Pizarro.
Fundación de Nuestra Señora de la Paz (Bolivia) por Alonso de Mendoza.

Entra Ercilla en la corte, como paje de Felipe II. Ercilla tiene 15 años y Felipe, 21.
Carlos V separa del imperio a los países Bajos y los deja de Unidad estatal propia.

1549 Fundación de San Sebastián de Mariquita, por Francisco Núñez Pedrozo.
Fundación de La Plata.
Fundación de Pamplona.
Gobierno general de Brasil a cargo de Tomé de Souza.
Guerra entre Inglaterra y Francia.

1550 Catalina Sánchez comienza a levantar en Alanís una información de testigos, pues "Juan Castellanos mi hijo mediante la voluntad de Dios Nuestro Señor y sus servicios quiere recibir la Orden Sacerdotal y ordenarse de todas órdenes". (Ulises Rojas. pág. 215 ss.)
Fundación de San Bonifacio de Ibagué, en el Valle de las Lanzas, por Andrés López de Galarza.
Se inicia la escritura del texto *Popol Vuh* en lengua quiché.
Paz entre Inglaterra y Francia.
Los turcos se apoderan de Trípoli.

1551 Fundación de San Luis de Almaguer, en la región aurífera del sur de Colombia.
Muere Sebastián de Benalcázar.
El Parlamento francés niega el ingreso de jesuitas al reino.
Enrique II de Francia, en guerra contra Italia, desconoce la reapertura del Concilio en Trento.

1552 Insurrección de Ursúa.
Fundación de Valdivia y Villarica (Chile). *Brevísima relación de la destrucción de las Indias* de Bartolomé de las Casas.
Enrique II de Francia hace tregua con el Papa mientras se alía con los príncipes alemanes.
Carlos V se ve obligado a garantizar libertad religiosa a luteranos.

1553 Debido a la guerra de Ursúa contra los taironas, Castellanos abandona las minas y pasa a Santa Marta. (Otero D'Costa).

Nueva rebelión de indios araucanos contra españoles.
Insurrecciones españolas en Charcas y Cuzco que tratan de impedir control de la Corona sobre los terratenientes.
Coronada María Tudor, la Sanguinaria, en Inglaterra.

1554 Castellanos se ordena como sacerdote en Cartagena. Tiene 32 años y lleva 15 en América como aventurero, soldado, minero y observador, y 10 en la Nueva Granada, primero como negociante de perlas y después como minero en la Sierra Nevada.
Fundación de escuela jesuita de Sao Paulo, núcleo de la ciudad del mismo nombre.
Felipe II, hijo de Carlos V, se casa con la reina inglesa María Tudor.
Iván el Terrible y Gustavo Vasa se enfrentan por la posesión de Finlandia.

1555 Ercilla zarpa de Cádiz acompañando al nuevo virrey del Perú, Andrés Hurtado de Mendoza, y a Jerónimo Alderete, gobernador de Chile, quien fallece durante el viaje, en 1556 en la isla de Taboga, cerca de Panamá.
Llegan al Caribe los primeros piratas. Jacques de Soria, francés.
Establecimiento calvinista en Brasil por el francés Nicolás Duand de Villegagnon.
Paz de Ausburgo: el emperador reconoce libertad de cultos y propiedad de bienes seculariados a príncipes luteranos alemanes.

1556 Después de muerto, Pedro de Heredia es hallado culpable de matar y quemar indios, entorpecer la obra del Cabildo, encubrir oro, y otros delitos.
España revoca concesión de territorios venezolano a la compañía banquera alemana de los Welser.
Termina pacificación del Perú Felipe II coronado rey de España.
Se le conceden las Indias, Nápoles y Sicilia. Prosigue la guerra contra Francia.
María Tudor condena a la hoguera a Tomás Cranmer.

1557 Hasta este año Castellanos es cura en Cartagena. Durante un año será "canónigo tesorero sustituto de la misma iglesia", hasta el 1 de

abril de 1558.
Ercilla se embarca el 2 de febrero rumbo a Chile. Dura año y medio en el terreno de la guerra contra los araucanos.
Primera incursión de conquistadores españoles en el territorio de la futura ciudad de Caracas.
Intento de España por frenar ataques piratas contra colonias españolas.
Primera bancarrota financiera de Felipe II de España.

1558 Termina la guerra contra los araucanos.
Castellanos es cura en Riohacha, en la diócesis de Santa Marta.
Bautizo del soberano inca Sagrí Tupac.
Fundaciones de Cañete, Concepción y Osorno en Chile.
A la muerte de María Tudor y coronada Isabel I de Inglaterra se restablece la iglesia anglicana.
Muere Carlos V.
Fernando I es ratificado emperador alemán.

1559 Ercilla llega de nuevo al Perú.
Creación de Audiencia de la Plata.
Final de la guerra franco-española de la cual España sale favorecida.
Se reúne en París el Sínodo de los Hugonotes.
En España son extirpados los focos protestantes de Valladolid y Sevilla.

1560 Fundación de Caracas por Francisco Fajardo.
Ercilla está sirviendo en Lima en la corte virreinal.
Comienza la exploración de Costa Rica desde la Audiencia de Guatemala.
Carlos IX sucede a la corona francesa bajo la regencia de Catalina de Médicis, el reino entra en período de turbulencias políticas y religiosas.
Los jesuitas penetran en Japón y Polonia.

1561 Castellanos está en Tamalameque, de donde él había sido "uno de los primeros pobladores".
Asesinado Pedro de Ursúa en plena expedición hacia El Dorado.

Ercilla se enrola en una expedición punitiva contra Lope de Aguirre, pero al enterarse de que éste ha muerto, decide seguir su viaje de regreso a España. Tarda 18 meses en viajar, debido "a una extraña enfermedad" que posiblemente pasó en Cartagena.
Congregación de los Estados Generales de Orléans en Francia.
María Estuardo reina de Escocia.
Constitución del Triunvirato Católico.
Inicio de la Guerra de los Siete Años entre Dinamarca y Suecia.

1562 Proceso inquisitorial a Castellanos por infidencia y herejía.
Los restos de Hernán Cortés son trasladados a México.
Inicio de trata de esclavos africanos dirigidos a América.
Hugonotes establecen colonia de breve vida en Florida.
En Francia se autoriza a hugonotes celebrar sus cultos públicamente.
No obstante, el país enardece sus guerras religiosas.
España e Inglaterra en guerra comercial.

1564 Muerte del bachiller Pedro de Castro en Tunja el 23 de enero. Castellanos solicita para sí el beneficio de la catedral.
Muerte violenta del virrey del Perú.
Expedición que echará bases del dominio español sobre Filipinas.
Ratificación de decisiones del Concilio de Trento por el Papa Pío IV.
Se inicia contrarreforma en Polonia.
Nace William Shakespeare. Muere J. Calvino.

1568 Una Cédula Real le concede el beneficio.
Es posible que poco antes haya comenzado a escribir su crónica en prosa.
Junta Magna en Madrid sobre materias de Indias.
Feroz resistencia venezolana contra los españoles.
Rebelión de moriscos en Granada.

1569 Ercilla publica la primera parte de *La Araucana.*

1570 Establecimiento de la Inquisición en Nueva España y el Perú.
Toma de ciudad panameña a manos de Francis Drake.
Francia enfrenta y vence fuerzas protestantes.
Castellanos comienza la redacción en verso de sus *Elegías*

1579 Castellanos termina la primera parte de las *Elegías*.
1585 Termina la Segunda Parte.
1589 Publicación de las *Elegías* (Primera Parte) en Madrid en la casa de la viuda de Alonso Gómez, Impresor de Su Majestad.
Termina de escribir la Tercera Parte.
1592 Cuarta Parte de las *Elegías*.
1606 Juan de Castellanos dicta en Tunja su testamento.
1607 Muere Juan de Castellanos en Tunja el 27 de noviembre.

ÍNDICE ONOMÁSTICO